木蘭花開

第一书记扶贫手记

秦皇岛市文学艺术界联合会　编著

燕山大学出版社

·秦皇岛·

图书在版编目（CIP）数据

木兰花开：第一书记扶贫手记 / 秦皇岛市文学艺术界联合会编著.
—秦皇岛：燕山大学出版社，2021.2
ISBN 978-7-5761-0116-4

Ⅰ. ①木… Ⅱ. ①秦… Ⅲ. ①纪实文学－作品集－中国－当代 Ⅳ.①I25

中国版本图书馆 CIP 数据核字（2021）第 025756 号

木兰花开——第一书记扶贫手记
秦皇岛市文学艺术界联合会　编著

出 版 人：陈　玉
责任编辑：孙志强
封面设计：刘　丹
出版发行：燕山大学出版社 YANSHAN UNIVERSITY PRESS
地　　址：河北省秦皇岛市河北大街西段438号
邮政编码：066004
电　　话：0335-8387555
印　　刷：秦皇岛市华天印刷有限责任公司
经　　销：全国新华书店

开　　本：700mm×1000mm 1/16　　印　张：21.25　　字　数：294千字
版　　次：2021年2月第1版　　印　次：2021年2月第1次印刷
书　　号：ISBN 978-7-5761-0116-4
定　　价：85.00元

序 言

决胜全面建成小康社会、决战脱贫攻坚是党中央作出的重大战略部署。市委、市政府坚持把打赢脱贫攻坚战作为秦皇岛奋力奔跑、追梦小康的生动实践，举全市之力推进脱贫攻坚，从2016年起连续5年时间，选派两批优秀机关党员干部为驻村第一书记，奔赴火热扶贫一线。他们深扎基层、拼搏进取、不辱使命，为顺利实现青龙脱贫摘帽发挥了重要作用，涌现出一批先进典型和感人事迹。

见证时代，是文学的重要功能，也是文艺工作者要承担的重要责任。为此，市文联组织开展《木兰花开——第一书记扶贫手记》主题创作活动，以文学的方式记下时代扎实奋进的身影和深沉殷切的心声，留下一份由众多好作品构成的立体、真切、厚重的“新时代纪事”，得到市委组织部、市委宣传部的充分肯定，受到驻村第一书记的热烈响应。

本书作者们用更接地气的细节、更加深情的笔触，讲述了24位优秀驻村第一书记引领山乡巨变的脚步与声情、劳动与收获、感受与思考、进程与雄心……充满了泥土的芬芳。在这些质朴无华的故事中，我们可以读出信念和情怀，读出忠诚和坚定，读出责任和担当。他（她）们像涓涓细

流，滋润着贫瘠的土地；像灿烂灯火，驱散着贫困的浓雾；像木兰花开，绽放着美好的希望。

2020年是脱贫攻坚决战决胜之年，我国将全面建成小康社会，实现第一个百年奋斗目标。《木兰花开——第一书记扶贫手记》所记录和承载的，不仅是里程碑意义的历史时刻、全面建成小康社会的“秦皇岛经验”，更是这场伟大战役里基层干部对乡村振兴的深刻思考和拳拳赤诚。本书希望为时代贡献一个真实的坐标，为全面建设现代化国际化沿海强市、美丽港城提供强大的精神动力。

编者

2020年12月

目录

01

木兰花开

第一书记扶贫手记

冯秀芳，女，现任秦皇岛市国有资产监督管理委员会工会主任。2016年2月至2018年7月在青龙满族自治县土门子镇东蒿村任第一书记。

永做乡亲们的贴心人

◎ 冯秀芳

秋色渐浓，一走进青龙满族自治县土门子镇东蒿村，就能感受到秋收的喜悦。光伏发电项目的太阳板在阳光下整齐地一字排开，像列队出迎的士兵，欢迎远方而来的各界朋友。大棚里栽培的菌类长出新密的芽儿，勤劳的主人在其间忙个不停。秋季的田野泛着丰收的金黄。新引进的葡萄结出第一批紫莹莹的果实，它们舒心地在此地安了家。青龙河水环村而过，村子里飘荡着浓浓的果香，成片的苦参花轻盈地在风中摇曳。东蒿村，曾经的国家级贫困村，如今变成了生机勃勃、充满希望的新农村。截至2018年年底，全村建档立卡的192户571位贫困人口，已有185户556人实现脱贫出列。“驻村第一书记”，这是一个与生命帮扶有关的词语，这是一个与责任、担当有关的称呼，这是一群与时代和民族复兴息息相关的特殊群体。非常有幸的是，我曾经在东蒿村光荣地担任过这一角色。如今，想到带领工作队扎根东蒿村的一幕幕，想到把那里当成自己家的那段日子，想到把乡亲们当成“娘家人”，带领他们一起奋斗脱贫的日日夜夜，我的心久久不能平静。那里的每一条山路都滴过我们工作队流下的汗水，那里的每一道沟洼都记下我们穿行过的身影，那里的一草一木都记录着我们带领乡亲们共同脱贫致富的一点一滴。

我的“犟劲儿”

我从小在农村生活，童年中有抹不掉的乡村记忆。那记忆里有淳朴温良的乡情，也有乡亲们深陷穷困泥潭的无奈。18岁那年，我通过考学实现了农转非，在乡亲们的羡慕和期待中离开了农村，外出上学，毕业后分配到秦皇岛市某机关工作。几十年来，我目睹了家乡的变化，也总想为家乡的发展尽自己的一臂之力。

2016年年初，我终于有了实现这个愿望的机会。我听说自己所在的单位——市国资委正要选派驻村扶贫第一书记兼工作队队长，便向上级领导主动请缨，申请前往农村一线下沉扶贫，带领工作组进驻远近有名的贫困村——青龙满族自治县土门子镇东蒿村。

当时，单位很多的同事、朋友对我的选择很不理解，都劝我理智地退出申请。我已经年近五十，对于仕途而言，晋升机会渺茫，而且家里上有八十多岁的老父母需要照顾，下有孩子马上研究生毕业面临找工作的压力。况且，眼前优越舒适的工作生活环境，已经无须再打拼。相反，主动要求去基层农村意味着吃苦受累，甚至是受委屈，图的是啥？为什么这么执着？我坦诚地和他们交流了我的想法：“大家的提醒，我非常理解。但我从小在农村长大，乡土是我的根，精准扶贫是这个时代特有的历史使命和任务。我作为一名中共党员，能够参与其中，实现自身价值，这个机会非常难得，神圣而光荣。帮扶家乡也是我多年的夙愿，我当然愿意参与其中。”

那天，我给办公室的绿植浇了水，很晚才离开办公室。

“我爱你，中国！我爱你中国，我爱你春天蓬勃的秧苗，我爱你秋日金黄的硕果，我爱你青松气质，我爱你红梅品格……”走到单位大门，正赶上单位的姑娘们在排练春节联欢会的大合唱《我爱你中国》，那熟悉的旋律在耳畔响起，我站在那里，竟然情不自禁地和她们一起哼唱，心情无比激动。那晚的夜色有些昏暗，一路上开着车，哼唱着打动人心的旋律，心中有阵阵暖流一次次涌过。我暗下决心，一定好好珍惜单位领导和同事们对我的信任，不辱使命，高质量地完成工作。仿佛年轻时那股子不服输的“倔强”又激荡在心怀。

次日，我便接到上级要求马上进驻的安排。于是，匆忙告别含泪的父母，还未及安顿好刚刚到北京边读研边找工作的女儿，扛起行李卷便一头扎进了驻村工作地。

俗话说，万事开头难。工作和生活上带来的困难和不便远比想象的要多。随着工作的开展，我才意识到驻村扶贫确实是一块难啃的硬骨头，后来才知道，组织上给分配的东蒿村是所有派驻的村庄中比较大、比较远、比较穷的一个村子，脱贫的难度相对较大。一则因为这里的产业发展形势不好，扶贫效果堪忧。二来东蒿村的农村生活工作条件太差。简易的办公场所，是村民不住的房子，年久失修，四处漏风。没有水厕，没有淋浴间，没有暖气，甚至没有一口像样的锅。开火做饭没几天，临时改建的厨房头顶的瓷砖纷纷砸下来，差点砸在我的头上，当时我正在厨房洗碗，一切都来得那么突然，吓得我赶紧跑离了现场。同事们都说：“你是捡回来了一条命，那块儿瓷砖差一点就砸你脑袋上啊。”

开弓没有回头箭。从小在农村生活的经历让我不怕苦、不怕累。一切的苦难我都能扛得住。

工作组两女一男，我担任队长兼第一书记。一切应以身作则，一切从零开始，一切都要放低姿态。即使这样，一开始，村干部和村民对我们这个以女同志为“主攻”的工作组并不信任。他们抱着看热闹的态度，远远观望。甚至有个别村民、村干部有抵触情绪，对我们的能力有些怀疑。我想：你越是不理解，我越应该做出实事来。再者说，党和国家给扶贫这么大的支持力度，偌大的东蒿村，真的就没有脱贫的出路吗？我要带领大家去找一块致富“试验田”，说不定还能试验出一个名堂。这就是我一生要追逐的梦想——带领乡亲们致富。我骨子里的那股子不服输的“犟劲儿”告诉我，要耐得住性子，不能急，不能恼，要用实干说话。

东蒿村位于河北省秦皇岛市青龙满族自治县土门子镇，是“十三五”国家级贫困村。全村813户，2600多口人，15个村民小组，人均耕地只有半亩多，山场资源匮乏，村民长年缺乏收入来源，集体收入几乎为零。东蒿村历来多以种植玉米为主，老乡们一年忙到头，弄不好还得赔钱。近些年，东蒿村大部分村民外出打工或陪孩子进城上学，留守在村里的多是老弱病残等不能在外生活工作的人，住在村里的年轻人越来越少。

精准脱贫不是句口号，必须要脚踏实地落到实处。既要立足眼前解决实际困难，又要放眼长远，找到可持续发展的致富产业。入村后，我急不可待地深入住户了解村情民意、确定脱贫致富的方向。

“东蒿村村部破破烂烂，别说文化广场，连站都没个像样的地方。路灯也不亮，一到晚上就黑灯瞎火的，还老断电。村里路也不行，晴天一身土，雨天一身泥，上山下地干活全是土路，车根本进不去，实在不方便。”一进村，就被村民王全孝拦住了去路，和我滔滔不绝说个不停。几天来，我们工作组走访了100多户，每一户家中，都不同程度地提到了行路难、出行难的问题。有问题就要抓紧时间解决。随后我联系单位的领导，筹得资金。三个月的时间内，新建了村部，硬化1.6千米的村内道路，及时解决了村民眼前最关心的交通问题。

帮助村民修设道路后，我们继续入户走访，走东家串西家。见到百姓我们主动打招呼，了解群众家中困难和大家的想法。与上一次相比，这次就感觉融洽多了，也深受欢迎。不管走进谁家，都成了座上宾。家家户户热情招待我们，一进门就让我们坐在炕上，倒水，端茶，递上大苹果……互相聊起来，感觉和亲戚一样。“咱村变化太大！道路铺平了，村文化中心建起来，我们老百姓的日子也越来越红火了！”走在现在的东蒿村，听着村民说到村子的变化，我的心里满是欣慰。这声音是赞许，是鼓励，更是鞭策。现在，乡亲们直接称呼我为“大妹子”，我是打心眼里喜欢这个称谓，因为它饱含着我和乡亲们的鱼水深情。

乡亲们就是我的“娘家人”

贫困村的通病是“基础设施差、村容村貌差”，东蒿村也不例外。而基础设施建设需要大量资金，对没有集体收入的东蒿村来说，这又是一个摆在工作组面前的大难题。

再难也要想办法攻破。我和工作队又开启了积极筹措资金模式，按照“成熟一个推动一个”的原则，使村庄面貌逐步改变。先后新建村委会办公用房和村民广场，解决了“办公难”和“娱乐难”问题；翻建15间校舍，硬化操场1200平方米，为学校添置教学设施器材，为学生购买校服，解决了村民关心的“上学难”问题；完成危房改造69户，为贫困户王玉东等改造危房捐赠3吨钢筋和1.9万元现金，解决了“住房难”问题；新增315千伏变压器5台，增容老旧变压器4台，解决了“用电难”问题……

接下来就是全力脱贫致富。通过走访，我们彻底摸清了村里家家户户的情况，确定了贫困户的最终人数，并逐一挂牌建档。现在全村的贫困户扶贫手册一本本整齐地摆列在文件柜里。重残、重症、脱贫的进展信息全部填写记录在册。在贫困户家里，在显眼的位置，有一个红色的入户公示牌，清清楚楚地标明帮扶结对子的信息，责任到家，包户脱贫的责任人一目了然。脱贫人可以直接通过电话联系对接人，寻求帮助，解决困难。作为“开荒者”的第一批人，我仍然记得那些信息摸底的困难性，也记得那一张张渴望帮扶、走出贫困的面孔。他们中有精神不太正常的、有肢体残疾的、有重病缠身无法参加劳动的，还有智力障碍难沟通的，等等，他们居住的环境差、住房危险、卫生条件非常糟糕。

面对这样的贫困局面，要在短短的三五年内培植产业带动脱贫，真不是一件容易的事。对于这样的东蒿村来说，什么样的扶贫产业才能带动大家致富奔小康呢？

老村长说：“我们这的人祖祖辈辈就会种果树，管理果树，还有就是养羊。其他的技术还要从头学。”福林村书记说：“村里剩下的都是年纪大的老人，要重新学一门技术太难了。特别是那些贫困户，他们自食其力的能力较弱，特别困难户，生活都难以自理，他们怎么脱贫呢？”接连几天的产业分析会，从早上一直开到深夜。会上，大家充分分析现实；会下，继续走访调研。一路下来，听到的基本都是一种声音、一样的答案。养羊和管理果树，村里还都说得头头是道，要是离开这些，两眼一抹黑。老年人在家里，要在短时期内学会做一门新产业，实在是赶鸭子上架。经过深入考察调研，大家的意见达成了一致：因地制宜、扬长避短，围绕“养殖和种植”做文章，探求主要增收产业，对于没有劳动能力的人则继续为他们寻求适合致富的办法。

思路有了，接下来就是脚踏实地做实事。工作组上下奔走，用最短的时间为村民争取到资金3万元，扶持养殖合作社，扩大了绒山羊养殖规模。

其次，我带领工作队员挨家挨户宣传种植林果和中药材的政策、前景。组织党员干部、致富带头人去北京、邢台、昌黎等地考察，聘请专家上门讲学及技术指导。当年，全村集中发展果药间作、苗木繁育、蔬菜种植1300余亩。同时，合作社获得补助46万元，440户村民当年取得地租收入2200元，140多名务工人员年均增收3000元。2017年，集中种植生姜、旱稻、辣椒160亩。后又成功申请到87.9万元投资款项，在村内建设了7座日光温室大棚，种植新品种葡萄。目前，葡萄大棚通过承包经营达产达效，贫困人口年均分红150元。

看着硕果累累、苦参花开，看到村民脸上充满收获的喜悦，我们工作组再累再苦也觉得是值得的。

除发展种植养殖这些传统产业外，我还一直留意其他适合农民增收的新产业，能够进一步让贫困户，特别是没有劳动能力的特困户实现稳定增收。俗话说“天道酬勤”，我打听到了分布式光伏发电项目可以让农户有稳定的收入，还有政策上的扶持，县里也在推进村级光伏电站项目，于是第一时间联系了县里负责的领导帮我们把关申请手续，争取项目能够早日落地。几个月来，经选址勘察等环节的紧张推进，两个项目先后顺利落户在我们东蒿村。2017年初，完成了60.48千瓦财政扶贫资金分布式光伏发电项目；六七月份，第一批村级300千瓦光伏电站项目落成。看到一块块儿深色的吸光板安在村部、小学屋顶和小南山荒坡上，就像看到一块块儿巨大的乌金在太阳的照耀下熠熠生辉。项目帮助全村60个特困户年增收3000余元，村集体年增收2万余元。如今，东蒿村的村民们除了走出去打工、创业，留守在村的也有了稳定的收益。

群众的眼睛是雪亮的。随着一个个困扰多年的难题迎刃而解，村民们的日子越来越有奔头，工作队成了村民们的“主心骨”。无论大事小情，老乡们都习惯地来到工作队，说说唠唠。“人家可真是实打实地给咱村干事儿，像自己家的事一样操心。”村民们常念叨。家里做好吃的，村民还争着往工作组送上一碗。别说，那透着乡间柴火味儿的饭菜还真香，真顺口。

“树佳，我特别理解你现在的心情，时间不够用。上边不断布置新的任务，我们只能利用晚上，加班加点地报表、填卡、建档、写汇报资料，尽量白天去跑外，把各种实事落实到位。”当我再一次回到东蒿村，和第二任接替我的康树佳书记交流时，有那么多的共同语言，仿佛我们的困难、做法、心愿都是那么神奇的相似。这份特殊的人生经历，是不可多得的精神财富。我们欣慰，在年龄允许、体力尚可、领导信任的前提下，发动周边的各种资源，踏踏实实地为家门口的老百姓办了实事。说“报效国家”，有点高大上了；说“不愧时代”，有点过于宏大；说“不辱使命”，有点稍显沉重。其实，在我们的内心，只是想尽自己所能为脱贫致富多尽一份力，让人生的光亮照耀自己，也能幸福他人。与一群志同道合的致力于脱贫攻坚战的同仁一起为国家、为时代贡献应有的力量。

我愿做孩子们的“冯妈妈”

穷啥不能穷教育。培养一名优秀的学生，就等于将来脱贫一户贫困家庭。我从小生长在农村，20世纪80年代通过高考改变了自己的命运，并拥有了一份理想的工作。我深知教育扶贫的重要性。

“扶贫先扶智”是习总书记新时期对坚决打好、打赢脱贫攻坚战的重要要求之一。

2016年2月底，我带领市国资委工作组驻村后，除了夜以继日地忙着帮村里谋产业、跑项目外，心中最放不下的是教育帮扶工作。在两年的时间里，我带领工作组四次组织捐助东蒿村小学活动，共捐资6.88万元；两次组织政协委员为村内新入学的17名大学生捐资助学，每人3000元，共计5.1万元。

此外，因为我曾经是一名身在农村的求学女生，心里装着曾经求学生活的酸甜苦辣，心怀这份特殊情节，我时刻关注着村里的女大学生们的成长，给予她们一些特殊的关注和帮助。因为她们就是一个个脱贫的火种。

黄玉颖2016年高考后得知被辽宁理工学院录取时，却怎么也高兴不起来。对于这个农村家庭来说，学费一年要1.6万元，无异于天文数字。而在收到《录取通知书》的前几天，她的父亲因病去世，家里一下没了主心骨。父亲得病这几年家里欠了10多万元外债。无奈之下，她想到了放弃求学去外打工。

我知道黄玉颖的想法后，既震惊又惋惜。先是赶紧找到黄玉颖，劝说其打消弃学的念头。但当我看到《录取通知书》后，理解了玉颖，也犯起了难。一是觉得风景园林专业并不适合没有一点美术基础的玉颖；二是费用确实太高，光学费每年就1.6万元，玉颖家这种情况根本负担不起。

可是就此放弃读书，无一技之长步入社会，将来能有什么前景呢？我们工作组开始多方奔走联系市内学校，终于得到秦皇岛水运卫生学校的答复。欢迎黄玉颖来校就读，并免除她的学费和住宿费。

在2016年的9月4日，我们工作组代替家长将玉颖送入了水运卫校。入学以后的玉颖没有让我们失望，她始终保持着班级第一的好成绩，性格也越来越开朗乐观！一个家庭的希望在此延续，我们似乎看到毕业后的玉颖头戴护士帽，为病人排忧解难的画面。那份欣喜像是看着自己的女儿长大成材一样，发自内心地高兴！

侯晓琪是东蒿村2016年参加高考的女孩儿中成绩最好的，她考取了533分，被河北大学本一录取。随后，晓琪多次就选择专业问题征求我意见。我建议她选择比较受欢迎、竞争较激烈的会计专业，最终被她采纳。6月中旬，晓琪放假后，第一时间到工作组来看望我，随后就外出打工了。当知道晓琪在做宾馆服务员、月薪只有1800元之后，我就一直为晓琪留意，想帮她找到一个更理想的工作。6月26日，我推荐她到朋友的一家婚纱摄影店工作，月薪保底2000元，还可以学习摄影和视频编辑技术。晓琪欣然前往，她还乐观地说：“我打的人生第一份工是有技术含量的！”后来晓琪还代表受助大学生致答谢词。大家都说我们“连像儿”，亲如母女。

2017年7月28日，另一名参加高考的女生李新蕊收到了大学《录取通知书》。她第一时间与我分享了她的喜悦。因为，在我的“高考志愿报名帮扶”下，她成功地被自己心仪的大学和专业录取了！可这其中的艰难过程只有我和新蕊家人知道。

为了避免我村再次出现类似于黄玉颖由于录取院校不理想而放弃读大学的情况，在2017年高考后，我就与村干部们打招呼，如果谁有报考志愿方面的咨询，可以来找我商量，因为我和我的家人有此方面的经历和经验，能够为村里有需要的家庭无偿提供参考服务。

在这种情况下，李新蕊找到了我们。我在了解了她的成绩超过了本科二批60多分后，马上将任务布置给我先生，让他在网上搜集尽量多的信息，以便为李新蕊提供更多、更有价值的咨询服务。当我周末回到家后，我们逐校查看学费、专业和招生指标，直到次日凌晨1点。回村后，我找来了李新蕊及其家长，和他们交流查询结果：可报的公办大学只有两三所，并且离家很远；可报的独立院校学费比较高，不享受对贫困户的帮扶政策；如果报考省内公办专科院校，免学费，免住宿费，费用较低。专业选择上，尽量选适合女生就业的专业。7月20日，李新蕊来到工作组，经过深思熟虑，在我面前提交了她的高考志愿。27日晚，李新蕊得知了录取结果——某独立学院的会计专业，也正是我想达到的效果，即志愿是自己的真实所愿！在短暂的高兴之后，马上就面临着高昂的学费难题。她首先想到的是外出打工。可很多单位都不愿意用这样的短工。7月31日，我再次发动朋友，开启了我的求助模式。一大早，就在我的微信朋友圈发出了求助信息。没多大工夫，我收到了多条回复。最终，我选择了一家酒店，并在考察后，当天亲自将新蕊送到了工作岗位，直到安置妥当才返回家中。在此，我特别感谢的是我那些“第一时间”作出回应的朋友们，他们是我们扶贫工作的强大后盾。

8月2日，我得知新蕊的福彩助学金没通过。我问她：“为什么？”她答：“因为去年，我爸爸和爷爷奶奶分户了，需要写证明并到县扶贫办盖章。”我有些急了：“要求到扶贫办盖章咱就去盖啊，县里又没说不给你盖！”新蕊就这样轻易地放弃了自己应该得到的9000元福彩助学金。她放弃了，但我不能轻言放弃，我必须再试试！可现在的难题是“福彩助学”已经于7月28日截止了报名。我再次抱着积极争取的态度，马上给市民政局驻村工作组第一书记张艳梅打电话，说明情况。驻村工作组之间的互相理解和艳梅的负责任，再次帮助了我，答应再为东蒿村贫困村民特事特办一次，但只给我一天时间。我放下其他事情，一刻不停地为新蕊写证明材料，亲自开车跑到县扶贫办盖章，把申请“福彩助学”需要的所有手续，在当天下午办理完毕，交到了新蕊父亲手里。8月3日上午，新蕊和父亲到福彩中心提交申请材料，当时就顺利地通过了审核。开学前，新蕊拿到了福彩助学金9000元。至此，我悬着的心也终于落了地。

一切为百姓着想

“二十四，扫尘日”“二十五，扫房土”，按照我国民间的习俗，春节前谁家都想来一番大扫除，里里外外拾掇利索，准备干干净净过个年！

不过，对于东蒿村个别贫困户来说，“干干净净过个年”可能还是一件有心无力的事，特别是那些鳏寡孤独的人家和疾病缠身的贫困户，恐怕并没有体力、精力和财力打理房屋、庭院，更别提将室内修饰一新。

关心百姓疾苦，把群众的需求放在心上。我们这些驻村干部下定决心，一定要帮助困难户过好年。我随即将这一想法反映给市国资委和土门子镇。双方的领导非常赞同我的提议，决定马上动手为该村卫生条件和室内环境较差的30多户贫困家庭，提供集中扶助，统一进行环境卫生专项整治。

2017年腊月，在北方刺骨的寒风中，一群“环境整改突击队”队员纷纷走进了东蒿村的30户贫困家庭。他们有的来自国资委的志愿者、有的是镇上的乡村干部，有的是工作组邀请来的装修能手……从早到晚，他们抓紧节前的宝贵时间，走访困难户，精准策划每户的“居室改造”方案，测算资金，制定实施细则。风再大，雪再大，都没有阻挠工作者的热情。为了抢夺工期，他们不分昼夜地为困难户填平小路、清运垃圾、粉刷墙壁、添置内饰。他们的手磨出了血泡，他们的腰疼得直不起来，他们的脸冻得通红……接连三个星期的改造升级和卫生整治，这些贫困家庭屋里屋外的面貌整洁一新，我还组织社会爱心力量为他们更新了床单、炕革、门帘。窗上贴着的“福”字为过年增添了喜庆气氛。看着干净的院落、白色的墙体、红色的对联贴在大门上，贫困户们的脸上乐开了花。那笑容里蕴含着希望，仿佛是在说：生活不易，但仍有希望在前方。

村里80多岁的方玉平大娘，每次在村里见到我，都要伸开双臂，抱一抱我，说我不是她的亲闺女却胜似她的亲闺女。

和方玉平的故事还要从我的一次入户调查说起。我发现方玉平老人患有白内障，几十年一直生活在模糊昏暗的世界里，急需手术治疗。但老人没有亲人在身边，更没有去外地治病的可能，尽管这样，老人还坚持自己劳作、自理生活。看到这一幕，晚上我躺在床上，怎么也睡不着。不断猜想老人可能面临的困难，她看东西模糊，如果被开水烫了怎么办？摔了怎么办？“养吾老以及人之老。”她和我的老母亲年龄差不多，都是应该被特殊关爱的年纪，我一定要帮帮她。一夜没合眼后，第二天一早我就联系了视光眼科医院，邀请眼科主任一行医护人员专门到村里，为300名老人和学生义诊。随后，视光眼科医院帮助方玉平老人和另一位村民免费实施了白内障复明手术，为残疾儿童小博文送来近视镜和弱视治疗仪。

那一天，东蒿村山楂树上的喜鹊叽叽喳喳地叫不停，像是在传递一个又一个好消息。午后的阳光温暖地照在树梢上。今天的工作组显得格外热闹。视力模糊多年的方玉平老人的眼睛终于治愈了。她推着轮椅，由邻居陪伴着来到工作组，她使劲地攥着我的手，打量着我，好半天也不放开，嘴里说着：“谢谢你了！大闺女！我要好好地看看你”听着一句一句“大闺女”地叫着，我的心暖暖的，感觉乡亲们和我更近了。

“脚踏实地做实事，千方百计做好事。”这是我扶贫工作的一条准则。村里的老弱病残群体，是格外需要关怀的对象。办残疾证，对于我们普通人来说，跑个手续可能非常简单，但对于出行不便的他们而言，有时难上加难。一些瘫痪老人没有残疾证，也就无法享受国家政策。

听到这个消息后，我想办法请来县残联工作人员入户，上门服务，给8名村民办理了残疾证。为村里60余名残疾人发放补助1.2万元，每户的补助虽然有限，但却为他们早日脱贫增加了收入，坚定了信心。同时，我们工作组还邀请市残联工作人员为村里8户重残人员家庭进行了无障碍改造。为他们改造了厕所、厨房、淋浴间，给他们赠送了橱柜、洗手盆、淋浴器、轮椅、坐便椅，大大提高了他们的生活质量。

农村老人户口信息错误需要更正一向是个棘手的问题。由于历史的原因，缺乏足够的材料佐证，贫困户黄贵芹的户籍年龄自从户籍管理实现信息化以来一直比实际年龄小了10岁，导致她无法领取养老金。她曾数次前往公安局，就是因拿不出证明材料始终改不了户口信息，这才抱着试试看的态度到工作队向我们求助。我一听可犯了难：符合她要求的证明材料哪里会有呢？我先从镇派出所查询，没有相关记录，又跑到县民政局，还是没有发现有价值的信息。看着黄贵芹一次次满怀希望前来，一次次失望而归，我也一次次地感受到她的孤独与无助。我暗自下定决心，一定要再帮她好好查查。这件事一直压在我的心底，我逢人就打听，特别是遇到公安部门工作的朋友我更会多请教一下。市公安局驻村工作队队长王洪，是一位非常热心的大姐，不厌其烦地解答我们的问题。有一次，我和电视台记者关心到县档案馆办事。突然间我们就有了想法，这里有没有她的相关信息记录呢？功夫不负有心人。我们终于在一个县里组织的计划生育大普查中查到了他的年龄信息。我们喜出望外，赶紧复印下来，并与县公安局核查是否可以作为佐证材料。当听到符合更改要求的答复时，我的心一下子落了地儿，赶紧告诉了她本人，让她第一时间去办理。黄贵芹愁了31年的改正户口页信息的问题终于得到了圆满解决，她也终于如愿领到了养老金。

不是一家人胜似一家人。“你用真情对他们，他们自然也用真情回报你。”尽管许多老百姓不会表达，但一个眼神，一个牵手，就能感受到他们的内心感受。他们会偷偷地在工作组的门前放下自家刚刚采摘的蔬菜，然后不留姓名地离开；他们会把热腾腾的小豆腐端到工作组，让大家伙儿趁热吃；他们会在你返秦的时候，把一个个胖嘟嘟的南瓜抱上你的车……他们的容貌至今还时常在我的眼前晃动。他们的笑脸那么朴实、诚恳、真切。

不遗余力地为村里和乡亲们办事，一心扑在村里的扶贫上。其实，还要感谢家里人的理解和支持。每次从村里回来，面对80多岁的父母和需要关爱的丈夫、孩子，心里满是愧疚之情。感谢他们，在任何情况下，都没有影响过我的工作。有一次，丈夫突发疾病，姐姐和外甥女陪着看急诊，后又到北京就诊，都瞒着没告诉我。女儿研究生毕业面临着找工作等问题，我也想帮一帮孩子，好几次买好了车票，有事又退掉了，因为村里的事排在第一位，在“大家”与“小家”的天平上，我选择了“大家”。

“当你把自己当成村里的一员，把乡亲们都当成亲人，就会打心眼里希望他们的日子越过越好！”

“全省精准脱贫优秀驻村第一书记”“河北省三八红旗手”“全市最美驻村干部”“市直机关脱贫攻坚工作先锋号”，这一个个光荣称号既属于我，也属于我身后默默支持我的所有人。感谢家人、感谢父老乡亲，也感谢上级领导，他们给予了我和工作队两年多的扶贫工作极大的支持和信任。感谢困境，让我的人生得到历练，也让我深深地明白了一个道理：精准脱贫，需要的不仅是脚踏实地干实事，因地制宜谋发展，更需要的是要像对待亲人一样，把时间、精力全部投入到村里，把真心、真情奉献给乡亲，把富民政策件件落到实处。驻村干部所做的一件件小事，似乎没那么伟大、光鲜。可老百姓就因为这一点一滴，把党和政府的关爱记在心间。众多的一件件实事、小事，连接的是党和群众的心桥，是走向共同富裕和实现中国梦的洪流之势！

02

木兰花开

第一书记扶贫手记

刘颖，女，现任秦皇岛市广播电视台副台长。2016年2月至2018年7月在青龙满族自治县马圈子镇杍椤滩村任第一书记。

桲椤滩的故事

◎ 刘颖

一

检索“桲椤”，木名，亦作“桲罗”。桲椤树，学名槲树，壳斗科落叶乔木，别名柞栎、橡子树、青岗、金鸡树、大叶桲椤等。根据叶片大小，分为“大叶桲椤”和“小叶桲椤”。树的叶、皮，还有果实，常说起的“橡实”，都具有药用价值。大叶桲椤树的叶子被当地人用来包裹香糯的粽子、桲椤叶饼，气味清香，是不可多得的待客美食。某年在山间农家饭店，农嫂端上来桲椤叶韭菜鸡蛋馅饺子，滋味鲜美，个头惊人。席间，不断的惊呼中，当地人不时重复“桲椤桲椤”，布道一般，拙朴的嘴唇，再三推送出简单又新鲜的发音，贪嘴的我们并未能追个究竟。

那么，有关桲椤滩的想象，是否能绵延出一带榛榛莽莽的桲椤树林，桲椤林外，阔急的青龙河又平又稳，围囿出云雾缭绕的苍翠沙渚？得知我将作为第一书记被派往青龙县桲椤滩村下乡扶贫，脑海中恍惚浮现的，便是这样一卷浑然苍茫的画面。事实上，我清楚桲椤滩村和其他任何贫困村庄无异，被各种复杂、积深的问题，拦阻在时代的后面。难以目见的纷乱的因由，仿佛重重藤蔓和山峦，积压、笼罩，纠缠着桲椤滩村，整个村庄有如负重的马匹，长久匍匐在大地上。夜色深沉，时圆时缺的月亮，在天空反复轮回，无论光洁如轮，还是弯瘦如勾，都是远远的天上，大地上的桲椤滩只听见一阵阵不堪重负的喘息。我和我的战友，如同远古的斗士，在困守大山一隅的桲椤滩村，与干部村民一道，披荆斩棘，在没有道路的地方，开辟出一条新路。我清楚这将是怎样的一场战争，看不见的对手，如同身前身后的影子，空中扬起的尘埃，以各种潜在的形式，弥散、遍布于生活的各处。扶贫的任务是艰难的。然而，唯有具备清醒的认知，愚公般固执的坚持，才不至于被各种出其不意的困难击溃。

春节过得心不在焉。游离的神思，附着在行将出入其间的桲椤滩，陌生的桲椤滩。对我而言，那是一个尚未落实脚步，恍惚而虚幻的村落。

丈夫看出我的心思，春节期间，选了一个好天气，开车陪我一同前往。车子很快驶出市区。道路两旁呈现大片大片的荒凉田野。再往前，渐渐呈现山区地貌。桲椤滩村在青龙大山深处，马圈子镇向西，山路蜿蜒，颠簸异常，15千米山路开车用了足足将近50分钟。一路上，黄尘弥漫，后视镜，后车窗上，糊上一层厚厚的灰尘。想象中的沙渚，桲椤林，青龙河，齐刷刷长了翅膀，从尘埃蔽面的现实中飞走了。

村口的桥单薄狭窄，村道路面破损严重，残缺，断裂，像一块块陈年的伤疤。村委会院子里码放着不明用途的红砖，也许只是没地儿放，暂时堆在这里。墙上有几处红漆写着“氵关气”，百般揣测，忽然悟出是“灌气”的错讹。三五成群的村民，披着老棉袄，蹲在墙根儿晒太阳，年纪不大提前过上了世代相传的晚年生活。我来到这里，没和村里打招呼，只是一次私人探访。正式上任之前，以外来者的视角感受一下桲椤滩村的现状。村子里种种落伍于时代的景况，特别是一脸漠然的村民，墙角下那些汲取自然光照，像是借此烘暖余生的场景，让我惊讶之余，心头袭来一阵阵彻骨的悲凉。

二

2016年的初春，我和赵云盟、李贞军带着台党委的重托与期望，肩负着脱贫摘帽的重任，正式来到了桲椤滩。在当地村民眼中，我们是三个外来人，和这里的土地草木有多少关系？要不了多久，终究要拍拍屁股走人。桲椤滩，不过是完成任务，而这种阶段性的任务，能让我们保持多久的热度？早晚有撑不下去，轻快走人的一天。对，他们就是这样看我们的，那些侧歪的脑袋，事不关己的神态，乜斜的眼睛，暴露了沉默不语的想法。要打破隔膜，打消村民的顾虑，走入他们之中，取得信任，是唯一的办法。挨家挨户走访，走进村民低矮破旧的屋子，坐在凌乱的炕头，一句一句，慢慢打开话匣子，撬开拘谨而有所顾虑的嘴巴。“破冰”的过程，说难也难，说快也快。朴实的山民，并不需要你给予什么，只是一句暖心的体贴话，他们就毫不犹豫地将你视为家里人。

第一次走进小佳欣的家门，迎面遇上的，是一张不近人情的中年女人冷漠的脸。双脚跨过陌生的门槛，必有的问候是常情，也是民间通行的礼仪。可是，这个中年女人，一直冷着脸。她甚至没正眼瞧我，兀自低着头，在院子里走来走去，忙来忙去。小佳欣的爷爷迎了出来：刘书记来啦，进屋吧。

屋子低矮，破败，炕角倚着一个瘦弱的小姑娘。猜得出，这个小女孩，就是我了解到的小佳欣。佳欣很不幸，患有脊髓炎，半身瘫痪，花光了家里积蓄。看不见的病魔，不动声色地吞噬着她的童年、活力，包括她单薄的、尚未完全发育的身体。随着年龄的增长，她将越来越多丧失自由，丧失自理能力，直至病魔彻底吞噬这个美好的生命。我想起童年时代的张海迪姑娘，她和眼前的小佳欣患有同一种病症。当年，张海迪的病情引起全国人民的关注，坚忍的毅力更是赢得大家的敬重。小佳欣的不幸显然来得更为彻底。她索性被命运安排在荒凉偏僻的大山一隅，没有人知道她，连同她不幸的生活。她还太小，还来不及展露什么，就被命运牢牢绑缚起手脚，她能拥抱的，陪伴的，只有这铺亲切而又无动于衷的土坑，白天，夜晚，醒时，睡时，时时刻刻。

佳欣趴在窗口。比她大不了太多的孩子背着书包，像欢快的小鸟，叽叽喳喳去往学校，佳欣的眼神里有茫然，有羡慕，有失落。她不知道学校是什么样的，课堂是什么样的，讲课的老师们又是什么样的。她只看见天阳升起来，天亮了，阳光一寸寸铺到炕上来，爷爷奶奶咳嗽，吃药，做些大人们的事情。母亲更是寡有言语，为了端上一日三餐，清洁院子，洗净衣物，她像一只被抽打的陀螺忙个不停。父亲难得一见，在城里打工，维持家庭开支。家中的一切，小佳欣既熟悉又懵懂。像她这样的学龄前儿童，能懂得多少呢？她单薄的小身体，装着沉重的异于旁人的命运，这是一块足够她对抗一生的巨石。她还小，对很多事情一无所知。然而，佳欣很聪明。家里的电视遥控器，出了小故障，她三下两下，就摆弄好了，比大人还要灵光。看着年幼的佳欣，我第一次产生深深的无力感。我比她更清楚，未来，她有好长一段艰难的路要走。我隐隐感到，在小佳欣的事情上，我可能帮不上太大的忙。医学界的难题，远非我这样的扶贫工作者能够解决。然而，在这个老少三代的家庭中，最大的症结就是佳欣，贫困反而不那么重要了。她稚嫩的身影，像一片乌云，在这个清贫的家庭中，飘来飘去。回去的路上，我努力思忖，到底能为佳欣做些什么，为这个不被上苍眷顾的家庭助上一臂之力。我和同志们商量后，决定先为佳欣取得经济援助。很快，我们就在柠檬众筹上建立求助项目，在朋友圈里广泛转发，呼吁寻求大家的帮助。我台很多同志纷纷捐款，筹得善款8000元。把善款给佳欣妈妈送去的时候，她冷漠的脸上，第一次有了变化：嘴唇微微颤抖，泪花在眼里打转儿。后来，她哑着嗓子说，这些年呐，眼泪早都流干了。想象得出，多年来，冷酷的生活对眼前这个皱纹丛生的不幸女人施加的凌辱与鞭打。在村庄，在梓椤滩，该有多少不幸的人，挣扎于各自的泥淖之中。想到这些，肩上的担子又重了几分。接下来，我们马不停蹄，联系了北戴河医院对佳欣进行体检、会诊，教会家长康复手法。现在佳欣的生活质量比之前有了很大提高，小姑娘和母亲的脸上，泛出久违的笑意。

小佳欣这样的贫病家庭并不是孤例。村民许先银、郑秀财家中都有或聋或哑的重度残疾成员。两家的孩子同在高三，值得欣慰的是，两个孩子很争气，全都考上了大学。然而，喜讯传来，两个家庭又喜又愁。在这个大山中的村庄，考取大学自然是一件喜上眉梢的好事，难的是，接下来，面临着交付学费的问题。这笔学费说多不多，说少不少，尤其是在梓椤滩村这种闭塞的村庄，即使借钱，都无处可借。大家都贫困，生活境遇相差无几。怎么好意思开口借钱？向谁借？得知两个家庭的窘境，我们把两个孩子接到市里，开着自己的车，全程陪他们申请、跑办助学金，两个孩子每人拿着15000元助学金高兴地踏上了奔赴大学的列车。对这两个年轻人而言，脚下铺展开去的，将是与栲栳滩村迥然不同的生活。大学里没有贫穷，没有忧愁，有的是授业解惑的教授，是来自五湖四海的同学，他们的人生，将开启另一番新天地。对于两个家庭而言，也因这两个年轻人而将重新获得生机和无限美好的未来与希望。我和我的同志们，真心希望的是，曾经蒙昧落后的栲栳滩村，因为这些年轻人，而渐渐脱去封闭落伍的茧壳，古老的村庄焕发出前所未有的新鲜活力。

较之于年轻，暮年的困苦显得尤为悲凉。在栲栳滩，有一位60多岁独居的聋哑老人。想起他，就想起他那间夕阳下的老屋院。他无声无息地生活，对于村人是习焉不察见惯不惊的现实存在，似乎生而如此，一切都顺理成章。村人说，幼年时一场疾病让他落下终身残疾——聋，哑，一辈子没有讨上媳妇成立家庭，似乎也合乎情理。健全人尚且艰难，何况一个重度残疾者？听人说，老人有文化，上过学。这似乎也是确凿的。在与他交流的过程，全凭一张纸，一支笔。老人写起字来运笔流畅，不错字，不忘字，好像他默默写了多年，就为等待我们来到他的家中，询问、了解和他有关的事情，帮助他，给他灰暗的生活燃起温暖的火。让我们感到诧异的是，这个老人几乎被整个栲栳滩遗忘了。残疾证，低保证，什么都没有，也就是说，这些年来，完全符合条件的他，却被生活终生的地方，这个小小的村庄，给彻底遗忘了。无论什么事情，人们都记不起这个人的存在。他被集体遗忘了。更让我们讶异的是，老人却在朴素黯淡的生活中，保持着一种乐天的态度。他没有诉苦，没有眼泪，褶皱纵横的脸，一直笑呵呵地看着我们。他笔下的每个字，都是写实的，一字一句，简练，简洁，书写的线条也有着现实的硬度。这些年来，老人不但自理生活，还帮助哥哥照顾读初中的孙子，孩子的生活全由他这样一个单身老汉打理，一个重度残疾的聋哑老人，在所有人遗忘他的时候，他始终尽力保持着一个人最后的尊严和体面。他从没有找组织诉过苦，即使符合条件，也没有去伸张自己的合理诉求。他像世外桃源中人，顺应天命，自在自为地活着。而在我们这些驻村干部看来，他的一生，未免太过委屈。我们立刻开始为老人奔走。身为干部，我们感到惭愧。为老人未能享受原该得到的保障而愧疚。很快，我们为老人顺利办下残疾证，老人因此获得了生活补贴、重残补贴。同时，他也完全符合低保条件，也拿到了低保证。办完这一切，我们欣慰地长舒了一口气。无疑，这些将给他的晚年生活，带来帮助和慰藉。

三

为弄清村情民情掌握第一手资料，盛夏，我们踏着露珠去田边地头走访，晚归的夜里，从农户家中出来，深一脚浅一脚，顶着星辰行走在漆黑的山沟。无数次与村民促膝长谈，详细询问种植和养殖情况，家中成员的学习和就业，以及现存的困难和需求。经过集中走访，我们意识到村民自身发展动力不足是制约桲椤滩发展的主要因素，同时，我们也关注到该村生态环境完好，适合畜禽养殖，发展林果业很有潜力。我们组织村民讨论，大家纷纷表示，热切渴望脱贫，但苦于没有发展思路，缺乏种养经验，更缺少资金支持。结合村民情况，我们制定了脱贫规划：大处急寻集体产业项目落地，带动全村致富；小处用针对性措施解决具体困难，长期与短期效益相结合，逐步实现贫困人口稳定脱贫。这些举动，让蹲在墙根儿、冷眼看热闹的村民改变了看法——这个女同志带队的工作组能吃苦、真想干实事！大家眼中的犹疑渐渐淡了，取而代之的，是渴望脱贫致富的殷切期盼。

习近平总书记说，打好脱贫攻坚战，既要解决好眼下问题，更要形成可持续的长效机制，这就是我们努力的方向。我们工作组想的是，扶贫工作不是朝夕之事。我们必须以产业扶贫拔去“穷根”，落地长效产业，以后工作组离开了，村民的收入才能有保障，这才是有效的帮扶。之前，村民们普遍种植玉米，却卖不上价，老百姓渴望更换质优价高的经济作物。驻村伊始，我联系了市级林果专家现场勘查土质，经过研究，建议种植苹果，效益更高，盛果期前，林下可以间种低杆经济作物。台党委经过专题研究，出资10.3万元买来短枝富士苹果苗，帮村里建成300亩优质苹果园。

由于扶贫资金有限，群众缺乏经营经验，必须招商引资。我带领工作组和市级龙头企业金牧种鸡场初步接洽，有意合作建厂，但对方因资金、路途、投资环境等原因迟迟不签协议。已近冬天，施工工期受天气制约，扶贫资金也要在当年报账完毕。我当即向台里汇报工作，说明当前的困境，台里立即鼎力相助，与金牧种鸡场锲而不舍地商谈，最终引进了市级龙头企业来村投资。我们仅用了30天，就把国土、环保、畜牧、用电等手续办齐。

先期征求意见会上，群众积极性很高，可征地时，许多人纷纷变卦。疑惑不解之际，郑秀金大叔道出了实情："家有万贯，带毛儿的不算。以前村里有养鸡的，都没干长。地再荒了咋办？"面对村民的犹豫、不信任，我连夜带着村干部入户解释，请村民放心，我们引入的是龙头企业，管理科学、技术先进、销路畅通，抗风险能力与作坊式的养殖户不可同日而语。贫困户不论企业盈亏，都按固定比例分红，还能就近务工，解决就业问题。在我们的艰辛努力下，群众的顾虑消除了，与企业签订了20年合同，投资1180万元、5栋共8500平方米的鸡舍、养殖规模8万只的现代化蛋种鸡养殖场终于建成了。贫困户以扶贫资金、土地和劳务方式入股，每年17万元的分红让他们有了固定收入。

企业负责人马慧生说："在这里投资，缘于刘颖书记多次登门的诚意，是她对扶贫事业的专心投入和对农民的深厚感情，深深地感动了我们投资人。"这些不乏鼓励的赞语，我当作是自己在扶贫工作中，意外的收获。

四

文字的书写是轻快的，现实却漫长而煎熬。联系、接洽、办理证件，每一个过程都琐碎而艰辛。为了提高办事速度，早一天让村民们看到成果，我们风里来雨里去。有一回，我们进城办事，一早就下起了倾盆大雨。盘山路狭窄陡峭，一下雨，那些雨水模糊了道路与深渊的边界，开车稍有不慎，我们都可能坠下悬崖。我们当然可以另选一个好天气，但事情时刻都有可能发生变化。也许换一天，对方的心意就发生了变化，约好的事情就变了卦，原本可能顺利盖到的章不知又要拖延到什么时候。最终，看着窗外瓢泼大雨，我一咬牙，还是带着工作组冲入雨中上路了。雨声遮盖了一切。司机屏住呼吸，小心而专注地开着车，即使不开车的人，也崩紧身体和神经，感觉把全身的力气都使了出来，稳定恐惧的情绪，也尽力保持着车子的平衡。雨声哗哗，隔着一道车窗在耳边轰响。有那么一刻，我闭上眼，眼前浮现出女儿稚嫩可爱的脸蛋。她不知道她的妈妈在忙些什么，经历着什么，也许，她正在安静的书房写作业，和爸爸享受着安静的温馨。我知道，车轮一旦打滑，不小心翻过去，那便是万劫不复的深渊。车子里安静极了，能听得到自己的呼吸和心跳。值得庆幸的是，我们最终顺利通过盘山路，按时抵达约定地点，圆满完成了计划中的任务。

两年半800多个日日夜夜，我和我的工作组成员赵云盟、李贞军跋山涉水踏遍山山岭岭，走过全村的沟沟坎坎，田间路旁都是办公场所，脱贫措施一项项清单，了然于胸又公示在墙。是栽种苹果还是养鸡，哪里用地哪里筹款，何时动工谁来帮忙，一件件想到乡亲们的心坎上。我们团队互相鼓励，密切配合，多少次，挑灯夜战，把工作做到全镇乃至全县前列。因为劳累过度，我突发急性阑尾炎，傍晚，躺在床上孤独地输着点滴，多少村民看在眼里痛在心里，一声声问候让我终生难忘。在这两年多时间里，丈夫始终站在身后默默支持着我。去年我妈妈骨折，不能下床，婆婆也急病住院，孩子放学回到家里，也要吃上营养的饭菜，我爱人给孩子做好饭，便直奔医院，照顾两位老人，挑起家庭中全部的重担。他没有半句埋怨，让我在村里踏踏实实安心工作。说到女儿，再次见到她时，她已经比我高出了半个头。作为母亲，我既欣喜又难过。欣喜是，在我不在身边陪伴她的两年时间里，她长大了，更乖巧懂事，像个大女孩一样对我嘘寒问暖，难过的是，在她宝贵的童年生活中，我整整缺席了两年。这两年时间中，没有母亲的细致入微的关爱，她独自克服学习和生活上的许多困难，比同龄孩子，似乎成熟许多。她从在视频中流泪，哭泣，要妈妈回到身边，转为后来的笑脸，安慰，鼓励妈妈放心工作，她和爸爸一切都好这些细节中，我欣慰而又心疼地，看见女儿的迅速成长。

在椁椤滩村扶贫的两年间，我们走访帮扶贫困户1000余人次，联系广电爱心时间银行等十多家，爱心企业到村捐赠30余次。我还专门邀请高校教授到田间地头传授经验、中医院义诊、律师团送法进村……桩桩件件，在沉寂的椁椤滩村，牵动过多少村民的目光，引起家家户户的关注和热议。村民们深切感受到社会的关爱，增强了脱贫的动力和信心。两年的时间，作为椁椤滩村的一员，我和他们吃住在一起，分担忧愁，分享喜悦，体验到种种艰辛的同时，也更加坚定了对于未来的信心和希望。

椁椤滩村旧貌换新颜。崭新的村桥，拓宽的村道，功能齐全的村民中心，蓄水池大眼井更是从根本上改变了靠天吃饭的命运，贫困户担任保洁员，把村庄打扫得干干净净。夜色中，一盏盏路灯仿佛天上的星辰遥相呼应。村民空闲时，在村部上网娱乐，看看书，在傍晚的广场扭秧歌，脸上浮现出满足的笑意。

通过落实产业带动、社保兜底、教育扶贫、易地搬迁等一系列措施，椁椤滩村村民收入持续增加，不愁吃、不愁穿，住房、饮水、医疗保障得到根本落实，全村实现脱贫出列。而我，则因业绩突出，获得了全省扶贫脱贫“优秀驻村第一书记”的荣誉称号。

我的扶贫情结不会由于任期的结束而终止。椁椤滩村无异于我的第二故乡，我的汗水和足迹永远留在了那片大山深处的土地上。也许，要不了多久，未来的椁椤滩村果真满山苍翠，清水潺潺。那时候，年轻人不再热衷于外出打工，而是选择留下来，在美好的山村，恣意挥洒青春，追寻梦想。

03

木兰花开

第一书记扶贫手记

杨书信，男，现任秦皇岛市委农工农业农村局美丽乡村建设中心主任。2016年2月至2018年7月在青龙满族自治县三星口乡陶杖子村任第一书记。

金屏山下的最美时光

◎ 杨书信

夕阳西下，温暖而明亮的阳光，流金溢彩般映照在绵延挺拔的金屏山上。我们当时为金屏山命名的时候，灵感也正来源于此。金屏山位于青龙满族自治县的最东端，这座山是一个奇迹般的存在，巨石林立，延绵不绝，如天然长城一般，所以也俗称石长城。2016年2月，我们市委农工委扶贫工作组入驻的陶杖子村，就在金屏山的山脚下。在陶杖子村开展扶贫工作两年多的时光转眼间就过去了，可是现在回想起在村里的那段时光，如在眼前，那些熟悉的面孔，那些曾经发生过的事情，我们付出的努力与汗水，仍旧记忆犹新。有过困难与彷徨，有过奋斗与付出，更有欣慰与喜悦。那些日子，让我感到格外充实，那也是我人生与工作经历中，最美好的时光，仔细想想，可以简单概括为五个字：访、谋、跑、爱、悟。

访

为了决胜全面建成小康社会，决战脱贫攻坚目标任务的完成，按照市、县的统一安排，我们市委农工委扶贫工作组一行三人，于2016年2月入驻青龙满族自治县三星口乡陶杖子村，进村的时候，眼前的景象让人感到惊诧，竟然还有如此破旧的村庄。我们看到的是，村中能勉强算得上主路的地方，到处都是坑坑洼洼，道路两侧，杂乱无章地堆积着柴草、石头和瓦块，很多地方只能单车通过，错个车都很费劲，许多村民的院子没有院墙、没有大门，破败不堪。

这就是我们到陶杖子村的第一印象，我们就是要在这样的条件下开展扶贫工作。面对如此现状，如何开展精准扶贫，实现新突破，谋求新发展？我们心里真是没底。

为了尽快了解和掌握村里的详细情况，我们三人分头以村内老党员、老干部、外出的致富能人以及村里的贫困群众代表为重点，走街串巷，进门入户，门前炕头、村口路边、田间地头，都是我们了解民情、宣传政策的办公场所，与村民一起，或席地而坐，或倚墙站立，一唠就是小半天。陶杖子村共有11个村民小组，这里的山山水水、家家户户，几乎都留下了我们的足迹，尤其是对那些因病、因残的致贫群众，我们更要细心地记录下来，以便于日后更有针对性地开展精准帮扶工作。

赵国柱家是我们去得最多的一家，平时看上去，家里还过得去，可是经过仔细了解，我们就发现了他家的难处。平时只有夫妻两口人在家，一儿一女虽然都已经成年，但是女儿远嫁他乡，平时无暇顾及父母，儿子在外打工，收入微薄，更主要的原因是赵国柱身患癌症，常年就医用药，又没有多少收入，真是入不敷出。了解到他家的情况后，我们就给予了更多的关注和照顾，捐资捐物，有相关扶贫政策先想着他家，还帮助他联系了北戴河的热心企业家，实施对接扶助，在他病重期间，还帮他联系了医院住院治疗。我们向单位领导汇报的时候，领导也高度关注，还个人捐了款，我们去医院看望他，把我们手中大家捐的款送到他手里的时候，他热泪盈眶的样子，让我至今难忘。令人遗憾的是，人最后还是没了。

有一次，我去头道沟和周杖子两个自然村，做入户走访，因为和村民唠嗑的时间太长了，准备返回驻地时，天已经完全黑了，虽然拿了手电，但是山里的夜色格外的浓，伸手不见五指，感觉手电的这点儿光亮像萤火虫一样，走很远的路，才能见到村庄。我骑着自行车，独自一个人磕磕绊绊地前往驻地。我这个人从小就有一个怕黑的毛病，对黑暗有一种与生俱来的恐惧感，直到成年，也一直没有克服对黑暗的恐惧。一路上万籁俱寂，天上密密麻麻的星星闪烁着遥远的光亮，山间偶尔的一两声鸟鸣，让人感受着一种荒郊野外的空旷，令人心里发毛。我使劲蹬着脚下的自行车脚蹬，总感觉速度很慢，路很长。回到驻地的时候，衣服都已经被汗水湿透了。

在与一些老党员、老村干部交谈时，许多人提到了村东山的大砬子，这个大砬子是当地村民的习惯叫法，山势险峻，巨石林立，景观奇特，绵延十数里，外人将其整体称为石长城。站在村里，引颈东望，蓝天之下，山势雄伟，怪石如擎天之柱，无限风光近在眼前。隔壁的村子一直在借力发展旅游，其实很多精华景点都在陶杖子村，但由于陶杖子村从没做过旅游谋划和宣传，也没有人知道在陶杖子村上山更便捷，这个珍贵的旅游资源一直被闲置着。

谋

善谋者行远，实干者乃成。

虽说成事在天，但谋事者，必在其人。不谋其事，谈何成其实。我深深感受到，陶杖子村要想脱贫致富谋发展，必须靠山吃山，必须要改变“守着金山银山，看人家发展”的现状。我们驻村工作组经过讨论研究，形成了一致的想法，借助现成的旅游资源，因地制宜，力所能及地搞开发，发展乡村旅游。心中有了想法，便与村内党员和群众进行交流沟通，进一步坚定了我们发展乡村旅游的信念。

为引导村干部与群众增强发展乡村旅游的意识，通过召开会议，学习有关乡村休闲旅游的材料，推荐典型经验，让群众认识到乡村休闲观光旅游对本村经济发展的现实意义。为了打好发展乡村旅游的基础，我与村干部一起，起早贪黑，先后数十次到山上，寻找、开辟上山的旅游线路。这座大山，有的地方已经十年、几十年都没有上过人了，到处长满了茂密的柴草，荆棘遍布，灌木丛生，我们硬是凭借手里的户外工具和镰刀、斧头，艰难地开辟出了两条上山的旅游线路。同时，为了给喜欢户外的“强驴”们提供一条具有挑战性的全新线路，我们又辗转到山的背后，历经艰险，用红布条做标记，生生探出了一条户外新路。

传说山上有抗战时期日军修建的炮楼，这既是日军的侵华证据，也是留到今天的一个进行爱国主义教育的旅游景点，为了找到它，还是在没有向导的情况下，我自己一个人摸上了山，有的地方山崖直上直下，有的地方灌木丛生，事后回想，我都不知道当时是怎么上去的，下山的时候，胳膊上全是划痕。

摸清情况后，又专门请旅游专业人士，进行规划、谋划，经过仔细推敲斟酌，最终将陶杖子村东山的大砬子命名为金屏山。再通过拍摄宣传片、撰写宣传推荐文章、邀请户外爱好者实地踏查等多种方式，不断扩大陶杖子村旅游的知名度，并成功探索形成了多条旅游精品线路，还专门修建了一处观景亭和宽敞的停车场，初步形成了独具特色的乡村休闲旅游产业雏形。先后接待天津、唐山、辽宁以及市内的各大旅行社、驴友户外团、个人自驾游等游客2万余人，顺势诞生的农家饭庄受益匪浅，农副产品销售收入也明显增长。我们还自己拍摄风光图片，自己撰写景点解说文字，印刷了精美的陶杖子乡村旅游手册，凡是来这里旅游的游客，每人赠送一册，还把这些小册子带到了秦皇岛、石家庄，在合适的场所广泛散发，有效提高了陶杖子的旅游知名度。陶杖子从一个偏僻而无人知晓的传统小山村，逐步转变为远近闻名的休闲观光旅游村。由此，陶杖子金屏山休闲度假旅游初具规模。

跑

彻底改变陶杖子村贫困落后的面貌，必须要有项目有资金。没有项目和资金，就如同做饭没有米，烧火没有柴，想得再好，也变不成现实。

我们工作组的三名成员，各自出发，分别跑石家庄、秦皇岛、青龙，日晒雨淋，风尘仆仆，多次与省、市、县相关部门汇报、沟通、协调，努力加大跑办力度。省级美丽乡村重点村如果纳入精品村行列，无论从资金上还是政策上，都将有很多优惠，凭借多年具体负责全市美丽乡村建设工作的经验和熟悉掌握相关政策规定的优势，我们多次与机关领导和县委农工委沟通，从而使资金使用额度从普通村的200万元提高到500万～1000万元。同时，通过多次与省美丽办、省旅游委沟通协调，又成功将陶杖子村列入全省首批旅游精品示范村行列。为了使全长4.7千米的周干线道路拓宽工程顺利实施，先后多次与县委、县政府有关领导及县旅游局、交通局、美丽办等单位汇报、沟通，邀请市、县规划部门，国土和交通部门，帮助规划设计，最终使这条新修的高标准旅游路成为群众心中的“暖心路”“致富路”。

两年多的时光，在金屏山下这个小村，我们先后开展了高标准旅游路、护田坝、护庄坝、街巷路面硬化、墙体美化、观景平台、旅游停车场、露天厕所改造、污水处理、文化广场等20余项建设工程，记得那些跑项目、建设施工的日日夜夜，真是马不停蹄，一身汗水一身泥。有一阵子，又累又上火，患中耳炎，耳朵流脓，每天夜里疼得睡不着觉，翻来覆去地想每一个工程的建设落实情况，村里的事情说简单就简单，说复杂就复杂，因为每一项工程都涉及资金、占地等，涉及每一家每一户的具体利益，需要耐心细致地解释、做工作，取得同意，争取支持。单就街道拓宽一项，从原来不足3米的街道，拓宽到5～8米，拓宽的每一块地方，都是每家每户曾经实际占用的地方，让大家腾出来，退出来，并不是一件容易的事。但是，经过我们的努力，做大量的工作，还是得到了村民的认可和支持。村庄整体面貌发生了彻底的改变，群众生活环境得到较大改善，终于成为附近村人人羡慕的“幸福村”。

爱

爱是人间最美的感情。爱无界限，也无大小。从驻村第一天开始，我就从心里实实在在地把陶杖子村当作了自己的第二个家，并把每一个贫困户当作自己的亲人、家人。对于村里的事，只要是有益的，都要全力争取，路程再远、事再难办，只要有一丝希望，我们都努力去办。

贫困户陶安家突发火灾那天是个周末，我正在回老家卢龙的路上，已经很久没回老家了，刚想抓周末时间回老家看看，可是电话响了，得知村民家里失火，房子被焚毁，我下了高速立即调头返回，放弃休假，迅速赶回村内，并利用路途时间立即组织机关党员和社会爱心人士捐款捐物，帮助他们渡过难关。机关全体党员干部纷纷捐款捐物，把生活急需的米、面、油、被褥、衣物等，甚至菜刀、餐具及时送到了村里。我又在微信朋友圈里发动网络捐助，第一个响应的就是一位县领导，大家纷纷献出了一份爱心。后来，又与县里相关部门汇报，争取住房危房改造项目，帮助他家重新盖起了新房。

当我得知市里对贫困学生有福彩补助资金项目时，这个活动已经结束了。但是我知道村里有贫困户董瑞祥、董万章等几家的孩子考上大学但又无力负担学费的实际情况，就主动带着这几家的孩子找团县委、县总工会、县残联以及市福彩中心和北戴河爱心企业家，先后行程超过1000余里，最后终于为他们争取到了补助资金。

疾病，常常是贫困户与大多数村民最大的负担。针对村民日常体检缺乏，从而导致小病拖大病的实际情况，多次协调有关单位，成功邀请北戴河医院、秦皇岛民众体验中心的专家来村义诊，每次都有许多村民到现场排队等候，累计为300多名群众进行了现场诊治，看着来来往往的村民，我的心里忽然有了一些踏实感。

村东有一家蜜蜂养殖户，辛辛苦苦出产的蜂蜜却卖不出去，得知他家的蜂蜜滞销后，我忽然想到了网络销售这个当下最流行的销售方式，于是联系腾讯·大燕网，以扶贫义卖的形式，在网上发布消息，在全省帮助其销售，在短短5个小时，其滞销蜂蜜全部销售一空，并帮助周边蜂农将优质蜂蜜销售到全省各地，既有效促进了蜂蜜产业的发展，又使消费者买到了放心质高的蜂蜜。

在村里，让我感受最深的是大家对我称谓的转变，从最初村民口中的“领导”“书记”，已经悄然转变成了“老杨”“大兄弟”“大侄儿”……

这些变化，让我的心里暖融融的，不是一家人，称呼难得如此亲切。

每一个人的时间精力都是有限的，所付出的情感和爱，也是有限的。当你在此付出得多了，在其他的地方自然就少了。在陶杖子村这两年多的时间，我的心里，既有安慰，也有愧疚。尤其对自己的家庭，我亏欠女儿和妻子很多，工作忙起来，很多天都不能回家，家务全部扔给了妻子。自从来到陶杖子村后，就再也没有管过女儿的学习，尤其是2016年，孩子上初三，是她学习生涯中的重要时期，孩子的学习成绩从以前的年级上游，一下子滑落到中下游，中考成绩很不理想。孩子虽然能理解，但我知道，她的心中也会有怨言。妻子张丽萍借调在市扶贫办工作，我的事情一多，不但家里的事情顾不上管，还把妻子叫到村里，一起跟着忙。好在妻子不但业务熟练，还一直无怨无悔，无条件地支持我的工作，对我的工作给予了最大的帮助，这也让我的心里深感愧疚的同时略感踏实。为此，我与妻子还被誉为全市扶贫战线上的“最美夫妻档”。让我最感欣慰的是，我还成为全市10名“最美驻村干部”之一，驻村扶贫事迹，先后在中央、省、市、县等各级媒体报道。

悟

有一段不寻常的经历，必然有一些不同往常的感悟。在陶杖子村工作的这段时间，让我既有欣慰，又有失落，更多的是浓浓的不舍。两年多，我们大家一起，比较圆满地完成了脱贫攻坚的阶段性任务。同时，因为时间的关系，有很多想法还正在落实中，有的还没有开始，不过幸好还有新一批工作组的同伴，他们接过我们手中的接力棒，把未完成的工作，以更高的质量扎实推进下去。

两年多驻村工作的酸甜苦辣，个中滋味，我们都有自己不同的感受。想想，我也有许多收获和感悟。

一要有“傻子”精神。我这里说的“傻子”，是那种为了扶贫工作义无反顾埋头苦干的精神。有时候和同事、和朋友们一起谈心的时候，我想大家都会被问到“你这么拼命干，为了啥，给了你们什么好处”。听到这些话，我只能微微一笑，为了啥，其实说实在的，往大了说，是党和政府交给我们的政治任务，我们必须完成；往小了说，其实就是为了自己的“心”，驻村一回，面对村里的希望，老百姓的盼望，我们不能让他们失望，更不能对不起自己的心。2016年，刚到陶杖子村的时候，时任乡长的李宝奎就对我说，陶杖子是整个三星口乡最穷最偏的一个村，事实上当我进驻到这个村后，也确实验证了这一点，全村除了个别几处新房子外，这个村整体就是房子破、道路破、院墙破，入眼的基本都是破烂不堪。当时，我就想，这样的村子，仅仅两年时间，能有多大变化？但是把咱派到了这里，那就得想方设法地干，干出让老百姓满意、让自己不后悔的成绩来。

在随后的日子里，去县里跑项目、争资金，去市里找领导汇报工作，找市直单位协商项目，一次不行两次，两次不行三次，甚至五六次、七八次，最后自己都不知道多少次了。比如我们现在的高标准沥青路，从市交通局、设计公司，到县交通、国土、规划等各部门，前前后后跑了半年多，县里主要领导都对这条路给予了高度的关注，并多次协调解决具体问题。过程虽然苦，虽然累，更有很多自己才能懂得的心酸，但最后成功了，让老百姓走上了一条康庄大道。

为了解决交通问题，在单位没有车的情况下，2016年11月，我自己拿出4万多元，买了辆二手捷达，算下来，光我这辆车就跑了7万多千米。两年多来，我们这个村各项基础设施投资总计在1000多万元，全村整体面貌较以前有了根本性的改变，也让这里成为远近闻名的“旅游村”，村头的观景凉亭和停车场，更成为十里八村的特殊景致，每有远方来的亲朋好友，必到那里观景闲谈，而陶杖子金屏山也真正成为他们自己心目中的旅游区。两年多下来，村里有了变化，我更有了一个变化，成为名副其实的农村“白发老头儿”，从一开始村民眼里的“杨书记”，变成他们嘴里的“老杨”。

二要有“吃苦”精神。“驻村苦不苦”，没有扶过贫的人，看到的可能是从城里到农村生活的吃住方面的不方便。其实，对我们来讲，这里生活方面的不便算不了什么。我们的苦，一方面是来自群众的不理解，这让我们心里发苦，比如村里的美丽乡村建设，要有统一的规划，不能自己想怎么样就怎么样，一家一个样，但是在实际工作中，有些群众有自己的想法，你不按他的思路来，他就会说东道西，说这说那，其他工作也是这样。但这些，咱们又不能任其发展，必须与村干部一起，把思想工作做通，真正把好事办好。原市委书记孟祥伟有过一段话说得很对："如果干部和人民之间有了矛盾，一定是干部党员出了问题。"另一方面，是工作上的苦和累。我说个具体的例子，我这人不喜欢开车，我这开车的本事还是在一同驻村的志民的帮助下才学会的。为了让这些金榜题名的贫困孩子能够尽可能地争取更多的生活学习资金，主动带着这些孩子找团县委、县教育局、总工会、县统战部、县残联以及市福彩中心和北戴河爱心企业家，不到两天的时间里，行程超过1000里，来回折返青龙县城三次，半路上还帮着素不相识的一个学生家长把孩子的档案资料送到了青龙一中。那两天累得我是真不想动，腰酸腿疼，但是没办法，咱就是干这个的，再累第二天起来还得接着干。

为了启动村里的休闲观光旅游产业，我与村干部一同先后数十次到山上，寻找、开辟旅游线路。有一次村干部没空，自己早饭都没吃，一个人上山踏查线路，没想到竟然迷了路，也不知道走了多长时间，最后从山上的丛林中看到山下有房屋，找不到路直接顺着目标蹚下去了，到山下一问，原来跑到干沟乡的一个小村了。热情的老乡一听说我是驻村干部，更是做了小米粥让我吃，当时又累又渴又饿的我，真是感激得不得了。从早上7点多，直到下午4点钟，才由我们村的村干部把我带回了驻地。事后给妻子打电话，原来那么坚强的她，竟然哇哇大哭，说万一出事了，他们娘俩可怎么整，自己想想也是有点后怕。

三要有"担当"精神。我们一直在讲"不忘初心"，但怎么做才是不忘初心，我认为就是要敢于担当，真抓实干、埋头苦干、干在实处、干出成效。2016年刚刚启动美丽乡村的时候，无论是市里还是县里，政策、资金都没有准确的消息，老百姓包括村干部，还一直坚持"不给钱不办事，钱不到位不办事”的想法。但随着国家政策的调整，都是先干后补，干完再补，如果按照村里的意见，很可能就错过了这次大好的机会。为了抓住这个能够改变村庄面貌的机会，我多次与机关领导和县农工委沟通、请示，将陶杖子列入美丽乡村范畴，使其享受相关的政策和资金支持。同时，又在充分征求村两委干部意见的基础上，找到了市里具有丰富美丽乡村设计、施工经验的姜占民经理垫资规划、建设陶杖子的美丽乡村，并以我们工作组的名义，多次解释、保证，使其打消顾虑，迅速开展美丽乡村建设的各项工程。在工作推进过程中，更得到了县里领导和农工委、美丽办的大力支持，我还记得县美丽办的一位领导说过：“工作就是干出来的，干了不一定有成绩，不干，什么都没有。”干其实就是一种担当，但不是说蛮干，要有理有据，深思熟虑后，必须有一定的担当，才能真正干出成效。

四要有“结亲戚”精神。从驻村第一天开始，我就把陶杖子当作自己的第二个家，并把每一户群众当作自己的亲人、家人，尤其是一些贫困户，更是把他们当作亲戚、朋友。在贫困户赵国柱家，看到他家的困难情况，就从自己的工资中拿出钱来帮助他，并协调帮扶企业看望慰问，得知他妻子遭遇车祸，又多次看望，并专程到县民政局跑办救助资金。

在陶杖子村的两年多，我真心诚意地帮扶了许多贫困村民，人心都是肉长的，你付出了多少，就会得到多少回报，我觉得最大的收获，就是我在陶杖子村有了很多亲戚，很多亲人。

如今人虽然离开陶杖子村了，但是在那里还有我个人的帮扶户，逢年过节还是要去那里看一看乡亲，就像经常去走走亲戚。

美丽的金屏山下，在陶杖子村，有我最美好的时光。

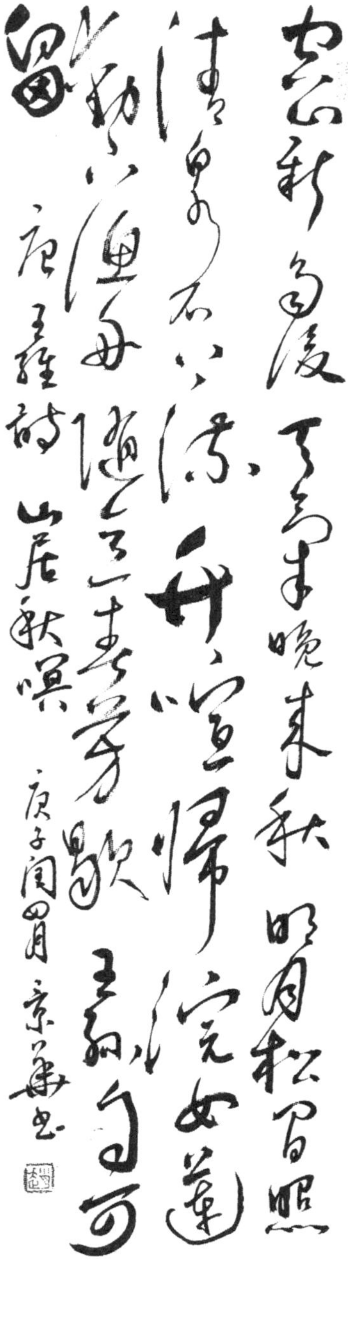
空山新雨后
天气晚来秋
明月松间照
清泉石上流
竹喧归浣女
莲动下渔舟
随意春芳歇
王孙自可留
王维诗 山居秋暝
庚子闰四月

04

木兰花开

第一书记扶贫手记

方振兴，男，现任秦皇岛市自然资源和规划局国土空间规划科科长。2016年2月至2018年7月在青龙满族自治县大巫岚镇窑上村任第一书记。

忘不掉的窑上村

◎ 方振兴

一

已经记不清多少次去过朱保友老人家了，但是这次不一样。

在窑上村担任驻村第一书记、开展精准扶贫工作已经两年多了，按照组织安排，进行人员轮换，就要离开这个熟悉的小村了。这里的一家一户，一山一水，一草一木，不仅熟悉，更有了深深的感情，真的要离开了，在心里忽然觉得难舍难分，更有了许多牵挂。朱保友老人就是其中之一，他是一组的村民，70多岁了，独身一人，手上还有残疾，日子过得很艰难，他也是全村的6个五保户之一。这两年里，我们扶贫工作队的三个人没少到老人的家里来。在我们到来之前，这个家早已经没有家的样子了，屋里黑洞洞的，杂乱无章，异味扑鼻。我们帮他粉刷了早已经分不出颜色的墙壁，清理了卫生，给他带来了干净的衣服，补充了生活用品，逢年过节，还给他送来米、面、油等。老人的屋里，终于有了家的样子。我们每次来，老人都感动得流眼泪。

我们要离开这里了，再次来看看老人，老人家听说我们要走了，有万般的不舍，只是他不善言语，而那张饱经风霜的脸上，却写满了留恋与遗憾，我们临出门的时候，他不知道从哪里找出了一条红河烟，真诚而执着地一定要给我们带上，我知道，也许这是老人专门给我们准备的，他一年仅有那点儿五保金，那是他全年的生活费。这一刻，轮到我们感动了，老人朴实而深厚的情感，让我们的眼里盈满了泪水……

我们走出很远了，回头，老人依旧站在大门口，依依不舍地向我们挥手。

此刻的窑上村，大地安静祥和，天空澄澈悠远。

二

记得第一次来窑上村那天，是2016年2月25日，元宵节刚过，农历正月十八。按照市、县统一部署，市城乡规划局驻窑上村工作组一行三人，入驻窑上村，开展精准扶贫工作。然而，让我们没想到的是，仿佛一个冬天的雪，都积攒到这一天来下了。阴沉的天空，一大早就洋洋洒洒地飘起了鹅毛大雪，高速公路封了，我们只能改走秦青公路，雪大路滑，天地之间白茫茫一片，我们小心翼翼地驾车，缓慢地行驶在大雪之中。一路上，有好多事故车泊在路边，等待处理或救援。秦青公路属于山区公路，路窄弯多，还有上坡下岭，稍微不慎，就有可能是车毁人亡的恶性事故。我们艰难地赶到窑上村的时候，已经是下午了。

窑上村隶属青龙满族自治县大巫岚镇，位于青龙经济技术开发区南部。大巫岚这个名字，据说是蒙语红色土地的意思，历史上青龙一带属于农耕文化与游牧文化的接合部，这里曾有多民族复杂的历史变迁，所以至今能遗留下带有民族或历史痕迹的地名，也属一份历史文化遗产了。我们了解到，窑上村全村有8个村民小组，共523户，有1510口人，两委班子成员4人，党员35人。村辖区面积有9200亩，耕地1700亩。这里是典型的山区，没有多少资源，贫穷仿佛是与生俱来的，村民们的主要经济来源，以种植业、养殖业、劳务收入为主。建档立卡的贫困户就有174户，共405人，占全村人口将近三分之一。其中，还有五保户6户。

由此可见，在窑上村，扶贫工作是一项很艰巨的任务。

三

窑上村大多为黄土地，比较适合脱坯烧窑。从遗留至今的地名可以看出，这里也曾确实有过烧砖瓦窑的历史。历史已经定格在遥远的岁月里了，今天的窑上村已经不再有窑口闪亮、烟气缭绕的情景了。除了村边公路上行驶的汽车，村庄一片寂静。

如何让这个寂静的村庄呈现出兴旺发达、蒸蒸日上的劲头，让村民的日子过得更有生气更有希望，大家共同脱离贫困，走上富裕的小康之路，是摆在我们三个人面前的一道难题。

转眼，春天已经来临，在温润的风中，大地渐渐透出点点绿色。村民也开始忙碌起来，到了备耕时节。有多少个夜晚，我们很难入睡，谈工作，找对策。村庄的夜晚星光璀璨，远处，不时传来一声声鸟鸣，忽然让人想起那句古诗“蝉噪林愈静，鸟鸣山更幽”。然而，此时我们却无心赏景。

为了更有效地开展工作，我们制定了“三步走”的策略：知民心、扶民志、解民忧。

要做到有的放矢，实现精准扶贫，就要先了解情况，知道老百姓的心里在想什么，知道他们缺什么，知道他们的问题所在，知道他们需要帮什么。于是，我带领工作组成员每天深入农家炕头、田间地头、养殖场舍，跟他们拉家常，谈农事，细致地了解他们的家庭状况，了解他们的所需所求，跟村民拉近了感情，也摸透了他们的心情。我们相继完成了174户贫困户信息的采集、精准台账的制定，进行统筹谋划，逐步解决贫困户的实际问题。

要走出困境，首先需要自己有信心，输血不如造血，只有充分调动村民的热情，发挥他们的积极性，我们的工作才会有成效。围绕“扶民志”，我们先后制作了《政策资料汇编》分发给村民，在村里粉刷扶贫政策标语16条、悬挂横幅4条，制作、规划展板5块，详细介绍扶贫政策，鼓舞大家有决心有信心，彻底摆脱贫困。还召开了各种专题座谈会5次，组织进村文艺演出3次。这些措施，营造了脱贫攻坚的浓郁氛围，宣传了党的好政策，解放了村民的思想，逐渐实现了村民从“要我脱贫”到“我要脱贫”的转变。村民自己增强了脱贫致富奔小康的信心和决心。

围绕“解民忧”，我们先后组织了2次果树栽培管理培训，7次种植养殖培训，还组织了6次外出考察学习，以此开拓村民的视野，普及了科学知识，增强了脱贫致富的能力。先后4次组织医疗小分队进村，帮助村民诊病治病，为村民服务。定期开展了“一对一”结对帮扶活动，不定期开展送政策、送温暖以及农产品义卖等很见成效的帮扶活动。

2017年，连续两个月开展了“周五帮扶月活动”：向村民送连心卡、填帮扶手册；开展“五个一活动”，即讲一堂党课、发一封感谢信、贴一个新年挂历、送一份慰问品、搞一次大扫除。投入11万多元，在2018年1月和12月分别开展了两次新年慰问活动，给贫困户送去了党的温暖、党的关怀，切实解决村民的实际困难。

四

帮助窑上村的村民彻底摆脱贫困，是一项艰巨的长期工程，不能只图眼前，不能只解决燃眉之急，要想实现彻底摆脱贫困这个目标，就必须立足长远，在超前谋划上下功夫，突出规划计划的引领性。

渐渐发现，我已经把这个刚刚熟悉起来的小村放在了心里，我希望看到它更加美好的未来，我相信，村民们不敢梦想的，要首先成为我的梦想。我要让我们的努力，成为实现这个梦想的阶梯。

为了确保工作少留遗憾，甚至不留遗憾，我们把规划和计划的科学性和合理性，作为脱贫工作的重点，找权威，请专家，深入研究，整体规划，先后邀请农业、林业和养殖等专家参与，对扶贫产业发展、基础设施布局和美丽乡村打造，进行了专题研究，还专门委托市规划院为窑上村免费编制了《窑上村美丽乡村建设规划设计》，分步制订了窑上村脱贫攻坚的年度计划。这是我们心中一张张充满希望的美好蓝图。

五

"喊破嗓子不如甩开膀子。"

这是我体会最深的一句话。只有通过实干，把心中的蓝图，实实在在地呈现在老百姓的眼前，才是梦想成真。老百姓最关心的，是身边实实在在的变化，我们扶贫工作队进驻窑上村，不能仅仅是人来了，一定要给老百姓带来真实的摆在面前的东西，让老百姓的生活质量得到不断提高。所以，我们围绕制订的计划和规划，把推进项目建设作为工作的重点，始终把提高村民的幸福指数作为工作的核心。

根据窑上村的现实条件，我们决定从种植和养殖入手，土地是农民最大的资源，只有扎根土地，踏踏实实地在土地上做文章，才是最现实的出路。

在种植业方面，根据窑上村的实际情况，突出了一个"优"字。着眼于果树新品种的引进，通过各种渠道广泛联系，我们到辽宁营口，引进了价高质优的大红袍李子、玉露香梨等优良品种，投入11.6万元，培育了580亩的新果园。对于已有的老品种，我们着眼于提质增效，投入7.2万元，实施了500亩老果园科学管护，补栽果树6000棵、嫁接果树1500棵。为了增加农业附加值，投入2万元，推广种植黄芪、知母等中药材100亩。通过我们的努力，大大小小的果树苗，已经植根在窑上村的黄土地上了。我相信，在不久的将来，这些茁壮成长的果树，会在春风中盛开出大片大片洁白的花朵，这里一定会成为一个桃李满园、盛果飘香的地方。

在养殖业方面，以大胆创新的模式，突出一个"强"字。着眼"大户+农户"模式，先后投入29万元，养殖小尾寒羊近600只。实行贫困户产业资金全部入股，采用合作社模式，投入60.3万元，租用4亩土地，建成了窑上村养驴场，一期养殖规模就达37头。还记得，我们远到内蒙古去买驴的时候，面对辽阔的大草原，心胸豁然开朗，我们仿佛看到驴群已经生息在窑上村的土地上，它们不断生殖繁衍，队伍不断壮大。在我的心中，那就是窑上村的财富在不断增长，是窑上村的美好希望，距离我们越来越近。

后来，我们又为窑上村引进了一个光伏发电项目。光伏项目突出一个“兴”字。着眼于村集体经济的发展，投入15万元，建成了青龙第一个20千瓦村集体光伏发电项目，改写了窑上村无集体收入的历史。相继采取合作社模式，投入42.7万元，利用四户村民屋顶，建成了55千瓦分布式光伏发电项目。还报批了一个300千瓦村级光伏扶贫电站项目。我觉得，这是一个实实在在的充满光明与希望的工程。

六

项目建设是根本，完善的基础设施是保障，美丽乡村是目标和未来。

窑上村的基础设施建设，距离发展要求还差得很远，灌溉无水，上山无路，过河无桥。所以我们驻村工作队进驻村里之后，就积极筹划，立项目，跑资金，突出村民所需、所思、所盼，先后有针对性地投入资金282.7万元，实施了4大基础设施5个项目。针对农田果树“浇灌难”问题，投入145万元，实施了引水上山工程，把清澈的泉水送到每一棵果树下。在村中选准位置，新打120米以上的深水井14眼，新建了100立方米的蓄水池19个，挖出100立方米的大口井2个，同步完成了部分管网配套设施。

居住在山区，最直接的困难就是出行难，一座座大山挡住了人们的去路，所以自古就有愚公移山的传统，愚公移山的精神一直鼓舞着后人。其实我们驻村工作队更需要这种精神，如果没有坚定的决心和坚强的毅力，肯定做不好千头万绪的扶贫工作。为了村民出行方便，投入14.7万元资金，硬化了600多米的村主干道和2500多米村民入户路；针对村民生产运输难的问题，结合引水上山工程，修建田间作业路9000多米；针对村民生产安全问题，投资123万元，新修了3000多米护庄护田坝和5个拱桥。村民出行，再也不会深一脚浅一脚，晴天一脚土雨天一脚泥了。村民们的生产条件和生活质量，得到了有效提高，村民的日子发生了看得见摸得着的变化。看着这一切，我们的内心也充满了巨大的成就感。

七

美丽乡村一直是许多人心中的向往，尤其在工业化、城市化的今天，乡村仿佛一幅田园风情画，天蓝水碧，安静祥和，果蔬飘香，鸡犬相闻，“晨兴理荒秽，戴月荷锄归”。然而，当你真的置身乡村，生活在乡村的时候，村民的日子并不像城里人想象的那么美好。很多村民依然收入微薄，生活贫困，还常常被疾病、教育、住房、婚姻等大额支出所困扰。驻村工作队深感肩上的责任很重，我们在引进项目加强村里的基础设施建设的同时，要努力使我们负责的村庄变得更加富裕而美好。首先从环境建设入手，提升村民的生活品质，着眼于村庄环境脏、乱、差的老大难问题，实施村庄环境卫生社会化管理，投入6.5万元，对村中900米长的主干道两侧进行景观改造与完善，安装路缘石1400延长米，使街道规范化，整洁化，新栽植了柳树360多棵，栽植紫丁香等景观植物2100平方米，10550多株。春来，绿柳摇曳，繁花飘香，让村庄真正得到一种诗意的呈现。

有些村民的住房还是20世纪六七十年代的老房子，它们就像许多老人一样，在风雨中已经伫立了几十年，如今已经老旧不堪，甚至成了危房，驻村工作队看在眼里，记在心里，更把旧房危房改造工作放在手里。经过积极努力，跑来补助资金36.2万元，指导村民完成了13户危房改造和3户农宅修缮。又投入3万元，完成了17户村民老旧房屋的美化工程，这其中就包括五保户朱保友老人的房子，多少年又黑又暗的老房子，忽然变得雪白，变得亮堂了，住在里面，这心里敞亮了许多。

为了使村民拥有一个好的文化娱乐环境，还修缮了80多平方米的村民活动室，在村里新建了200多平方米的百姓大舞台，共投入17万多元。

孩子是人们心中的希望，更是村庄的未来，让孩子有一个好的学习环境，得到好的教育，是每一个家长的愿望。为了有效改善学校的教学环境，投入60万元，完成了450平方米教学用房的改造工程，并配备了空调以及新的教学设施，对长达42米的危旧围墙进行了改造。还投入4万元，帮建了电教室，增加了电脑及桌椅14套。在村里环境整治上，先后投入了126.7万元。

八

扶贫工作每一个项目都是需要资金投入的，钱从哪来？扶贫工作是全社会的责任，只有在帮扶平台上肯下功夫，突出社会参与的广泛性，才能把这项工作做得深入，做得扎实。

有限的财政扶贫资金直接制约着项目的实施，在工作中，我们深深地感受到，只有协调汇聚社会各方面的力量，才能实现脱贫攻坚工作的同频共振。为此，驻村工作组与村两委不等、不靠，多走访、多沟通、勤请示、勤汇报，坚持每月向局领导汇报一次，定期向帮扶市领导报告请示，建立了与帮扶企业冀盛物流热线联系机制；多次拜访了县水务局、林业局、规划建设局、交通局、扶贫办以及发改局、财政局等部门，与市电视台《百姓关注》节目开展了“窑上小学大家帮”活动，积极争取各单位、各部门和社会各界的支持。如引水上山工程，2017年七八月份，基本上每一周都要跑一次县城。俗话说，辛苦就有收获，在窑上村的两年多，除政府财政扶贫资金外，驻村工作组争取到175万多元资金，用于脱贫项目建设，有效缓解了资金压力。其中，协调市级帮扶资金达150万元，主要用于实施入户路硬化、20千瓦村级光伏发电、900米村主干道景观完善以及窑上小学帮建、引水上山等建设工程。

九

扶贫工作需要有工作热情，但只有热情还不够，还要讲究工作的科学性、有效性。只有在实施机制上下功夫，突出攻坚步调的一致性，才能提高工作效率。

在窑上村工作的两年多，这个村脱贫攻坚的成效明显，关键在于坚持党的领导，建立了镇、村、组、民四级联动机制，即坚持镇党委政府领导、村两委主导、工作组指导、村民参与。无论项目谋划、把关、实施、监督、检查、验收，都依法按程序进行操作。

我们先后考察了土门子镇育肥羊、木耳、中草药，昌黎县果研所和营口果苗等养殖、种植基地，海港区光伏发电企业，东、西连峪新民居建设，张庄、北京以及内蒙古赤峰等养驴基地，全程由村民代表或党员代表共同参与，项目实施与验收也由村民全程参与监督，确保了各个项目的有序推进。在迎接国家检查、省专项督导以及脱贫检查、督导与验收各项活动中，窑上村多次被确定为检查对象。由于无论日常工作，还是迎接检查，我们从工作部署、入户走访、问题摸排、解决方案，都是实施四级联动，分工合作，形成合力，所以才顺利通过了省考核验收，省督查组专项督查，市纪委、市委组织部以及市扶贫办等各次检查与验收，得到了各级主管部门和领导的认可和肯定。

十

在固本强基上下功夫，突出党务村务的公开性。围绕脱贫攻坚和美丽乡村建设，完善了村两委工作机制，健全了红白理事会等制度，建立项目严格落实了“四议两公开”，开展了党员“两学一做”专题讲座、“十九大”精神宣讲、建党90周年以及党员转正等活动，激发党组织、村民和党员代表发挥“领头羊”作用。指导两委班子加大党务村务公开力度，打造“阳光村务”，增强村级事务的透明度和村民群众参与度。凡是项目建设、资金使用，都经过村民和党员代表大会审议通过，履行公示程序，广泛征求意见。凡是项目选址、项目验收，均由村民代表和党员代表参与把关、监督。两年来，先后召开村两委会24次、党员和村民代表大会13次、座谈会5次；接待群众来访、来电70多人次，把矛盾化解在村民家、化解在村内，做到了“凡事不出村”，没有出现上访事件，确保了窑上村的和谐稳定。

十一

当我离开窑上村的时候，回顾两年多的工作，精准脱贫工作取得了明显的成效，圆满完成了各项脱贫攻坚任务，得到了各级领导的肯定，也得到了村民的认可，并与村民结下了深厚的友谊。回顾这两年多的做法，总结出来应该有三点收获。

一是坚持产业发展和美丽乡村建设同步。发展产业是改善村民经济条件的前提，村容村貌整治是提升村民生活品质的关键。为此，我们在规划编制和项目谋划中始终坚持两者并重，统筹谋划，合理推进。既抓优质新果园建设、老果园的提质增产增收，也抓入户路硬化、百姓大舞台和村民活动室等服务设施的完善，加强危房改造、垃圾清理、残垣断壁的修葺以及主街道美化等村容环境提升。村民的腰包鼓起来了，生活环境提升了，生活品质也提高了。

二是坚持村集体发展和村民增收同步。村集体经济壮大了，才能发挥村集体的带动作用，才能带领村民增收、脱贫、致富。在窑上村成立了两个农村合作社，率先建成了20千瓦村集体光伏发电项目，加之正在谋划的300千瓦村级扶贫电站项目，村集体经济将逐步由无到有、由弱到强。通过村委引导，采用“大户+农户”、合作社等模式，实施了养羊、养驴和光伏三个产业，贫困户变成了股东，实现了稳定分红、稳定增收。另外，一对一帮扶机制的建立，外出打工以及教育、医疗、养老等政策的实行，村民增收了，村集体也壮大了，实现了双轮驱动、互惠共赢。

三是基础设施建设与解决群众生活困难同步。村民关心的、专注的，就是工作组和村两委需要谋划和实施的。围绕“浇灌难”“出行难”“运输难”“上学难”“娱乐难”“居住难”等一系列问题，逐一研究、谋划，协调资金，尽力予以解决，既突破了村庄发展的瓶颈，也满足了困难村民的所需。

十二

在窑上村的驻村扶贫工作，已经成为一段美好的记忆，也将是我今后工作的经验和财富。两年多的驻村工作实践，使我深刻认识到脱贫攻坚工作是一个系统工程，不仅需要工作组的热忱与努力，更需要各方面形成合力，才能把党的温暖、党的声音、党的富民惠农政策，送到群众中去，才能让群众得到实实在在的好处，才能实现脱贫攻坚工作的同频共振。

只有发动群众、组织群众，不间断地搞好思想发动，才能凝聚群众参与脱贫攻坚活动的人心。只有倾注真情、投入真爱，把老百姓装在心里，群众才能把你放在眼里。只有摆正位置、搭建平台，主动做好协调对接工作，才能形成同心同力抓脱贫的良好局面。只有依靠组织、齐抓共管，实现同频共振，汇聚正能量，才能高标准地做好脱贫攻坚工作。

实践证明，正是汇聚了各方力量，窑上村的精准脱贫工作，才始终朝着既定目标顺利推进，也正是各级领导的高度重视与大力支持，窑上村老百姓朝着幸福乡村梦，才又前进了一大步。

05

木兰花开

第一书记扶贫手记

刘卫东，男，现任秦皇岛市财信资产管理中心主任。2016年2月至2018年7月在青龙满族自治县官场乡谢杖子村任第一书记。

此间决战谢杖子

◎ 刘卫东

落笔写下面这些文字，从时间上看仿佛是很久以前的事，有回忆录的性质，但是在我的内心深处，“我们村”天天伴随着我，不曾抛开，不会忘记。

初来乍到谢杖子，清贫凋敝无须言

自从确定要去谢杖子村担任扶贫第一书记那天起，工作之余心里就开始勾勒它的样子，因为坚硬的贫困，年轻人不愿意待在老家经历四季和植物一起生长。因为缺少快乐的劳作和耕种，感受不到悠然无忧的心地纯朴、乐天自足。所见之人皆为悲苦，所谈之言皆是粗粝。当然也许没这么严重，或许正相反。谁知道呢?

出发那天是2016年2月29日，星期一，没出正月。天气阴冷。我们三个人——我、南利军、张良带着我们的行李用品，落座单位派送的面包车，出城往青龙方向驶去。导航看不过才60多千米，距离车水马龙的城市如此之近的乡村，能贫困到哪儿去呢？我这个从单位机关抽调的扶贫书记，有什么可紧张忙累的？或许就是走走过场。

下高速，车往西南方向驶入盘山路。没有护栏的13道急弯之后，蜿蜒驶入一个荒芜破旧但又凸显残缺怡美的小山村。当然，荒芜是因为正值寒冬，万物蛰伏和并不鸡鸣狗吠；破旧是因为土路、石墙、灰瓦的间隙，间或着荒草萋萋，门窗败旧，无人居住的老房子。但让人眼前一亮的，是透过林木缝隙闪烁入眼的大红春联、大红福字和偶尔跑进跑出的儿童，对了，空气里有烟火气和饭香，那是年的余韵。

面包车开进小学校旧址改成的村部，村主任陈伟是个年轻帅气精干的小伙子。后来得知他是放弃天津收入颇丰的买卖，应召回村当领头人的。有一个思维开阔、见多识广的人带领乡村非常重要。

一间旧门房是我们仨的安身之处。但是空房间不具备居住条件。当天晚上原有3.5平方米的一个小土炕上挤着我们三个大男人，因为人高炕短，只好接出一块门板。炕烧得很热，空气却极冷。那种用被子盖住脸，身上如烙饼的感受让人印象深刻。

为了便于工作，我们决定不租住民房，拿出生活资金改善村委会这间空房子的居住条件。半个月以后，旧门房里有了木板床，买了电褥子，摆上几个旧课桌。隔断出的外间有了锅灶、饭桌。现在看这个做法很明智，毕竟，即便是行军打仗也要饱餐战饭再上战场。能住下来，能做饭烧水，为我们踏踏实实开展工作打下了基础。

就在入村的当天下午，我们这个三人工作组就与村两委班子成员进行座谈：一是通报市委市政府响应党中央、国务院打赢脱贫攻坚战、向贫困发起最后总攻的部署；二是了解村情和贫困户生活状况。

谢杖子村最早的名字叫石峡峪，位于青龙满族自治县东南部，燕山深处，青山口外，清康熙八年（公元1669年）谢氏先人由老边出关迁居于此。为防御野兽侵袭，在村周围用树枝夹成高高的木杖，久而久之被外村称为谢家杖子。随着后代繁衍，外姓迁徙，村子逐渐扩展，分布在两条山坳里，总面积8770亩。目前全村286户801人，耕地面积570亩，人均只有0.73亩。祖祖辈辈开垦出的山坡地上，高强度、低产出地出产谷子、玉米、小杂粮、安梨、板栗、苹果、山楂。全村贫困户有230户599人。2015年全村年人均收入2650元，是国家建档立卡“十三五”贫困村。致贫原因主要是地少人多，又顺其自然条件，靠天吃饭，再加上重病、意外事故等。村民和两委班子成员都有强烈的脱贫意愿，迫切需要引导和扶持。

结束座谈，站在石阶上举目远望，或许是看不见天高水远的缘故，心中忽然涌起一股沉重的责任感，与我来时在高速路上的轻松想象大相径庭。这种感觉在第二天，也就是3月1日上午，参加完“全县精准脱贫、森林防火、绿化造林工作视频会”后更加强烈。当天的会议上，县委书记霍春利同志和县长王殿忠同志，分别就全县脱贫总体规划和目标以及方法和路径进行了详细的讲解和分析，对防火工作和绿化造林工作进行了发动、安排和部署。我这个刚来一天的第一书记，当务之急是摸清并核实村内情况，投入落实村中的水、电、路等基础设施的建设和改造。迫在眉睫的工作是引水上山、电网改造、山间作业路建设。

这时候心里涌起的不光是责任感，还有紧迫感和压力。

走村路，访农家，此意深深深几许

我开始在村子里行走。走村路，访农家。没有什么是“听到这里高兴地笑了”的事。

早在10年前，南方的很多省份就开始如火如荼地搞“乡建”“村改”，虽说都是文化人、学者、设计师、艺术家，凭着情怀，用中小资本开拓创新，但在那些发达富裕的地区就能成事。而我眼前的小山村——开春以后，石头墙、老灰瓦、果花烂漫、鸟鸣啾啾、山路弯弯、遗世独立的小山村具备寄托城市人“乡愁”的条件，但是这些没有一样能直接速成打通资本和商业渠道，做出乡村价值来，而依靠国家力量尽快解决一家一户的贫困才是根本。最终目标是按照《扶贫纲要》规定的，2020年实现“两不愁、三保障”：农村贫困人口不愁吃、不愁穿，农村贫困人口义务教育、基本医疗、住房安全有保障。贫困户“八有”：一是有安全住房；二是有安全饮水；三是有基本农田；四是有增收产业；五是至少一人有技能资质证书；六是有基本社会保障；七是实现家里有余粮；八是实现手头有余钱。

通过入户走访，多次召开村两委班子、党员代表、村民代表会议，宣讲扶贫政策，征求脱贫工作建议，我们和村干部一起，把谢杖子村的困难梳理出头绪，规划出图谱：缺地少水；电力设施不完善、不配套；没有去山坡地耕作的道路，生产工具和肥料运输困难；没有规模产品，人均收入低。于是开始着手解决多年来困扰村民的缺水、缺电、缺路等生产基础设施问题。

工作组冒着酷暑在齐腰深的荒草中，沿着上山作业路，用数显测距轮，一步一步进行实地测量。身上被蚊虫叮咬的大包不计其数，刺痒难忍；胳膊和腿被灌木划得左一道右一条。一次南利军不慎，从山坡上出溜到沟底，皮肤挫伤，衣服刮破，但攀爬上来毫无怨言，继续测量。

实实在在的工作，测得准确数据，工程预算依此得以尽快报批。规划道路的时候，我的心里有着“文艺乡建”的诗情画意。比如把通往几个小山头的道路修出“高下亭台艳扶苏，石阶青苔杨柳径”该有多美，但几乎在想到的第5秒就哑然失笑了。我们村，那个时候我已经多次往返静谧的山村和嘈杂的城市，两相比较，心中只呼唤那个“我们村”。我们村有着村民利益诉求和脱贫攻坚的粗粝现实。需要用有限的资金，解决“山路惊秋老，妇孺有怨声”，说白了就是解决山路崎岖雨雪泥泞，上不去农用车、下不来背粮人的现实困境。

每一天都有仰望星空和黎明即起的理由

项目到了落实阶段，工作组和村委会商定，能让村民出工挣钱的项目，在不违反原则的前提下，都以招标择优的方式安排村民参与。

村干部提出，长期以来，很多村民认为要耍小狡诈，搞搞我行我素，不按常理出牌的违约不是什么大事，招标工作更视同儿戏。我下定决心从起点纠正这种不良习气，扭转被动局面。于是多方探讨后伏案制定规矩。要求有资质参与竞标的人员在规定时间内，到施工现场查看工程量，深入了解项目内容。

有竞标意愿的村民缴纳1000元保证金才能获得竞标资格。竞标不成的退还保证金，违约则不退。

开始时村民不理解，一户村民低价中标后开始反悔，我们坚持不退保证金，维护了其他竞标人的利益。为了打消他的顾虑，我又顺着他的心理脉络，科学推断，精确测算成本，鼓励打气，最终圆满完成工程量。首次坚持招标工作规范化，为以后村内其他施工项目招标立下了规矩。

为了严把施工质量关，我们成立了负责工程质量的村民监督小组，整个施工过程不能糊弄，必须达到标准，否则不签字，不签字就拿不到工钱。

当扶贫第一书记的日子，每一天都有仰望星空和黎明即起的理由。单从工程项目上说，我在谢杖子村任职第一书记两年半时间，光基础设施就累计投资365万元。包括新安装了30盏太阳能路灯；新建单孔石拱桥和水泥桥各1座；硬化村内道路460米；河道清淤1300米；修建大眼井3口，打机井2口；新修2.5米宽上山作业路3.9千米，拓宽生产作业路15千米；埋设引水管路22千米；建设100立方米蓄水池4座；架设高、低压输电线路3千米；安装160千伏安变压器2台；浆砌石挡墙230立方米；新建了10个垃圾池，改建8个；争取企业赞助垃圾清运电动三轮车2台，吸污三轮车1台。

按照脱贫标准和住房安全达标要求，对村内34户危房进行了维修改造。其中C级危房24户，加固墙体铺盖深灰色彩钢瓦，彻底消除安全隐患。完成D级危房原址翻建10户。经县住建局验收，全部合格，验收组对我村危房改造工作给予充分肯定，还作为样板示范在全县进行推广。

任期结束时，基础设施建设+农副业增收项目，总计投入各类资金509.4万元。

数字是枯燥的，数字背后的工作却是一样样、一天天干出来的。

2016年7月20日，一场突如其来的特大暴雨，冲毁了村内部分基础设施，也暴露出了村庄没有抵御洪水的能力和存在的安全隐患。驻村工作组立即带领村两委成员现场勘查。发现西沟独居老人谢宝家门前，用水泥管子铺设的简易桥没有泄洪能力，水漫过管子后不断上涨，人已经无法通过。即便水势没这么湍急时，河两边的村民也出行不便，从家里出去必须骑大骡子。

我们沿着河道勘察。了解到每次暴雨，都会将上游的石头沿河冲下来，叠加着堵塞河道，抬高水位，致使泄洪困难。山洪来势凶猛，轻而易举漫进村民院子，冲向村内低洼地带。

这里得好好修一座桥，说干就干。

工作组着手协调资金，找设计人员。组织劳力，一面清淤800米河道，一面拆除谢宝家门前的简易桥，又研究建桥材料，工程招标。终于重新建成了宽2米、长8米、桥面厚度0.25米的平板双孔桥。2017年以来的几次强降雨，这座桥经受住了考验，山洪没有再对村民的生产生活造成影响。算是彻底解决了困扰村民多年的水患，解决了村民出行和上山劳作的隐忧，得人心，顺民意。

而且，建这个桥处处精打细算，投资没超过2万元。桥建成后，乡书记带领其他5个村驻村书记来现场参观，感慨地说："这座桥，要是村民自建，敢10万、20万地出报价。要好好研究你们少花钱办大事的经验和做法。"

然而上述基础设施都是农业和生活辅助，终极目的是让土地有经济产出。

开辟田园从来都是最艰苦的辛勤耕耘

在这个处在连绵山坳中的小山村，怎么才能带动全部建档立卡贫困户增收，成了困扰我吃不香、睡不好的原因。

产业是脱贫基础，我和村两委商定，根据本村实际，发展木耳栽培、板栗种植、柴鸡养殖、光伏发电、中草药种植、手工加工、果树提质增效这种"小规模、多品种、高品质、好价钱"的项目。

我们召集村民开会，把思想诉诸口干舌燥的解释和展望。在梳理不同意见和着手去做时我体会到，做几个田园梦很轻松，但开辟田园却是艰苦的劳作。即便是世界最美乡村代言地法国的普罗旺斯、日本北海道的上川郡美英町，都是一种根植于土地，变革于当下，亲力亲为的辛劳耕耘。

栽培黑木耳，是一项因地制宜有特色见效快的增收渠道。于是，我们采取流转贫困户土地，用合作社加贫困户模式，投入7.5万元，买来3万棒木耳菌棒进行栽培。实行技术员责任制，引导群众入股发展，当年的木耳种植很成功。找到销售渠道后很快卖光，此项使村民人均增收80元。

得天独厚的地理气候条件，使得青龙全县以质好量大的板栗种植享誉世界，板栗在日本单独注册商标为“青龙甘栗”。因为大量出口，在市里想买到个大皮薄、糯性芳酣的正宗青龙板栗都不容易。所以，这种优质干果，颗颗都是金豆子，种植越多，意味着收入越高。

对于栗子树就是绿色银行，村民早有共识，就是因为没钱买树苗才望洋兴叹。栽种季节来临，秦皇岛市小微企业联合会捐赠的1.6万元到账。我又另外筹集2.4万元扶贫资金，用4万元购买回3万棵优质板栗苗，不取分文发放给贫困户栽种。记得当时贫困户们真是高兴，一丝不苟按照技术人员的指点，把树苗栽植在房前屋后或田垄地头。当年树苗全部存活，现在都已经挂果。

一边栽种栗子树，一边搞果树提质增效。村子里很多传统安梨树品质下降，产量低，价格上不去。我们工作组与村两委班子和村民代表多次开会研究，并在王殿忠县长的大力支持下，于2017年年初，选取村内150棵安梨树进行改良，技术嫁接产量大、价格相对较高、有发展后劲的大花盖梨，当年均已成活，现在都开花结果。

板桥人渡泉声，茅檐日午鸡鸣，这样的山村景象最为现实和美好。为了让贫困户增加收入，我们商量依托村内已有的养殖合作社的技术和销路，在原有集中养殖4000只基础上，进一步扩大养鸡规模。

沟通到位，申请到扶贫资金，我们三个人和村主任一起，到100千米外的迁西县为村民选购了2600只雏母鸡，以及部分饲料。记得当天晚上8点多才回到村里，又用3个多小时发放给有饲养意愿的贫困户。快零点了才吃了晚饭。现在还忘不了当时累并快乐着的心情，以及村民的兴高采烈。后话是所产鸡蛋，采取村民自销+合作社回购模式非常热销，这个做法也很受贫困户欢迎。

感受甘与苦，是从起点行走至终点的过程

记得列夫·托尔斯泰说过：“乡村生活是贫乏的，但日子却是长久的。”在同一篇文章里他还写道：“如果有更多富饶的土地，有多一些卢布来源，农民谁也不畏惧，哪怕是魔鬼。”寻找与这句话契合的心理感受，在繁忙、喧嚣的城市难觅踪迹，只有踏踏实实地吃住在农村，为村民做具体事时才能感同身受。

为了让土地贫瘠、日子长久的贫困农村脱贫致富，国家出台了光伏发电增收项目。光伏扶贫是国家“输血式扶贫”向“精准扶贫”的转变。建档立卡贫困村，都可以享受光伏扶贫政策，可见，这也是我们扶贫工作的着重点。

按照要求，在剔除核实后的建档立卡贫困户中，通过村民代表大会评议，倒排出本村最为合适的贫困户作为安装对象，上报乡镇、县扶贫部门入户调查后，确认实施。然后配合供电部门入户收集资料、现场勘查、制订接入方案、电表安装并网，以及怎样有效免除光伏发电后期运维的后顾之忧，等等。通过多方合作努力，谢杖子村2016年年底前完成了33千瓦分布式屋顶光伏发电项目建设，2017年又新增70千瓦，并网发电后受益惠及全部贫困户。

按照脱贫攻坚要求，每个村都必须建设50平方米的百姓大舞台。这是国家对脱贫后的农村“生活有保障、精神有乐趣”的基本要求。琢磨这件事时，我晚上没事时在村子里行走，观察哪里有宽敞的公共用地。但遗憾的是，这个在地界敞亮的村子不是问题的问题，在人均耕地才0.75亩的谢杖子却挺难，实在没有合适地方弄成村民广场。征用村民自家祖祖辈辈赖以生存的土地不可能，也忒遭骂。平时村民闲时哄孩子、唠家常，喜欢在公益福利彩票帮助建造的几个小三角地健身广场上，即使弄出一个大舞台使用率也不高。

文艺下乡的小海燕评剧团到村里演出，我当时正为修建百姓舞台发愁。看演出时，发现评剧团的舞台是使用自带的汽车改成的，就像变形金刚那样。拉道具的时候是汽车，停车后把车顶支起来，围板放下，后面搭上方便演员登台的梯子，再做一些必要的布景装饰，很快就变成演出舞台。移动舞台随时

可以选择地点停放，非常灵活方便。从这里受到启发，能不能也弄一个移动组装、拆卸方便的舞台呢？需要的时候选择地点搭建起来，平时不使用，拆卸放入库房，不占耕地。

思路有了以后，立即着手实施，万能的淘宝解决了所有问题，下单不久，支出2.3万元购买的可拆装式活动大舞台送货到村，在村委会院子搭建起来一试，效果非常棒。这个全县首创，得到各级领导的肯定。关键是这个活动舞台，可以免费借给村民办红白事时使用，服务村民，提高利用率，一举多得。

2017年夏天，有一位村民带回一个给韩国企业来料加工棒球的项目，因为早就耳闻很多小型加工致富的案例，当时我就眼前一亮，马上和村委会联系对接。挑选出20位有缝纫技能的妇女参与这项工作。由于此项目不受场地、时间、年龄限制，一个人可以独立完成，技术要求低，因此很受村民欢迎。首批订单按时交付，参与的村民领到了工钱。

可惜的是，因为大局因素，韩国方面取消了此后的来料订单，算是虎头蛇尾。但是，在农闲时按订单组织居家村民干手工制作，绝对是一个不错的增收项目。

这期间，听说在山村坡地种植中草药效益不错，我就号召贫困户购买莲子草种子，采取果药兼作模式进行试验，买种子的钱全额补贴。受点累不花钱还有收益，贫困户乐意。于是，当年新增中药材种植60亩，对比传统玉米种植收益显著。

彼此真心对待，情越深越放不开

对于谢杖子村而言，老年人的状态是坚守，也有少数年轻人选择回归。更多在城里扎下来的年轻人是远程支援。但是，每个家庭的情况不同，支援的方式也多数力所不及。比如，帮助老家把农副产品变现就基本做不到。

我所在的单位市财政局，共有干部职工198人，大家心力合一，全都与建档立卡贫困户结对认亲。我们在村工作组，积极联系同志们来村入户访贫问苦。了解村民实际困难和致贫原因，帮助村民想办法找出路，全局干部职工，两年时间捐款15000多元，用于购买炕毯、油漆、门帘、简易衣柜等，还送米面、挂历、被褥、衣物等，回购小米1000多斤、木耳300多斤、公鸡80多只、鸡蛋1400多斤，购买滞销苹果13000斤。

2016年秋天，我入户走访得知，因为没有客商来收购，村子里有20000多斤苹果滞销，如果不出手，最后肯定全部烂在家里。我们当机立断赶紧帮老乡卖苹果。三个人通过电话，找关系、找熟人、找亲朋好友联系推销。喜讯一个个传来，朋友和同事们大力支持，奉献爱心，首批就订购了110箱。由于留守在家的都是老人，苹果装箱进度缓慢。我们又去帮助装箱装车，确保了当天下午将110箱一次运出。后来又陆续销售几次，直到滞销苹果全部脱手。看着乡亲们数钱时的笑脸，我们真是开心。

我们单位相关的“小微企业联合会”，也购买了两万元的土特产，派代表慰问了5名贫困老人，资助2名留守儿童。

我个人的帮扶对象是自幼小儿麻痹致残的张文彬大哥。驻村不久，了解到他家院里院外土路不平整，雨天，拐杖陷进去拔不出来，雪天经常摔跤。于是，我就把他家出门槛至村路的地段全都水泥硬化。这下张大哥高兴了，与弟弟合伙买了个农用车，能开着出去干活、探亲，很是兴奋。

在走访村民家庭时，看到谢志文的老伴遭遇车祸后行动困难，家里盆朝天碗朝地的不利落。我就回山海关，把我姥爷的轮椅取了，调试好，送给谢志文老伴。这个轮椅很顶事，她能坐着下炕活动着干点家务，晒晒太阳。后来能慢慢走路了，总说是轮椅辅助的功劳。

80多岁的老村干部鹿占祥，为村里工作操劳大半生，患脑出血卧床昏迷半年多，靠鼻饲和吸氧维持生命，瘦骨嶙峋。老伴和儿媳伺候得不错但还是生了褥疮。在天津打工的儿子无论怎么辛苦，都不足以维持一家老小的生活。我们带去米和面，以及同事捐赠的衣服，看望老人的病情，了解家庭生活状况。后来，老人去世了，想到他老人家为村子操心受累的往事，我心里非常难过。

农村的人际关系，很多时候是一种心智共同体，短暂去一次找“乡愁”

的人，体会不到其中奥妙。

紧邻工作组驻地，有一户叫谢海的60多岁的男村民，他一辈子孤身一人没成过家，自然无儿无女，是建档立卡贫困户，也是我们帮扶的对象。驻村后到贫困户家中走访，我们首先去看望谢海。满院子羊粪和6只羊，两间白天也黑乎乎的老旧房子。小小的老电视没信号，被褥很脏，碗筷没洗，屋里很冷。老谢从堆杂物的房子走出来，对我们的到访很惊讶。

谢海少言寡语，说话挺冲，但是神情里有一种硬汉的气度。果然后来得知他当过兵，在城里做过工，感情受过伤害。饲养的6只羊是他大部分生活来源。他平时几乎不与其他村民正常交流，对我们也话极少。几次见面后，我暗暗挺喜欢这个腰板挺直，手腕上戴着一块老上海手表的大哥。

气候转暖，春播开始。知道老谢不勤快，收入少，我们决定帮帮他。帮什么？怎么帮？三个人你一言我一语，开始想办法，既不能让其他贫困户心里不平衡，也不能让他有坐享其成的想法。观察到村里全都种植普通玉米作为饲料出售，有了主意。我们找到谢海，建议他将院外门前的一片空地改种成黏玉米和甜玉米。他不同意，说这两种玉米没人收购，而且种子也比普通玉米贵。犹豫中，我们承诺，鲜玉米成熟后按照每穗1元的价格包销。门前这半亩来地，按照每亩地平均产玉米800斤计算，每斤0.8元，收入640元。种普通玉米他收入320元左右，而且需要人工搓玉米粒，费工费时。老谢听完琢磨一会儿，同意了。

玉米进入了成熟期，老谢第一次把摘下来的玉米送到工作组驻地，玉米棒大小不一，我们无论大小都按穗给了钱。煮熟一尝，口感太差了。第二天见到老谢，我们问："玉米种子是按照说好的买大集上最贵最好的吗？""2块钱1袋的，不错啦，用了不老少呢！"原来他为一袋少花3块钱，买的是最便宜的。另外，我们跟他讲，小玉米不要掰下来，没长成熟不能吃，浪费了，等长大以后再掰下来，我们保证都买。

玉米成熟得越来越多，小玉米他还是不放过，怎么说也不听，没办法只好给了钱让他拿回家喂羊。玉米摘完了，剩余20来穗小嫩的老谢说自己留着了。一小片地，老谢一共得到了420元钱，很高兴，我们也高兴，虽然玉米很难吃。

10天以后的早晨，老谢来到村部，没打招呼把院里的筐拿走了。这家伙，借用应该说一声嘛。半个小时后，老谢端着装有20多穗玉米的筐回来了。“怎么还有呀老谢？”他放下筐，说：“剩那些穗，没舍得给羊，送给你们吃吧！”赶紧补充，“挺嫩的，不要钱！”说完放下筐就走。这大大出乎我们意料。一个把小玉米棒都强行卖给我们的人，竟然白送来20多穗玉米。

我掂量着筐里的玉米琢磨，应该是通过进行这次玉米交易，我们的不失信、不较真感动了老谢吧。后来，我送去一瓶白酒表示感谢，至今他都没舍得喝那瓶酒。

在村里开展工作要学会吃亏和诚信，尤其是村干部，一定要说到做到，宁可人负我不能我负人，这样群众才能相信你。不能说一套做一套，尤其是答应村民的事一定要落实。还有，必须要具备对党和政府负责的态度，群众满意是工作底线。无论多难的事，比如“回头看”时，剔除非贫困家庭的难度，只要对人对事有耐心，有凭有据，有说服力，再换位思考将心比心 ，就能得到群众的认可和理解，就没有解决不了的问题，更没有克服不了的困难。这是我挺深的工作体会。

你和阳光都在，就是我所盼望的未来

光阴似箭，两年半的驻村扶贫第一书记任职即将结束。花有重开日，人无复重年。我们回到原单位，待再来谢杖子时，身份和心情肯定与今日不同了。那么，两年多来，我肩负使命，走遍全村山山水水，叫得出每一位村民的名字，了解每一家实际情况，带领工作组同志与村两委和村民代表、党员代表，积极想办法，争取资金和找项目，做了很多事情。可以说是“以精卫填海之心，行愚公移山之事”，凭借滴水穿石的韧劲，啃下脱贫攻坚这块“硬骨头”。

截至2017年年底，谢杖子村贫困发生率下降到0.75%，综合指标达到国家第三方评估标准，顺利实现脱贫摘帽。怎么能让村民知道我们都做了什么，达到了什么目标，继而，了解国家扶贫政策，对党中央国务院“让全国人民都过上好日子”的承诺充满信心和奋进向前呢？

一抬头，我看到了村委会外面高高挂着的大喇叭。“村民们注意啦，现在大喇叭开始广播。”嗯，没错！走出办公室，听到了对面村图书室孩子们的琅琅读书声。当时正值暑假，村里的孩子聚到一起上树爬墙，河边戏水，很危险。我们把孩子们组织起来，每天定时间在村图书室看书，组织朗读比赛，开展一些游戏活动，减轻家长的后顾之忧。对，就这么办。我伏案把工作组驻村以来的工作情况改写了一份情真意切的朗读文章。写好以后，我们就采取比赛形式，组织放假回村的孩子们在村部通过大喇叭向全村广播。

比赛的那天早晨，原定时间是9点钟，可7点多钟，参加比赛的孩子和家长就已经把村部大院挤满，比过年还热闹。朗读比赛开始，家长们听得极其认真，还交头接耳点头赞许。村里长者说，这是有史以来，谢杖子村最为成功、参与人数最多、参与热情最高的活动。朗读比赛评出前4名优胜者，每位小同学奖励一个精美文具盒，将他们的朗读录音，通过村内大喇叭循环播放。凡是参与活动的小朋友都奖励一支铅笔，100元费用从驻村经费出。小活动，大效果。声名传开，得到各级领导和各村工作组一致好评，很快在全县进行推广。

我们的工作成绩，经过梳理，深入村民心中。平时就有送来小米、蔬菜、瓜果、鸡蛋的，朗读比赛后，村民对我们更加热情。

正式撤回那天，我把里里外外收拾干净。以方便接下来的第二批入村工作组工作和生活。村干部让我把村里一位乡绅写的赞美我的诗词书法镜框拿上当纪念，犹豫一下，又放回村部。在这里留个纪念更有意义。

车在风景如画的公路上行进。“想啥呢？”同事问。“前方有危桥。”我说。“什么？”“哈，看的一篇文章，标题是《啥时候不再看见“前方有危桥”》意思是，已经发现的危桥应该尽快维修或重建，希望不要今年回乡看见那块前方有危桥的牌子，明年看见还在那立着。这让我联想到这两年的脱贫攻坚。”“刘书记，说来听听？”

“从历史来看，‘到农村去’，伴随着整个20世纪的中国历史，有代代相传的精神体系。从五四先驱的新村运动，到30年代共产党人的乡村建设运动，到40年代延安知识分子与工农兵相结合，五六十年代到农村去，到祖国最需要的地方去，再到‘文革’时期知识青年上山下乡，这些次载入史册的‘到农村去’，每一次都有不同程度的影响力，但是都遇到了同一个问题，就是中国农村政治、经济、文化的全面落后与贫穷状况没有发生根本改变。广义上说，如果这次全国范围的脱贫攻坚工作组下乡到村精准扶贫也算一次的话，我认为具有改写和填补历史空白的意义。而且我坚信，照这个路子，到2020年我国不再有贫困人口的目标一定能实现。因为现在，发现前方有危桥，不是立个牌子就随它去了。而是马上从根本上拆除危桥，建设结实耐用的好桥。我从脱贫攻坚战中，体会到了习主席‘伟大的中国梦一定能实现’的精神内核。”

现在，要把这篇文字画上句号时，时间是2020年9月18日。算下来，我已经离开谢杖子村两年多了。这期间，又跟随单位扶贫队伍去过几次，看望一下各自的扶贫结对人家和五保户。

无论春秋暑寒，无论外面的世界发生着什么，这个青堂瓦舍的小山村，都安静。抑或有些凋敝地沉默在山坳里。它差不多是河北东北部山村的样本，有特色、有韵味、有纯朴民风和风俗习惯。这些独特的内涵，是乡亲们祖辈相传承袭下来的，至少留在村中户口簿上的这一世，有他们自己感知冷暖的方式。在城市的我们，看似是自由的个体，却在酒桌上、微信群里、朋友圈中寻找归属感。村子里的乡亲们口袋不富裕，但是他们有放心的食物、清新的空气，能自主谈论和参与与自己休戚相关的土地、宅院、选举、经济模式和人际关系的温暖交往。

我们谢杖子村，如果没有在时代进步中变成不伦不类的统建村、沦落成空心村，还能保有现在的这种维系并巩固发展，我想，这才是所有人，也就是对向寻找“乡愁”和“城愁”的人的共同理想和心愿。

祝愿我的谢杖子村越来越好！

卧游五岳
坐拥百城
庚子之秋月
悲庵伟斌

06

木兰花开

第一书记扶贫手记

马成华，男，现任秦皇岛市青龙满族自治县都山林场场长。2016年2月至2018年7月在青龙满族自治县马圈子镇孤山子村任第一书记。

那条路

◎　马成华

我的故乡青龙满族自治县，坐落在绵延不绝的燕山东麓，古长城脚下。这里物华天宝，人杰地灵。我生于斯长于斯，在青龙镇大杖子村的农家院出生，毕业以后，又被分配在县政府办工作。可以说，我从未离开过我可爱的故乡，我对这里的一切，都非常熟悉并且充满深沉的爱。尽管2018年9月29日，河北省人民政府发出通知，才正式批准青龙满族自治县退出贫困县序列，但贫穷不会让我对她的爱变得贫瘠，相反的，由于工作关系，我经常会接触到基层村镇干部和普通农民，我对他们和家乡的情感更加深厚、牢固。

我现在是都山林场负责人。都山地处燕山山脉东段，山峦起伏，群峰陡峻，沟深谷长，森林茂密，物种丰富，是一个博大的植物园和种类繁多的野生动物园。

秋风浩荡，又一遍把黄栌椤的叶子吹成一片片金子，风过处，沙沙作响。秋风作美，又一遍把花楸的果实润成一颗颗玛瑙，碧空里，簇簇红云。我每天在林间工作，逡巡，休息的时候，斜倚在树干上，面朝东北，在这个方向十多千米的地方，也有山有水有树林，那是大山褶皱里的几个连接在一起的自然村落组成的村级行政区划——马圈子镇孤山子村，是我从县机关事务管理局被派去帮扶的地方。孤山子村在青龙县城东北11千米，是马圈子镇人民政府所在地，全村502户，1761口人，5个自然村，9个村民小组，其中党员45名，村民代表27名，贫困户235户，788口人，是国家“十二五”规划扶持的贫困村。我之所以一直对那里念念不忘，是因为在帮扶的两年多里，那里的乡亲给了我莫大的支持和理解，我也通过自己的努力，为村子付出了该付出的，收获了意想不到的。

眼看着又到了迎接一年一度“国考”的时候，我又趁双休日回到村部，看看还继续在这里驻村扶贫的同人、战友和乡里乡亲。车子驶入村子的主干道，一股熟悉的气息扑面而来。那是孤山子之于我所特有的亲切感，是它独特而清新的韵致、纯良而温厚的乡风。车轮在路面行驶，发出与之亲密接触而产生的沙沙声，这是一曲多么美妙动听的音乐啊，在这首轻快激越的进行曲中，蕴含着集体的智慧与力量。

刚来村时，这里的主路虽然在20世纪90年代硬化过，但时间久了，就像饱经生活重负的老者，已经不复青春的模样，因为承载太多的岁月重负，被碾压、剥蚀得支离破碎，别说水泥路了，连“水泥板”路都算不上了。村民的日常生活、赶集上店、婚丧嫁娶、春播秋收、打工求学，都要走过这条路，而路明显已经承载不了节奏越来越快、内容越来越丰富的生活。我当年就是被村书记孔宪立从镇上经由这条路，扬土暴灰颠颠簸簸接到村里的。不出所料，跟村委第一次座谈提出的第一次扶贫意向中，就有这条路的重修问题。要想富先修路，打好脱贫攻坚战，基础设施要先行。路基础设施是致富的根本保障和刚性需求，只有解决村民水、电、路等基本需求，才能筑牢精准扶贫根基，使致富成为可能。

修路的事很快被提上日程。

因为孤山子是“十二五”贫困村，相对“十三五”规划的扶持项目，对口政策可选择的余地不是很大，保守等待不是扶贫的路子，也不是我的性格。所以我先是直接联系县交通局，摆情况、讲事实，经过积极努力协调，终于当年申请当年审批，争取了73.5万元资金，后来由于经费缺口，又向县财政局通过“一事一议”项目，申请专项资金10万元，把3.5千米的村主干路挑了重修，铺上4米宽的柏油，再把原来残缺的路肩重新硬化，一条泛着温润深灰色光泽的、规整平坦的马路穿村而过。交通问题是解决了一大部分，但每当夜晚来临，村里就陷入黑暗和安静，家家户户只能坐在家里，白天的繁华不再，村子就好像又倒退了几十年。于是我又争取扶贫资金27.6万元为村子安装了221盏路灯，实现村庄全部亮化。

在这期间，当然也有很多挠头的事，但想象着孩子们上学踩在上面好听的足音，拉山货出村的车轮经过上面愉悦的马达声，心中顿时升起的快慰就迅速抵消了所有负面的东西。其实，后来在村里做的每一件事，都是受这种动力的驱使，才能做成、做好。多年的工作经验告诉我，为老百姓做事，首先要投入的是感情，然后随之而来的责任感、使命感才能带着你付出最大的努力，把扶贫甚至更多的事做好。

刚来村里的时候，村两委班子给我最深的印象就是踏实肯干、年富力强。年轻的宪立书记眉宇中有一种年轻人特有的刚毅果敢，骨子里有一种一般年轻人不具备的成熟大气。刚刚接触，他和班子介绍了村子的情况，陪着我踏勘、调研走访之后，就把工作中的困惑和难题和盘托出，修路的问题仅仅是其中一项，最紧迫的、马上需要解决的，就是塘坝在汛期对村民生命财产安全的威胁。

在距离孤山子村村民中心1000多米的深山中有一座塘坝，是整个一条沟里两个村民小组的村民赖以生存的包括灌溉用水、饮用水、地下水的水源地。宪立书记跟我介绍，这个塘坝是村里的一块鸡肋。没有它，全村老少喝的、用的水，养殖业的牲畜们的饮水、用水还有天地果园的灌溉用水就都无从谈起；留着它，每到汛期，就要耗费人力物力严防死守，生怕它决堤涣漫，造成不可预知的后果，是个非常大的安全隐患。就说2014年夏天那场大雨吧，眼看着村子就要被灌得沟满壕平，镇、村两级班子马上紧急疏散沟里的村民，才没让大雨对村子造成破坏。可是除险加固又需要大量资金，两委班子研究来研究去，始终对资金的来源束手无策。眼看2016年的汛期迫在眉睫，我决定把这件事作为为村民做的第一件事。

我马不停蹄赶回县城，找到水务局的相关部门，拿到了项目，争取了30万元资金，实施了对塘坝进行除险加固的工程，终于消除了隐患，整个塘坝固若金汤，源源不断地为村子的繁茂、兴盛输送着清冽的甘泉。塘坝安全了，村委班子的凝聚力就更强了，民心就安稳了。至于充分利用塘坝的蓄水能力，再次协调县水务局开发引水上山工程，又在这个基础上，东挪西凑筹措资金建了7个扬水站，覆盖了村里800多亩果园，完全解决了灌溉难的问题，对果园的增产增收起到了决定性作用；然后又抓住马圈子镇建自来水厂的契机，争取移民后靠扶持的26万元资金，再一次给县水务局添了个麻烦，为我们村铺设了7.3千米自来水管路，解决5个村民小组人畜安全饮水问题，争取资金4万元开展河道清理清淤，投资5万元清理建筑、生活垃圾，并顺利通过市场化验收，雇用5名贫困户为垃圾清运员，享受每月500元的补贴，投资5万元对村庄护田、护路坝进行了维修加固，确保村民生活便利和安全，等等，那些都是后话了，是后来随着工作思路的逐渐开阔，对政策了解的程度加深，慢慢一步步做到的。

俗话说万事开头难。把扶贫工作的头开好了，往下推进就不那么难了。当然，我得趁热打铁，在乡亲们对工作组和村委班子更加信任的同时，抓紧支部建设和党建工作的开展。我们白天忙着在田间地头抓生产、搞建设，带着工作组和村委班子到我2015年帮扶过的石城子村参观学习，对标建设；夜里在村部开班子会、为村里的党员讲党课、说政策。投资5万元，对村部办公场所进行维修并添置必要的办公设施，及时健全完善了村级组织机构，明确责任分工，规范党务、村务工作流程和制度，深化村务公开、民主管理工作，严格资金管控，广泛接受群众监督，发展预备党员2名、积极分子2名、后备干部3名，为村经济发展提供了坚强的组织保障，村支部也被市委组织部评为红旗农村党组织。

但是党建工作不能总是这么个单一的搞法，如果想让政策得到更好的宣贯，更加深入人心，更加扎根落地，靠的还是党建活动这个载体。

有一天，我跟宪立书记溜达到村中央，他又向我提出一个新问题：我俩面前这块空地，原本是镇上的一个市场，市场搬迁以后，这块空地就一直闲置着。这么一块3000多平方米的土地，呆呆地被遗忘在一圈商铺、单位中央，如果不妥善利用起来，可真是浪费资源了。我根据村里的实际情况，与村委和工作组反复讨论、规划，到县委宣传部和财政局协调24万元资金，做通周边商户的工作，挪开占用的空间，把那片闲置土地做了硬化，装上健身器材，竖起篮球筐，画好篮球场，买来乒乓球台，又在周围建起村民活动室，我们村的文化广场在大家的共同努力下顺利建成，完美亮相。农闲的时候，村里的乡亲呼朋引伴来到活动室下象棋、打扑克。当时的全村亮化工程已经完成，每到夜幕降临，村里的“文艺大咖”们就走出家门，来到广场上，伴着喜庆的锣鼓和欢乐的旋律，扭秧歌，跳广场舞。乒乓球台前也两军对垒，有模有样按照国际赛制抽上几板，比上几局。我看到村里的小伙子们来灯光球场打球，也跟他们一起组队打一场……夏日里凉风习习，节日里喜庆欢腾，整个山村每晚都是一片欢乐的海洋，愉悦着乡亲们的精神世界，让村子更加充满生机，也让大家相处得更加融洽，村里的工作也更加容易开展。我现在仍然记得村里的郎玉侠高兴地说：“现在广场整得挺好的，村里人吃完饭没啥事儿了，都上这活动活动，唱歌跳舞，扭秧歌，我们也享受一下‘夜生活’。”

这文化广场，作用可大了，它除了是村民的娱乐场所之外，更成为我们进行政策宣传的阵地，也是发布各项扶贫政策的集散地。每到国庆或者其他传统节日，村里就组织起文艺汇演之类的文化活动。我和工作组成员、村委班子都大力支持，出席活动的同时，对新的政策、文件进行宣贯，对村里的规划跟大伙交底。村民在参加活动、观赏节目的同时，就潜移默化受到了教育，接受了政策。这样的演出都是村里的重头戏，从策划、导演、演员到组织排练、安排节目、服装道具、主持串场，都是村民自发张罗和参加，连小学校的孩子都跑来唱歌跳舞，展示才艺。我经常坐在台下，看着他们尽情抒发情怀，歌唱生活的美好，描绘未来的憧憬，忽然觉得，自己是人群中最幸福的那一个。

说起孩子们，我时常看到他们无忧无虑从我身边跑着、跳着经过，看着他们花朵一般绽放的笑脸，就总想着为他们做些什么。一个偶然的机会，我联系上了麦点商城的负责人。得知他有捐资助学的意向以后，我向他介绍了村小学的情况。这家爱心企业当即决定拿出一笔款项，为村小学做些事情。于是，他们连续三年分别为孩子们添置校服、买书包和雨衣，又资助了6名贫困学生。

我还记得2017年的儿童节，麦点商城来到村小学，为他们捐赠了梦寐已久的校服。孩子们换上崭新的校服——这可是他们人生的第一套校服，高兴得像一群快乐的小鸟，排列在操场上队形前所未有的整齐。我们陪着县领导和企业代表站在台上，接受孩子们为我们佩戴的象征少先队最高荣誉的红领巾。在跟孩子四目相对的刹那，我看到那双眼睛里有清澈而明亮的光芒，我看到新农村的新一代正生机勃勃走向未来。再过二十年，我想我还会回到村里，来感受这群意气风发的生力军给新农村带来的新面貌，产生的新变革，打造的新格局。

这条路上，还走来过很多关心、爱护孤山子村的领导、同志和爱心人士。

2016年，市美术家协会的王雅洲老师带着他的艺术素养和满腹学问来村里对民间艺人和国画爱好者进行毫无保留的艺术指导；2017年，我所在单位青龙县机关事务管理局的同事们，带着良种栗子树苗，风尘仆仆来到我们村，来到贫困户的山地上，在料峭的春风里义务为他们栽植；还有参加我们联合县农牧局，为村民提供的“送良种化肥到村”服务活动，参加“送医下乡”“科技下乡”“文化下乡”等活动中的那些富于爱心的人们，他们有的甚至跟我们和贫困户只有一面之缘，但却用心中纯净的爱，让整个孤山子村变得更加温暖，更加流淌温情。

这条村主干道两侧，大片喜庆热闹的红色映衬着蓝天白云，透过车窗映入眼帘。那是道路两侧经济林中的山楂熟了，它们个个把自己悬挂在秋风里、阳光下，在明净的底色中愈显明艳，像村街上孩子们的脸颊，有着健康、饱满的质感和高饱和度的色彩，仿佛喧喧嚷嚷、喜气洋洋地告诉进村的人们，我们村丰收了。其实道路两侧的果园，不仅仅有山楂，还有良种的蜜桃林。上次我回村的时候路过这里，正遇见我们村的村民在路边支起摊位，把桃园里的桃子摘下来，在篮子里摆得整整齐齐，赏心悦目，放在摊位上，卖给往来的车辆和行人。我下车跟他热络地聊起来，听他说这样把桃子直接下树卖给客人，比经过中间商倒手卖出去还要省时省力并且收入也一点都不少。我问他这一季桃子能卖多少钱，他说怎么也得有两千块吧。两千块这个数字听起来好像无足轻重，但对于贫困户来说，已经是不小的收入来源了，在他的实际生活中能解决不小的问题。

说起这片经济林，我又想起当时它从无到有的过程。当时我的想法就是依托市政府造林绿化优惠政策，把村公路两侧500米范围内的农作物种植改成经济林，这样既能拿到政府补贴，还能在今后得到收益。但很多时候，村民的观念跟不上步伐，不容易接受新方式、新办法，总是按固有套路出牌，不善因时因地制宜，安于现状，不求新求变，导致手拿王炸，打不出好牌。我刚到村子的时候，就把入户走访形成习惯，每天跟遇见的村民聊聊农事，聊聊工作、生活，从中捕捉他们的思想动向，然后有针对性地做工作，许多问题就在这样的聊天中化解于无形了。

大家既然对把公路两侧改种玉米为种山楂、蜜桃有意见，那就挨个找到这些乡亲，让他们畅所欲言，把心里的顾虑说出来。最后大家的意见集中反映为：种玉米省事，当年见效益；种经济林虽然以后会有比较丰厚的收益，但眼前这两年都是瞎子点灯白费蜡，一分回头钱也看不到。知道问题在哪，就好办了。我了解这些单纯可爱的乡亲，只要你拿掉挡在他们眼前的屏障，让他们接收到正面的信号，他们就会充满信任和期待，坚定不移地跟你走下去。我给他们算了一笔经济账，十年之内的玉米收益和山楂收益孰重孰轻一目了然，知道了利害关系，乡亲们就都变得主动起来。我协调了4万元资金，为110户乡亲购买了1.5万棵苗木，在公路两侧建成山楂园100亩，蜜桃园60亩，我算了算，每人能增收300元。看着一棵棵壮实的树苗在春风春雨里慢慢生根发芽，我和我的乡亲们对即将到来的收获时刻充满期待，是的，就像书上说的，不负韶华，未来可期。你看，现在的乡亲们，不就收获了当时他们为之飘洒汗水、辛勤劳作换来的“未来”了吗？

其实，驻村的两年多来，我在这条路上不知道走过多少来回，大雪将至，我从这条路上扛着棉门帘走到五保户家中，为他们挂起遮挡风寒的屏障；酷暑来袭，从这条路上走到他们家中，为他们换上纱窗、挂上蚊帐；有好政策，从这条路上走到群众中间，拿起大喇叭对他们动之以情晓之以理……这条路已经面貌一新，变得宽阔平坦，在将来的日子，它还会变得更加宽阔平坦，成为乡亲们奔向小康乃至更加美好生活的通达之路、便捷之路。作为修路人和带路人，就要脚踏实地，一步一个脚印，把路越走越宽，把眼界和心胸越走越宽，带着乡亲们去遇见更好的明天。

在不断的工作积累中，我认识到，在做好帮民解难工作的同时，要着力谋划长远发展蓝图，既注重“输血”又强化“造血”。发展产业项目，不断增强村民“造血”功能，是实现脱贫致富的有效途径。

那天我又走上这条村路，到村部去，给一些人开会。

宪立书记跟我聊过村里一片果园的历史。那是村里一片由来已久的经济林，也是由来已久的一个棘手的问题。那片林子在20世纪90年代被本村村民承包，当时由于法制意识不强，所以在租赁合同不完备的情况下，没有收齐租金就交付租用了。最近几年，按照当初的口头约定，租赁早已逾期，但林子始终没有交回村里。我跟村委的弟兄们一起，翻阅了当年的资料，查阅法律条款，找律师寻求破解方法，多次请县司法部门来村协调，但效果都不明显。那天把当初的20多户承包方叫到一起，跟他们普及相关的法律法规，并摆明利害关系，说出村委对果园发展的远景规划，让他们意识到这样拘定固有想法，势必引起全村其他400多户的强烈意见，并且按照他们目前的经营方式，果园的前途并不乐观。散会后，我又分别找到两个主要承包户继续做工作，抓住他们中的“关键少数”，各个击破，最终问题迎刃而解，果园没有经过法律途径就回到集体手中。

果园回来了，我就要践行承诺，把它发展好。考虑到本村承包的优势，我准备让承包户在本村产生。有一天我在村路上遇见本村小伙子凤伟，这孩子本质纯良，勤劳上进，我心里想，就是他了。凤伟跟我打了招呼，我们就聊开了，慢慢地从家长里短，聊到了正题。当我单刀直入让他承包果园时，他还是有一些畏难情绪的，但小伙子是灵透人，经过几次“聊天式”动员、鼓励，打开了解决资金、合伙人等问题的思路后，终于使他应承下来。

果园的招投标工作开始了，凤伟果然从竞争对手中突围出来，拿下了果园的承包合同。年轻人的活力和干劲，就是我们事业的希望。村里紧接着成立了青龙满族自治县孤山子村种植专业合作社，同时争取相关部门支持，保留可利用树，把园子里的老化树更新成优良树种，配置基本灌溉设施，打造千亩生态果园。这个项目还带动了村里的部分贫困户，聘任他们来果园疏果、疏花、施肥，上山做护林员，增加他们的收入。目前，这个项目已经覆盖全村农户，预计人均增加收入500元。同时，在村里的其他各项工程建设中，我们优先使用村内劳动力100余人，人均增收900元。

我觉得作为一名驻村干部，只要真正地从百姓角度出发，真正理解百姓的需求，就一定可以把工作做好，让老百姓无论是精神还是生活上，真正实现彻底脱贫。

今天回到村里，我还要抽空看看我当年定点帮扶的两户五保户，尤其是刘君贺和他母亲。君贺前几年不幸得了尿毒症，每周要去县城医院做两三次血液透析治疗，没有劳动能力，他父亲又早早过世，只有他妻子和年事渐高的母亲一边劳动一边料理家事，生活困境可想而知。我到村后为他全家争取了最高档次的低保，也协调有关部门，免去了他每次透析的费用，但终究生活还是有些压力，没有脱贫。我想，人在逆境时，你对他说的一句话、一个关切的眼神，都会是点亮他精神之光的火种，我们的扶贫工作，尤其是精准扶贫，就是要在人心上下功夫，投入感情，收获美好。

车子驶向村部，宪立和大伙已经等在门口迎接我。大家坐在一起，亲如一家，互致问候以后，根据之前的经验，结合今年政策和村里形势的新变化，讨论今年“迎考”的各个细节。新一年的扶贫工作活脱脱地呈现在我的面前，使我不禁重新回味驻村的那些温暖瞬间。

从村部出来，宪立他们送我上车，我又想起驻村结束，奔赴新的工作岗位那天，同志们和我依依惜别，宪立说：“哥，平时感谢的话总是说不出口，但兄弟心里都有，是你带领我们把村子建设得这么好，让它焕发了生机，咱们的情谊永在！”

其实，换了谁来这里工作，见到这么质朴的乡亲，遇见这么尽职尽责、精诚团结的村委班子，都会尽心尽力、全情投入的，更何况组织上还给了我“全省扶贫脱贫优秀驻村第一书记”“秦皇岛市最美驻村干部”的荣誉。甚至如果是别人来驻村，说不定会做出更加显著的业绩。宪立总是说我太谦虚，其实我知道，我们都是实诚人，在内心深处都有这样一个共识：脱贫攻坚是一项宏大的系统工程，具体到村到户，政策多，项目精，要求细，可谓“上面千条线，下面一根针”。面对紧张繁重的任务，如果仅仅限于完成任务，刻板做到规定动作，就会疲于应对，有时甚至事与愿违。只有充分相信群众依靠群众，真正发挥支部引领和党员示范作用，投入最大的热情和才智，才能激发群众内生动力，取得事半功倍的效果。

我又沿着原来的路出了村子。

其实我一直都不曾离开，我们一直在路上。

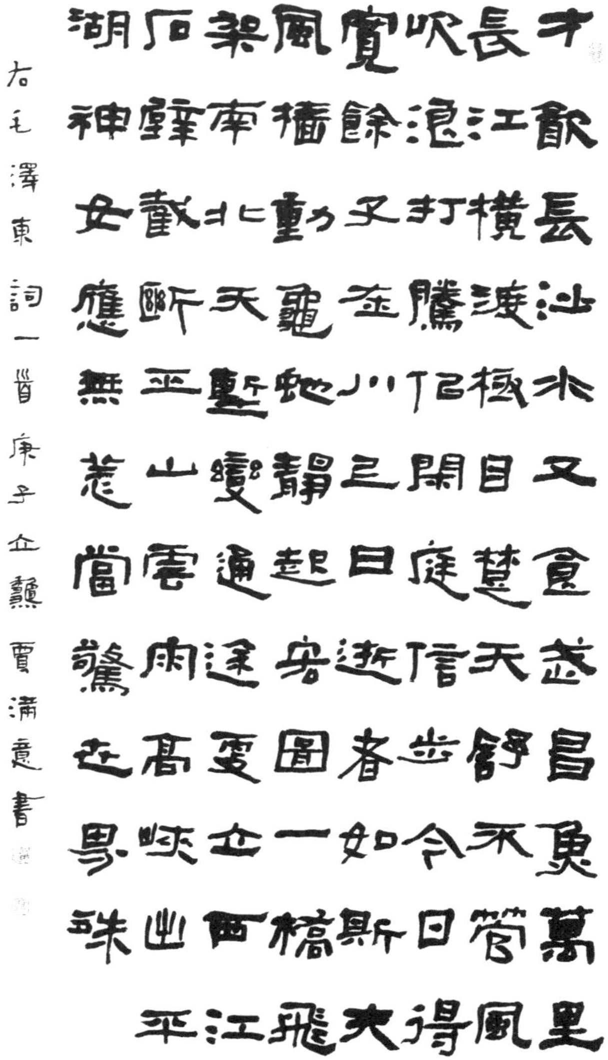
才飲長沙水又食武昌魚萬里
長江橫渡極目楚天舒不管風
吹浪打勝似閑庭信步今日得
寬餘子在川上曰逝者如斯夫
風檣動龜蛇靜起宏圖一橋飛
架南北天塹變通途更立西江
石壁截斷巫山雲雨高峽出平
湖神女應無恙當驚世界殊
右毛澤東詞一首 庚子立夏 賈滿意書

07

木兰花开

第一书记扶贫手记

张军，男，现任秦皇岛市昌黎县检察院检察长。2016年2月至2018年7月在青龙满族自治县土门子镇影壁山村任第一书记。

一本相册

◎ 张军

工作时间，手机响了。陌生号码，不接怕耽误正事，接了。说要采访我驻村扶贫的事。

我好奇于我已经从村里回城工作两年多了，还有人会对这件事感兴趣，当要来采访的小陆说明了是市文联专门派人对市委组织部派出的两批扶贫“第一书记”中选出一部分人进行采访，再现当时我们驻村的那段难忘经历的时候，心里涌出一股感动，但更多的，是牵出了那段岁月的一幕幕，它们就像电影蒙太奇，从我记忆的投屏上纷至沓来。尽管平时忙碌的工作之余，我也会念及我们村的——我已经习惯了把影壁山村叫“我们村”，改不过来了，也不想改过来了——一些人和事，但今天一说要采访，仿佛村里那道拦河坝在丰水期被开了闸，所有的水都争先恐后奔泻而出，全村403户1297人，其中贫困人口163户503人，两年半时间内的一桩桩一件件，还得理理头绪。

我的目光落在书架里的一本相册上，封面用淳朴的红色写着“2016—2018扶贫撸袖瞬间——赠市检察院驻影壁山村工作组张军”。封面是我和我的稻子，一把我自己亲手收割的金色稻穗，封底是同批驻村的戴雅君写的扶贫诗歌《致战友》。我们镇政府，也就是我们村归属的土门子镇政府真是有心，不但把我们驻村的瞬间用镜头记录下来，还做成精美的相册，成为相互间的念想。

相册不大，但很沉。

翻开第一页，有一行字：“张”显大爱，铸就扶贫铁“军”。

映入眼帘的第一张照片就是我们工作组开会的场景，背景左边是我办公桌上的一台老电脑，右边是一台长着大后脑勺的25寸“大彩电”。已经记不清开会的内容了，因为这样的会我们经常开，随时开，随处开，有时候三五个人往地上一蹲，围起来的一小片土地就是会议桌兼沙盘，商量起事来，兴之所至，拿根树枝或者一个石块，就开始在上面“排兵布阵”“指点江山”。

再往下翻，是我亲爱的伙伴，工作组的队员和村里的两委班子。我们在一起打了两年半的配合，每天睁开眼睛就是工作时间，闭上眼睛脑子还在过一天的工作，彻底睡着了也不一定是自己的时间，没准哪个工作灵感就是大脑惯性仍然停留在工作状态带来的梦境中得来的。我的这些同人们，工作时是亲密无间的战友，休息时是抵足而眠的哥们。

还有那些淳朴的乡亲，他们勤劳、率真，世代在这片土地上劳作、悲喜、存殁，直至化成山上的一抔土，林间的一缕风。他们始终坚守传世的良善恭俭，却怎么还摆脱不了贫困呢？细细想来，真正使他们的生活窘境不得纾解的，其实正是因为这坚守，守住了美德的同时，也拘定了固有的观念，这些，在刚进村入户调查时，我就有所察觉，但一时还理不出思路，更没有明确的章法，只能先用步履揣度这个幽静秀美的村子，慢慢想办法，带着我的乡亲们，摸着石头，蹚过贫困这条暗流涌动的河，奔到彼岸的脱贫之路。

这张照片上坐在大红炕被上的大娘，是我驻村第一天走访的第一家贫困户，老人家见我进来，赶紧把我让到炕上，把火盆放在我的旁边，瞬间驱走了被我带进简陋屋子的二月料峭的寒风，正要坐下来跟大娘好好聊聊，忽然听到外面人声嘈杂，原来是山火又起来了。我跟着人群向着火点跑去，到那一看，哪是什么“点”啊，分明已经着了一大片，风助火势，火借风威，眼瞅着越烧越烈，我和乡亲们一边灭火，一边开辟防火隔离带，直到把最后一撮火苗扑灭。

看着乡亲们灰头土脸地陆续下山，我的心里却不能平静。虽然懂得防火带的用途，但还是生平第一次真正领略其作用，贫困就像无名山火，灭掉它，两种途径缺一不可，一是掌握它的来源，以便防微杜渐，消除根源；另外就是一定要相信群众、依靠群众，带着乡亲们打造一条可靠的防火带，把他们与贫困彻底隔绝开来，让富裕幸福在这片土地上生根发芽，开花结果，成为希望的田野。

老村书记说，这里春天的主要任务和工作就是防火，正所谓“春防火，夏防汛，平时调处纠纷”，扶贫固然重要，但村子的安全、稳定才是一切的基础。在后来的工作中，我也越来越体会到扶贫工作组的工作是没有边界的，村里的任何一件需要解决的事都关乎和谐稳定，也都与脱贫息息相关，我的工作不仅仅是第一书记职责范围之内的事，而是我们村子之内的事，甚至任何与我们村有关的事。

我们集中连片的稻田，围着稻田的澄澈渠水，也被拍成照片，收入相册。看着那一派水色天光如江南画卷，我仿佛又徜徉在那条被我的脚不知丈量过多少遍的村路上。从第一天进村开始，它就成了我与贫困户和乡亲们联系的纽带，我一遍遍经由它，把扶贫政策、致富信息、关心与问候送到乡亲们的院子里、炕头上，我也一遍遍逐渐收获着温暖、理解、欣慰和快乐。我在这里接待过各级领导的考察、调研，各媒体的采访；迎来过探望工作组、贫困户的各界朋友；送走过考上远方城市大学的本村孩子；跟上山、下地的乡亲，出来进去的燕子，甚至掠过路边的一朵野花、一抹晚照，都是低头不见抬头见……当我偶遇利用农闲时间组团去邻村帮人办酒席的乡亲们，忽然觉得他们的行动验证了我关于观念的想法——只有有脱贫的愿望，才会有探索致富的办法的主动性。有了主观能动性，增强意识，提高觉悟，找到正确的方向和方式方法，才能从根本上摆脱贫困，正所谓扶贫扶“志”也扶“智”。

古话说，授之以鱼不如授之以渔。变输血式扶贫为造血式扶贫，不光是宏观上做了多少项目，解决了多少经济方面的问题，更重要的是在人心上下功夫。首先要让老百姓充分了解、知晓各项扶贫政策，更要让他们真正尝到勤奋致富的甜头，参与到脱贫攻坚的具体事务中来，充分地受到尊重，真切地感受温暖，像板结的土地重新遇到和风细雨，在潜移默化中松动、融合继而吸收雨露和养分，逐渐变得柔软、丰饶，富有生机。

我结对帮扶的贫困户小三儿兄弟，年轻、机灵，但被连续出生的三个孩子缚住了手脚，妻子为了照顾孩子们不能出去劳动，也没有收入，只有三儿在附近村镇打点零工和家里种地的一点收入，日子过得捉襟见肘。我跟三儿聊过，发现他是个头脑聪明、做事利落的年轻人。他想脱贫致富，给妻儿更加稳定、舒适的生活，苦于没有合适的门路，一直被束缚在贫困线以下，比生活更加窘迫的，一定是他焦灼的内心。我征得他的同意以后，介绍他到市里的一家饭店当传菜员。三儿的机灵、利落帮了他，过了一段时间，我跟饭店老板问起他的情况，老板不但对他赞许有加，还准备提拔他做大堂经理，我似乎看到这个年轻人意气风发的笑脸，听到他直奔好日子而去的虎虎生风的脚步声。

村里还有个贫困户，就是这张照片上这位，因为身患三四种慢性病，并且三级残疾，劳动能力很弱。生活所迫，妻子常年在外面打工，他和孩子在家里凑合着过日子。也许是病残的身体让他没有能力更好地料理生活，我想更多的还是种种不如意消磨了他生活的热情，以致家里的环境比他的头发还要杂乱，一眼看去，无论是精神面貌还是家里的日子，都是那么颓然。我意识到他首先需要擦亮的，不是他家昏暗的窗户，而是他晦暗的心境，是对美好生活的向往。于是我有意无意跟他聊两句，一边鼓励，一边开解。工作组也帮他置办了烤红薯的炉子，希望他能通过这种简单的劳动，获得比之前高的收益，改善生活也改变心境。有次我又遇见他，我说："你看，穿得干干净净，是不是红薯卖得也多啊？"我看到他腼腆的笑脸上，眼中有光。

我相信四个字：人怕见面。什么事情，人与人见了面，就容易沟通了，话说开了，心也就亮了。其实真正的调查走访，不是简单地了解数据、问问情况就能达到目的的，真正深入、透彻的扶贫走访，来自这种走进心灵的沟通，只有交心，才能了解贫困户的所思所想，找到致贫的症结和工作的方法。基本摸清了村子的情况之后，再次确认了之前关于致贫根源的判断，接下来就是想办法了。

我分析了村子目前的经济结构，村里很多年前曾经因为近水的优势种植过水稻，但后来大部分改成了玉米。原因有两个，一是村里原有的灌溉水渠，有效长度所剩无几，其余的自然渠部分也已经拥塞几近废弃，水稻没了水，自然长不成稻了；二是玉米种植起来比较省时省力，能解放大部分青壮年劳动力，去青龙县城或者秦皇岛市区打工，年收入比种玉米和水稻加起来还要高。但终究不是所有人都能去城里打工挣工资的，村里的土地因为所有权分布零散，也没办法统一流转做其他创收之用，仍旧只能种上庄稼和果树。一番走访和调研下来，我发现水稻和玉米的亩产收入相差可不是一点半点，但是目前大面积种植水稻的条件还不具备，怎么办？当然是没有条件，创造条件也要上！

2016年5月，正值插秧时节，我和我的队员沿着村里20世纪70年代挖掘的土渠，深一脚浅一脚地来到田间地头。看到两名妇女正背着沉重的沙袋往地里运，我们赶紧跟着一番忙活，总算把二十多袋沙包和肥料送到了她家的地块。淳朴的她们不会用言语表达什么，只悄悄回家取了三瓶饮料给我们。我们顺势席地而坐，从与她们的闲聊中，我听出了大家伙迫切需要修建农田水利设施和改善田间作业道。

要大面积有规划、有规模地把水稻种植发展成产业，打造出品牌，基础设施的硬件保障必须要跟上，这样才能让稻子们在这里安家、生长，成为产业结构的坚固一环。

说干就干，在与村干部反复调研并征求村组代表和贫困群众意见后，我们下定决心修建高标准稻田引水渠，打通由青龙河到都源河的连接带，不再让村民为地难种而发愁，彻底改变这种既艰辛又杂乱的耕作模式。

可是因为青龙县以山区为主的地貌特征，一直以来水利扶贫政策支持的重点是引水山上工程，规划名录中没有水渠项目。我们就多次联系市县水务部门，邀请水利专家来村实地调研，论证项目可行性，帮助设计方案。我们的执着最终得到主管部门的认可和支持，在政策设计上做了因地制宜的调整，水渠项目成功立项，乡亲们多年的梦想即将变成现实。

当时已经开春儿了，水渠路由于沿途地块已经种上了一些庄稼，项目只能等到秋后再开工了。可是老天不作美，我们村遭遇十年来前所未有的干旱，乡亲们为了插秧必须在大半夜截水等水，上下游和临近地块村民动不动就吵吵起来，我意识到，解决缺水问题迫在眉睫。

我们哥几个又在驻地挑灯开会，第二天赶紧跑到县水务局反映乡亲们的诉求，县局领导高度重视，带着专家调集设备来我们村指导抗旱，实施分段循环用水。乡亲们时不时抽空来出义工，村里的电工也跑来帮着接电线、装设备。就在这张照片上，在大家一起抬水泵的时候，一个不小心，泵体砸在了他的脚上，大伙劝他休息，他却笑笑说不太疼，又接着跟大家一起忙。等干完活才发现，被砸的那只脚还是不太对劲，到医院去拍片子，说是断了根脚趾。我们去医院看他，他还笑嘻嘻的。我的乡亲们就是这样淳朴、实诚，不多为他们做点事情，心里是过意不去的，而我为他们做的每件事情当中，他们都用这样的真情实意感动着我、鼓舞着我。

最后我和弟兄们分头把乡亲们组织起来，连续三天三夜有序插秧，打赢了这场抗旱保收攻坚战。

雨季过后，水渠项目如期启动，首先要解决的就是规划地段苗木清理和施工作业道临时占地问题。因为我们事先做足了工作，摆明了这个项目惠及全村的道理，获得大家的一致支持，我的乡亲们太给力了，这期间没有一户索要占地补偿的，施工进展顺利，劳动场面热火朝天。施工的每个阶段都要在确保不误农时的情况下抓紧完成，又要质量又要工程量，临近上冻时节，1.4千米的稻田引水渠主体已基本完工。为确保工程质量，我们经慎重考虑，将收尾工程留待明年。

终于第二年一开春，赶在播种之前一鼓作气把银龙似的水渠彻底连通，工程全面竣工。当月开渠放水，村民们看到滚滚活水穿村而过，高兴得像过年。加上新建了2000多米的田间作业道，种植面积能翻一番，每亩收入能增加1500元左右。为了彻底解决防洪护田、抗旱防汛问题，紧接着，我们又继续战斗，各方争取政策和资金，新建了两条总长550米的防洪坝，翻建了210米长的拦河坝。

看着一片片稻田的水面徐徐涨起，像一面面镜子映照着湛蓝的天空，看着刚刚插好的秧苗和抓紧时间在田里劳作的乡亲，弟兄们感觉好像有一股清凉的甘泉也在缓缓流进心里……大家也都跳进田里，一起加入乡亲们的劳作，偶尔抬头，跟直起身来擦汗的大叔四目相对，他泥水和汗水沿着脸上纵深的皱纹流淌，憨厚而满足的表情和古铜色的光泽共同塑造了这张脸庞的质感，像一张油画。

我的目光落在一张我穿着衬衫和雨鞋，帮着贫困户老王抬插秧设备的那张照片上。那天我正在跟大家在村部聊事情，老王兴冲冲地喊我们来看他买的新物件，说投入了大几千块钱，自己用完了可以租给别人家，一个插秧季下来，不但能回本，还兴许能挣点儿。我们几个换上雨鞋就跟老王一起把他的新设备架到稻田里。这家伙别看个不大还挺有分量，跟大家七手八脚安置好设备，大家已是满头大汗，我的衬衫也变成了汗津津的工作服。还有两张照片，也是我穿着那件衬衫在干农活，估计也是类似的原因没来得及换掉，几次下来，衬衫因为再也洗不出来，而彻底沦为工作服了，这下，它的出镜率反倒高了起来，在这本相册里就出现过好几次。

那阵子整天盘旋在我脑子里的还有一个问题，就是水稻的种植条件已经充分具备了，但价格还是没有明显起色，那肯定就是品种和品牌的问题了。对了，五常大米不是有名吗？那我就去五常，学技术去！说走咱就走，经过一番咨询和协调，我带着村两委班子到五常农业科学院参观学习，背回来上百株秧苗给合作社培育种植。我们背着稻种秧苗上了返秦的火车，立刻引起了人们的强势围观。我们不好意思地向好奇询问的人简单讲了事情的前因后果，他们都给我们竖起了大拇指。

新品种培育成功，我又帮助合作社注册“青都湾”商标，村里统一种植全程无农药化肥的纯种优质稻花香米，合作社又建了标准化加工车间，与省级龙头企业建立长期合作关系，主营本村农产品，顺带着村里的其他优质作物也有了长期销路，为以后谋求更加广阔的发展空间打好基础。

再往下翻，出现的是一片片经过串联，架设在屋顶上的太阳能电池板。这看起来带着些太空感的组件是我们村的创收神器——户用分布式光伏发电设备。作为一个多年来从事专业法律工作的人来说，除了法律知识之外，让我从事其他任何专业的工作都算跨界，更何况是研究光伏发电这种专业性强的电力工程类的知识和相关政策。我当时的想法是，拿出研究法律条款的态度和精神来研究国家对口扶贫政策。经过多方查找，我了解到，光伏扶贫是一种精准扶贫的方式，是国务院扶贫办2015年确定实施的“十大精准扶贫工程”之一，是一个帮助贫困人口脱离贫困的非常有效的途径。它主要是在住房屋顶和农业大棚上铺设太阳能电池板，“自发自用、多余上网”。也就是说，农民可以自己使用这些电能，并将多余的电量卖给国家电网。通过分布式太阳能发电，每户人家都将成为微型太阳能电站，为扶贫开发注入新的活力。

当搞明白光伏发电的补贴政策和项目落地对用户的条件要求后，我认为我们村可以充分利用太阳能资源丰富的优势，通过开发太阳能资源，实现扶贫开发和新能源利用、节能减排相结合。我觉得多做一些这样的基础设施建设扶贫项目，惠及贫困户的同时，长远来讲也会为村子带来一定利益，其他群众也可以从中受益。如果做一个项目单纯是为了应景，也就失去了其本身的意义，这样的业绩做得再多，拿来何用呢？

我把想法和这些天研究的相关政策、项目的可行性，包括近期收益、远端获益和可能遇到的困难，都在村班子会上跟大家详细讲了，经过慎重考虑和研讨，把这事定了。我们又开启了市、县、镇、村四地跑模式。先是去发改委和电力局跑办各种手续，同时对基础设施配套的匹配程度进行细致的评估，对资金缺口进行精准测算，多次研讨后，确定线路架设和配套改造方案，配齐配套设备。各方面条件具备以后，选址工作紧锣密鼓地开始了。接着就是对贫困户宣讲国家光伏扶贫的补贴政策，用他们能听得懂的方式讲解分布式光伏发电的原理，解答疑问，消除顾虑，征得同意。顺利通过民意调查之后，项目正式开工了。

经过紧张施工，我们村的分布式光伏发电项目终于实施完成，这个项目年收益10万元以上，扣除维护费用，全部用于村里贫困户分红。

看着照片里太阳下面泛着深灰色玻璃光泽的太阳能电池板，心中再次生出对那段忙碌而快乐的日子的怀念。每一个精准扶贫项目的成功实施，都使贫困户向小康迈进了一步。每一个投身于这项工作的人，都有着太阳能电池板那样静默深沉的情怀，接收着扶贫政策的光能，蓄积、转化成温暖持久的能量，再传输给晦暗、寒冷中的人，使他们产生不竭的动力，奔向和美富裕之路。

其实作为驻村第一书记，这个第一，赋予了我们更多的使命。它要求我们把包括贫困户在内的所有村民的事作为第一重要的事，永远在第一时间出现在有困难的群众面前，所以，村里事无小事，当管则管，义不容辞。

影壁山村历史悠久，有很多事已经被岁月带走，消散在光阴之外，但还有一些事，虽然已经年深日久，却仍然给村民带来困扰，说不清，道不明，理不顺，明明知道自己有理，却不知从何说起，跟谁说起。这个村子的土地在当年土地划分的时候被分成五类，每一类都按照当时的标准，分配给每一位有资格参与分配的村民。这样就造成了每户都拥有若干数量的某一级标准的土地，经营地块分布零散。如果想租用村里的某一块土地，需要跟许多家庭签订租赁合同。20世纪90年代，一个开矿的老板就用这样的方式在村里租下了一块涉及90多户经营的山地，开起了选矿厂。后来因为经营不善，厂子几经转手和重组，仍然难以维持，拖欠了村里的地租。村民们想收回土地，讨回欠款，但这些陈年老账中间牵涉太多法律关系、转让关系甚至人际关系，这样繁杂错综的状况，让人一听就头疼，更别说让没有什么法律常识的村民去厘清关系了，他们连谁该是原告谁该是被告、到底应该告哪个人都搞不明白。掰扯不清，束手无策，欲诉无门，这么多年来，这件事一直是村干部和村民们心头的一块沉疴。

作为一名法律工作者，这件事虽然不在我们工作组精准扶贫的工作明确职责范围之内，但它在我专业的边界之内，更在我道义的范围之内。

我通过多方联络，找到愿意提供义务法律援助的爱心律师，与他一起探讨诉讼方案，配合他寻找证人、搜集资料、调查取证……为了为村民争取最大利益，把损失降到最低，我们会因为一个问题不厌其烦地交换意见、反复沟通。开庭那天，我方火力全开，为村集体和村民利益据理力争，最终，为我们村赢得了胜诉的判决。目前，后期司法程序已经步入执行阶段，90多户乡亲的利益得到了合法的保障，被非法占用的土地也回到大家手中。

尽管这本相册厚厚的，并且我一边翻看一边慢慢回忆，还是不知不觉就翻到了最后一页。那张照片上有一个熟悉的背影，他背对镜头，坐在会议桌旁，对照着会议材料，认真地与大家讨论着什么。他是我当时的队员，我的好兄弟。我卸任这届扶贫第一书记后，他将接过我的职责与使命，带着更加饱满的热情，更加出色地带领影壁山村走过荆棘泥泞，走向彼岸花开。

我深深记得完成交接的那一刻，我们的手紧紧握在一起，这深深的一握，有我们过去日子在一起摸爬滚打的深厚情谊，有彼此之间的理解、信任以及深深的祝愿，更加包含对影壁山深沉的热爱和它今后发展的美好希冀。

虽然市里离影壁山的路程不算远，但真到要分别的时候，心里百感交集，万分不舍。我坐上车子，仍然跟来送行的领导、同事、乡亲们挥着手，直到整个山村消失在我的视野之中。影壁山这个地方，永远不会在我的心中消失，我的战友仍在那里接替我奋力拼搏，我和两个帮扶对象仍然没有解除帮扶关系，就算帮扶关系会因为他们的脱贫而解除，就算我到新的工作单位以后又另外确立了两户帮扶对象，但我们早已拥有了持续期限为一辈子的亲人关系。而我生命的一部分，包括两年半的时间以及数倍于它的情感，也永远地留在了那个山清水秀、民风淳朴的地方。它承载我生命中一段不寻常的旅程，带给我不一样的成长与安慰，它让我的人生丰富，它让我的思念绵长。说魂牵梦萦显得矫情，但我敢说，这个地方于我而言，已经不再是地图上不起眼的一个小圆点就能代表的最初级的行政区划，不再是一个一般意义上的工作地点，更不仅仅是履历表上、述职报告中的一个名词，它将永远与我的生命产生联系，因为那是让我一回忆就幸福的地方。

相册被我缓缓合上，轻轻放回书架。等小陆来采访，我把相册给她，我的故事算不上精彩，但相册里的每个故事都动人。

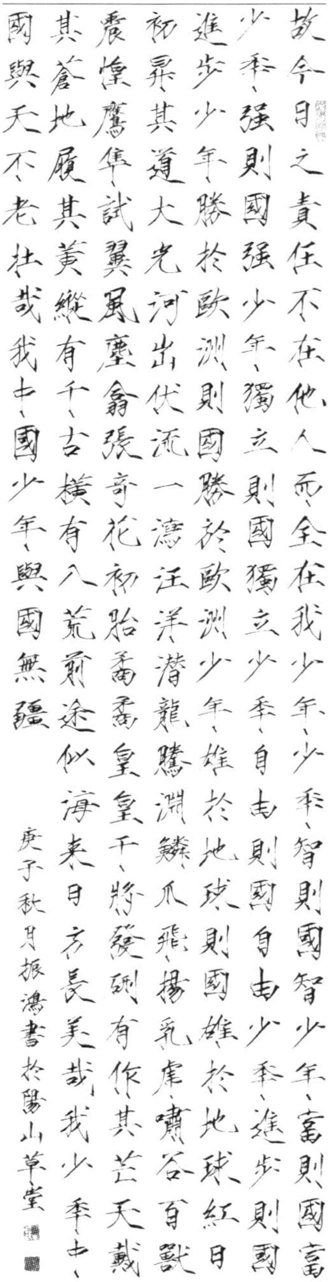
故今日之責任不在他人而全在我少年少年智則國智少年富則國富
少年強則國強少年獨立則國獨立少年自由則國自由少年進步則國
進步少年勝於歐洲則國勝於歐洲少年雄於地球則國雄於地球紅日
初昇其道大光河出伏流一瀉汪洋潛龍騰淵鱗爪飛揚乳虎嘯谷百獸
震惶鷹隼試翼風塵翕張奇花初胎矞矞皇皇干將發硎有作其芒天戴
其蒼地履其黃縱有千古橫有八荒前途似海來日方長美哉我少年中
國與天不老壯哉我中國少年與國無疆
庚子秋月振鴻書於陽山草堂

08

木兰花开

第一书记扶贫手记

杨国锐，男，现任秦皇岛市政协教科卫体委员会副主任。2016年2月至2018年7月在青龙满族自治县大石岭乡写字洞村任第一书记。

我当第一书记那三年

◎ 杨国锐

昨夜，我再一次梦回“故里”……

那里，春有绿草盈天，山花烂漫；夏有松间明月，清泉流于石上；秋有层林尽染，瓜果飘香；冬有风重流冰，梅霜相竞。那里，不仅好山好水好风光，更有着朴实无华的百姓。也正是因为这些，在我离开多年后的今天，依然对那里魂牵梦萦、难舍难分。那里就是我的第二故乡——青龙满族自治县大石岭乡写字洞村。

驻村的三年时光里，我带领全体队员与村民们同吃同住，常年往返于市县乡村之间，走遍了写字洞村的每一个角落，历经艰难困苦、尝遍酸甜苦辣，但更多的是收获和回馈，不仅全村顺利实现了脱贫出列目标，于我个人而言，更多的收获则是与市县乡村各级干部携手同心、并肩作战结下的深厚情谊，是辛苦付出后得到村民们的一致认可，是摆脱贫困的父老乡亲们脸上开心、幸福的笑容。

汇聚攻坚合力

写字洞村位于青龙大石岭乡北部，紧邻青龙河南岸，距乡政府10千米，全村辖7个村民小组，于5个自然片居住，共有261户，836口人。全村耕地面积960亩，山场面积6万多亩，全县第三大林场冰沟坐落于该村。村内无工矿企业，集体收入空白，村民主要经济来源以苹果、板栗等林果种植、畜牧养殖和劳务输出为主，2014年农民人均收入1700元，为“十三五”规划贫困村，共有贫困户104户，297口人。

载着满满的信心和激情，2016年3月，我带领市政协驻村工作组来到这个青龙的偏远山村。为了给大家加油鼓劲，我们喊出了坚定的口号：“我们的目标是打造最高群众满意度，我们要让这里的群众感到充盈的幸福获得感。”驻村的第一个星期，我就给工作组定下了一个制度，除特殊情况外，每天必须与村里的老百姓“打唠”（青龙土话，聊天的意思）一小时。于是，白天在田间地头，傍晚在村部小广场，晚上在老百姓的家中，总能看到我和队员们与老百姓攀谈打唠的身影。没用3个月，全村104户建档立卡贫困户的家庭状况、思想动态、困难问题、帮扶路径就已经耳熟能详，了然于胸。

通过深入走访，我了解到有些贫困户并不贫困，但是他们却戴着贫困户的帽子，因为这样村民之间也会存在意见。扶贫就要真扶贫、扶真贫。对于走访出的水分，我立即按照程序进行处理，将扶贫“水分”筛了出去，摘了28户的“贫困帽”，剩余76户真正贫困的家庭，一一建档立卡。但一些被摘了帽子的村民不理解，开始到驻村工作组的驻地闹情绪。处理这类问题时，我始终教导队员们：村民的想法，不管是对也好错也罢，都要认真地听一听，等到他们心情平和了，气儿顺了，思想工作也就好做了，以后的各项工作也就好开展了。

由于地处偏远，地域条件差，群众居住分散，村内水利、交通、饮水、电力等基础设施均存在不同层面的不健全问题，基础设施也成为写字洞村脱贫攻坚道路上最大的“瓶颈”。俗话说得好“要想富，先修路”。市政协扶贫工作组驻村后，与乡村两级共同努力，经各方协调，为写字洞村引入了基础设施建设项目资金1000多万元，强力推进桥、坝、路、电、扬水站等基础设施项目建设。

投入资金300万元为全村700亩果园实施水利工程全覆盖项目，投资资金280万元为村内安装4台大功率变压器和16座扬水站，投资480余万元修建两座跨青龙河大桥和村内连接漫水桥，投资200万元建设从村口延伸到冰沟景区的主体道路工程……通过这些项目的实施，逐步夯实了写字洞村脱贫致富、迅速发展的基石，为写字洞村成为未来远近闻名的小康村打下了坚实厚重的基础。

绘就幸福图景

贫困村要脱贫，发展思路是关键，驻村第一书记必须立足村情实际研究问题，谋划、指导工作，既要紧紧抓住带有方向性、基础性、长远性的工作不放，又要找准工作的切入口和着力点，聚焦发力，精准施力，一件一件地抓好落实。

驻村工作开展之初，市政协主席郝占敏到写字洞村调研时提出明确要求：要结合村情实际，“长短结合”谋划产业项目，输血造血相结合一定要以造血为主，精准务实地把各项工作开展起来。为此，我带领驻村工作组对写字洞村的脱贫致富工作进行再定位再部署，制定了“短期脱贫靠项目，长远致富靠生态；基础建设要夯实，产业发展要稳步”的工作策略。

养殖年猪是青龙村民的传统习俗，驻村工作组将这一习俗与扶贫产业相结合，开发了青龙“满香”特色黑年猪定向养殖项目。工作组与河北三融集团签订定向养殖回购600头黑年猪养殖合同，三融集团与秦皇岛广源超市和北京部分超市签订了购销合同，将写字洞村定为三融集团和广源超市的代养殖基地，将配有编码的30斤左右的猪苗送至村内，并提供饲料、技术指导、监控安装、标准性化粪池指导建设和回购运输等配套服务，村内负责提供圈舍及养殖环节。猪出栏后运往秦皇岛宏都屠宰加工厂加工后直接到超市专营青龙黑年猪柜台销售。这种黑年猪是东北民猪与太湖母猪杂交后的民太猪再与北京黑猪杂交后培育的新猪种，具有东北民猪抗寒性强、太湖猪繁殖性高及北京黑猪膘少肉厚的特点，出栏期为6个月，一年两茬，一头猪的代养殖费用在400～450元之间。我们按照贫困户分户经营，一个圈舍养殖10～20头的办法推进落实，并拟购进两台吸粪车处理粪便，所产有机肥直接用于果树施肥。这个项目属于订单型、合同型扶贫产业项目，好处就是降低市场因素对农民脱贫致富的风险，保障了扶贫工作的精准性和成功率。按一户养20头猪计算，单户养殖贫困户可得年收益1.6万元，该项目可解决贫困人口120余人，占总贫困人口的38.8%。

工作组因地制宜，依托写字洞村独特的地理优势，成立了写字洞村大北沟专业合作社（该合作社贫困户占总人口比例为40.8%），建700亩标准化果园基地项目。村民通过土地入股的形式纳入村果品专业合作社，分户经营，统一管理，栽植以优质富士苹果为主。同时，在基地内大力推动精品杂粮间作种植，以增加群众收益。

700亩的标准化果园、满乡特色年猪养殖、小型农产品加工、写字洞服装厂和食用菌改造升级等项目同时上马，一起推进，十几扇致富之门在写字洞村同步打开，脱贫致富的主动权交到了贫困户手里，适合哪扇门就选哪扇门。

产业进了村，但发展中的磕磕绊绊也不少。“人家厂子里的机器咱从来没用过，产品还都有标准，我们哪会做呀！”村里的服装厂盖好了，乡亲们一看厂里的机器，纷纷打起了退堂鼓。为了帮助乡亲们克服心理障碍，工作组找来了投资方的培训人员，对有意向的村民开展了集中培训，为了彻底打消大家伙的顾虑，我甚至动员队员们先学，学会了再给大伙儿做示范。看着我们几个糙汉子都做起了绣花的活计，村民们好笑之余，抵触情绪也减了大半。为了趁热打铁，我还给大伙儿算起了经济账：“第一个月最起码能保证1350块钱；第二个月你只要出徒了，手艺好了，最起码能到1700～1800元，所以咱们建个厂子对大家也是有益的。”

有些事，我会想方设法做在村民前头，但有些事，就算村民找上门来，我也会拒绝。“因为这个猪的事我思想上有包袱。”贫困户殷清选择了养满乡特色年猪，由于疏于管理，不仅养死一头，其他猪长得也不好。投资方验收时，按产量和质量给钱。因此，同样是养10头猪，有人能挣到4000多块钱，他却只能挣了不到2000块钱。

“这个猪不是今天养完明天就不养了，如果说按10头猪的钱给他了，投资方的心也会让我们伤掉的，最后合作还是形不成好的关系。”面对气馁的殷清我一边鼓励，一边联系专业技术人员，帮他找出了养殖中存在的问题，坚定了走下去的信心。艳阳高照，村里的百姓大舞台，变成了村民竞选脱贫明星的大擂台。几十名贫困户代表带着自家最得意的产品上台参选。过去没有挣钱门路的贫困户，现在对产业致富信心满满。

带来乡村蝶变

在写字洞村的崇山峻岭之中有这样一片景色独特、环境优美、原始古朴的神奇土地，这里春季山花烂漫，夏季绿荫蔽日，秋季野果飘香，冬季冰川平铺，它就是大冰沟。大冰沟西起大石岭乡写字洞村；一直向东延伸与辽宁省建昌县老大杖子乡、河坎子乡接壤；南与土门子乡的景杖子村相连；北与宽城县大石柱子乡的双松亭村相连。因沟深谷长，水资源丰富，沟底日照时间极短，气温很低，一年之中有近一半的时间结冰，局部地方常年结冰，故得名大冰沟。大冰沟蜿蜒纵深20多里，面积50多平方千米。沟口呈簸箕状，中部呈“几”字形，尾部呈“丫”状。

大冰沟内自然景观奇特，山上有南天、天井、石狮、石人、棒槌等，山腰有漏天洞、鸽子窝等奇石美景；山脚有朱砂洞、石灰窑；沟底有钓鱼台、老牛槽、饮马池等十多处自然景观。二十里画廊，云绕山转，雾从脚生，俯视山水间，风吹松涛吼，耳闻涧水鸣，百鸟唱枝头，群兔傍地走，野鸡呱呱叫，狍子林中蹿。

大冰沟矿藏丰富，主要有金、铁、银、锰、朱砂、石灰石等；有大量的中草药如人参、黄连、苍术、防风、细辛、葛等；还有众多的纯天然绿色食品榛蘑、木耳、猴头、野葡萄、猕猴桃等。不但风景优美、环境宜人，大冰沟还是红色教育基地，这里曾经是抗日根据地，有着许许多多感人的革命故事，在青龙满族自治县县志中均有记载。

习近平总书记指出，“脱贫攻坚，发展乡村旅游是一个重要渠道。要抓住乡村旅游兴起的时机，把资源变资产，实践好绿水青山就是金山银山的理念。”

为了将这片绿水青山打造成为金山银山，工作组按照“前期铺垫建设，期待时机开发”的原则，积极联系秦皇岛市旅游专家，制定大石岭乡整体旅游规划报告，并积极招商，推动大冰沟乡村游发展。工作组与市政协招商组共同打造了“桃源柳岸”休闲度假区招商项目，并在《秦皇岛国际生命健康产业展览会》上专门进行了招商推介；与青龙县生态公园办公室进行对接，发去了大量冰沟照片和文字材料，加强冰沟宣传。如今，写字洞已纳入国家旅游扶贫试点村的范畴，神秘野魅的大冰沟正逐步揭开面纱，写字洞村也即将实现华丽蝶变。

为民排忧解难

驻村不仅要身驻更要心驻，要树立起不当客人当主人，不当外人当家人，把群众的事情当成自己的事情去办，既要立足当前解难题，更要想得长远让群众得实惠。特别是百姓生产生活中经常会遇到外人看起来无足轻重的小事，但这些不起眼小事，如果得不到及时妥善的解决就会变成大事，甚至酿成群体性事件。

三年的扶贫工作中，我始终把群众满意作为衡量第一书记工作的主要标准，尊重群众，相信群众，依靠群众，了解群众的意愿，倾听他们的呼声，掌握他们的期盼，让民意在决策中唱主角，这样做群众才会把第一书记看成有人情味、有责任心、最可信赖的人，才能把党和政府的关爱刻在群众的心里。

2017年5月，我们与建档立卡贫困户周正妍共同经历了人生的一次大事件。一天早上周正妍发烧，为了省钱，自己在诊所打针又买了点药回宿舍以后，晚上她全身起了水泡，出现昏迷，到医院后诊断为多型红斑型药物疹，身体多器官已经受到严重损伤，处于病危期，需住院抢救治疗。面对这个突发的灾难，全家欲哭无泪，茫然无助。得知这一情况后，工作组动员了所有能够动员的力量，水滴筹款、爱循环公益、红十字会、义源公益、绿生活公益，市政协干部、乡干部、村干部、乡亲们纷纷伸出援助之手，仅仅3天，援助的善款就达到了10万元。完全解决了这个困扰贫困户家庭的巨大难题。花季少女得救了，人性的温暖闪着熠熠的光辉，党员、百姓这一刻手挽着手，肩并着肩，向疾病宣战、向贫困宣战，这一刻我们众志成城。

驻村工作开展后，工作组从群众具体小事着手，解决了贫困户周瑞海、周青阁等多起邻里矛盾；消除贫困户殷贵、徐海成上访隐患两起；解决了应届大学生徐佳红等缺少上学经费的困扰；工作组还利用政协平台，联系爱心政协委员资助村内孤儿10人，特别是解决了全市年龄最低贫困户户主6岁的孤儿李铭和其13岁的姐姐李红蕊的生活、学习问题，使他们未来的生活获得了保障；帮助残疾贫困户孙树清治疗腿患，帮助精神疾病患者周海涛、肖震等人做等级鉴定等若干工作。

我十分重视党建工作和预备党员的培养，在每次党员会议上均要求党员同志必须佩戴党徽，增强党员荣誉感，并要求党员积极奉献“义务工”。扶贫要“树帜”，党的旗帜必须高举，必须成为全体干部百姓的坚强后盾，保持旗帜的鲜红，就在我们全体干部党员的一件件具体实事、一次次为民服务当中。

在国家第三方到村验收时，百姓们说得最多的话就是：可不可以让工作组在我们村里多干几年，我们就真的富裕了。

助力脱贫攻坚

三年的驻村工作中，除了市县乡村各级干部的全力帮助，各级政协组织和政协委员也积极发挥主体作用，在脱贫攻坚工作中展现了政协担当、体现了政协作为。

市政协委员、秦皇岛万通房地产有限公司董事长马春元在陪同市政协主席郝占敏到写字洞村调研时，细致了解了今后脱贫工作打算和具体需求，当场表示出资30万元助力该村扶贫工作，希望两委干部和住村工作队要用好这笔扶助资金，发展产业项目，使其发挥最大效益，为村民造福。

驻村工作组以垫付的方式利用该笔资金首先启动打造了长期特色优势产业项目——写字洞大北沟标准化700亩果园项目。以大石岭乡特色林果业为依托，通过土地入股形式纳入村果品专业合作社统一经营管理，建设700亩标准化果园基地，栽植优质富士苹果为主，配套水利设施，实行综合开发。果园基地项目启动后，工作组组织村民将基地内的老树、病树、残树全部伐掉，对土地进行了勾机翻新，并栽种了4万株从昌黎果研所购进的新型昌红富士苹果。同时，在果树下间作种植杂粮等农副产品，实现了生态效益、经济效益的双丰收。

市政协农业委员会主任吴立国通过驻村工作组了解到村里有几名孤儿需要社会资助，立即带着特邀委员杨国兴来到写字洞村，实地了解具体情况。经过与村委会和乡学校对接，秦皇岛市海之天造型艺术有限公司总经理杨国兴决定资助写字洞村的两名孤儿姐弟。姐姐李宏蕊，10岁，三年级，住校，杨国兴到校去看望，交给班主任3000元，作为李宏蕊的学校生活费用；弟弟李铭，6岁，上幼儿园，杨总给监护人1000元作为日常生活费用。杨国兴表示他将资助姐弟二人到大学毕业，在此期间，他会时刻关注姐弟的学习、生活，并委托驻村工作组在休息日、节假日要把孩子带到市里，送到他的家里。他会用爱心温暖这对姐弟孤儿幼小、敏感、脆弱的心，让他们的未来充满光明和温暖。

和马春元、吴立国一样，还有很多委员纷纷向写字洞村伸出了援手。政协委员张华对生活困难的贫困户殷海龙的孩子进行帮扶。两年来他们二人已经亲密得像母子俩。村民李玉云丈夫过世后独自带着孩子孝敬公婆。但命运多舛，2017年，不幸自己又患脑血栓。得知情况后，政协委员李新宇主动申请帮扶李玉云。村民孙树清因意外事故，身体残疾，家庭困难。政协委员姜丰对其孩子进行了帮扶。政协委员胡再良带着村民徐海满老两口向贫困宣战，不光对家中的孩子进行了捐助，并且让他们代养殖黑年猪，生活发生了极大变化。

与此同时，市政协充分发挥智力密集优势，积极向村庄发展献计献策。

市政协财经委主任、副主任帮助制定了大石岭乡整体旅游规划报告，并积极招商，推动大冰沟乡村游发展。帮助工作组签订3个协议，与市政协招商组共同打造了“桃源柳岸”休闲度假区招商项目，并在《秦皇岛国际生命健康产业展览会》上专门进行了招商推介。市政协研究室主任、副主任，多次到村开展了党课培训活动及“三学一做”专题党课活动，进一步夯实了村党建工作基础，丰富了党员生活。市政协教科文卫委主任、副主任，多次组织会商，建立了村丙型肝炎患者病例档案，并协调市、县卫生部门，积极筹募资金，准备彻底该村丙型肝炎患者众多的现状。

在市政协机关工会的帮助下，在全体委员的大力支持下，写字洞村迎来了前所未有的机遇，发生了翻天覆地的变化。全体委员积极参与到全市脱贫攻坚战活动中来，奉献爱心、奉献智慧，用政协委员的满满正能量助力精准扶贫攻坚活动。几年中，政协帮扶责任人、政协委员共帮助引进项目3个，捐助贫困家庭、儿童10人，帮扶资金近10万元。

扶贫工作结束后的一些感想

在驻村工作组的房间里，有一面照片墙。定格在墙上的都是一些值得纪念的时光，而这里面收获的瞬间越来越多，也反映出写字洞村在驻村帮扶过程中经历的蜕变。这些变化，不仅有这里的穷日子，还有全村人的精气神。

回首走过的扶贫之路，扶贫工作不仅需要有“绣花”的匠心，还要做到“授人以鱼，不如授人以渔”。想要拔掉“穷根子”，还需开对“药方子”。在写字洞村的扶贫路上，我用800多个日日夜夜扎根山村土壤，用成百上千次的走访融入村民生活，从而获得了“从群众中来，到群众中去”的宝贵扶贫思路，那就是因地制宜，因户施策，让写字洞村的贫困群众能在新的产业发展中找到自己的位置。

不忘初心，方得始终。中国共产党人的初心和使命，就是为中国人民谋幸福，为中华民族谋复兴。这个初心和使命，是激励中国共产党人不断前进的根本动力。星光不负赶路人，岁月不负有心人。我们共产党员在脱贫攻坚战役中，只有真正地俯下身来，为贫困地区打开致富的源头，才能无愧于我们胸前的党徽和肩上的责任。让群众眼中充盈幸福，让群众手中获得富裕，让群众心中真正感到满意，这既是扶贫工作的最终目的，也已然成为我开展一切其他工作的出发点和落脚点。

作为一名党员，作为一名扶贫第一书记，我将始终牢记这份初心和使命。

水陸草木之花可愛者甚蕃晉陶淵明獨
愛菊自李唐來世人甚愛牡丹予獨愛蓮
之出淤泥而不染濯清漣而不妖中通外
直不蔓不枝香遠益清亭亭淨植可遠觀
而不可褻翫焉予謂菊花之隱逸者也牡
丹花之富貴者也蓮花之君子者也噫菊
之愛陶後鮮有聞蓮之愛同予者何人牡
丹之愛宜乎衆矣

愛蓮說 歲在庚子時在秋月 毅武

09

木兰花开

第一书记扶贫手记

刘勇，男，现任秦皇岛市西港新城开发建设办公室四级调研员。2016年2月至2018年7月在青龙满族自治县马圈子镇三十六磙子村任第一书记。

三十六碴子的八百多个日夜

◎ 刘勇

那山，那水，那人。

绵延起伏的山岭静谧而安详，缓缓流淌的都源河穿村而过，一张张熟悉亲切、朴实无华的面庞……288户村民，1048位父老乡亲，9600多亩山水林田，在这880多个难忘的日日夜夜里，三十六碴子的一切都像烙印一样深深镌刻在我的脑海里。来时只觉漫长，走时方知可贵，时间真是一个奇妙的存在！

我对农村并不陌生，艰苦的生活我也挨过，但是肩负组织的重托，挑起整个村子的脱贫重担，并且要在三年的时间里抓出实效，在我的工作履历中还是头一次。三年的时光里，在田间地头，在农舍庭院，在项目现场，在生产车间，在炎炎烈日下，在疾风暴雨中，我记不清自己挥洒了多少汗水，有忐忑、有焦虑，有伤痛、有忍耐，有挫折、有失败，但更多的收获还是成长与希望，是父老乡亲的支持、爱护和满满的信任，这份真情千金难买。

三十六碴子村位于青龙满族自治县东北部，距离县城40华里，有农户288户1048口人，其中建档立卡贫困户109户，336口人，是国家“十三五”贫困村。村庄耕地面积较少，种植品种单一，基础设施较差，产业基础薄弱，基本没有可带动性产业，贫困户特别是弱劳动力和女同志稳定性收益保障不足。

2016年2月到任三十六碴子村扶贫第一书记后，我带领工作组迅速进入角色，前后开展了300多次细致入微的调研走访，了解到村里最真实的情况和村民们的真实想法，并最终确立了走特色产业带动乡村发展的强村富民之路，这条路一走就是3年。

要想富先修坝，打响脱贫攻坚第一仗

发展方向确定了，制约发展的一大难题却摆在了大家面前，就是流经三十六碗子村的都源河。滚滚的都源河将村庄分为河南、河北两大片区，20多年来，每到汛期，洪水就会进村，淹毁房屋，淹没田地，两岸村民为此叫苦不迭。我意识到，想要打赢脱贫攻坚战，首要的就是修建大坝，筑牢百姓安居乐业的保护屏障。

建大坝说起来容易，做起来却困难重重。首先要解决的就是建大坝所需要的巨额资金。村里没有收入，老百姓又没有这个能力。不过村“两委”的一句话让我燃起了希望，原来村里有一项100万元的扶贫资金，由于项目无法正常开展，资金被冻结了。我当即决定，想办法把这笔资金再争取回来，用于建设大坝。

说干就干。我带着村干部走访县领导、对接扶贫办、水务局和镇政府，咨询政策，说明情况，争取理解，通过不懈努力，这项资金终于通过了省级项目变更，改用于建设大坝。项目资金解决了，随之而来的征地又是一大难题。我和两名组员走街串巷，挨家挨户地讲政策、说道理，经常是披星戴月，废寝忘食。功夫不负有心人，经过20多天的走访劝导，被占地的百姓终于同意了。

然而，建大坝的消息一传出，村民的矛盾也随之而来。由于大坝建在都源河南岸，河北的村民认为大坝会影响河北的防洪，集体要求新建大坝要低于河北的老坝，甚至有些村民要让大坝向河南村里再退一些。可是这样会占用河南村民更多土地，河南的村民也不会同意，建坝工作面临前功尽弃的风险。

面对这一系列棘手的问题，我没有退缩，再一次在两岸村民之间奔走协调，甚至一度遭到了情绪激动群众的围攻。然而，功夫不负为民办事的人，苦口婆心地劝说最终换来了村民们的理解，两岸达成了修建协议。

经过3个月的不懈努力，3000米长的新坝建成完工。河南片区村民20多年的夙愿终于实现了，我永远不会忘记建成那天村民脸上露出的笑容。也正是从那一刻开始，我更加坚定了自己走下去、干下去的信心和决心。

如今村庄几经暴雨，大坝屹立不倒，经受住了风雨的考验，我们的扶贫工作也经受住了老百姓的考验。

靠山也要吃山，发展林果深加工业

三十六磙子村有山场面积8500多亩，主要以种植板栗等经济作物为主要营收来源。青龙板栗皮薄，质地好，具有香、甜、糯的独特风味。但由于经营分散，缺乏种植技术，营销渠道不畅，还可能会出现“大小年”“ 丰产不丰收”等现象，导致村民“守着金山没饭吃”。对此，我带领工作组创新工作方法，确立了发展种植业这一“短平快”产业，积极帮助和引导村民将林果种植向产业化方向发展，变分散经营为抱团取暖。在广泛征求村民意见的基础上，成立了村生态种植合作社，109户贫困户全员入社。

板栗深加工是产业化发展的第一步，而破解这一难题的关键则在于引进龙头企业。我开始留意并接触有能力的相关企业，并最终将目标锁定在时常来三十六磙子村收购板栗的北京京福隆公司。为进一步了解企业实力，我带领村民前往山东考察，并与企业负责人陈总进行深入对接，投资人对我们提出的板栗深加工项目表现出了浓厚的兴趣和投资意向。

但是现实中往往没有一帆风顺。实际推进过程中，投资人考虑诸多因素，迟迟不肯下定决心投资。秉持着“事事求诸人不如事事求诸己”的理念，我带领工作组和村民弱鸟先飞、主动出击，多次邀请合作方到村参观考察，翔实介绍资源优势，真心邀请到村投资，帮助投资方找土地、跑前期、办手续、增电融，带着投资方到市、县、镇咨询跑办食品安全许可、落实扶贫产业政策、捋顺调解矛盾关系。

我们真诚的态度和热情的服务打消了投资方的疑虑，得到了高度认同，最终使项目顺利落地。不仅如此，投资方还将自己的下游客户——河北栗源食品有限公司引荐到村里，将三十六碌子村确立为栗源公司的栗米加工订单客户，进一步稳定了板栗的销售。

2016年板栗收储区建成，2017年栗米加工区建成，年收储周转板栗1000吨，栗米加工300吨。目前，项目已全面投产，技术培训职工130人，50名职工入企就业，平均月工资1800元，全体贫困户分红近10万元。形成了入股分红+劳务收益的效益扩大化，也提高了扶贫资金的使用效率。同时以仓储基地为依托，大力促进发展村板栗种植，目前村板栗种植达到900多亩，年产量27万斤，年创收130万元，人均增收1000元。

引入服装加工，增加留守妇女收入

如何为留守妇女增收，一直是村庄脱贫的困扰。

一个偶然的机会，我听说青龙县天雅制衣公司有意联合贫困村设立服装加工厂。为了抢抓这一难得机遇，我带着工作组和村“两委”班子多次前往天雅公司沟通对接，先后投资14万元，改造出160平方米厂区，采购设备30台，培训村民50人，并鼓励动员25名留守妇女加入企业工作。

办服装加工厂，无论对三十六碌子村集体还是对村民个人都是一件新鲜事物。为使服装厂顺利投产、正常运营，我带领驻村工作组和村委会付出了极大的努力，提供了全面的支持。为了给服装厂找厂房，我们用真情打动了村矿部负责人，同意将一处办公区用作服装厂生产车间。

为了进行厂房改造，工作组与村“两委”放下面子，四处“化缘”筹措资金；为了节省车间修缮经费，在施工时我带领大家全员上阵、亲自动手、砸墙搬砖，最终在一个月内完成了车间改造，得到了天雅公司的高度肯定。前期培训期间，村民们多数未从事过服装加工这种枯燥单一重复的劳动，加之前期没有收入，大家产生了很强的抵触情绪。为了稳定激励职工，特意筹资为每名培训村民发放了200元培训补助，及时采购布料为村民提供缝纫练习材料，保证了培训的效果。生产运行期间，由于企业刚刚成立，管理力量薄弱，工人熟练配合程度较低，思想不稳定，经常因为干多、干少发生争执。服装厂刚刚成立一个多月，由于挣得少，大家纷纷都不想干了，厂子面临关闭风险。为此，我必须三天两头深入企业，一边指导生产管理，一边协调经营矛盾，一边了解工人思想动态，做好思想工作，随时调动工作组车辆和人员为服装厂运取、采购材料零件。

通过前期的经历，我认识到，村民们还缺少独自面对企业生产经营的能力，必须骑上马再送一程。夏天天热，我们就为服装厂职工送去消暑物品、安装电扇；冬天天冷，我们为厂子支援取暖原料，加装新式取暖设备，甚至到家里走访、谈心、做工作，解除大家的思想顾虑。工作组的全力付出、贴心服务，得到了职工的真心认可，也激励着贫困户职工全身心投入脱贫致富的事业当中，保证了生产的稳定运营。项目投产以来，生产运营稳定。目前，村服装厂月生产加工能力已达到3500件单衣以上，人均月收入由开始的700元逐渐达到1500元，较好地解决了留守贫困妇女的经济收入问题。

值得一提的是，服装加工厂不仅解决了村内妇女的经济收入问题，还为残疾村民景志勇和五保户景林章解决了就业问题，聋哑人景志永在厂子里当起了操作工，无儿无女的景林章则负责起厂区的保安工作。

用好国家政策，抢抓光伏电站项目

老弱病残村民的脱贫问题是脱贫攻坚中的难中之难，补齐这块最短的短板是帮扶工作中的重中之重。为此，驻村工作组抓住国家电网光伏扶贫的有利时机，积极想办法引入光伏电站项目。

为了引进这个项目，我带领工作组积极联系投资单位，与北京聚熹源光伏科技有限公司、国网公司、市县邮储银行、县扶贫办等单位就光伏产业政策、金融扶贫资金、村内建设场地、技术条件等工作进行了多次的对接、协商、勘踏、研究。当得知光伏电站第一批每个镇只有一个建设指标，工作组又第一时间与市发改委、县发展局和镇政府领导沟通做工作，通过努力为三十六碳子村争取到第一批入网指标。

光伏电站项目的征地同样遇到了很大的阻力。面对村民的不支持和不理解，我带领工作组逐户走访，针对性做思想工作，一次不行就两次，一天不行就两天，最终感化了个别意见较大的村民，并取得了村民们的一致认可，拿到了项目用地。项目建设过程中，因为施工单位要在全县开展工作，施工时间相当紧张，我们就天天盯着施工单位，一趟一趟地跑县里，一套一套设备地催。在我们的不懈努力下，三十六碳子村的光伏电站项目是全县首个建成并投入使用的光伏项目。

光伏项目每年可为三十六碳子村带来20万元发电收益，其中2万元用于支持村集体，其他18万元分配给60户贫困户，可持续分配20年。光伏收益将主要为村中无劳力或弱劳力的特困户提供收益保障，起到了较好的兜底作用。

回顾几年来的精准扶贫经历，特别是在产业扶贫方面做的这几个项目，我感到特别骄傲。村书记曾经说过："你看，咱们村的扶贫工作好在哪？国家给投的扶贫资金，咱们没有流失一分，都在项目上。即使哪天项目不行了，咱们还有营业执照，有房子，有厂区，有冷库，有设备，这些都是实实在在的硬东西。"

扶贫扶智更扶志，用心用力更用情

三年的扶贫工作让我意识到，精准扶贫既要送温暖，也要送志气、送信心。把贫困群众的心焐热、脑更新、劲鼓起，才能让自身努力与外界助力同频共振，提升脱贫的内生动力。

入村初期走访时，我发现村民孙士喜家的生活非常贫困，一家4口，两个孩子上学，妻子患有红斑狼疮，丧失了劳动能力。为了照顾家庭孙士喜放弃了外出打工的机会，留在村中务农，一家人的全部开销都落在他的身上。大女儿初中毕业后，孙士喜就不想让她继续读书了。

走访的过程中，我看到了认真读书的孩子，也感受到了她对知识的渴望。现状的无奈，让孙士喜的大女儿感到非常的委屈，孩子的母亲也无助地自责，面对我们时眼里一直噙着泪水。

于是，我一边开导孙士喜的大女儿，一边做孙士喜的思想工作。最终在大家苦口婆心地劝说下，孙士喜同意女儿继续读书。随后，我又马不停蹄地捐助资金，帮选学校，申请雨露计划，补助上学所需费用。为了深入帮扶孙士喜家，我们又帮着孙士喜的爱人联系市里的专家会诊，到社保部门咨询报销政策，为她申请了低保，给小儿子送去学习用品、帮助辅导功课、谈心鼓励学习向上，还将孙士喜就近安排到村里的板栗加工厂工作，让他们家的生活有了基本保障。

能够继续读书，孙士喜大女儿的明天更加光明了，随着生活条件的逐渐改善，笑容也回到了一家人的脸上。

这就是大山里的孩子，他们无法选择出身，他们被贫穷所禁锢，但是他们同样也有着大山一般坚韧不拔的意志和吃苦耐劳的品格，相信在党和政府的关怀和帮助下，他们终将会战胜命运。

带病坚守扶贫路，彰显党员为民初心

2016年秋天，为了促进农业生产工作，组织免费为村里送化肥，在分发化肥时，一位70多岁的老大爷因为着急没有拿稳化肥袋，一摞码好的化肥倾泻而下，马上就要正面砸向老人。当时我正在老人身旁指挥，来不及多想，几乎是下意识地挡在了老人身前，只听“哐”的一声，四五袋化肥相继砸到了我的左腿上。我心想坏了，当时左腿已经没有知觉了。

老人毫发无损，我被同事带往县医院检查，万幸骨头没事，只是软组织受伤。母亲和爱人在得知情况后，都打电话催我回市里再检查一次。可那时工作组刚刚入村，大家伙士气正旺，我怎么能因为这点儿事情耽搁工作。休息两天后，就一瘸一拐地重新投入工作之中，3个月后腿脚才恢复正常。

事后，老人全家和周边村民都非常感动。也是从那时开始，我带领工作组用实际行动获取了村民们的信任，大家改变了原有的念头，不再质疑扶贫工作只是走形式走过场，工作组的各项工作推进也变得更加顺利。

然而，让我没有想到的是，一场更加的严峻的考验正在等着我。2016年冬天，板栗深加工项目、服装加工项目和光伏发电项目都在紧张地进行前期工作，从扶贫产业的角度来看我们的工作可以说正在全面铺开，可从工作层面来看，厂房车间、手续跑办、市县协调等各项工作千头万绪，空前巨大的压力接踵而至。我接连几天发起了高烧，并伴有全身疼痛。

起初我只觉得是急火攻心引起的感冒发烧，可输了7天液病情依旧不见好转。在同事和家人的催促下，我回到市里深入检查，医生诊断是亚急性甲状腺炎，建议我停止工作回家静养，还要保持心情平和，否则容易心跳加快。

在治疗了一个星期后，我带病回到村里继续开展工作，可当时的状态并不乐观，走路一百多米就全身虚脱，一个来月后身体依然没有好转。同事和家人看到我虚弱的样子，开始劝我去北京检查，并建议我放弃扶贫工作。

说心里话，因为身体的异常虚弱和家人的极力劝阻，最初我的内心是有些松动的，可转念一想，不能因为自己身体的原因耽误整体工作。刚刚打开的大好局面，突然临阵换帅可能会让前面做的所有工作化为泡影，乡亲们的脱贫致富之路也可能要从零开始。“当初来当这个第一书记，就是想要让乡亲们都过上好日子！怎么能因为这点儿困难就临阵退缩？”我在心里暗暗鼓励自己，并下定决心坚持下去。直至一年半以后，我的身体才逐渐恢复正常，但是也留下了着急上火时立马心跳加速的病根儿。

我在扶贫中成长

刚开始到村民家中走访，与村民握手时我感觉他们的手布满老茧，粗糙而坚硬。后来离开时我的手上也长出了茧子，有了农民的模样。得知我要走时，村民们十分不舍。大娘的眼神，老爹的牵挂，孩子们的笑容，女工们感谢的话语，既是我一生珍贵的记忆，也是对我人生的激励!

如今，虽然我已经离开了扶贫第一书记的岗位，却还会时常会梦到村里，时常回想起为百姓服务的点点滴滴。残疾户的轮椅坏了，我们帮着修理；老人的电饭锅坏了，我们帮着更换；孩子上学缺钱，我们及时帮助；“雨露计划”不会报名，我们就下载程序，边学边指导。为五保户收拾房子送米送肉送去温暖，为受灾户困难户捐款捐物渡过难关，为村民提供务工法律支持避免财产损失。为百姓办事我们有着无穷的力量!

三年的扶贫第一书记工作，让我对中国的国情有了真切的感知，让我对三农工作有了全新的体会，更加深入地了解了老百姓特别是农村老百姓的真实情况，真正知道他们在想什么、干什么、需要什么。可以说，通过驻村扶贫，很好地锻炼了我的意志和品质，也更加坚定了我为人民服务的信心和勇气。坚韧、务实、求真……这些品质将会伴随我今后的征程。

首先就是能够克服本位主义，学会了换位思考，也懂得了如何才能正确地进行换位思考。在今后的工作开展过程中，特别是处理涉及基层、农村的工作时，我会设身处地地为基层着想，作决策之前我会考虑是否符合基层实际，出政策之前我会考虑是否能够在基层落地见效。想到这些之后，我就会问自己：是不是应该先去基层调研一下，研究透了，了解清楚，而不是坐在办公室里拍脑门、想当然。

其次是跟百姓打交道时，既要坚持原则，也要灵活掌握。因为我们日常生活在城市里，鲜少接触农村、接触农民，有时你根本想不到百姓的苦处。但是农村的现实情况就是，在城里人看来很简单的事儿，对于一个农村家庭来说，他没办法、没能力解决，这个时候，对于这个家庭来说就像天塌了一样。今天你失去劳动能力，不挣钱养家了，可能等几个月这个家就完了。你想办法挽救了一个劳力，这个家庭就有希望了，生活也就相对平稳了。这就是农村的现实。所以，在处理群众问题时，一定要静下心来跟百姓多谈心、多交流，弄清楚事情原委，搞明白群众利益是否受损，受损程度到底有多严重。这一点对于下步作决策非常关键。但是，我们现在讲依法治国、依法行政，即使在帮助群众的时候，也不能突破底线，不能违背原则。我们需要做的并不是说直接掏出原则，拿出条款，告诉老百姓“不行”“不可以”“做不到”，而是努力想办法如何在原则范围内，更积极更稳妥地去帮助群众、解决问题。

最后就是锻炼了我的担当精神，我相信自己能够接受更重的任务，能够挑起更重的担子了。工作干不完，任务完不成，怎么办？有些人可能会选择发牢骚，甚至直接就不干了，这些显然都不行。现在的我会选择两个字：挺着！因为工作中遇到再大的困难，想想驻村的三年经历，想到当时那么多的困难都克服了，眼前这点儿问题又算得了什么呢？

回想起村服装厂开工资时职工的笑脸，回想起村板栗加工厂职工工作时投入的表情，回想起村光伏电站如期并网发电产生收益，回想起我们捐赠的果树苗木茁壮地成长，回想起农用车拉着丰收的果实在新修的出村公路上奔驰，回想起引水上山工程浇灌了千亩栗山，回想起村民们夜晚在新换的路灯下休闲、在文化广场上娱乐，回想起一处处危房变成崭新的屋舍，回想起村庄面貌焕然一新……所有的这些，都让我感到无比欣慰，因为我和工作组的努力没有白费，结下了累累硕果。

那山，那水，那人。

青龙，三十六碜子，一片希望的田野，一群有情有义的人。新的一页已经掀开，播洒汗水，收获希望，一切美好会为我们提供见证。我相信，咱农民的日子一定会越过越好，道路越走越宽！

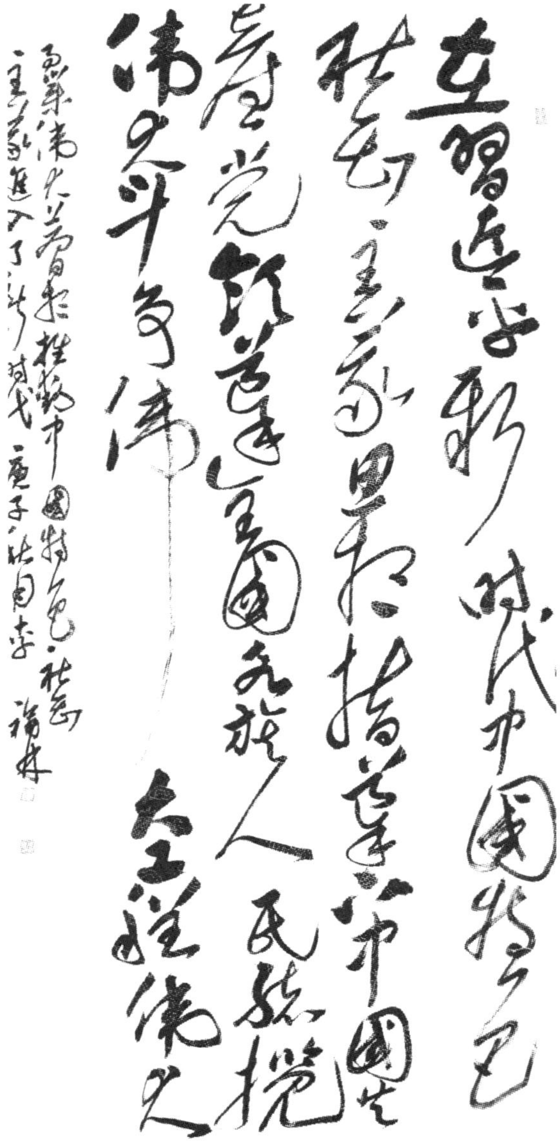

10

木兰花开

第一书记扶贫手记

王博巍，男，现任秦皇岛市社会公益项目建设管理中心办公室副主任。2018年5月至今任青龙满族自治县隔河头镇土胡同村第一书记。

我的“消怨”三部曲

◎　王博巍

一

远看，像在唱一场大戏，里三层外三层的人，围成个圆圈，不知将什么围在了路中间。走下车，嘈杂的喧闹瞬间灌进耳朵，我十分纳闷，什么样的热闹，会在大路上进行。今天是单位帮扶责任人入户走访的日子，出发前我与驻村的同事已通过电话，并没听说村里有什么重要活动。

司机小张说：“农村有意思，当道搭台吗？”

我揣着这样的好奇心，走进人群。这时，一个女人歇斯底里地叫喊：“别想走，为什么给我的贫困户剔了！”那怨气，裹住那声音，浓重得密不透风，像是愤怒的石头，砸了出来。

“不像演出啊！”

旁边的老乡看看我，问道：“外边来的吧？啥演出啊，我们村的‘四朵金花’又截车呢！”说着一闪身，让出条道来，哗，眼前的景象让我大吃一惊。一个瘦小的女人，趴在一辆黑色轿车前脸上，她的姿势很奇怪，张开双臂，瓷瓷实实地紧贴在车上，正气势汹汹地喊叫着。她的脸因为气愤已经扭曲，红得像有点过了火的猪肝，刚才那一声叫喊，就是她了。

唉唉，这场面，可不比演出还吸引人吗？那四周围观的人，真像看戏呢，不过，那表情却又像司空见惯了一样，很平静。

我问：“车里的人怎么不出来呢？”

“呵呵，倒是想出来，出得来吗？”

我这才发现，两边车门也站着人，有两个人偶尔拍拍车窗，那神态似在守株待兔。正看着，有人拍我的肩膀，我的驻村同事把我拉出人群。随他去驻地的途中，他告诉我，这个土胡同村民风就是这样，有一点儿问题，就对外来的领导车辆围追堵截。

“那最后怎么解决？”

“先安抚情绪，再慢慢解决。”

我忽然想起老乡说的“四朵金花”，就问他是怎么回事。

“这话说起来太长了，以后再说吧。”

我更好奇了，但他不想说，我也不好再深问。我随他走进驻地的院子，他赶紧关上大门，才带我进屋。

我看了看紧闭的大门，没再问。他们眼看就要撤了，再有两个月，驻村期满，也许这里的一些事情便不再过问了。在办公室工作多年，经验告诉我，少问为妙。

国家验收在即，按照市里统一要求，新一届工作组提前入驻，经过两年的入户走访，单位同事对于驻村都比较抵触，村内民风较差，问题较多，班子涣散，工作不好开展。我2014年已经驻过村，而且派驻需要正科级干部或者后备干部，我不在符合条件之列，也就没过多考虑这个事。

突然有一天，领导把我叫到办公室，说：“派你带队驻村怎么样？”

我愣了：“我不符合条件呀！”

“派你去，去不去？”

我迟疑一会儿说：“听组织安排。”

“你这情况还得向组织部申请行不行！你回去想想，征求一下家里意见。再说，村里情况你也了解，工作可不太好开展。”

我这人，就不怕将，越将越来劲，领导要不这么说，我也许还会犹豫，这么一说，我想也没想就应道：“去！家里没什么困难，听组织安排。”

2018年5月1日，我和两位同事作为新驻村的工作组，来到国家级贫困县——青龙满族自治县土胡同村，而我的身份变成了驻村工作组第一书记、组长。这样的转变，让我有了压力，肩头仿佛压上了担子，心里挂上了责任。

随着铺盖而来的，是我颇感沉重的心。土胡同给我的印象，怎么也无法轻松。我不知道，他们的怨气为何如此浓重，是不是怨气不消，工作就无法开展？那扇紧闭的大门，那些“愤怒的石头”，如在眼前，让我不得不陷入沉思。

正值“国考”，老工作队还没走，我们又租了另一处农房。放下铺盖，出了门就是胡同。一个个胡同看似独立，其实都是相通的，后来我才知道，“土胡同”村名来源于此。大大小小长长短短宽宽窄窄的胡同，组合交织成了一个村子。

天气晴朗，我在胡同里走着，希望遇到一些人，希望了解藏在这些胡同里的喜怒哀乐的故事。我不想现在就以第一书记的身份走家串户，想先在村里走一走。走了两条胡同，才在一堆沙子旁遇见一个老大爷，他正铲沙子。我走过去叫了声“大爷”，递过支烟，他接过去，并不打算抽，而是夹在耳朵上，有点警惕地看着我。我表现出十分随意的样子，问他：“弄沙子修路吗？”他摇摇头说：“修啥路啊，以前修路的钱还没给呢。”说完，上下打量我，问道，“来走亲戚？”

我不再隐瞒，告诉他我是新来的工作组组长：“大爷，我叫王博巍，叫我博巍就行。”

“哦，工作组的呀。那你能不能把欠我们的工钱要来呀？”

我当然得说行，并让他跟我说说详细情况。大爷拄着铁锹，讲起了三年前的事：当时，土胡同村举债对全村“户户通”道路进行维修，上级给补助70多万元，还欠着80多万元，就包括村里80多人的工钱。

“承诺给我们工钱，可活干完了，谁也没看见钱，一晃都三年了，钱都没处要去了。还能要来呀？”老大爷显然没信心。

“肯定能，您就等着吧。”

“反正我们商量好了，要是再不给，我们也得去上边找找了。”

“大爷，您相信我，我说到做到，要是真要不来，您再去找。”

嘴上说得十分笃定，但心里清楚，这件事肯定不简单，要是特别容易就办成的话，肯定早给办了。如果好要的话，也不至于一拖三年。但我不能把心里话说出来，我得给他信心。

我的两个队员正忙得不可开交，准备那些迎检项目，这的确是重中之重的大事。但我想，要工程款也不是小事，这是民心所向的事，涉及村民切身利益，就没有小事。我先找到承包人，让他先跟农民工沟通好，稳定好他们的情绪。然后，我和队员一起把材料整理好，先向镇里县里有关部门上报反应情况。然后，我便一个人开车去县里。我已经了解到，包乡镇县领导是组织部岳部长，这个事得找他。跟岳部长虽然见过面，但没有过深接触，性格呀脾气呀什么的都不了解，但我就想豁出去了，为群众的事去找领导，有啥可怕的。

我在岳部长办公室作完自我介绍，就直接说起欠款的事。岳部长一听就嘬起了牙花子，跟我说：“这事我知道，也帮着要过，可县里真没钱。”

“岳部长，再穷也不能欠群众的钱。反正今天不给钱我就不走了。”我坐在沙发上要起赖来，把岳部长逗笑了。他说：“这样吧，反正你来了，你去财政局，找找刘局长。”

刘局长的说法跟岳部长一样，也说没钱，县里财政吃紧这样的话。我知道这是实情，可我也的确没有退路，这事不解决，村里始终不能清净。

又回到岳部长办公室，已是中午。岳部长说他会尽力协调，让我赶紧回村里。我没理由再赖着了。但我打定主意，以后要常来跑，如果就此等待，说不定又被搁浅了。

继续走访调查。了解到的情况越来越多，那些怨气的来源也越来越清晰。真像列夫·托尔斯泰在《安娜·卡列尼娜》开头写的那句话：幸福的家庭都一样，不幸的家庭各有各的不幸。致贫原因有身体患病的，也有精神疾患的，更有这样那样问题的。为了使情况明朗和全面，我计划挨家挨户走访。每天坚持入户十几家，认真聆听村民的诉求，怕自己回头会忘，认真书写扶贫日志和走访记录。

近两个月的走访，我对这个位于青龙满族自治县东南部的贫困村的情况有所了解，对贫困户情况做到了“心中有数，有账可查”。

土胡同村距秦皇岛市区50千米，距县城35千米，村里有耕地面积1250多亩，林地面积5300亩，计划将未脱贫11户19人，于2019年年底全部脱贫出列。将村内所有贫困户550多人的信息建立一张1万多信息点的台账。

我见到了那个“趴车”的女人，也了解到 “四朵金花”的故事。

女人有两个闺女一个儿子，闺女都已外嫁成家，剩下一个小儿子刘某某在家。刘某某娶了媳妇，生了个儿子，本来日子也过得去，可刘某某却不知怎的，精神上出了毛病，脾气变得暴躁古怪，不干活，还动辄骂人。久而久之，媳妇受不了，走了。我第一次去他家时，他正窝在炕上，盖个棉被，眼神涣散，神情呆滞，真的很难把照片里的男子与眼前邋里邋遢的人对上号。刘某某和媳妇的结婚照镶嵌在墙上的相镜里，照片上的男子干净、温暖……我一边观察，一边听女人哭诉：“媳妇跑了，儿子这个样子，剩下我们老的老，小的小，老的还得管小的，日子没法过呀！而且我们老两口的贫困户因为闺女家有车，给剔了。像我们家这情况，怎么就不符合贫困户标准呢？”

我快速判断他们这个家庭的症结，归根结底就是儿子刘某某的病，如果没有病或者治好了病，这个家也就有救了。并且，我已经了解到，“四朵金花”都是想要贫困户的待遇，四家的女人就常常上演开头那样的闹剧，所以被村里人戏称为“四朵金花”。

我又联想到村里另外两家有精神病患者的家庭，如果把他们的困难解决了，那么这几个家庭的问题不也就迎刃而解了吗？正好，新建的市精神卫生中心是由我们中心负责代建的，于是，我联系了专家，带上刘某某和另外两个精神病患者，赶往市卫生中心。

村支部刘书记看见了，上前拦住我说：“你这样太危险了，三个有精神问题的人坐在一块儿，就跟把三个炸弹放一起了，随时都有可能爆炸，你能放心开车？”

他这么一说，我心里也有点担心了。毕竟我没见过他们发病时的样子，如果真在半路上发病，会出现什么情况？欧美大片里那些惊险的夺车镜头浮现在眼前，不过，那是电影，我想，不会的。我坚持带他们一块去，一是因为路远，去一趟不容易，二是我还有很多工作要做，时间宝贵，还有就是专家坐诊的机会不好遇，既然遇上了，那就走吧！

一路上，我边开车，边跟他们唠家常，偶尔有什么好看的景色我就招呼他们往外看，分散他们的注意力，不让他们之间有交集。也不知道是被车外的景物吸引住了，还是我的方法管用了，他们都挺安静。直到卫生中心，停好车，我才靠在驾驶椅背上长长地呼出一口气，一直紧绷着的那根叫作担心的弦才松快些。又不敢完全松懈，接下来还要带他们去排队，看病，交费，办理住院手续，折腾一天，才把他们安顿好。医院有专门负责的医生护士，不需家属陪同，我便又赶回村里。

临近年关，欠薪的事已过了两个月，百姓要钱的越来越多，迫使我再次去县城。这次，我直接到了县财政局，因在走访中了解到，财政局办公室主任俞主任是我村村民，我想跟他去“套套近乎”。刚到办公室，俞主任跟我说：“30万工程款年底前一定能到！”我欣喜若狂。我知道，这件事情是否成功，直接关系到以后我在村里的工作能否顺利开展。腊月二十九，来了消息，钱已拨付到镇里。当那80多个村民总算拿到自己的工钱时，一个个眉开眼笑，激动写在脸上，嘴里不停地说着感谢的话。那位铲沙子的大爷握住我的手说：“博巍呀，你要不来，钱都不知道什么年月能给，过年请你吃饭啊。”我连忙摆手：“大家只要念我一个好，将来提起王博巍这个人时，说他是个干实事儿的，就足够了。”

得到村民的认可，我心里别提多高兴了，感觉像给汽车加满了油，动力十足。

我又接到卫生中心的电话，说三个人都可以出院了。我便又去把他们接回来，按医嘱，回家吃药，定期去检查。三个人的状态真不一样了，再不是之前那神神道道、眼神迷离的样子。我特意问他们是哪里人，来干什么，他们答得准确，说话语气神态也恢复正常。刘某某甚至跟我说起他的媳妇，说媳妇是个挺好的人，都是因为自己的病才让她心灰意冷的。我劝他回去按时吃药，好好干活，家里就有希望了。他听进了我的话，还郑重地点了点头。

2019年3月的一天，我接到一个陌生电话。打电话的人语气急切，他说他是土胡同村人周某，现在遇到了困难，需要我的帮助。我问他在哪儿，他说在市里某医院。我撂下电话，与村两委班子立即驱车前往。

路上，我跟刘支书了解到周某的基本情况。这个周某一直在市里打工，近两年都没回村里，也不是贫困户，其实他的事情我不管也是可以的。但人家既然找到我，既然是土胡同村人，我就得管。不过，我还挺纳闷儿，他怎么会想到给我打电话呢？刘支书说："你现在在我们土胡同可是飞机上挂喇叭——名声在外了。"

边往市里走边琢磨，会是什么事儿呢？感觉像是大事。跟医院还隔着路口呢，就看见医院门口聚集一群人，人头攒动，一条大条幅随风飘动。我心里咯噔一下，正是全国两会期间，他们怎么拉起了横幅呢？当时一辆警车已在医院门口维持秩序。

见到周某，才总算知道，原来是周某媳妇在这家医院生孩子，可却出了医疗事故，胎儿没保住，周某一家悲痛万分。跟医院要说法，医院只给3万块钱的经济赔偿。周某不干，双方已经协调多次，仍然不能达成和解，于是就发生了如今的一幕。听完周某讲述，我先做他的思想工作，跟他说这样闹根本解决不了问题，只能激化矛盾，你既然给我打电话，就是信任我，那就听我的，先撤下条幅，撤走人，我一定把事情处理好。周某照办了。

之前我也没办过这类事情。后来了解到，医疗死亡事故，非常难办，解决起来时间又长，少则一年半载，多则三年。顿时，心里像压了块大石头。我先去了卫生局，人家给我当作信访人员，说不归他们管，又去医调委，找律师，咨询解决办法。最后弄明白了，只能通过跟医院协调赔偿款，达到双方都满意的程度。目前，医院只赔3万元，周某家根本不接受。我只能去找院长。

第一次谈判，院长态度坚决，就按规定赔偿，一分都多不了。我表明态度之后就离开了，因为没有依据，我不能跟人家讲条件。当天我就找来解决医疗纠纷和《医疗事故处理条例》之类的文件，研究了一个晚上，第二天，我又去了。这次我很有底气，手里拿着那份文件，我跟院长谈，有理有据，如果不满足我们的条件，我将怎样怎样……说完我就走了，让院长好好考虑一下。第三次去时，没等我开口，院长说：“全市也没有八天就解决完一次事故的，你这是破天荒第一次。”我知道，事情解决了。医院答应赔偿13.5万元，这已经是极限了，我要的是13万～14万元之间，人家不多不少就给了那么多。比之前多了十万，周某也同意和解。他的姐夫却不同意，说些继续闹之类的话，我又给他们家属做了半天工作，事情总算完结了。

双方签字和解那天，院长跟周某说：“你一定要感谢王书记，没有他，事情不可能这么快解决。”

这期间，我给精神病患刘某某办了二级残证，他也在离村不远的铝门窗厂找到一份工作，像正常人一样去上班挣钱了。还有另外那“三朵”金花的困难，我也一一解决了，其中一家闺女癫痫的，也给她办了低保。

村民曹某，她的户口问题已经拖了好几年，一直迁不过来。因为她的前夫不配合办理迁移手续，她又害怕前夫纠缠，所以一直拖着。户口办不过来，她就享受不到贫困户政策。第一次见到我，她就愁眉苦脸的，我听完后跟她说：“给我一周时间，肯定办好。”我给公安部打电话询问政策，给河南公安厅打电话问明情况，又找市公安局的人打听具体流程，跟辖区派出所联系具体操作细节。打听清楚后，我带着她去县政务大厅与户籍办理人员沟通协调。最后，在我承诺的一周之内，终于办好了这个悬了多年的问题。

70岁的王秀英得了脑梗，住进市海港医院，我专程开车去看望，留下200块钱，钱不多，一份心意。邻床的人以为我是亲戚，王秀英说：“是我们村的驻村干部。”那人啧啧道：“这样的驻村干部真是罕见！”王秀英出院回家，我也常去看她。她有时挽住我的胳膊，有时扳过我的脸，贴在她脸上，跟我说几句感谢的话，然后拉着我的手半天不松开。

付兴杰的母亲病重，我叫他赶紧送去住院，他说父亲也病了，我只好亲自送老太太去县医院，交住院费，办理住院手续，又找了个贫困户伺候他母亲，用村里的分红付给人家工钱。他的母亲得救了，父亲的病也慢慢好起来。

……

只要有时间，我就入户走访，跟他们唠家常。那几个有病的，吃药效果怎么样，到检查日子了，我就带他们去复查，药没了，我要是在市里，就给他们带回来，省得他们自己跑，路远，又费钱。

给群众办事过程中，我有了很深的感触：你把群众看得有多重，你在群众的心里就有多重；你用真心实意为群众办事，群众就会把你当亲人。和群众心贴心，他们就不会产生怨气，只会感激。那些受过帮助的人，给我送来锦旗，我叫他们别花这种钱，他们豪气冲天，非要送。

土胡同原来的“大戏”场景消失了，再也没出现过趴车、堵车事件。我的名声在土胡同传开了，不管大事小事，他们都愿意来找我。我也愿意为他们办事儿，让他们从困苦中解脱出来，这也是我来这儿的目的。

村里的气氛有了明显好转，我想，这第一部曲，也是今后要坚持下去的常态，算是平息了那股怨气，接下来，还要第二、第三，继续下去……

二

一个村子的核心是“两委”班子，这个核心就像一个人的心脏。心脏正常运转，才能维护生命的正常运行。我深知一个道理：“围绕扶贫抓党建，抓好党建促脱贫。”把这个核心抓住抓好，才是最关键的，也是最长远的战略发展。

我把这项任务看得如此重要，并不是为了套政策，说空话。我了解到的土胡同村两委班子，情况特别不乐观。还在新老工作组并行的时候，我就领教过。要召开个村委会，原定上午10点，结果到11点才来了一个人，到12点还是一个人，最后那个人也走了。这样的状态，等于瘫痪，等于散沙。我就发誓给两委班子建好，把这个核心凝聚起来，打造一支“永不走的工作队”。

其实，在我给村民解决一系列难题的过程中，尤其是周某那件医疗纠纷之后，村支书和几个支委对我的态度就不一样了。怎么说呢，好像亲近了许多，默契了许多。我说什么事儿，他们好像很愿意听似的。

那天，我试着叫大家一块儿开个会，会议时间定在上午9点。别说，9点刚到，就来了好几个人，支书兼主任刘文刚、副书记周井营、支委张桂民、会计刘万国、妇女主任付彩霞都到了。我说：“还缺两个呀，等人齐了再开。”他们几个说：“今天是隔河头大集，周副主任追集卖烟，俞支委是村医，开诊所呢，赶上大集日，上庄下庄来看病抓药的人特别多，他们俩上午都没空，等也白等。”这是我没料到的，准备工作做得不足，忘记了农村的大集日，对他们来说，赶大集就相当于重要节日，有事没事的都想到集上溜达溜达，就像城里人逛商场一样。我想了想，跟他们几个商量，要不咱把会调到下午吧，等等他俩，他们都赞同。

我对试探的结果非常满意，便有了下一步打算。同时，因为灵活调整会议时间，也让那两个人非常感动，开会就没有之前那么让人不情愿的感觉了。

我趁热打铁，给村两委班子定下个规矩：周例会制度。告诉他们每周一必开会，汇报上周的工作进度，完成情况，存在问题，讨论解决方案和布置新的工作任务。讲清例会的好处，并根据他们的实际情况灵活调整时间，要是白天没空，晚上开也行。

“晚上开？要是冬天，得把咱冻死。”俞海明打趣道。

我环顾这个破旧的村部，大家也跟着我一起四处打量，七嘴八舌地说起了这个几十年的破村部来。村部在路西，紧挨着大路，没有院子，像个厢房，冬天冷死，夏天热死。还小，开党员会人都坐不下，挤挤插插，会也开不好……我忽然觉得这些人像在弹劾一个罪大恶极的人似的，罗列一大堆“罪状”。不过，话说回来，这样一个村部，的确让人头疼，的确影响这个“核心”的发展壮大。

其实，我早有想法，建一个新村部！我的单位就是市社会公益项目建设管理中心，我之前日常接触的都是建筑方面的事，“近水楼台先得月”，何不利用这个优势呢。我就回单位找领导，汇报这个情况。领导答应得挺痛快，说全力支持我，要钱给钱，要人给人。

资金解决了。我又回来召开两委班子会，商讨新村部建在哪里的问题。他们一听要建新村部，显得很兴奋，但是选址就有问题了。镇书记、镇长选了一块地方，1亩多。但是按照我的想法，不太够用，也比较偏僻。其实我早就有心中的地方，我驻地对面原来的砖厂的地，沿着省道，后面是山，还有小沙河，紧邻广场，面积3.7亩。我提出这个想法跟村委商量，他们也都赞成。我就与秦皇岛建筑设计院联系，调整使用功能，设计图纸、施工图，与单位领导沟通争取支持，最终确定建设320平方米的新村部。

就这样，建设新村部的工程轰轰烈烈地干起来。

那是2019年夏天，我就像个监工，整天在工地上绕。协调各个工程队之间的衔接问题，还像个监理似的，到处看工程质量。山里的夏天，干热，把我晒成了“黑炭”。但每天看着新村部一点点在完成，主体建完了，门窗安上了，室内装好了，哎呀，那心情，就像看着自己的孩子一点点成长一样，别提多高兴了。

6个月后，占地320平方米的新村部落成，鞭炮声声，喜气洋洋。我知道，从此以后，我那打造“永不走的工作队”的愿望一定能够实现。

我把周例会制度、章程和两委班子每个成员的职责制定好，镶上镜框，齐整地挂在一进门的厅廊墙上，让他们一进来就看到自己肩上的责任，清楚自己的位置。

新村部有了院子，有了大门。但那大门永远是敞开的，欢迎村民来说事，来找我们办事。里面有办公室，有小会议室，还有大会议室，这下，不管是党员代表会，还是村民代表会都能坐得下了。新村部还身兼数职，既是村部，又是文化站，还是综合服务中心。

周例会制度顺畅地坚持着，每周如此，周周不落。因为这个会，每周每个人承担的事情都有进展，每周汇报都有惊喜。谁家的栗子树问题解决了，谁家的纠纷劝好了……好像忽然之间，那凝聚力就强烈地袭来，让散沙聚拢起来，成为一个整体。

我应该好好高兴一阵子。可那个周一，刚开完例会，接到妹妹的电话，说父亲病危，叫我赶紧回去。等我赶到海港医院时，他已不能说话。第三天，父亲就走了。在他最需要人照顾的时候，我没能尽孝，他刚走，我又回到村里，没给他守孝，我是个不孝的儿子。可是没办法，重任在肩，我实在不能安心地为他在家守孝。父亲一向支持儿子的工作，九泉之下若有知，定会理解吧。

悲伤也好，自责也罢，只要一回到村里，一忙起来，就什么也顾不上了。村里党建工作虽然有了良好的态势，但日常工作还是不能松懈。尤其是农村，本身就没什么大事，琐碎的、片段式的一件件小事，在村民心中就是大事，如果不能解决，他们就吃不香睡不好。在一次周例会上，我们商量着，村委几个人分别负责几个片儿，哪个片儿谁负责，那的村民家里大事小情他都得管。我就负责啃最难啃的骨头，什么问题解决不了了，那就交给我，我来想办法。

“周例会”不仅坚持得好，村两委班子成员也养成了记笔记的好习惯。好记性不如烂笔头，事情一多就容易忘，他们的笔记记得很认真，每周的任务基本都能完成。有时，我也利用这个时间，给他们解读政策，有时进行理论学习，提高他们的政治素养和工作能力，同时，也提高自己的理论水平和实践能力。有时，事情完成得不够好时，大家就坐在一起开展批评与自我批评，互相提意见，给建议，互相打气鼓励……班子越来越团结，风气越来越正，工作也就越来越顺畅了。

村里再召开村民代表会、党员大会时，再也不用挤挤插插了，大家坐在宽敞的大会议室里，一起讨论，一起学习。我抽时间给他们讲党课。第一次党课，讲“入党誓词”，我就从这誓词讲起，讲我们党的奋斗历程，讲我们的信仰与目标，讲着讲着，台下竟有人激动地哭起来……

三

改变村容村貌，是我计划里的第三步。

新建的村部后边，是一条河。水不多，垃圾倒不少，偌大的河道像个垃圾场。我看着满山满野的绿色，替这条河感到惋惜。山清，还要水秀，这才是新农村建设的标准。

我跑来修建拦河坝和护田河坝的项目。让刘书记组织人清理河道，需要人力的地方，尽量都用贫困户，给他们创造挣钱的机会。像建新村部时，也是这样的。先可着贫困户来，再需要了，可着本村村民来。这样，贫困户也增收了。

当拦河坝修好时，原本不多的水通过河坝缓缓地有控制地流下来，像一条宽阔的小瀑布，河里成了土胡同最美的风景，最具标志性的景观。我站在村部的后窗前，常常看到三五个人来河边看景。一天，河里多了只野鹤，不时低头啄水，不时仰头望天，神态悠闲，步履从容，引得许多人前来观看。我也看了许久，眼前仿佛有一幅山清水秀的美丽画卷，正徐徐铺开……美景怡人，果然如此。现在，土胡同村人，笑脸常开了。

我经常思考一个问题，扶贫，难道仅仅是让那些贫困的人口填饱肚皮吗？如果是这样，工作相对来说就简单了。而我想的是：扶贫不仅仅是物质上的帮扶，更应该是精神上的扶助。一个好的扶贫干部，不是上边说什么，就做什么。而是把上边说的与百姓需要结合起来，统一起来，这样作出的决策和工作，才能受到群众的鼓与呼。

当曾经垃圾遍地的脏水河，变成如今锦带般的秀水河，我想，不光是我的心情欢畅，土胡同村所有村民的心情都是愉悦的吧。

为了丰富他们的精神生活。我又协调来资金，给村里建了一处300平方米的文化广场，让村民有休闲娱乐的地方，有放松身心的去处，让他们体会到日子不仅只有柴米油盐，还有欢声笑语。

今年春节，我给村里协调一万多块钱的烟花。年三十晚上，让他们开开眼，亲身体会一下以前只能在电视里才能看到的烟花盛开的景象。80多岁的陈家老太太拉着我的手说：“从来没看过这么美的炮啊，跟天女散花似的，真好看！”

村容村貌有了很大改善，但我还想提升村里的基础设施建设，又给村里修了3.8千米主干路和两条田间作业路。让村民出行、下地都方便。让他们有幸福感和愉悦感，日子才有奔头。

……

驻村期间，家里发生了很多事情。父亲走了，母亲病了，妻子怀二胎，哪件事，我都是缺席状态。妻子每次产检，作为丈夫的我都不在身边。大儿子的周末，也没有父亲的陪伴。记得建新村部时，我很久没回家，等到再回去时，大儿子看见我就哭，说不认识爸爸了，爸爸黑得像包公了。我心里真不是滋味儿。妻子虽然理解我，也支持我的工作，但每次去医院前，给她打电话时，她的声音也都哽咽。我能想象，她在承受怎样的焦虑和忐忑，她多么希望她的丈夫能陪在身边，握着她的手，给她温暖、鼓励和力量啊！但我什么也给不了，只能在电话里说着对不起之类的苍白无力的句子。

说实在话，这两年里，迈进家门的心情是愧疚的。

但这两年，在土胡同村，我的心情是自豪的。看到民风彻底转变，怨气彻底消除，我能够坐在村里任何地方，长长地出口气。我时常想起刚来时，身边有人这么劝我说：“差不多得了。”可是我想的却是既然进了村，成了一名扶贫干部，就要为老百姓干几件实事。我从来不后悔自己的决定，尤其是看到土胡同的转变与老百姓的笑脸时，所有的付出都值得。

我还是喜欢到每条胡同里溜达，喜欢走进村民家里去唠唠。夏天时，我也跟随早起的村民一道，5点钟起床，走进田间地头，蹲下来，聊几句，随时了解村民的想法与诉求。现在，诉苦的话少了，感谢的话多起来。他们亲切地叫我“博巍”，“博巍呀，家待会儿来。”他们在门口冲我招手。“博巍呀，忙呢？”他们在胡同里跟我打招呼。这时，我心里是温暖的，真觉得自己就是土胡同人，在这里生活了几十年了，这里就是我的村，就是我的家。

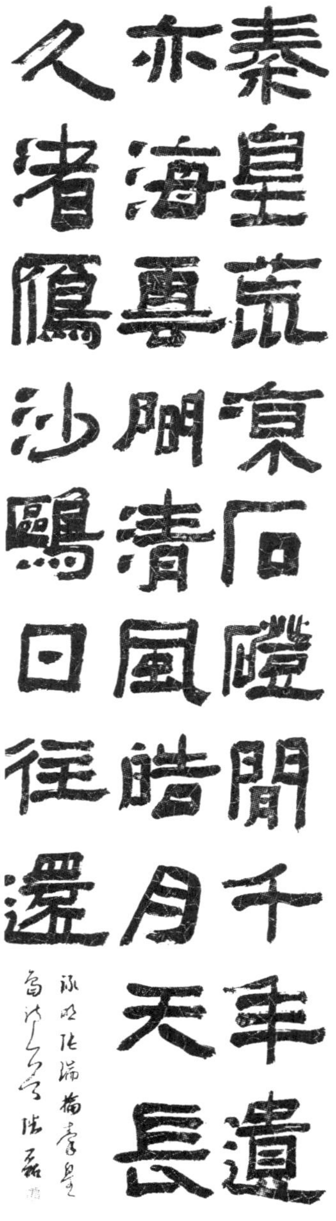

11

木兰花开

第一书记扶贫手记

杨可心，男，现任秦皇岛市行政审批局人事科科长，2018年4月至今在青龙满族自治县三星口乡三星口村任第一书记。

红色沃土上的扶贫路

◎ 杨可心

人的一生，总有一件真正有意义的事儿值得你去做，并甘愿为之使出浑身解数，于我而言，驻村、扶贫就是其中之一，且深以为然。一路向北，青龙最美，三星口乡，青山绿水，当踏上三星口这片“红色”沃土，我暗下决心：一定要干出个样子来，上对得起组织，下对得起群众，更要对得起自己的一片初心！一名党员，一面旗帜，即使困难重重，也要想方设法地向前冲，真正为这里留下些什么，努力带领当地百姓步入致富之路。

百思不得其解

三星口乡位于秦皇岛市青龙满族自治县东，与辽宁省绥中县相邻。这里的山重峦叠嶂，怪石嶙峋，形态各异；这里的水清溪蜿蜒，万壑争流，星干河发源于其境内。三星口乡地域内属塞外山区，地貌凹凸不同，群山连绵，峻山、长河、松林、古树、奇峰、怪石、山涧、小溪等诸多自然景观随处可见。

我所进驻的三星口村是乡政府所在地，2018年5月，我作为驻村书记第一次来到这里，根本无暇欣赏美丽风景，很快便投入具体的扶贫工作中。三星口村是“十二五”贫困村，于2015年整村脱贫，全村540户1938人，其中建档立卡户102户324人，村民以外出务工为主，总体情况并不富裕，约有十分之一的家庭收入仍然较低。

“要么不做，要做就一定要把事情做好！”这是我始终坚持的信条。很快我便沉浸在深深的思考中：如何接好扶贫工作的“接力棒”？我能为这个村做些什么？工作从哪里入手？村里的很多青壮年劳动力选择外出打工，村集体产业基本为零，如何选择发展方向？如何壮大集体经济，提高村民收入？这些都是我要破解的难题。

招商引资？着手中红三融养鸡场和赶海部落速冻饺子加工厂的项目招商，但不是因为土地大小，就是因为距离太远等问题而告吹。搞养殖业？三星口村是秦皇岛市的水源地保护区，很多产业发展受限，成规模、现代化养殖又涉及投资过大等问题，经过一段时间研究和尝试最终未能突破。乡村房地？土地选址、房屋设计、成本预算、房屋开发等做了大量工作，并与乡主要领导、村两委进行反复的沟通论证，但项目资金、拆迁等诸多问题成为挡在项目上的一座座大山……

虽然接连被浇了几盆“冷水”，但依然斗志昂扬，坚持不懈始终是我追随内心前行的坚定理念。我开始尝试借助良好的生态环境，发展附加值高的种植业，其中，五味子是不错的选择，而且村里有两大户人家正在搞五味子种植。

“85后”村民李国平大学毕业后当过老师，他毅然放弃工作回村全身心和家人搞五味子种植，小伙性格内向，但聊起五味子却是滔滔不绝，甚至双眼放光。通过他的详细介绍，我对五味子有了初步认识，并开始精心筹划，希望通过致富带头人引领，推动大面积种植，以此来提高村民收入。

说干就干，我联系了学医及做药品生意的同学、朋友，从各种展销会了解相关信息，与国内外的经销商沟通交流，寻找销路……得到的反馈是，销售五味子鲜果利润空间较小，而卖干果尤其是一等果，才能让村民们获得良好的收益。

问题又来了，要把鲜五味子加工成为干果，必须要建设烘干房，所需要的资金不是小数目，另外，即便把烘干房建好了，如果仅仅烘干五味子，由于目前产量低，成本合不上。我曾考虑顺便烘干山楂，不料，用这种烘干方式制作山楂片竟得赔钱。等把这账算明白了才发现，带领大家一起搞五味子种植这条路目前依然是行不通!

能想的都想了，能干的也都干了，而且付出了大量的精力和时间，可换来的依旧是一张“白纸”。当时，我的状态是茫然、无助，甚至百思不得其解！年过七旬的母亲身体不好，一只眼睛失明了，为方便照顾她，我把老人接到了村里生活，看到我一脸愁容，母亲经常安慰我，并送来了很多鼓励。

“只要强烈地坚持不懈地追求，就能达到目的！”这句名言始终在激励我前行，我知道，做一名“用真心、用真情”的扶贫人，才能有效打开局面。走进群众，面对面交谈，心贴心交流，甚至在田间地头与他们一起摸爬滚打。

期间，与村民聊天时我偶然得知，三星口是革命老区，曾涌现出很多革命先烈，同时，出头石的洞子沟1942年就建立了党支部，这让我非常震撼。在这片红色沃土上发生过哪些鲜为人知的故事？由于一时找不到详细的历史资料，带着诸多问题，我开始穿梭于村庄，得空就去拜访那些上了年纪的村民。

村民李大爷80多岁了，从他口中我第一次听到“居围子”这个词，抗战时期老百姓管“居围子”叫作“人圈”，那时，他只有六七岁，但至今记得清清楚楚。“人圈”其实就是用围墙把村民都围起来，能进不能出，里面不挡风不遮雨，同时，侵略者会把村民的房子统统烧毁。“有的饿死了，有的病死了，一冬天进去的人没几个能活着出来！”听到老人低声的话语，想到侵略者的暴行，我的心情十分沉重，应该让我们的后人永远记住先辈们曾经受到的残暴统治。

如今，在我们村的闫台子仍留有一段用黄土砌成的残墙，村民们说这就是当年的“人圈”，可谓侵略者的“历史罪证”。

一段“红色记忆”

怀着崇敬之情，我联系到了年过六旬的村民郭庭华，抗战时期，他的爷爷郭长荣为了掩护我党的干部脱离包围圈而牺牲，后被追认为烈士。他的奶奶郭大娘是一位英雄母亲，舍小家为大家的光辉事迹让人不禁为之动容。我和郭庭华见面的地点选择在郭长荣烈士牺牲的山崖下，昔日的荒芜血腥，无法从人们的记忆中抹去；历史的回响，在层层叠叠的山峦中回荡。

“你往那瞅！”指着山崖上的一个山洞，郭庭华老人悲愤交加地介绍说：“听老人们讲，我爷爷受伤后就藏在那个山洞里，敌人用绳子把他从山上拖下来，用刺刀挑死，肠子都流了出来，我奶奶一针一针把我爷爷的肚子缝上后，才用一口薄板柜安葬了！”

郭庭华的奶奶郭大娘本姓于，家住三星口村下辖的西岔沟自然村，当年她先后将三个儿子都送到了革命队伍。1942年，三星口驻进日本守备队，且派驻了一个连的伪军，今天要民工，明天要粮食，几间草房一日三查，搞得民不聊生。这年年底，郭大娘的丈夫郭长荣和长子郭子云不堪敌人的欺辱，奋而投身抗日斗争。

此后，八路军指战员便把郭大娘的几间草房当成了自己的家，挑水、劈柴、扫院子，什么活儿都干；郭大娘给战士们烧水做饭、缝缝补补，时间长了，大家都称呼郭大娘为“妈妈”。1943年2月，郭大娘的二儿子郭子雨也参加了八路军，临走时郭大娘千叮咛、万嘱咐：“有日本鬼子在，就没有咱们的好日子过。你去吧，狠狠地打鬼子！”

不久，敌人包围了郭大娘的家，用刺刀点着郭大娘的胸口说：“限你10天，让你的儿子回来，别跟着共产党、八路军跑，否则杀了你全家！”见郭大娘一声不吭，凶残的敌人放火烧了大娘家7间草房，粮食、被褥、家具全被烧毁。没过几天，敌人又蹿进西岔沟，从窝棚里拉出郭大娘的大儿媳张氏和二儿媳李氏，阴阳怪气地说：“皇军有令，凡是共产党的媳妇、闺女都要抓走。不过，只要你把儿子找回来，就饶了她们……”性情刚烈的李氏心里明白，丈夫跟定了八路军，让他回来是不可能的，最后选择了自尽身亡。

接连失去了儿媳、儿子、丈夫后，郭大娘并没有被敌人的淫威吓倒，仍一如既往地和共产党、八路军保持着血肉联系。1943年后半年和1944年，敌人几次扫荡老岭抗日根据地，无人区斗争形势残酷异常，在人圈里的郭大娘宁可自己忍饥挨饿，也要把仅有的一点米或一块馍偷偷地送给山上的八路军伤员。

听完郭庭华老人的讲述，当时那一刻，山沟里很安静，我望着那山洞、石头、树木……郭长荣烈士一家的英勇事迹仿佛就在眼前，内心深处被一次次地震撼。

后来几经周折，我找到了《老岭风云》这本书。书中记录了三星口这片红色沃土上，还有很多值得永远铭记的名字和英勇事迹，抗日先烈张书阁、县东第一党支部洞子沟支部书记陈贵、支部组织委员郭子云以及多位抗战老兵等，而周杖子水银矿、龙头大捷等抗战遗址给人们留下了一座座红色丰碑。

“穷且益坚，不坠青云之志”， 如果村民们自身不努力、不主动、不作为，一味“等、靠、要”，即使外力帮扶再大，也难以有效发挥作用。因此，扶贫首先要扶志，扶志就是扶思想、扶观念、扶志向，帮助广大村民树立起摆脱困境的斗志和勇气，而先烈们用生命铸就的永恒丰碑，就是对后人发奋图强的鞭策，思想导向的正确引领。站在这片 “红色”沃土上，我豁然开朗，找到了努力的方向。

抗战纪念馆

青龙三星口是凌青绥抗日根据地对敌斗争最前沿地带，在不断的走访中，我深切感受到，由于年代久远，村民们对祖辈的英雄事迹只有模糊的印象，每每聊起来，可谓东一榔头西一棒子。为此，我涌现出一个想法，要在这里建一座抗战纪念馆，唤醒红色记忆，让英雄流芳百世，激励后人奋进!

可建纪念馆谈何容易！首要任务得寻找大量的历史资料及图片，把历史的内容带进纪念馆必须要真实，严谨，经得起考证。在市委党史研究室的帮助下，我们对三星口地区抗战历史进行系统的挖掘与研究，先后走访县东第一党支部洞子沟支部书记陈贵的后人、支部组织委员郭子云的后人，抗日先烈张书阁的后人……同时，实地调研周杖子水银矿、龙头大捷等抗战遗址，收集了大量有价值有意义的资料。

抗日先烈张书阁，又名翰轩。日军占领青龙后，逼迫张书阁当了龙头甲甲长。他利用这个身份暗中为老百姓做好事。1942年春，他家成为抗日“堡垒户”。翌年2月，他加入中国共产党。从此，他便利用伪龙头甲甲长的公开身份，为抗日干部带路、送信，为部队筹集军粮、衣物，组织群众“破交断线”，拆毁“人圈”，配合八路军作战。1943年年底，因有人告密，张书阁身份暴露。次年2月18日，张书阁被敌人杀害，壮烈牺牲。

我们查阅了大量有关张书阁的资料，但始终没有找到一张他的照片，为弥补这个遗憾，我们想了各种办法。当得知张书阁的孙女生活在三星口村，便第一时间给她打去电话，听闻她家里有照片，我兴奋不已。不久，张女士带着一张四人的合影来到村部，只见照片中张书阁身着长袍，身姿端庄，意气风发，那时的他是那么年轻，张书阁烈士身上的浩然正气让我久久凝视在这张照片上。

张女士说，她对爷爷的英雄事迹了解得并不多，当得知我们要建抗战纪念馆，她非常开心，并同意无偿捐出这张弥足珍贵的原版照片。捧着这张年代久远的黑白照片，我如获至宝，因为它可能是抗日先烈张书阁在世上仅存的一份影像资料。

建馆进入第二阶段，需要对现有资料反复整理研究，党史专家认为，郭长荣烈士的儿子郭子云参加革命工作南下江西，后担任抚州市委书记，他的履历档案中记载的有关内容，特别是在三星口抗战那段历史是非常宝贵的材料。不久，由市委党史研究室、驻三星口村工作组、三星口村委组成资料收集组，南下江西省抚州市调阅郭子云同志生前的档案资料。

通过郭子云同志的人事档案资料确定了三星口洞子沟支部成立的时间要早于花厂峪凌青绥县委成立的时间。郭子云后来的活动地域和任职履历显示，他按照党组织的工作安排，1943年便进入东北开展工作，为1945年日本投降后我军冀东部队挺进东北开辟交通线、情报网等，做了诸多不可磨灭的工作。

接着，市委党史研究室组织我们沿着郭子云同志的工作历程，走访调研绥中、凌源沿线的辽西第一党支部纪念馆、凌源抗战纪念馆，重走凌青绥抗战道路，形成了理论文章，并出版了书籍。在“不忘初心、牢记使命”主题教育活动中，得到了市领导的高度认可，并批示作为全市主题教育与扶贫工作的硕果，号召全市党员干部学习。

“各炒一个菜，同做一桌饭”，在筹建抗战纪念馆的过程中，形成了齐心共振的良好氛围。市委党史研究室各位领导的精心组织，为建设纪念馆打下了坚实的基础；三星口村两委全力支持纪念馆的建设，将村集体独门独院的十间闲置瓦房无偿提供，解决了建设纪念馆的最大难题；国网冀北秦皇岛供电公司驻出头石村工作组积极参与其中，并出资对其中的五间房屋进行了布展前的基础装修。

接下来，为完成抗战纪念馆的设计方案，我们积极与市委党史研究室进行沟通，经过三易其稿，考虑到工作组专业能力有限，市委党史研究室决定全额出资，聘请专业设计公司进行高标准的设计建设。同时，青龙满族自治县、三星口乡及市行政审批局、国网冀北秦皇岛供电公司驻村工作组等部门通力协作，共同谋划。2020年9月3日中国抗日战争胜利75周年纪念日，三星口地区抗战纪念馆正式开馆，那一刻“感激”二字是我最想表达的心情。

抗战英魂映古今，丰碑永驻三星口。三星口地区抗战纪念馆展馆面积75平方米，展线面积140平方米，照片68张，实物10余件。馆内展示内容主要分为三部分，即日本帝国主义实行残暴的殖民统治、中国共产党领导三星口人民奋起抗日、主力部队在三星口地区取得丰硕战果。

三星口地区抗战纪念馆对于学习老区光辉历史、弘扬老区革命精神，进一步激发建设老区的内生动力，具有极大的意义。同时，依托纪念馆开发红色旅游是我们谋划由脱贫攻坚向乡村振兴过渡的重要战略和载体。发展红色旅游有利于加强和改进新时期爱国主义教育；有利于保护和利用革命历史文化遗产；有利于带动贫困地区经济发展；有利于开发地区产业新的增长点等。

我们始终坚信，抗战纪念馆在记录抗战史诗的同时，也一定会开启更加充满魅力的未来，为全面建设富裕美丽幸福的新青龙作出贡献。

疫情下的“红色基因”

2020年年初，新冠肺炎疫情来袭，作为2003年“非典时期”的一线防疫人员，我敏锐地察觉到此次疫情的严重性，疫情之初便开始着手购买防疫物资，特别为村里争取到必要的消毒液、口罩、手套、体温枪等，并在农历初二大雪封山之前将这批物资送到了村里，随着疫情形势的趋于严峻，村与村之间开始封闭式管理。

作为乡政府所在地，三星口村的道路四通八达，疫情防控任务格外艰巨。乡政府根据全乡的道路情况研究决定将三星口村三岔口处进行封闭，一来可以封住穆杖子、李台子、三道沟、谷杖子、陶杖子、望宝盖子6个行政村的人员出入，二来可以封住从这条道路进出辽宁省的车辆和人员，这个三岔口的值守任务交给了三星口村。

封村防控工作不是一天两天的事情，三星口村所辖6个自然村大大小小的路口有十多个，需要人员值守的进出道口少说也有四个，加上三岔口这个需要昼夜值班的大路口，单靠驻村工作组、村两委班子成员、各小组组长无法完成这个艰巨任务。郭长荣烈士的曾孙郭彦东任村党支部书记、村主任，他带领村两委班子身先士卒，坚守一线岗位执勤，同时，向全村发出招募执勤、巡逻志愿者的号召。

仅仅两天时间，村里百余名青年人踊跃报名加入志愿者团队。没有报酬、没有待遇，志愿者们每天义务在村内道口执勤、街面巡逻，天气再冷，也没有人喊苦喊累。当时，口罩是非常紧缺的防疫物资，以黄利军为代表的多名志愿者自掏腰包从外地购置，无偿捐赠给了村里。为表彰这种无私奉献的行为，同时公示捐款捐物情况，我专门制作了光荣榜，并进行每日更新、发布。

村志愿者们一丝不苟的精神，是完成此次疫情严控任务的前提之一，当时，即便遇到亲戚朋友想要出入村，大家给出的答复都是“不行”。 32岁的志愿者黄玉良第一时间响应号召，加入志愿者队伍中，他可谓是秉公值守的典范。

一天，乡领导开着私家车来上班被黄玉良拦在了村口，他说："没有登记的外来车一律不能进！"一次，两位邻村的驻村书记想来村交流工作，同样被黄玉良拦住，任凭我如何解释就是不行。起初我非常生气，可后来一想黄玉良做得对呀，疫情防控就是需要这种秉公值守的态度。后来，我专门找到黄玉良，面对面诚恳地向他道了歉，并对他这种一丝不苟的精神表达了尊敬之情。

志愿者们无私的坚守和奉献，换来的是百姓的尊重，在短短20多天的时间里，村民们纷纷自发为他们捐款、捐物。一天，60多岁的五保户李树权走到卡口说，想出去到超市买东西。"大叔，现在疫情还挺严重，上面有规定不让出村，你想买啥，我们帮你去买！"志愿者答道。不料，李树权老人态度坚决，非得亲自去买，考虑到超市就在村里，离卡口也不算太远，就破例放行了。不久，李树权老人抱着一箱牛奶、一箱面包、一箱罐头送到了执勤点："你们天天在这守着挺辛苦，我也想献出点力量，你们收着吧！"听到这暖心的话语，村党支部书记、村主任郭彦东和执勤的几个大小伙子眼眶都湿润了！

整个疫情期间，三星口村的百姓们抱成了团，大家做到了不出门，不串门，不聚集，积极配合疫情防控工作。百余名志愿者昼夜执勤，甘于奉献，坚决阻断了外来人员进入村内，累计劝退劝返四百余人次。同时，也考验了村两委班子的向心力，村党支部书记、村主任郭彦东率先垂范，始终冲在最前面，赢得了村民的赞誉。我深切感受到，在大疫面前，三星口村百姓的红色基因可以形成强大的力量，我也坚信，在红色传承的引领下，村民们一定可以战胜贫困，过上富裕的生活。

随着疫情形势好转，三星口村这支志愿者队伍里的很多人都已经奔赴原有的打工城市。村两委和驻村工作组一致认为保留这支志愿者队伍的是十分必要的。我起草了《三星口村志愿者管理制度》，明确志愿者队伍是一个长期组织，不管在家还是在外，都可以充当志愿者为村集体服务；同时，为这次参加疫情防控的志愿者登记造册，将他们的名字、信息以及事迹记录在纪念馆里，让百姓永远记住他们这20多个日日夜夜的无私奉献；此外，明确志愿者工作职责与范围，抓住时机大力宣传，弘扬志愿服务光荣、人人奉献爱心的正气，让这种“红色”力量进一步融入大家的精神血脉。

红色沃土上的致富路

将红色底蕴转化为一种资源，让乡村“美起来”，让村民口袋“鼓起来”。谋划建馆初期，我就在想，要充分利用三星口地理位置的自然风光、资源优势，以“红色基因”为引擎，以“绿色生态”为依托，以“因地制宜、合理开发、农旅融合、文化传承”为发展思路，带动村民走向致富的道路。

在抗战纪念馆建设中，我深刻体会到“众人拾柴火焰高”的重要意义。驻村扶贫工作模式往往是一个单位帮扶一个村，我觉得扶贫攻坚更需要多方形成合力，尤其考虑到三星口地区的资源、地理位置等方面的特殊性，我开始探索“驻村工作组连片扶贫”的新模式，即与国网冀北秦皇岛供电公司驻出头石工作组、市农业农村局驻陶杖子工作组以及政府部门、各种社会资源联合起来，形成扶贫攻坚的强大合力。

不在能知，乃在能行！在国网冀北秦皇岛供电公司驻出头石工作组的带动下，我们遇到了“慧农帮”这个“贵人”！“慧农帮”是国家电网内部的一个全国性扶贫产品销售平台，经过多年运行，成熟稳定且有着极高的效率。新冠肺炎疫情发生后，“慧农帮”平台面向青龙满族自治县各个扶贫村无偿开放。

三星口驻村工作组、村两委班子一致认为这是个千载难逢的机会，一定要抓住，一定要上商品。然而，现实的问题又摆在面前，村集体根本没有适应电商销售模式的定型包装产品，这可把我们急坏了！时间紧，任务重，大家纷纷开始找资源，想良方。

“你们村里在大面积种植玉米，而且品质不错，可以做玉米油啊！”一位从事多年粮油生产加工的老同学受邀来村考察时为我们指明了方向。经过多方联系，我们联系到秦皇岛市农业产业的龙头企业香海粮油（秦皇岛）工业有限公司（以下简称“香海粮油”）。

在三星口乡党委、乡政府的大力支持下，驻村工作组的积极努力下，香海粮油与三星口乡迅速签订了战略合作协议，明确了香海粮油优先协调帮助三星口地区以玉米为主的农副产品销售；优先考虑在三星口地区招纳工人，协调和解决贫困人口务工问题；设立办事处，配合三星口乡的农业产业发展；优先考虑在三星口乡设立股份制公司，深度融入农业产业的发展；三星口乡优先为甲方争取相关农业产业方面的扶持政策，共计五项内容。

在此协议下，驻村工作组第一时间协调香海粮油与三星口村集体企业连心公司签订了互购协议，并帮助三星口村申请了粮油类的“三星口”注册商标。这样一来，三星口村有了自己的品牌，“三星口特级玉米油”也就可以顺利获得入驻“慧农帮”销售平台的资质。

好事办好，惠及于民，驻村工作组与村两委班子经过认真讨论，在自愿的原则下，决定给予每一个在籍村民入股的机会，并制定了详细、合理、科学的入股、架构及利润分配等方案。

不久，接到国网冀北秦皇岛供电公司负责同志的通知，计划采购5000桶食用油，这个消息让我们有喜有忧，喜的是这么快就来了一笔大订单，忧的是启动该项目需要第一笔资金投入，可这钱怎么投？从哪儿出？按照相关政策规定，村两委不能举债经营，但不解决资金问题，订单已经产生，供不上油怎么办？一系列的问题涌上心头。

一直以来，我们对该项目的运作思路和想法得到了国网冀北秦皇岛供电公司的负责同志认可，项目也始终在顺利推进，可真要是因为启动资金问题被卡住确实有些可惜，可实实在在的问题就摆在面前，政策规定不能违反，只能另想个两全其美的办法。

“慧农帮”这个扶贫电商平台可是个“香饽饽”，很多企业都在挤着往里进，其中就包括国有旅游龙头企业秦旅智慧旅游公司。既然，“三星口”品牌的产品暂时上不了架，能不能转变个思路，通过借力的方式把这件事继续做下去，同时，发挥三星口地区战纪念馆的重要意义，打造红色旅游线路，不久，一个完整的方案在我们的脑海中浮现出来。

经过多方商议，我们同意并支持由秦旅智慧旅游公司出资注册“出头石”品牌，并与香海粮油合作出资生产加工产品，继而在“慧农帮”扶贫电商平台上销售。虽然“三星口”牌的食用油暂时不能形成产品，但却吸引来了旅游龙头企业，我们坚信借秦旅智慧旅游公司之力，可以为三星口地区打开一道崭新的扶贫产业大门。

目前，我们已经促成三星口乡与秦旅智慧旅游有限公司签订了战略合作协议，发挥国有龙头企业的行业优势，整合三星口地区旅游资源，开发“三星口地区红色旅游”项目，打造地域知名旅游景点和旅游品牌，包装具有本地民族特色的餐饮住宿场所和旅游产品，全方位推进三星口地区旅游经济发展。

按照规划设想，把三星口地区红色旅游融入天然石长城大旅游之中，融入全县全域旅游之中。整合自然环境资源和人文历史资源，以三星口地区抗战纪念馆为切入点，推动金屏山天然石长城、洞子沟支部遗址、周杖子水银矿遗址等区域的配套开发，让红绿相间、人文和自然相衬的红色旅游成为一大亮点，游客们可以在历史中追寻红色记忆，深刻领会“不忘初心、牢记使命”主题教育的重大意义，还能在青山绿水间放松心情，更能拉动景区周边村民的经济收入。

如今，以“红”带“绿”、以“绿”托“红”的红色主题游+绿色生态游的布局愈发清晰，地区完整的旅游产业体系逐渐成形，红色旅游带动经济提升的作用正在显现，实现爱国主义教育和乡村振兴双丰收的目标也正在逐步实现。

穿过烽火硝烟，跨越岁月长河，只有不忘昨天的苦难辉煌、无愧今天的使命担当，才能不负明天的梦想与追求。我想，面对脱贫攻坚，我们在新时期唯有不忘初心，艰苦奋斗，继续发扬革命精神，才能更好地带领广大百姓奔向致富之路。

12

何启东，男，汉族，现任秦皇岛市文化市场行政执法大队副大队长。2018年5月至今在青龙满族自治县安子岭乡吉利峪村任第一书记。

一个“文化人”在吉利峪的难忘岁月

◎ 何启东

即使过去了许久，我还会时常想起那晚的情景：暴雨夜，崎岖的山路，弯弯曲曲，百转千折。没有路灯，也没有月光，四周漆黑一片。我眼睛瞪圆了，靠着微弱的车光，在深夜的山谷小心翼翼地驾驶着车。山下驻地的两个兄弟，还在等我回去，平时已经走习惯的陡峭山路，此时变得异常难行。雨刷器已经开到最大，但还是看不清前方的路，路已经成了小溪。我一边开车，一边后悔，为什么这么晚来一组取车间缺的料，但此刻只能硬着头皮一点点沿着陡峭狭窄的山路往下开，心已经提到嗓子眼，第一次感觉这段山路好长，稍有不慎，就会跌落山底。到了驻地，我还心有余悸。工作组的兄弟也批评我，让我以后千万不能这么不要命了。

来吉利峪两年多了，蜿蜒曲折的山路，来来去去，成了常态。我们曾在各种天气里上山下山。春暖花开，四季如画，空气中都飘着青草与树叶的香味；夏日酷暑，烈日炎炎，人一动就一身汗，树叶都懒得摇晃；秋高气爽，果实累累，五彩斑斓，满山满眼都是希望；冬天落雪，苍松披上银装，分外妖娆，然而山路艰难，天寒地冻，车都打不着火。这美丽的群山，一年四季有不同的风景，山上也有宝，栗子树，苹果树，山楂树，成片成排，结起果来，鲜艳欲滴，好看也好吃；山也好大，山连着山，沟连着沟。人们和山融为一体，山脚上有房子，山腰上有房子，甚至每一个沟沟坎坎里也都有房子，人们常年住在这山里，走山路，种山树，喝山泉水，做山里人。大山就是他们的家，是他们的屏障，既是生活中的屏障，也是思想中的屏障。

2018年5月，我们就这样来到了山里，从城市温暖的路灯与街道，一直到漆黑伸手不见五指的山间土路，我们和他们的命运从此就这样相互交织、融合。

没有想到的是，这群山环绕、风景如画的地方，穷竟然是他的特色。吉利峪村太大了，组与组之间又隔着好远。这个村子位于安子岭乡最南部，总面积19.5平方千米，耕地2071亩，其中11个生产组，25个自然村，793户，有2477人，呈树叶叶脉形状分散居住。而村子里的2000多人中，竟然有贫困人口310户1028人，占了将近一半。

山上啥都有，可是就是穷！虽穷，但村里人还挺乐呵，习惯了。守着金山银山，不当回事，宁愿抱着个破饭碗，有口饭吃就行。驻村组到的时候，就发现了他们这种得过且过的思想。村子里没啥规划，更谈不上美观和整洁，马路边上全是柴草垛子，各家各户堆的，有的都堆了好几年了，像一个个窝棚，把本来就狭窄的地面，堵得满满的。和山上的美景比起来，脏乱差的感觉反差太大了。

这么美的地方，却收到这样的一个“见面礼”。这还不够，农业生产基础薄弱，设施亟须改善；留守妇女赋闲，没有赚钱之道；产业结构单一，科技含量低；农业技术欠缺，林果收入少；文化活动单调，文化生活匮乏；村集体没有收入，发展后劲不足……

从踏上这片土地的第一天起，我就想，是该改变的时候了。而这，要由我们三个人，三个一直在文化部门、一直从事文字工作的“书生”来完成。

责任挺大，我驻村以后经常失眠，但我也知道，这是我的“功课”，肩上有党和人民的重托，脸上有乡亲们殷切的目光，我不能推诿，只能挺住，向前冲。

修好路，才能打开致富的门

要想富，先修路，这道理谁都懂，但做起来，难。难在哪里，两个字，没钱。

我们通常理解的修路是村村通公路，可对吉利峪村来说，修起来难题和难度要大上好多倍。因为这个山村的耕地基本都在山上，有的蜿蜒数里，有的曲折多沟，全是羊肠土路，宽处1米左右，窄处几十厘米，有的地方甚至要蹚水跨沟。农用车上不去，运输都得靠双腿，乡亲们日日夜夜肩挑臂抬的，都盼着能把上山的路给修了，会方便去山上种地，但我们想得却更多，只有路修好了，才能把种植业搞上去，种植业是乡亲们的增收主业，没有一条好路，种植效率就太低了，极大地限制了种植业的发展。

乡亲们也明白这个道理，但路不好，山上的果树管理得普遍不好。在山里居住久了，思想上有屏障，遇到困难，都想躲着走，不想办法解决。我们要做的是要打破屏障，让他们看到希望，有奔头。

我们文广新局其实对扶贫工作支持力度挺大的，前前后后为村子的扶贫工作投入了过百万的资金，上一批工作组做了不少成绩，包括修了入村的公路、建了全新的村部、修建了文化广场等，等我们来的时候，我问村书记："还有什么是急需帮扶的吗？"他说："把生产路修了吧。"我问他："修生产路需要多少钱？"他算了算，说："至少要20万元。"

为了这笔修路资金，我也得动动脑子。

我和局里反映了一下，但是局里现在的专项扶持资金不足，非常困难，很难拿出这笔钱来。这方面行不通，我就决定取得秦皇岛军分区的支持。

吉利峪村是国家"十三五"贫困村，由秦皇岛军分区、秦皇岛市旅游和文化广电局共同帮扶，因为这层工作关系，过去从没和军分区打过交道的我，和军分区领导也都"混"熟了。军分区的王景田政委在2018年"国考"时来村调研，我提出了修路的事，王政委说"国考"后可以考虑。漫长的70多天的"国考"工作终于结束了，我又开始琢磨修路的事，想尽快把路修了，琢磨着怎么能让资金早点落实到位。

后来有个机会，我去军分区汇报扶贫工作的进度，商议一起搞党员主题活动日，最后定在10月19日那一天一起来吉利峪搞场活动。在他们搞活动的那一天，我使了一个“计策”，安排了一项活动，那就是官兵们与局帮扶责任人帮助乡亲们一起搞秋收，于是，就顺理成章地带他们上了山。

山路崎岖狭窄，走起来非常艰难，王政委也随着我们一起上山劳动，下来的时候，他说：“没想到这个路这么难走，启东，看来这个路咱还得修！”我笑着说：“政委，这还是比较好走的路，我还没带您走更难走的。”

其实这些难走的路，我们自驻村以来，几乎每一条都上去过，已经和当地老百姓一样熟悉。要没有这个把握，我也不会想出这个主意。有了军分区领导的支持，我们很快地就解决了资金的问题。军分区先期投入了20万元修路资金，后来又追加了7万元的投资，靠着这27万元，我们开始了修桥修路的历程。修路的时候很困难，因为这里山多，沟也多，组与组之间离得很远，哪个地方需要修路，如何修，涉及哪一个组的用地，都需要逐步排查。

修路还要做好老百姓的思想工作，因为修路涉及个人用地、树，需要让路、让树，我们苦口婆心地反复和群众解释、说明，让他们理解、支持。

为了节省成本，我们的施工队伍都是在村民中间找人，为此我坚持一个原则，整个过程必须要完全公开、透明，这是给老百姓修路，要让老百姓参与，要让每一个老百姓满意，而不能只是面子工程。从制订施工方案，到组织招标，再到监督验收，我们都要老百姓参与全过程，眼见得到，耳听得到，一个组一个组地举手表决，必须全部同意，无任何不同意见，才能进行验收。我们组成了由军分区、包村干部、村两委、工作组和村民代表共同组成的领导小组，负责整个工程。

修路的过程，也曾有过质疑， 有人给我打电话：“何书记，修路的时候我得监督，差十厘米都不行。”我说：“随时欢迎你来监督！”

经过五个多月的准备，两个多月的施工，最终完成了全村40多条沟、23.6千米生产作业路，其中还包括4座生产桥，所有生产路由原来不足1米，全部拓宽至2.5米以上。

回首往事，历历在目，那段时间，真是吃不好，睡不香。因为青龙历史上从来没有哪个村修了这么长的生产路，它的完成，首先还要感谢军分区的大力支持，同时，也是我们驻村工作组面临的第一次考验。没有先例，我们自己摸索着干；没有指导，我们商量着来。凡事都反复推敲，不放过任何细节，秉承着让所有工作都受村民监督，在阳光下运行的原则，我们工作组经受住了考验，终于取得了成功。

路修好的时候，乡亲们特别高兴，大家自发地组织去观看、去体验。宽敞的上山路，村民可以驾驶三轮车到达自家田地，村里90多岁的老人特意到山上走走，企盼一辈子的路终于修了。有人说，这些路改写了祖祖辈辈肩担手推的历史，这就是咱村的致富路哇!

我们工作组的威信一下子也建立起来了，我们刚来的时候，村里的人对我们有些隔膜，村两委班子也对我们这几个城市来的“书生”们还有点不信任，但现在，走到哪里儿都有人喊我的名字——“何书记来了，进屋坐坐！”

军分区对我们的工作也很满意，后来军分区新调来的政委还实地考察了一下，亲自走了1500米的山路，他们对我们的努力，也表示了高度认可。

种板栗，才能让庄稼人过上好日子

这头一脚虽然踢了出去，但我很清楚，修路真正的目的，不只是为了方便群众，还是要打开致富之门，这里地域的特点，发展板栗产业才是首选。

如何在短时间发展板栗产业，让全村步调一致呢？我们与村两委研究，决定协调栗苗免费发给农户，带动栽种，于是采取了“两委牵头，组长统计，自愿申请，免费发放”的办法，为了避免弄虚作假，还采用了“垫付押金，验收退还”的方式，把板栗苗发下去时，要收取少量押金，一旦树苗成活，进行验收成功后就把押金退还，这样就避免村民把板栗苗转授他人，或是不作为。

经过努力，我们4万棵板栗树苗全部栽下，扩大板栗规模700亩。有了良好的路，又有了相当规模的板栗种植，致富通道就打开了。

树有了，技术还要跟得上。吉利峪村板栗管理技术落后，是树多果少的主要原因，可村民却将其归结为山地贫瘠。为了转变旧观念，我们工作组邀请高校教师、农业专家来村授课，组织农户外出学习参观。

事实上从8月份开始，生产作业路正在筹建的过程中，我们就开始搞培训了。从2018年开始，我们就若干次地把老师请到村里，手把手地教大家种树，还组织老百姓们出去学习，去过迁西、唐山，也去过青龙境内板栗发展比较好的龙潭村、五指山村、城北村等，这些地方有的自然条件比我们好，有的比我们差，但是通过种板栗，村民都致了富。耳听为虚，眼见为实，吉利峪的村民们通过亲眼所见，也开始有了念想儿，——板栗真是个好东西！

回来后，困难户樊荣林和我聊天：“以前总以为是地和品种不行，后来村里带我们去外地参观，人家那条件还不如我们呢，产量还比我们高，还是我们管理技术不行啊！”我说：“你有这个认识就对了，好好学，好好干，一定能行的。”

培训与考察并行之下，大家从开始并不太积极的态度，到后来变得争先恐后，我们每期培训，村部的会议室都坐满了人。至今为止，我们共举办大型培训十期，全村有1000多人参加了培训，高密度培训使乡亲们管理技术有了长足进步，剪枝时都能自己上手，节省了雇工费，栗树管理也越来越规范。目前，全村空地都栽满板栗，我相信，10年后，漫山遍野的“摇钱树”一定会结出压满枝头的“金疙瘩”。

山上可以种树，地上能种什么？传统的玉米、高粱，都不能让农民找到致富的“钥匙”，这得我们帮他们去找。经过多次考察后，我把着眼点落在中药种植上，采取“政策支持，大户带动”模式开展北苍术种植，流转土地150亩，整个项目投资近百万，带动50余户剩余劳动力就业。

在发展农业产业规模化种植的基础上，我们在全村推广使用农用酵素。我带着两委到椁椤滩村学习。乡亲们一开始对酵素不太理解，他们的传统观念还是觉得化肥好用。我给他们算一笔账：“200棵树用化肥农药至少得1500

元，用酵素不到200元，省钱不说，还绿色环保。”

我们买来水桶和原材料，亲自示范带动，大家抱着试试的态度跟着做了起来。前不久，有人激动地跟我说：“何书记，酵素成功了，果大、均匀，颜色也好，口感更好，明年还要继续用！”吉利峪开始一步步地向绿色循环发展之路迈进。

动巧手，让“留守女性”们有事干

吉利峪村里有一批“留守女性”，没有什么赚钱能力，每年围着锅台转、孩子转，生活一成不变。

60岁的刘月香大姐就曾是其中的一员，不过，现在她可不一样了，她是我的好帮手、好朋友，也是我们产业发展的骨干。这一切都是因为我们搞产业扶植，为她的生活找到了新的方向。

让这些大姐、大婶们“动”起来，进入产业链中，完全来自一个偶然事件。当板栗产业发展起来的时候，很多村民都对我们深表感激，但也有人提出了一个看法：“你们走了怎么办？还得恢复原样！”

说者无心，听者有意，那天晚上睡觉前，想起他的话，我的脑海中浮现一个想法：“工作组不可能永远住在村里，父老乡亲们要想从根本上脱贫，根本还是思想意识和职业技能。发展不能只靠一条腿走路，还要多个方面共同发力，要善借力，聚合力。”

说到底，扶贫，不是资金扶持就行了，还要扶志，否则真的像那个老乡说的了，我们走了，他们可能还会恢复原样。

在市招商第九组组长付红副局长协调下，我们与法咪丽（北京）文化公司达成合作意向，公司提供布艺、材料和技术，我们组织村里赋闲的妇女制作加工，产品由公司回收。

这是个大胆的想法，法咪丽公司是专门做高端布艺玩具、饰品、工艺品的文旅公司，我们等于是把一个文旅项目引进了小山村，由一群完全没有相关经验，也很难说有艺术审美能力的农村妇女们来进行最关键的一线生产加工环节，这，行得通吗？

行不行，也得上，因为想了又想，能让这个村子上百名“留守妇女”动起来，发挥作用，创造价值的事情，真的不多，也许，这就是一个机会。

说起来容易，真做起来，难！一上手，一大堆问题出现了。当时入户走访时，有的妇女跟我说，让我帮着找些在家能干的手工活，挣些钱贴补家用。但当我真的把这个项目跑来的时候，这些人却不这么认为，觉得做一个才几块钱，宁愿待着，也不爱挣这个小钱。一开始没有人积极响应，我挨家挨户地动员，才说服了七八个妇女试试。

最初的想法是建一个手工车间，这几个人哪够啊？一番番苦口婆心地做工作，几轮下来，有二十来个人跟着做了。可是习惯了粗针大线的妇女们发现一个工序至少要改个四五次时，觉得太难了，打起了退堂鼓。如果这好不容易凑起的二十来人，又因为困难都退出，那车间就又黄了。又一轮轮耐心地做工作，终于有人不忍心地说道：“何书记你说吧，你让我怎么改，我就怎么改，我就不相信我做不好。” 我鼓励他们：“你们放心，这个车间一定会建起来的，我会带领大家走上正轨的。”说这些话时，我都有一种想哭的感觉。

因为公司离得远，鞭长莫及，我就自己先学会，然后代替老师挨家挨户指导。除了指导，我还当起了运输员，开车把原材料从公司拉过来，再把做好的布艺作品拉回去。在这件事上，我是运输工、分配工、技术指导，也是质量监督员，还是宣传员，负责发动、宣传的工作。

我要感谢刘月香、吕桂华等几个大姐还有妇联主任孙伟杰，在她们的支持和带动下，大家的技术越来越好，一开始大家做一个布艺“小老鼠”，都做不合格，要连拆十几遍，5个人鼓捣一周，才做出来20个。后来越来越熟练，返工率大大降低，收益也越来越多，成百上千的产品如期生产交付。眼看着效果越来越好，我趁热打铁，争取军分区资金，建起了扶贫车间。今年，在秦皇岛军分区、市妇联、市民政局物业协会大力支持下，车间又扩大了规模。今天你们来扶贫车间，20余台工业用缝纫机整齐排列，墙上的宣传口号格外显眼，每个机台右上角都贴着使用者名字，屋里干净，明亮，井然有序。这个车间让她们都觉得又新鲜，又自豪，她们从没想过，有一天，会成为手工艺人吧！

为了方便制作，我们建了微信群，每天在群里发布各种信息，包括纠错信息，指导大家的工艺，这个群也调动了更多人的积极性。年前为了赶制一批活，刘月香大姐两晚没睡觉，还让爱人冒着大雪扛着裁好的布料走了一个多小时山路送下山，供大家制作，这一举动也深深地感动了合作公司，和我们的合作越来越顺畅。

因为村子大，居住分散，为了方便制作，我将部分缝纫机搬到了几个偏远的小组，带动本组妇女制作。有人说，这是炕头上的“聚宝盆”。疫情期间，我们的工作也没有耽误，防疫和脱贫两不误。这个事迹被新华社、学习强国等国家媒体相继报道。

这些妇女们现在不再喊累了，也不再有怨言了，跟着车间干，每月收入1000多元，大家积极性高涨。有人和我说：“要是没有你，这个车间早黄了。”

我们的努力也终于得到回报，不久前，由我们车间生产的文创产品“十二生肖”系列，在中国特色旅游商品大赛上获得银奖，在河北省文创和旅游商品创意设计大赛荣获最具商业价值奖，还被河北省档案馆永久收藏。谁能想到，这些作品出自贫困山区的妇女手中。荣誉的到来，让大姐们高兴极了，她们举着获奖的产品，合影留念，每个人都笑得脸上开了花。那一刻，我也真为她们自豪！

如今，我们已经谈下了20余种文创产品的代工项目。此后，还陆续接下了市内多个大型箱包企业订单。村部现有厂房一间，6个自然村都有加工点，培训出娴熟工40多名，其中30余人是建档立卡户。这里面有不少当年的贫困户，还有聋哑人。现在这些项目都成了村里稳定脱贫的重要项目，而我接下来的梦想是，建一间帐篷厂。和开发区的一家帐篷厂接洽后，我们已经达成了合作建厂的意向，目前这一项目已经开工。当年一座废弃不用的小学，已经作为我们合作建厂的厂房，开始动土建设了。我想着，将来有一天，即使离开了这个村子，我们留下的这些产业，也一样会帮助乡亲们找到致富的门径，我更相信，乡亲们只有素质提升了，思想激活了，视野放宽了，才能让增收渠道更宽广，腰包更鼓，才能永远彻底摆脱贫困。

寻一团红色，传承文化的基因

在吉利峪村待得越久，我就越发喜欢这里，喜欢这里的山山水水，喜欢这里纯朴的人民，也喜欢这里的文化。

吉利峪这个名字是怎么来的？老人说，这个“吉利”原来指的是“蒺藜”，就是山上的一种长刺的草，后来就取了个谐音，也叫“吉利”， 还图个吉利的意思。

这个传说是真是假我不知道。但我知道的是，吉利峪其实是革命的老区。这里地处革命老区凌青绥革命根据地腹地，是抗日战争时期重要的枢纽交通站。当年，村党支部创建与发展后，经历了与日本侵略者曲折、复杂的斗争，有力地支援了当地的游击战争，19位吉利峪村民还为此献出了宝贵生命。

这是一个有红色革命历史和记忆的地方。我们是来自文化部门的工作组，有义务、有责任把这段历史记录下来，传承红色精神，让村子里能够形成一种思想上的合力，形成一种文化的魂，拧成一股上进的劲儿！

习总书记在考察云南洱海时，曾经说过：“注意乡土味道，保留乡村风貌，留得住青山绿水，记得住乡愁。”

一个村子里的乡愁是什么？就是它的历史、文化和记忆，作为文化部门的驻村组，寻找吉利峪遥远的乡愁，也是我们的使命。

为了这个使命，我们进行了整整18个月的走访、收集和整理。和我一起驻村的陈历辞、刘强，都是年轻人，文笔不错，也喜欢家乡的历史文化。特别是陈历辞，东北大学近代史研究生，对秦皇岛革命历史很有研究，整个展室的大纲就是由他完成的。我和他们一道工作，最终在军分区的帮助下，建成了吉利峪村革命历史展室，并免费向群众开放。

这个馆和其他的村史馆不同的是，它更像是一个红色革命的军事纪念馆。整个展览由“日寇入侵”“革命岁月”“英雄丰碑”三个单元组成，展现了吉利峪村的拥军史实与革命历程，述说了村庄在革命道路上的牺牲与奉献。

展馆里更有一个让村里人难以忘记的部分，就是吉利峪村的英烈展板，在这上面，有当年为了革命而牺牲的烈士的名字，这些人的后代，多数都还健在。来到展馆，当年的历史与记忆就会迎面呼啸而来，让人浮想联翩。

60岁的村民樊丙海站在“吉利峪英烈”展板前，伸手摸着上面“樊宝林”的名字，对我说：“这是我亲二叔，没见过，只听我奶念叨过。”

樊宝林名字后面，写着牺牲地点“北京市密云县”，当年拿起枪奔赴战场后，他一去不返，吉利峪却一直有人记挂、追寻着他们。

在旁边一块更大的展板上，还记录着1949年以后参军村民的信息，樊丙海的名字也在上面。樊丙海告诉我们，村子里有不少烈士的后代，后来一家几辈人都当过兵，觉得非常光荣。

樊丙海与樊宝林，仿佛从未谋面的叔侄俩，在小村史馆有了刹那交汇。这就是我们努力要做到的效果。

94岁的曹玉珍，是村里年龄最大的老人，她还能清晰地记起70多年前，全村房屋被日伪军烧毁，她和村民们跟随吉利峪党支部“坚壁清野”住进荒山，后来家里成了八路军的联络站，当时冀东军区十二团副团长马骥也来过，是个大个头，笑容温和……

在马骥的照片前，老人驻足停留，陷入回忆中，滔滔不绝地说起了过去的事情。

“咱村去当兵的一个大队就有50多人，连一半都没回来，留下的人给部队送消息、照顾伤员。”

一座小小的纪念馆，把红色文化与革命精神，再次融入了村民的血脉与灵魂里，起到了薪火相传的作用，日前，这座展馆已被确定为市级国防教育基地。经常接待前来考察、参观的客人们，村里常年在外的人听说村里新建了纪念馆，都特意回来看看，纪念馆成了村里的一个地标。

我们做的事情也得到村子里的老人的称赞。在村里任职三十多年的老支部书记张燕说：“感谢何书记为村里做的每一件事，特别是深入挖掘村里的红色历史，并且这么好地展现出来，这对于教育后人太有意义了。如果你们不做这件事，我们这一代人没了，这些历史真的就消失了。”

党从革命老区中走来，牢记党的奋斗历程，把红色基因传承好，在我看来，也就是不忘初心。

留下文脉，脱贫也是抓教育

来村子里久了，我们又发现，吉利峪村山高沟深，交通不便，很多贫困子女几乎从一出生，就没有离开过这里。因此，阻断代际贫困，做好贫困子女教育工作尤为重要。

我们是文化部门，本身具有一定的优势，利用这些优势和资源，我们积极创造条件，帮助这里的孩子走出大山，拓宽视野，激发其改变命运的斗志。经过精心筹划，为期四天三夜的“我和祖国共成长”励志夏令营活动开营，20名贫困子女参加。

这些孩子们通过参观东北大学、广电中心、秦皇岛开埠地、港口博物馆和玻璃博物馆等地，开阔了眼界，了解了高校学生的学习生活，通过体验电视节目编发过程，感知秦皇岛百年大港蝶变和玻璃工业发展历史；我又带他们到军队进行分列训练，学习整理内务，到消防中队学习消防知识；孩子们在一起谈体会，话理想，观看爱国影片，学习爱国歌曲。从所见、所闻引导他们明白学习对于改变命运、改变家庭和村庄面貌的重要性。

这次夏令营对他们触动很大，孩子们开阔了视野，磨炼了意志，一改先前的沉默羞涩，变得果敢自信了。看着又唱又跳又勇于发言的他们，我想，我们所做的事情会对他们一生产生重大影响。

教育为本，文化先行。发掘、延续一个村子的文脉，打造乡村文化的亮点，这也是我们工作组和其他工作组不同的职能和任务。为此，我们整合全市文化系统力量进行文化上的帮扶。

我们送书下乡，把先进的农业科技知识送到乡亲们手中；成立吉利峪村孝心养老基金，由我带头捐款，共募集200余名村民捐款3.2万元，重阳节之际，利用养老基金为全村贫困老人购买慰问品，送去节日祝福，潜移默化培育新风；我们帮助村民购置秧歌服，选配专业老师培训广场舞，组织秧歌舞大赛；邀请本地的编剧、艺术家进村体验生活，创作剧目带领村文艺骨干编排节目，举办“农民文化月”活动；邀请专业院团来村为村民奉献了多场精彩的文艺演出，丰富农村文化生活，让广大村民共享文化发展成果……

在我们新修的双拥广场上，我市著名舞蹈家范锦绣大姐来了，她带着村民们跳广场舞，扭秧歌，像过年一样热闹。每次都要跳到晚上9点，有一次结束得早了，第二天就有人上村部来反映，问为什么散得这么早，要求时间再延长一点。在得到我们肯定的答复后，她们才满意地离去。

干净漂亮的双拥广场上，乡亲们在树荫底下，坐在休闲椅上唠着家常，下着棋，孩子们在广场追逐着、戏耍着，夜幕降临，四周的村民涌向广场，吹起唢呐，扭起秧歌，欢歌一片。此情此景，和我们刚到村子里时截然不同，当时的广场上面堆满了柴草垛子，每家每户的门口，都堆满了各自的杂物，如今，柴草垛子没了，变成了文化广场，各家各户的门口，用铁丝了围墙围成了一个小花园，里边种满了鲜花，盛开的鲜花象征着幸福、美满的生活。

两年间，我们做了很多事：建设防火器材库，为村庄百顷林地保驾护航；建设国防书屋，厚植爱国拥军情怀；更新广播系统，让村情传遍任何角落；关注弱势群体，不让一人掉队；开发光伏和联村冷藏库项目，让村庄发展后劲十足；环境综合整治，让村庄面貌焕然一新。而在这其间，修桥、修路、种树，送书、送医、送戏，产业带动，教育支撑，一桩桩、一件件实事好事，让乡亲们感受到了党和国家的关怀，体验着扶贫给生活带来的变化。

我们驻村工作组的工作也得到广泛关注与好评，2018年被评选为“河北省扶贫脱贫先进驻村工作队”。2019年，我被评为“河北省扶贫脱贫优秀驻村第一书记”，前不久，又作为全市“脱贫攻坚奖创新奖候选人”被推荐参选全国脱贫攻坚奖评比，并入围全省创新奖前六。

村里有年轻人发朋友圈说：“自从老家来了扶贫工作组，妈妈感觉又回到了年轻时代，特别有奔头，有干劲，她说如果自己会写文章，一定好好歌颂他们。这次来的工作组，他们踏实务实干事，是使妈妈和乡亲们进入精神世界的人。”

这个年轻人的评价让我特别感动，我们辛苦了两年，就是为了让老百姓说一声好，所有的辛苦和努力，这一刻都是值得的。

最近，又听到了一个消息，在2020年河北省脱贫攻坚奖评选表彰活动中，我又荣获了河北省脱评攻坚创新奖。这个奖励，可以说是对我两年多来担任第一书记的一次圆满收官吧。

时光飞逝，这两年多的驻村经历，让我受益终生。虽然付出了很多，也觉得亏欠家人，但看着村庄在自己努力下越来越好，也很有成就感。如今，离扶贫收官日期越来越近了，我心里记挂的事情还很多：我们的扶贫车间，正在修建的帐篷厂，逐渐推广扩大的板栗和苍术项目……脱贫攻坚是一个长期的艰难的工作，但只要组织需要，人民群众需要，我随时准备挺身而出，为完成这一神圣而光荣的使命而奋斗终生，因为这也是我不可推卸的使命！

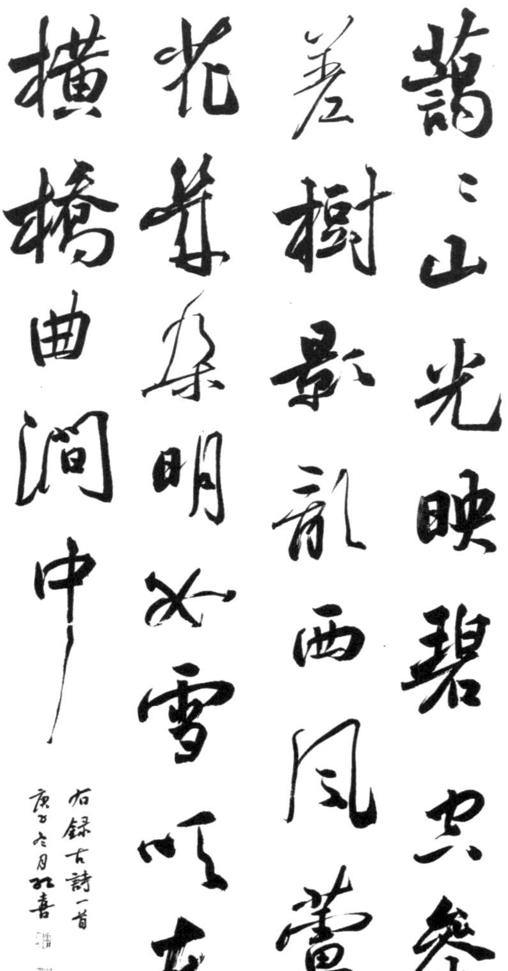
藹藹山光映碧空參
差樹影亂西風蘆
花盡染明如雪屹立
橫橋曲澗中
右録古詩一首
庚子六月

13

木兰花开

第一书记扶贫手记

郭会武，男，现任秦皇岛市交通运输局人事科科长。2018年5月至今在青龙满族自治县凤凰山乡娘娘庙村任第一书记。

凤凰山上引凤凰

◎ 郭会武

凤凰山里没凤凰，娘娘庙村没娘娘

凤凰山，多么好听一个名字，但是山里没有凤凰。

娘娘庙，多么有故事的名字，但娘娘庙里，也没有娘娘。

美好的名字，有时并不代表着美好的事物。我第一次听到凤凰山乡娘娘庙村这个名字的时候，以为这里一定是山清水秀、人杰地灵，但来了以后才发现，这里就是一个很穷、很小的村子，封闭，落后，有山，有水，但没有优美的风景，也没有看到水灵灵、爽朗朗的人物，在村子里的人，多数是老人，贫困户，后来经常打交道的，还有身体残疾的人，或是智力有缺陷的人。

但即使如此，凤凰山娘娘庙也还是一个有历史有文化的地方。

村里没有村志，但当地老人讲过，别看地方小，这地方也出过大官：传说是清康熙年间，有一位周氏，是满族人，原本祖籍山东，成年后发达了，在朝里做官，后来犯了事，为了避祸，来到这里落户，建了这个村子，到后来，村子里逐渐繁荣起来，高姓、郭姓、周姓、刘姓都出现了。村子繁荣起来后，又出麻烦事了。因为朝廷要在地方上选妃入宫，地方百姓凡是有被选入宫中的，当地都要担负胭脂、水粉等财物，凤凰山还真有一名村女被选进宫了。这份重税就落了下来，当地百姓不堪重负，于是有异人出主意，在此地建一个娘娘庙，要不万一有一天这里出了娘娘，怕小村子压不住这个天后，必有祸患，于是，当地人就听从了他的建议，在此地建了一座庙，称为娘娘庙，娘娘庙村也由此得名。

娘娘庙就修在村子东边的山上，坐北朝南，建筑面积70平方米。据老辈子人讲，庙子修得那叫一个气派——雕梁画栋，龙头凤脊，琉璃重檐，庙内南边还有宽1.5米的走廊，明柱上装有功闸板，庙里供奉的不但有娘娘，还有关公、周仓，娘娘立于中间，关公手持青龙偃月刀站立一旁，周仓在他身边站立，除了这三座雕像，还有一个药王塑像，骑虎手拿药铃立于另一侧。小小的庙里，就供着娘娘、关公、药王几座真神。

这庙现在在哪儿呢？已经见不到了，只能找着旧址。娘娘庙建起来了，可是那个宫女最后也没有成娘娘。凤凰山下有凤凰河，也没引来凤凰，我来到这个村子的时候，它还是“十三五”期间的贫困村，村子共有6个村民小组，耕地面积886亩，共有248户693人，当时建档立卡时，贫困户有114户330人，占了将近一半人数。

多年来，无论是凤凰还是娘娘，都只存在于老百姓的脑海里，村子引不来凤凰，靠不了娘娘，贫困一如既往，而我们这次来了，就是要让老百姓的脑海里的梦想，变成现实，我们得引来凤凰，做成娘娘们才能做成的事，这个担子，从一进村子，就压在了我们的肩上。

一座桥，一口井，一个轮椅

分到娘娘庙村的时候，我从来不知道地球上有这么一个地方。

不过，一进山，那熟悉的感觉就来了。其实，我对这样的地方不陌生。我从小在兴隆县山区长大，我的老家和这里一样，也是四面环山、交通封闭。从打小记事起，我就记得我们家也是困难户，靠挣工分，才能养活一家人。这山区里没啥可种的，就是以玉米为主。

1986年，我18岁参军离家，转业后分到了秦皇岛市交通运输局，在部队当过战士、助理员、股长、处长，在交通运输局做过纪检监察、审计、人事等工作，多年离家，等我再回去时，我们家已经变成了景区，兴隆附近有雾灵山、九龙潭、兴隆山，每年游人如织，一到节假日车辆堵成长河，遍地都是农家院，农家饭，这还是我当年离家时那个穷困小山村吗？早就不是了。

娘娘庙这里和我们老家真的有几分相像，一样的四面环山，山峦起伏，沟谷纵横，一样的以种植玉米、谷子、大豆为主，还有少量的苹果树、板栗树，但不同的是，我们老家早就靠盘活旅游经济富了，这里还是穷得叮当响，集体企业没有，村集体收入为零，截至2015年，全村人均收入才1800元。

工作组来的时候，村子里连个像样的村委会办公地点都没有，几间破房子，年久失修，摇摇欲坠，一下雨就漏水，得躲到外边去。村民都是老弱病残，年轻的都跑外面打工去了。我们通过走访还发现，这个村子里还有不少智力上、身体有缺陷的人，因为交通封闭，不少人几乎一辈子没出过山，对党的政策、外面的变化几乎一无所知。

工作组按步骤进行，先把村委会的工作理顺，建章建制，重新发挥党支部的功能，规范开展“三会一课”活动，定期召开党员大会，落实“四议两公开”工作法，把全村28名党员集中起来，在村集体决策中发挥重要作用。这些基础工作进行的同时，我更在乎的是对每户的走访调查。

我是山区出来的，我太了解这里的人，他们因为与外界接触少，民风虽纯朴、善良，但也因此封闭、保守，甚至对新生事物的变化有些怯懦、逃避。我们要搞好扶贫工作，不能玩面子活，得找几个真的需要帮助的，这不，几乎没费功夫，我们就发现了一个合适的帮扶对象。

高殿林，他是困难户中的困难户，家住娘娘庙乡的小黑沟。小黑沟，听这名字，就知道这里面沟多。我们到他家时，发现一个从没有见过的景象：他家住在一个大沟的上面，每当下雨的时候，沟里多水，他家对面就“水漫金山”，为了能从沟里到他们家，他搭了一根木头，作为回家必经之路。我们去的时候，因为经常风吹雨淋，木头已经有些腐烂，用不了多长时间，就会从中间断裂，人走在上面很危险。而即使有了这个“木桥”，下雨泥泞、下雪堆满的时候，也随时有滑倒的危险。

“你们见过回家还要搭桥过去的吗？”我问大家，大家都说没见过。而这个高殿林，也确实是个老困难户了。他今年68岁，他的智力有点问题，妻子王桂芹也是一级残疾，腿和智力都有问题，家里没什么地，孩子也一直在外面打工。日子过得苦哈哈，但他却像是个乐天派，倒是总乐呵呵的，也不当事。

不过，他的家里真是太穷了，屋顶都烂了，连个顶棚都没有，冬天漏风，夏天漏雨，冷的时候，屋里外面的温度是一样的。坑上铺的是一层薄薄的人造革，被褥很旧，而且脏，都是黑的，他家的厨房也很奇葩，是黄泥做的，院子里连个院墙都没有。

都什么时候了？还有这么穷的人吗？要不是亲眼见到，真的让人不敢相信。但村里对此都已经司空见惯了，连高殿林自己都不觉得有啥不正常的，他这几十年就是这么过来的，就算是在只有零下几度的屋子里睡觉，他也能忍，也能活。

这就是娘娘庙的老百姓！我们用一周的时间，走访了110多户贫困户，发现像高殿林这种生存状态和心态的人，真是不在少数。还有一个叫李保的老人，79岁，老两口住在一起，儿子因肺病去世了，走的时候没有留下第三代人，老两口相依为命，日子过得苦不堪言，李保的家族可能有肺病史，他儿子死于肺病，他自己也病得不轻，平时走道都直不起腰来，一直喘，他这个条件，应该能报低保，享受国家的补助，但他没有报，他也不懂这个。

还有个叫周永俊的，他年轻时出了车祸，把脑子撞坏了，打不了工，与他哥一起住着，他哥叫周永良，也是个贫困户，他嫂子叫张素云，也是病人，因为脑出血，瘫痪在床，走不了路。周永良平时就负责照顾她，不能出外打工，一家几口人挤在一起，每个人都早就够评残和享受低保了，可是他们就这么凑合了几十年，什么也没改变过。

要不是下乡，要不是扶贫，真不知道，这世间还有这么多日子过得如此紧巴的人。这些人有个共同特点——岁数大，智力或是身体都有残疾，没有工作能力，对外界的事情也没有接受能力，即使在这个小山村里，他们也是不折不扣的弱势群体。人们都习惯了有他们的存在，对他们的窘迫，早就见怪不怪了。

入户走访回来，我躺在床上睡不着觉，脑海中老是浮现这几个人的面孔，他们的眼神里没有希望，只有麻木和接受，生活对他们很残酷，他们选择了逆来顺受。情愿住在破旧的房屋里，吃糠咽菜，苟且一生。

他们不叫苦，也不叫穷，也没试图改变过，因为他们觉得叫了也没用，没人听，但，这是我们社会主义新农村应该发生的事情吗？想想我们兴隆县老家，每天宾客盈门，车水马龙，人民早就富裕了，这里怎么还会有这么穷的人？这么思想闭塞的人？我们扶贫的工作是什么？不就是要让所有的人脱离贫困吗？哪怕只有一个没有脱贫，也不是我们想要见到的，也是我们的失误。

早上起来，又出现新的情况。还是与高殿林有关，这次是水的问题。因为高殿林家没有饮水井，靠借邻居家的水井吃水，刚开始邻居还没说什么，后来时间长了，邻居就不满意了，为此也发生过纠纷，这次工作组来了，也把这个问题反映了。

这里的村民，吃水靠打井，也不是什么新鲜事，但长年吃别人家井的水，还真是少见。我们针对这个事再一调查，发现还不是个别现象，仅小黑沟就有三家，除高殿林外，还有高文玉、高庆孝，家里都没有饮水井，全是吃邻居家的。

各种事情堆积上来，让我瞬间理顺了一个思路。扶贫，具体工作就要从这些无人问津的最贫困户入手，这么多年，人们早已经忽视了他们的存在，我们就是要他们感受到党和政府的温暖。从一家一户入手，不怕麻烦，不怕人少，一个贫困户也不“错”过。

我们就先从高殿林家入手，先帮他修桥。

修桥不仅仅是用水泥取代那几根破木头，还得重新翻整上坡的路，即使下了雨，也得让路不滑，地不陷，我们联系了局里，申请了经费，把桥修上了。

别小看这个桥，高殿林住了一辈子，都是从沟里踩着木头过去，现在有了一个桥，他家快要成了村里的一个景了。不过，你仅仅给他修一个桥，只是解决了回家的问题。但是没有解决生活的需求，我们协调乡政府，拿了2000多块钱给他的房屋吊了顶，修了顶棚，解决了雨天漏水的问题，又花了3000多块钱，把院墙垒了，把黄泥锅台也推倒了，重新修砌了新的锅台，屋里刮了大白，再重新粉刷一遍。

他们家的炕被多少年没换过新的了，这个问题我们得帮着解决。通过青龙县爱心驿站协调，买来了冬天盖的厚被和夏被。从里到外，让高殿林家里焕然一新。

高殿林自己做梦也没想到会有人帮他重新置家，每天从桥上走过去，他的脸上全是笑容，逢人就说："还是政府好，扶贫工作组好。"有他这句话，就是对我们的肯定，也是对我们扶贫工作最好的宣传。

这真是一个很好的宣传，刚开始去各户调查采点时，工作组的人，也听过不少怪话，还有人说我们，走过场的人又来了。也有人说，这些人就是做做表面工作，他们一走，啥都还和从前一样。现在，把高殿林家的入户桥修上了，人们的怪话就少了，帮他把家重新安置了，找我们的人就多了，虽然忙得不可开交，但这也正是我们愿意见到的。

解决了他们的居住问题，可是还有一个很要命的事情，水。这个村子里，还有不少和高殿林家一样，靠"蹭"邻居家水活着的，我们得帮助他们解决吃水问题，最简单直接的方式，就是给他们在院子里打井。

事情说来是小，但是涉及的部门不少，为了落实这件事，我们协调了县水务局，终于得到了他们的支持，为小黑沟这三户免费钻了水井。

别小瞧这座桥，这口井，他是我们扶贫组和当地村民鱼水相连的纽带。

就从简单的修入户桥开始，我们由此对全村住房安全情况进行了全覆盖调查和认定，解决了33户建档立卡贫困户危房翻建和修缮加固，保障了群众住房安全。后来又落实项目资金200多万元，从修桥到修路，硬化5个村民小组道路1920米，这些道路全是水泥的，实现了道路"户户通"，不仅解决了广大村民出行不便的难题，而且有力地促进了当地农业生产的发展。

我们后来还积极争取田间作业路项目资金40.25万元，完成娘娘庙庄6个村民小组的田间作业路硬化改造，使娘娘庙大庄东沟、后山、小黑沟的岭沟、岔沟的正沟、大地的南洼田间作业路硬化，方便了农户田间作业。又协调岔沟庄入组桥资金50.59万元，进一步改变了该组外出条件。2020年，协调护庄护田坝资金45万元、对娘娘庙大庄410米河道新护庄护田坝，为壮大村集体经济收入，我们积极协调冷库项目资金50万元，新建一座冷鲜库，每年能够保障村集体增收3万元。

就从打一口井开始，我们协调娘娘庙庄六组饮水项目资金3万元，有效解决该组饮水难问题。后来又在全村新建护庄、护田坝，在春季干旱时，有46户饮水得不到保障，我们又进行了升级改造，把水源向高点延长400米，新建自来水井2眼、管道800米，有效解决了村民吃水问题。这些后来做的工作，和当初的入户调查息息相关，如果没有当时点对点的帮扶，就没有后来大规模的修路、修桥、引水工程。

当然，对老百姓的帮扶也不只是在物质生活中，还得让他们时刻享受到国家政策的优惠和便利，这也是我们扶贫工作的要求。对符合条件却一直未申报低保待遇的，我们也一个都不放过，前面说的高殿林、李保、周永良兄弟，我们都给他们报了低保。在办的过程中，有些是很麻烦的，需要调病历，组卷，不少低保户各种病历档案都没有，我们一个个落实，协调乡政府，最终都解决了。

周永良的妻子张素云，因为残废不能行走，他自己给妻子做了一个木头轮椅，出去时就推着她出去，时间长了，木头磨损严重，都快散架了。我们给她办了低保后，又帮她购买了一个崭新的轮椅，这个新轮椅锃亮新鲜，让周永良觉得特有“面子”，以前不怎么出去，现在则天天推着她在村子里走，现在每个入村的人，都能在天亮的时间在村口见到她。

这个小小的轮椅，其实也是宣传党的低保政策的“工具”， 我觉得，对于我们扶贫工作组来说，这些老百姓摸得着、看得见的实际帮助，胜过了很多空洞的说教和宣传。

找自己

村里什么新鲜事都有，还有人几十年没有户口，就这么当“黑户”活了半辈子的。

在入户调查时，我们就赶上过这么一个人。他叫高殿江，小黑沟人，智力上有些缺陷，妻子叫欧伯妹，精神上有障碍，不能说话。据说是从云南过来的，2000年经人介绍与高殿江认识后结了婚，此后再也没回过老家，也没和家里人联系过。

入户调查后，我们发现欧伯妹是个“黑”人，结婚二十年了，没有户口，也没有身份证，也因此享受不到国家各类的扶贫政策。

像高殿江这样的也不是个例，村里的云南山区的媳妇很多，因为家穷，所以远嫁到了这里，欧伯妹就是其中的代表。

接触到这件事时，我就开始考虑此事的得失问题，为了一个智力有问题、无法用语言交流、远在他乡的人，要想帮她恢复身份，是一件太难办的事情了，工作组的事情千头万绪，值不值得做此事？

考虑了片刻，我就决定，做。脱贫攻坚，就是要克服困难，都是好干的活，也不需要我们工作组出马了。

因为这两口人智力都有些问题，我找到高殿江的嫂子郭翠芬，让她帮忙。我问她：“他们有什么证件吗？”郭翠芬说只有结婚证。当天下午，我开车拉着欧伯妹、郭翠芬去了乡派出所。到乡派出所从全国的身份证系统里调欧伯妹，一对比，名字和她本人的头像不一致，很明显，派出证调出的不是眼前的这个人。我问她：“这个叫欧伯妹的你认识吗？”欧伯妹傻傻地看着头像，不点头也不摇头。

这一次没能办成，但至少证明了一件事，欧伯妹这个名字可能是假的，但她到底叫什么？家住在哪里？我们没有问出来。

这次以后，我每次入户，去高殿江家都要过问这事，有一次高殿江突然说当时还有个迁户证。我直觉觉得也许上面有线索，就急忙叫来高殿江的哥哥高殿志和嫂子郭翠芬，让他们帮着找，最后真找到了。这个户口迁出证，因当时交通不便，拿来时就已经过期了，所以没办成，但那上面有个地址，是云南省泸水市秤杆乡的某一户住址。

总算是有了蛛丝马迹了。2019年1月，我与乡派出所何荣广所长进行了沟通，与云南省泸水市秤杆乡边防派出所联系上了，同时让他们想办法与该户联系。

因为秤杆乡远离城市，地处偏僻地带，交通相当不方便。半个月后派出所才有了回信，称终于与这家人联系上了。一个女人露面了，称认识我们村的欧伯妹，说可能是她的弟媳。

欧伯妹的身份之谜终于开始浮出水面了，当天，郭翠芬用手机，让欧伯妹与她的家人连了线，见到了她的母亲。老母亲隔着视频，激动地流下了眼泪。这是失散多年的女儿啊！原来欧伯妹的真名叫欧益妹，欧伯妹是她的姐姐，当时来的时候，因为智力有问题再加上不能说话，欧益妹一直无法证实自己，通过我们的努力，帮她找回了家人和身份。

虽然一家人相认了，但是麻烦事还有，怎么证明我们的发现是真实的呢？因为泸水市秤杆乡边防派出所早已经把欧益妹的户口注销，所以还要再补办。我第三次拉着他们一家人去了乡派出所拍照片，当时照了两次，第一次质量不行，第二次开车拉着到祖山镇照相馆照的，派出所在网上给传过去的。

仅有照片还不行，我又第四次开着自己的车，拉着欧益妹去乡医院抽血，早上抽完血后，当天下午我又帮助把血样本拿到市快递公司，寄到泸水市秤杆乡边防派出所，去做DNA鉴定，对比是否她家人，经过鉴定后，DNA相符，泸水市秤杆乡边防派出所为她补办了户口和身份证，又从秤杆乡边防派出所迁到凤凰山乡派出所。

这些事情从2018年6月份开始，到2019年3月份，整整多半年时间，欧益妹终于拿到了身份证，长达二十年没有户口的问题也得到解决了，当年我就开始为她办理享受低保补贴了。 这个二十年没有享受过国家政策的“黑户”，终于也得到了她应得的。

高殿江为此事对我深表感谢，我觉得他们最该感谢的还是党的好政策。

我们只是做了把这个政策落实下去的具体工作。如果没有党的好政策，也许，欢益妹就再找不到她自己了。

修房子

“屋漏偏逢连夜雨”，这句话在我们村经常得到验证。

2020年6月份，刘素芬家突然着了火，把原本就不幸的一家人推到了绝境。

刘素芬可能是村子里最让人同情的一户，她老伴患直肠癌去世，儿子也直肠癌去世，家里面除了她还有一个儿媳妇、一个孙女、一个孙子。她受打击后精神有些障碍，也是这个村子里贫困户里都比较困难的，但就是这样一个家庭，还被一场无情的大火夺走了一切。

6月10日中午1点，刘素芬家火开始烧起来的时候，正好赶上她家里没人，当时路边有几个打扑克牌的人发现了她家的房子开始冒烟，赶过去看时，屋子已经完全烧着了，火随风势，越燃越烈，乡亲们急忙去报警，但是因为这里离着县城较远，消防车赶到这最快也得一个半小时，所以根本无法阻止火势的蔓延。

好在屋子里没有其他人，我们赶到现场，急忙先把闻讯赶来的一家人先安排在村部，然后安排人用土办法灭火，火是控制住了，但是四间屋子全烧没了，就剩个架子立在那儿。一个家毁了。

刘素芬哭得昏了过去，她儿媳妇、孙女、孙子赶过来，也是哭。对这个本就一贫如洗的家庭来说，这是一场多么大的灾难！

后来查明了失火的原因，是屋内电线老化导致的，这也是因为房子年久失修，各种设施都出现了问题。我当时做了决定，把村部让出来，让刘素芬一家免费居住，然后马上召开支部会，商讨如何为刘素芬重建家园。

刘素芬一直在哭，怎么劝也劝不住，后来在大家的一再追问下，她才告诉我们，原来她把多年来积攒下来的3000元钱藏在了平时不穿的鞋子里，这一场火，把这最后一点积蓄也烧没有了。

有了钱，不存银行，藏在鞋里，这些情节过去只在电影中出现，但在生活中还真的就发生了，没办法，这里是娘娘庙，这里什么都可能发生。

我们得帮老太太重建家园，这是责任，也是工作，可是重建家园需要的钱不少，这不是办理低保，或是帮着修整房屋，这是重新建一个家。我得动动脑筋。

从小到大，我不怎么管钱，也没有什么钱的概念，在家里，我爱人是当家的，我是甩手掌柜，可现在，为了这孤苦伶仃的一家人，我得使出浑身解数，我得找钱。

我和村支书、村委会主任李长海商量，先发动身边的人，工作组和村“两委”带头捐款，同时组织党员和村民捐款，还真不错，大家对刘素芬一家都很同情，一下就捐了7960元，但这点钱对于重建一个家园只是杯水车薪。我又负责协调帮扶单位，又募捐到10640元钱，还有人捐了不少衣服被褥。

三天以后，我去了乡里，找到郝印龙书记、李凤英乡长，说明了情况，然后一起到县里寻找援助。我们又去了县民政局，将这情况说了后，民政局表示支持，又筹到救助金1万元。

钱越来越多了，但还达不到预期目标。我们又去协调保险公司，因为我们发现老人曾经上过2元农户房屋保险，按规定，可以正常赔付1.5万元，我们找到经理，说明刘素芬家的现状后，经理被感动了，破例给了3万元。

我们去了县应急局，想寻找应急救助资金，但又发现她的这个情况，不够应急救助的标准，没办法，继续往上找吧，最后我们找到局长，我希望凭工作组的面子，他们能帮忙。所幸应急局领导通情达理，最后批了2万元。

通过这些事，我发现了，社会各界对于扶贫工作，还是给予支持和关怀的，这让我感到了温暖和希望。在朋友的建议下，我又通过微信朋友圈发布了爱心捐赠的消息，青龙县的爱心团体，又捐赠了1300元，还捐了不少衣服。

经村“两委”和驻村工队组努力协调，最终我们筹备了资金79640元，也许刘素芬老人一辈子也没见过这么多钱，说实话，我也从来没有为别人的事，筹集到这么多的钱，但这个事，还是让我们办成了。这不仅是工作组的成绩，也是整个社会对于扶贫工作的支持和关爱。

在联系了几家施工单位之后，确定了其中一家，和他们签了协议，答应房屋落成后，老人可以做到“直接拿行李上炕”。

6月21日开始新建住房，按协议要求，老人在9月底就可以住新房了。

我们不仅帮她重建家园，还得保证她们一家人以后的生活来源。扶贫工作的真谛，不是只提供物质援助，更要保证就业、择业，有稳定的收入来源，防止返贫。这一点，在刘素芬一家人身上，得到了充分体现。

我们先给她儿媳妇找了工作，考虑她没有什么特长，就协调碾子沟益海学校让她做饭，每月有1000多元钱工资，让人感动的是学校听说了她家的遭遇后，还捐了3500元钱。但是仅靠这点钱，也不够维持以后的生活。我们打听到刘素芬的孙子刘美辰在卫校上学，学的是护士专业，现在也毕业了，正在家赋闲中，村里的村医正好岁数也大了，我们就协调乡卫生所，准备给他找一个村医的工作，经过县卫生局考试、培训今年5月份正式上岗，一个月也能赚1500元钱。刘美辰现在上班也一个月了。这一家四口人，有两个人挣工资，生活就有了保障。

现在，刘素芬家的房子建起来了，就在岔沟的村口，房子盖得很不错，地面贴了瓷砖，卫生间还有淋浴设施，厨房里也敞亮通透，一切都是按照市里栏板间的标准建的。村里的人说，刘素芬的家遭了灾，却因祸得福，住上了新房。这话里有羡慕，也有几分嫉妒。

驻村两年来，我们见了太多需要帮助的人，但是为了刘素芬一个人，我可以说是跑断了腿，磨破了嘴，一个刘素芬，让村里人见到了我的办事能力，见到了我们工作组的扶贫决心，对我来说，这很值得。

引水种树

在村子里时间长了，我有点习惯了这里的生活，习惯了每天早起，在群山环伺的村路里散步，习惯了在某一个路口，和老乡们唠几句家常，也习惯了每天一上班，门口就会来一个人，来上一句几乎是千篇一律的开场白：“郭书记，我家有个事，你能帮我吗？……”

待得久了，我对这个村子里的人和事了解得越来越多，村子里穷，固然有历史的原因，但是也有些是人为的，村子里的人观念滞后，而且种植经济单一，主要以玉米、谷子为主，这样单一的种植经济，满足不了多元化的需求，要想致富，太难了。

我们得帮村里的人致富，找到致富的途径，让他们拥有致富脱贫的能力，这样我们走了，他们也不至于再走回老路上去。我仔细地转过这里的每一座山，每一道沟，每一条河，我很清楚，山里种什么能致富。这里的气候和土壤，适合种板栗，种山楂，种果树，也适合发展养殖业、畜牧业，把这些做好了，山里就能引来金凤凰。

县里其实早就有扶贫政策，为了发展产业，鼓励大家种山楂、果树，连片后，每亩还给补贴800元，但老百姓种得还是少，因为山楂前两年便宜，没有人愿意费心地种，还有不少人把山楂树都砍了，太可惜了。

今年山楂涨价了，老百姓想种，可是又没有门道，也没有销售渠道。我们帮他们完成！为此我们考察了几个地方，包括大巫岚、宽城，去现场看他们的种植园，再通过林业局，把优秀的品种引进过来。为此，我与市局领导协调帮扶工作，为该村捐赠山楂树苗2万多棵共计5万多元。然后再打听，谁懂这里的技术，把他们请过来，手把手地教。后来在6个村民小组栽种山楂树290多亩，各组已经形成规模连片。

板栗的树苗比较便宜，我们鼓励他们自己种。老百姓问我种板栗的好处，我拿我们老家举例子：“我们那儿种了板栗，村子都致富了，你们再不种，就晚了！”

我要把这里建成林果基地，为此就要扩大种植板栗、山楂、苹果树，我们也确实做到了。现在我们已经组织农户新栽板栗、山楂、苹果树570余亩，其中板栗、山楂连片规模种植已达460亩。东山板栗集中种植示范园也已初具规模，如果按这个态势发展下去，我很有信心短期内就会见到效益。

林果有了，可是还有一个问题急待解决——水。要是没有水，林苗就没法成长。为此，引水上山成了我们在相当长的时间的一项重要工作。这是个大工程！

这个村子里自古以来就水源紧张，山上没水，过去种地全靠老天，老天下雨就有水，否则就缺水。那时候种地用水，还要靠人从山下背。为了引水上山，我们把水井打在河套里，再拉上电，一般来说，在山上打井是很难批下来的，我们就协调县里水务部门，申请引水手续，再跑相关部门，协调落实到位。我们利用扶贫资金新建了3处引水上山工程，解决了二组、三组、四组山地灌溉问题，为农户增收创造了条件。还对饮水进行了升级改造，包括沿高水源地、新建自来水井、延长管道等，通过这一系列手段，既解决了农户吃水、用水难题，也保障了林果基地的顺利收成。

林果基地建起来了，我们还要跑销售，老百姓最担心的是产品卖不出去，我们得让他们打消这个顾虑，让农民有渠道卖出他们的产品。2019年“冠芳集团”天津山楂树下山楂果肉果汁饮品有限公司和青龙县合作，带动了山楂产业的发展，我们及时抓住这个机会，向村里老百姓收购山楂。让老百姓的山楂有了销售的渠道。

在发展林果业的基础上，我们又培养养殖专业户，寻找经济的支撑村点。我们重点帮扶那些低保户，通过帮扶单位，给他们提供鸡、牛、羊等牲畜，让他们开展养殖，现在已经培养养蜂3户、养牛1户、养猪5户、养山羊3户、养驴2户，通过一年多畜牧家禽养殖业发展，贫困户有了较大的收入。

争取入股产业扶持，让农民有分红，这也是帮他们脱贫的重要手段。这两年我们积极协调农户入股各个帮扶企业，刚开始的时候，有些农户不理解，我们就挨家挨户地宣传，一家一家地做工作，我们帮贫困户申请，签合同，给他们解释政策和福利：国家帮你入股企业，不低于8%分红，这是前所未有的好事啊！最后申请了114户，330人。

我们积极协调入股秦皇岛木兰菌业股份有限公司35万元、入股秦皇岛中红三融农牧有限公司49.95万元、入服青龙满族自治县双合盛农产品有限公司

49.5万元、入股七彩青龙农业开发有限责任公司20万元，这些贫困户后来都得到了红利，获得了收益。现在他们都想通了，觉得入股真好。

穷则思变，变则通，通则达。在村子里时间长了，我越发相信这个道理。我的老家兴隆，因为一步步地改变，已经走上了富裕路，现在，我把凤凰山当成了自己的第二个故乡，我相信，在我的努力下，我能帮他们引来凤凰，让他们祖祖辈辈在娘娘庙许的愿，都能实现。

14

木兰花开

第一书记扶贫手记

王飞，男，现任秦皇岛市统计局办公室主任。2018年5月至今在青龙满族自治县肖营子镇西庄村任第一书记。

我是西庄人

◎　王飞

2018年4月初，按照组织部要求，上批驻村队可以进行轮换，局领导要求根据个人的意愿报名，参加驻村帮扶工作。听到这个消息，我想，我的老家也在农村，对村子里的生活并不陌生，虽然对青龙县的乡村不熟悉，但只要心怀责任与热情，应该可以胜任。于是，思量片刻，我毫不犹豫地下定了决心。那一刻，我积极响应组织号召，第一个报名去驻村。经局党组研究决定，4月28日，我被派驻青龙满族自治县西庄村进行驻村脱贫攻坚工作，首次参加全县脱贫攻坚大会。5月2日，我和两名队员带着铺盖卷住进了西庄村，开始了我的驻村帮扶工作。回想过去，很多事情历历在目，清晰如昨。

一

我进驻西庄村，还没来得及好好看看这个依山而建的小村子漂亮的样子，就开始紧锣密鼓地为迎“国检”做准备。为了更好地迎接7月份的“国检”，按照上级的安排，新老工作组同时进行这项工作。初来乍到的我，对村里的情况还不是很熟悉，却自知责任重大，不管白天黑夜，还是吃饭的时候，都虚心向驻村老同志请教，学习扶贫政策和各种工作经验，认真协助前任驻村书记沈肖楠完善各种村、户资料。就在6月下旬，沈肖楠因工作压力大，身体出现不适住进了医院。当时我头就大了，心想：马上就‘国检’了，我是个新手，又出现这种情况，该怎么办？一晚上辗转反侧难以入睡，却也没有想出个更好的办法，索性痛下决心，既然不能推托逃避，那就迎难而上，所谓事在人为，“凡事，预则立，不预则废。言前定，则不跲。事前定，则不困。行前定，则不疚。道前定，则不穷”。我还有时间，我要更努力。

在当时极度困惑的情况下，我刻苦钻研扶贫知识，按照镇扶贫办的要求完善各种资料。首先弄懂我需要“干什么，怎么干”，静下心来，如乱麻一般的思绪，开始渐渐有了头绪。我得了解西庄村的村民结构和产业分布及贫困户情况。在继续完善迎“国检”资料的同时，我和老队员廉格俊早出晚归冒酷暑迎风雨，连续四天，逐户走访，累是累了点儿，却可以近距离详细了解各户情况，开始半天还可以，等下午1点多的时候，天气太热，小廉就说：“飞哥，咱不用这么着急，也不用这么辛苦，你想玩命啊！”听了他的话，我想，这要是歇下来，等到凉快些再走访，半个下午就过去了，时间不禁过呀，踌躇了一下，我擦了把汗，说：“兄弟，时间不等人，再辛苦一下，等完成了我请你喝酒。”他看着我的样子，无奈地耸耸肩膀，又和我推开了下一个贫困户的大门。就这样，了解每家住房、家庭人口及经济状况，根据其家人提供的信息，填写入户走访表（自己绘制）。虽然早出晚归，走访时，仍然有不少村民的门敲不开，这些人中，有的外出务工，有的长年在外做活儿，这给我们的工作带来了不小的难度。虽然人不在家，我们却不能放弃，于是，就问左邻右舍，经过反复验证走访户的信息，278户村民各方面情况基本了解。

按照走访结果，我配合廉格俊，完成了《西庄村房屋分布图》的绘制。这张图表，是我们依据西庄村卫星房屋地图，经过三天三夜绘制出来的。上边用不同的标识标注出建档立卡户、住房户主和空置房屋，为“国检”做好准备。同时，我翻阅了大量资料，利用我统计工作的优势，将“国检”的重要指标和西庄村基本情况编制出《西庄村情况一览表》。

我觉得我们做的这些工作还不够，在局领导的大力支持下，市统计局组织全体干部职工开展了两次“大走访”活动，以大排查形式（每走访一家给慰问品香皂、毛巾）来充分验证我们以前的各项工作成效。“国检”在即，做一个这样的排查，更有利于查漏补缺。有利于我们把工作完善得更好。

7月初，迎“国检”的那几天，我的压力更大，白天经常琢磨相邻村的做法，也和其他村的第一书记互通信息，特别是凌晨三四点钟，时间不早不晚最煎熬。前半夜苦苦等待，后半夜辗转难眠。就像打仗一样，每到深夜县里公布第二天要检查的乡镇村时，我就拿出青龙县地图，和队友研究下一天的各种安排。当时廉格俊住一楼，每当我下楼拿出自己制作的小红旗，标注乡镇时，小廉就说：“飞哥，你快神经病了，不会抽到我们村的，快睡觉去吧！”当时我就笑笑了之。虽然同事是个玩笑话，但我的心里始终绷着一根弦，万一抽到我们怎么办？我们的工作是不是无懈可击？转念一想，抽到也好，抽不到也好，不论检查组来与不来，准备充足才是硬道理，检不检，都要把工作做好。就是抽不到，也要做好各项准备。虽然“国检”没有抽中我们村，但是各项工作也经得起“国检”的考验。每次想到这个，我都深觉欣慰，我们的所有付出，都是值得的。

二

驻村后，我就开始对贫困户走访，看到各户的家庭环境，真让我一筹莫展，第一感觉就是“脏、乱、差”。院进不去，屋内没有站脚之地，炕上更是没法坐。特别是我们村的肖海峰，院内垃圾满地，屋内堆积东西进不去，炕上养着小鸡，满炕都是鸡粪，当时的感觉就是“与鸡共舞”。房顶用破布吊着，还掉下来一半。并不是没有窗户，却感觉不到阳光照进房间的明亮。满室灰暗，用语言难以形容。

通过走访了解情况，我针对不同农户研究不同的帮扶政策，开始了漫长的环境治理。“众人拾柴火焰高”，这句话，用在我的同事们身上正合适。环境治理，说起来容易，做起来烦琐，多亏大家多次参与，帮助打扫卫生，贴壁纸、清洗生活用具、收拾室内外垃圾等。当同志们义务劳动回来时，我的心里既暖又有些酸涩。平时都是坐办公室的人，哪里参加过这样的劳动，顶着大太阳出来进去，爬高下低，真是又脏又累又耗体力。看着他们各个拿着工具，一身疲惫地跟我打招呼，我眼眶湿了，赶紧转开了头。陈立才腰都直不起来了，还在房间里归置杂物，李学东那满脸的污垢黑一块黄一块的，我赶紧递了一张湿纸巾给他。孙琳琳伸着黑乎乎的手在我眼前晃，说："你看你看，这就是'黑手'呀！"我笑着说："咱们都有一颗红心，手黑点儿没事儿。"话是这样说，我心里想的却是，我的同事们辛苦了，作为统计人都有担当，都能够拿出力气来奋斗。正是因为大家更多地付出，才让那些脏乱差的贫困户房前屋后里里外外旧貌换新颜，有了精气神。另外，工作组购买了电视机、床单被罩、门帘、炕革，又粉刷、硬化院落、打井等，一系列帮扶措施施行后，建档立卡户的生活环境明显改善。我对五保户肖海峰说："老肖，现在你家屋内外环境就是婚房，只差说个老伴了。"老肖嘿嘿一笑，说："岁数大了，没人跟了，你给我说去。"虽然是个玩笑话，但能看出老肖的满心喜悦。

就在我们为贫困户帮扶的过程中，不幸的事情发生了。

我村建档立卡户肖春民是个五保户，一直跟弟弟一家生活。弟弟肖春久患有腰椎间盘突出、帕金森病、肾结石、心脏病等疾病，基本丧失劳动能力。妻子马淑琴54岁，是这个家庭的主要劳动力，却于2018年7月26日上午遇车祸死亡。这给本不富裕的家庭，带来了沉重的打击。本来老实巴交的肖春民，看不到生的希望，过度伤感，于9月初染上疾病，从此卧床不起。经过多次走访，我已经非常了解其家庭情况，就在马淑琴过世后，我们多次进行了慰问，送去了一些生活必需品，进行了房屋檐子改造，粉刷了室内，这不只是暖心之举，同时也是在为其改善生活环境。肖春民生病期间，除我们多次走访外，帮扶责任人王忠东副局长也多次看望，要求工作组全力帮助解决其生活困难，并送去慰问金。肖春民对自身的无奈和对帮扶的感激溢于言表，他的眼睛总是湿乎乎的。我当时感觉作为驻村干部，我们一定要帮助他渡过难关。2019年年初，肖春民因疾病加重过世，我代表单位和工作组，到其家看望亲属，并送去慰问金，虽然钱不多，但是对这样的家庭也是一种安慰。

帮扶使命重于泰山，就在肖春民过世后，五保金已没有，主要劳动力也死亡，其家庭收入明显减少。我就和队员商量，尽最大努力帮助肖春久的两个刚进入社会的孩子找工作，绝对不能有返贫倾向。找工作谈何容易？我们问了一些单位，不是人浮于事，就是没有招工的打算。在一次回家时，把情况和我的爱人念叨了，她向她们单位的领导说了此事，不出所望，领导非常同情这个贫困家庭，答应让两个孩子去试试。我感觉一个人的能力有限，可以发动身边的人，集思广益，出路总比困难多。

三

我们居住在村部，并兼任村部执勤。食堂是租住的村南农房，不管春夏秋冬，一天三顿往食堂跑。走在路上，经常遇到村民聚集唠嗑，很多村民反馈上山路的问题。有村民就说：“王书记，今年下大雨各条上山路（田间作业路）又拉沟了，能不能给修修？好运输板栗。”我当时刚驻村不久，对修路政策了解不透，说：“我和村干部商量一下，再问问上级看看，有没有这方面的政策支持。”虽然这么说，但我心里没有底。这可是百姓的希望和期盼。我暗下决心，争取办成此事，以解村民之忧。

我了解到，西庄村是“十二五”贫困村，一些帮扶政策优先“十三五”贫困村。不过县里还没有出台什么政策。又快到收栗子的时节了，上山路不好走这是实际困难，怎么办呢？我就将情况反馈给了村书记，他无奈地说：“只能用钩机平平，村里也没有资金，实在不好办。”我说：“可以先做，费用以后再一起想办法。”在我的再三劝导下，用了三天的时间把所有的上山路平整了一遍。村民肖宗阁说：“王书记，你做了一件大好事，我替村民谢谢你，如能修上水泥路，我给你送锦旗。”我听出了话外之音，一是感谢，二是期盼。对我来说也是鞭策。我说，“我尽最大努力”，可毕竟是一点把握也没有。

心有所想，事有所成。9月份，我们得到内部消息，县里马上下发关于扶贫的文件，有田间作业路这个项目。事不宜迟，立刻行动。我和村书记赶紧跑到县各部门沟通协调，经过几番奔波，西庄村田间作业路给审批了2700米，当我得知消息后，欣喜若狂，一晚上没有睡觉。我在考虑，上级文件要求此项目10月底完工，怎么能尽快完成任务？我又找到村书记商量，几次未果。当时正赶上村委会换届选举，我知道老书记的心意，看情况而定，这可以理解。但到了10月中旬，新上任的书记没有镇里的任命也不愿管，我就对他说，“虽然上级还没有给你任命书，但你是百姓选出来的，老百姓信任你，你就得进入角色，需要马上开展工作，修建田间作业路，要不到时间未施工，上级就会收回扶助资金，你这刚刚选举上来，不能辜负村民的信任和期盼，我们必须按要求施工。”经过我几次沟通和反复说出利害关系，胡书记意识到事情的紧迫，放下顾虑，怀着饱满的热情投入了工作中。仅仅用了13天时间，就修建了2700米田间作业路。在修建的过程中，我积极配合村干部，每天都出现在施工现场，对修完的路段，进行测量，看看符不符合规定标准，对所用的水泥、沙子按没按规定购买等一系列监测工作，都是亲力亲为。累，但是踏实，这样才能做到对修路的各项数据心里有数。同时，人在现场，帮助解决一些矛盾纠纷问题也及时。

修路是好事，却也发出了一些不和谐的声音。西庄村村民肖春柱就给出了个难题，在经过他家的地时，有棵老栗树挡住了去路，他非要2万元，才让修路。没办法，修路的工人们只好暂停工作。我就对村干部说：“按上级收购价格，一棵栗子树也就3000元左右，2万元太贵，再说也没有这笔补偿款，不行我们再一起做做工作。”经过几次与本人商量，很难达成共识，既然交谈无果，就得想其他办法。说实在的，当时我都气炸了，心想：给你们修路，方便大家去田里干活，你还不支持，以后再也不给跑项目了。可又想一下，我们工作组不是为他一个人修路服务，是为整个西庄村村民服务。我和村干部商定，树暂且不能动，路不能不修，先绕过去，继续开工。就这样，我们终于在规定的时间完成了整个修路任务。

路修好了，肖宗阁真的给我们工作组送去了锦旗以表感谢。我感受到这是百姓对我们工作的信任和支持。

在多方的努力下，我们相继又完成了1000米的田间作业路，1160米的村北环路和400米的田间作业路任务，西庄村道路建设基本完成。

除此之外，走在村子里，不能忽略的，还有上批我局工作组张罗修建的户户通公路。村里道路硬化，让人们的出行更方便，是我的心愿。可是再好的心愿，也需要资金的支持。最应该感谢我的单位市统计局，一下子支持了600吨水泥，这样才能调动全村百姓一起参与，把村里的路，铺设了4.6千米。自我驻村后，因两户村民改门，门前不是水泥路，户户通也就成为新问题。没有专项资金，应该怎么解决这个难题呢？我不是一个遇到问题会“等、靠、要”的人，既然出现了问题，我就要想办法解决它。于是我就去和村干部商讨，利用修路的机会，把这两户通上硬化路。至于修路的资金，就利用驻村组工作生活中节俭出来的4500元作经费。这样，在我的督促下，很快为两户通上了水泥路。在村子里走过大街小巷，我为看到这样一条四通八达的平坦的路而高兴。至此，西庄村“户户通”最后“零千米”终于圆满铺设完成。

有人说，要想富，先修路，这是在说通向外部世界的路多么重要。我想说，要想幸福，先修路，家家门口都是硬化过的道路，出来进去的坦途，让心情也想放歌。

这些路，四通八达，既可以到村委会前边的凉亭里坐着闲谈，也可以到百姓大舞台载歌载舞欢歌笑语，就算是略晚一些，也没关系，路好走，有什么可担心呢？

四

我和队员沿着河边遛弯，看到河道，真可以用满目疮痍来形容。那是一条没有水的枯河，建筑垃圾、生活垃圾遍地，杂草丛生。我还了解到，一到干旱时节，村西好多村民吃不上水，家里的水井干枯，引水上山水量也储备不足。2019年年初，我向单位各位领导反映我们西庄村的情况，领导深入了解了涉及村民生产生活的实际困难，表示愿意支持我的提议，那就是，在村外建一座蓄水坝，以保障村民的生产生活用水供应充足。在局里经费很紧张的情况下，各位领导仍然决定帮扶10万元用于蓄水坝的建设。

在修建前期，我多次和懂蓄水坝建设的肖青里沟通，还到迁西察看他修建的蓄水坝，这次观摩对我启发很大。回来后我又多次就此事虚心请教，包括用工、用料、设计等方面，我根据西庄村的实际情况，绞尽脑汁，一笔一画地画施工立体图，经村干部反复论证后确定施工方案。我还与村干部商定，哪怕需要加班加点，也要在雨季来临之前修建完成。万事俱备，6月底我们就马不停蹄地开始了蓄水坝的建造。

隔行如隔山，对于工程，我并不懂，但我仍然每天都出现在工地上，当时的感觉就是，“看着施工总比不管强，起码是监督”。从施工开始，我就和队员轮流值班，白天黑夜死守施工现场，以确保工程质量。开沟第一天，我从早晨8点直到第二天凌晨2点半没有离开过，怕自己犯困，那天晚上我总共抽了六包烟，烟头扔了一地。第二天早晨5点半又回到施工地点。那几天每天只休息两三个小时，但因为心里有事惦记着，精神头儿竟然很足。当时好多的村民也来观看施工，有的高兴，有的担心。高兴的是西庄村修上蓄水坝能保障生产、生活用水，而且更有利于村环境建设，为民造福；担心的是工程施工技术不过硬，怕坝身漏水。就在施工完成后，一场大雨验证了质量，我担心的事情也发生了，坝体和河护坝结合不好，河水汩汩地流了出来。得知河护坝地基没有水泥加固，发生了漏水。我并没有慌，有问题，要尽快解决，千辛万苦争取来的项目不能泡汤，这既对不起领导的支持，也对不起百姓的期盼。当时我的心里就一个念头，怎么才能解决漏水的问题，怎么把大坝修得合格？我是门外汉，面对难题，没有什么好办法，但是，不怕，村里有懂行的人。

我找到肖青里，问有没有补救的办法，他凭借多年的水利施工经验，告诉我用黄土护坝进行补救。我马上和村干部联系开会，把肖青里的想法提出，供村干部商讨。经商定，用钩机沿护坝开沟填充黄土。黄土本村没有，上哪去弄？这下又犯难了。有村干部说：“王书记，办法不是没有，镇上有块黄土地，主要得镇领导批，花点运费就行。”我如梦初醒，立马和村书记到镇里找镇长，把修建蓄水坝出现的问题一一告知。我们遇到的难题基本解决，蓄水坝项目得到了镇领导的大力支持，决定免费提供黄土，使黄土护坝工作顺利进行。蓄水坝项目圆满完成。

五

我和上批驻村干部在迎“国检”的那两个多月，经常交流。得知西庄村一是没有集体产业，二是流转的140多亩土地处于荒废状态。流转土地的荒废导致没有资金付给百姓地租，已经快三年了。时间长了拿不到租金，有人就此开始上访，这对农村的社会稳定影响不容小觑。我把此事向局里反映，领导多次到西庄村调研，要求工作组在招商引资上下功夫。话好说，做起来就难了，我苦思冥想，以什么方式招商？招什么产业？开展大规模招商会，有没有资金支持？很多的问号在我的脑海争先恐后冒出来，虽然我以前参加过几次市里某些部门举办的招商活动，却只知道点皮毛，让我亲自去给村里招商，说实话我真的犯难了。

可既然做了这个第一书记，让百姓能够过上安居乐业的好日子就是我的责任。我就是箭在弦上，不得不发。要发，我就得有的放矢，就要有收获。不论有什么阻碍，我都得迎着困难上。2019年年初，我摸着石头过河，开始了多种形式的招商活动。开始时来的投资者不是嫌土地指标不行，就是需求量不匹配，因各种原因流产。皇天不负有心人，在一次聚会吃饭闲谈时，我得知下打虎店于书记计划引进蟠桃种植，这让我脑海中灵光一闪，赶紧回村和书记商量，我们都认为这个项目可行。于是多次与其沟通，推介西庄村的流转土地。经过协商，他们愿意将蟠桃种植项目落户西庄村。我就和村书记说：“合同拟定是关键，要以我们村的基础设施，水、电、路作为股份，以增加村集体收入。”大家都认同这个想法，就按照这个思路与投资方进行了拉锯战讨论。项目不是一两次就可以落成的，在拉锯战的过程中，投资商何书记在一天下午给我打来电话："王书记，这个项目我不想做了，村里积极性不高，做事拖拖拉拉，你给他们说一声。"我听到这些话，心情一下子沉下去，感触很深。人家有了意见，我们应该怎么做？我立刻想到，首先得稳住对方，便立刻说："何书记，不能那么想，村里有村里的一些难处，咱们把事情张罗到现在了，是多好的一件事呀！我会尽力协调，你放心吧，我马上和他们谈谈。"放下电话，我立刻招呼村干部开会，说了投资方的想法。我深有感触地说："这次招商不成，怎么付老百姓的地租？都荒废二、三年了，怎么可以解决这个问题？怎么能发展村集体产业？我是真发愁，你们比我轻松吗？"说实在的，我当时话说得很重。这份重，是既生气又着急。大家也能了解我的心思，一起讨论起来，一致认为要服务好投资商，行动要跟上节奏。终于，对方答应给村集体6%的股份，作为村集体发展资金。达成共识，双方于9月28日正式签订了合同。对方一次性付给村民两年的土地租金，看到村民领钱时喜气洋洋的笑脸，我心中的一块石头也落了地。

今年3月份，"采摘园"项目开始动工，种植蟠桃树苗。借此机会我向领导请示，组织全局干部职工来西庄村参加义务植树活动，几十名同志踊跃参加，在技术员的指导下栽种了树苗。当时，投资商对下一步的配套设施建设提出了建议，到场的局领导也要求我积极配合好相关工作。我认为这个产业项目不仅是投资商的事情，也是村委和工作组的事情。我就和村书记主动联系县农业农村局相关同志，争取参与建设"高标准农田"项目。经过反复协商请示，今年7月份审批到位。就像号角吹响，村里立刻开始了动工修建。目前"采摘园"内，已经铺设完成了400米道路，新修水井一眼，为"采摘园"滴灌做好了准备。

我们做的工作还有很多没提，比如建花海，让万紫千红的花朵，向人们绽放笑颜；比如厕所改造，让最容易影响环境的角落，变得更干净；比如碾子旧址改造，让文物溯源流长，传统文化得以延续；比如环境整治，让"村容村貌"焕然一新，美好随处可见；比如刚刚开始的太阳能取暖项目，马上就可以在接下来的冬季取代煤炭供暖，没有煤烟的冬天，一定可以仰头就看到蓝天。

那么多工作曾经让我废寝忘食，那么多的工作曾经浸满我的汗水，那么多工作曾经让我紧锁眉头，也有那么多工作让我开怀大笑。这些经历，此刻都成了我的财富，在我的人生履历上，书写着富有华彩的一笔。

不知不觉到了深夜，望着外边的满天星星，我点了支烟，回想过去驻村的酸甜苦辣，我有一个最坚定的信念："只要付出，就有回报"。而我，愿意竭尽全力为我的村子服务，有人问："你是哪里人？"我总是微笑着回答他："我是西庄人。""我热爱这片土地。我所有的情感都有赖于此。泥土、乡村，在我的生命里锻造出伟大的东西。"这是诗人洛尔迦的话。此刻，我愿意借由这句话说出我的心声。我感恩，生命中这段做西庄村第一书记的经历。

15

木兰花开

第一书记扶贫手记

陈柏军，男，秦皇岛银行区域二部零售银行总经理。2018年5月至今在青龙满族自治县七道河乡三道河村任第一书记。

爱，在希望的土地上

◎ 陈柏军

在青龙满族自治县的西南方向，距离县城35千米处，有一个小村子，它栖身于凤凰岭脚下，静静地聆听着一条河由北向南流经身旁的潺潺之声，它的名字，与水有关，是七道河乡三道河村。

自从2018年5月走进这个世外桃源般的小村子，我就成了这个村里的一分子，村里每家每户的大事小情，都装进了我的心里。

我是第一书记，也是当家人。我带着使命而来，也带着我的爱心和责任。

在这里，我有了第二故乡。

修好房子才能安居

正是春天，整个村子的绿色正在喷涌。处处草绿花红，树叶子拍着巴掌，唰啦唰啦响。巷子里，村民们已经拿着农具向山间地头儿走去，他们马上要忙碌起来了。

我是在一个下午走进贫困户汤玉来家的。之前，我就了解了一些他家里的情况，家里五口人，他自己患有腿疾，配偶张秀罗患脑血栓，丧失了劳动能力，儿媳金向飞患有尿毒症，不只是丧失了劳动能力，而且长期在青龙县人民医院透析治疗，开销很大，孙子汤鑫源还在青龙职教中心上学。一家人的生活重担，都压在儿子汤海茫身上。他家是典型的因病致贫。

推开一扇倾斜的木门，我走进了院子，几畦菜，已经冒出嫩芽。迈进房间的时候，还是被眼前的情景惊到了。炕上的褥子、被都铺着，好像已经数月未洗，看不出原来的色泽了。空气似乎久未流通，浓浓的药味混杂着一种说不清道不明的气味，沉甸甸地冲到鼻端。炕上躺着的女人，六十几岁的年纪，看到我来，撑着坐起来，让我到炕上坐。

女主人重病缠身，儿媳的病更是让这个本来就贫困的家庭雪上加霜。太阳偏西，房间里好像有了风的凉意。我打量着房子的四壁，又看了看村书记金学，怪不得他一直在念叨这一家人。

从那儿以后，工作之余，我就会去他家看看坐坐，顺便聊聊家常。还张罗着帮忙把屋子收拾过，清亮利落了不少。邻居们看到，常常会跟我开个玩笑，又去汤玉来家里呀？

这两年，儿媳的病越发严重了，在2018年和2019年分别切除了左肾和右肾，恢复后加上日常透析治疗，日常生活基本能够自理，而且还可以适当照顾孩子上学。对于汤玉来的家庭，需要负担的高昂费用怎么办？

我想到了健康扶贫政策，并作了申请。两年间，在基本医疗、大病救助、民政补助等措施的扶持下，共为她报销费用达37万元。这不只是一个数字，更是涉及一个人的生命健康，涉及一个家庭的生活水平的大事。

汤玉来走路都轻快了许多。他笑着说："儿媳妇的身体好多了，家里的事情，多少可以帮上点儿忙了。虽然生活仍然不会像别人家那么轻松，但是，有党的好政策，我过得差不了。"听着他的话，我心想，吃得饱穿得暖住得安心，病了不用担心没钱治，不就可以让他们的生活有个依靠，让他们的心里落个踏实吗？他说："多亏了你呀，陈书记，你什么事情都替我们想到了。"我说："正赶上有这样的扶贫政策，我们的工作，不就是帮助需要帮助的家庭吗？别客气！"其实我心里想的是，在这个小小山村，哪一家农户的生产生活，不牵动着我的心呢？我希望在我驻村的这些日子里，不只能够带领大家走出贫困，还能帮他们找到致富的路子。我愿意为此而努力!

前几天我和亮亮来到汤玉来家，想看看他是不是够条件退出贫困户，这样，三道河村的贫困户就可以清零了。他坐在炕沿上，微笑着说：“不用算了，这几年我家有产业分红、养老保险，还有社会保障和教育就业这些扶贫政策帮扶，已经可以脱贫了。有你们帮我，我啥也不愁了。”

养殖场里养羊忙

汤云发个子不高，站在那里，腼腆地低着头。我站在对面打量着，53岁的他看上去比实际年龄略显老态，生活的重压，是很多人生活疲惫的根源，对于汤发云来说，也是一样。

他们一家四口，母亲年迈，妻子有智力障碍，儿子还在上学，这让汤发云离不开家。他是一个肯吃苦的人，但土地的收入毕竟有限，虽然也能就近做做短工，并不是什么技术活儿，收入时有时无，薪金微薄。这让他一度成了贫困户，浓浓的愁云锁在眉间，时常听到他在与人交谈时长吁短叹。

我们想去他家里看看，门上挂了锁，正想往回走，却看到他媳妇走过来，虽然智力有障碍，她也看出我们的意图，从门旁边的砖缝里摸索着，拿到了一把钥匙，打开门，让我们走了进去。

屋里，我意料中的简陋，炕上却出乎意料地躺着一只大花猫，肥胖，跟主人的身材恰好形成了鲜明的对比。女主人坐在炕边，什么也没说。我一时也不知道该和她说些什么，看了看三间房子的大致情形，就走出了院子。

真的是应了列夫·托尔斯泰那句话：“幸福的家庭都一样，不幸的家庭各有各的不幸。”我从汤云发家里离开，心情仍然还是沉沉的，替他觉得累。那么，要怎么才能帮帮他呢?

2015年、2016年，村里依托玉旺养羊专业合作社，将财政扶贫资金26万元以贫困户入股的形式发展肉羊养殖项目，贫困户每年年底按照入股资金的

10%获得分红。我来到三道河村的时候，这个肉羊养殖场已经初具规模，发展势头良好。我走进去的时候，正赶上工人在投喂饲草，一时间，大羊小羊一起叫起来，“咩咩”声不停。饲养员三步并作两步地从这边跑到那边，仍然一副手忙脚乱的样子，他擦擦汗，对我说：“书记，你看，羊越来越多，我一个人实在是太忙活了！”情况的确是这样，我脑海中灵光一闪，立刻冒出一个念头，场址离村不远，就在西头，如果让汤云发过来，不仅可以缓解饲养员的压力，也能给他提供一份相对稳定的收入，缓解家里的困境。

我把这件事跟汤云发一念叨，他立刻眉开眼笑地答应了，不用出远门，喂羊和打扫都是有时有晌的活，这样不但可以拿到每月2100元工资，还能顺带照顾家里。他是个老实人，干活是把好手。他很珍惜这个机会，做事兢兢业业，他说：“离家近，能照顾家里人，工资加上六七十棵林果树的收入，够过日子了。”

有一天吃过午饭，我去他们家里，正赶上汤云发在用洗衣机洗床单被罩，水哗哗响着，被罩晾在阳光下，一股暖暖的味道迎风而来。他看我走过来，搬了个小板凳给我，手下没闲着，说：“刚刚买了洗衣机，带甩干的，衣服床单，出风一抖搂就干了，这我可得勤快点儿，看着屋里都亮堂了。”看着他春风满面的样子，我觉得天空似乎都更蓝了。

他还跟我说，孩子已经在学校里学习书法了。回家也是努力练字，打算考个好学校。听他这么说，我觉得心上的石头似乎轻一点儿了。

看到这些贫困户能够过上像样的日子，我的心里都畅快了。我把村里的一些情况跟我的“娘家”单位秦皇岛银行的领导作了报告，领导立刻批复，为村里的鑫达肉鸡养殖专业合作社提供了贷款35万元，依托合作社带动贫困户就业增收。

在村里，我做事之所以如鱼得水，离不开我的单位秦皇岛银行的领导们的大力支持。另外，也得益于村里两委班子以及村书记金学的帮助。这些，都让我非常感激。

土地生金种植忙

又是秋天到了。

早晚的风里已经透出深浓的凉意。正午阳光足，正是果子和庄稼的丰收期。栗子、核桃都在紧锣密鼓地成熟，花生、谷子，也要收回家了。

在村子里走走，院子外边已经垛起了花生秧，地上铺开的塑料布和匾箩里晒着花生、核桃，栗子的“铠甲”已经脱掉，油亮亮的红色，闪着光，逗人爱。我看到金贵富的老母亲在院子里剥玉米，90多岁高龄的老人，一点儿龙钟相没有，耳不聋眼不花，真是福气大的人。早年，村子里的娃，都是老人家接生的，老人为自己积累了福寿。

我和老人打了个招呼，老人笑眯眯地向我招手，让我坐会儿。跟着剥了几穗玉米，我又拐过路口，往村南走。

今年花生长得不错，这个那个街坊邻居都喊我，让尝尝新花生。随手揪几个花生角儿，的确有着新米的香甜。

这不由让我记起了两年前的那一幕一幕。

那时候刚到村子里，我知道村里有几个贫困户种了药材，在走访了村民之后，就来到了山地。路上树绿花红，鸟鸣阵阵，清风拂面而来，信步而行，有一种说不出的惬意。

那个时候，中药的小苗正长得一副蓬勃热烈的样子。绿色的叶子上，阳光亮亮的，一闪一闪，晃人的眼。

同我一起前来的村书记金学说，2016年，三道河村成立了种植合作社，鼓励村民发展中草药种植。村里发给每个贫困户价值1000多元的药材种子，让他们依托药材种植，改善经济条件。

他接着说，万事开头难啊！事儿是好事儿，但是村民们都有个保守的老思想，要让他们换个思路，去种他们从来没有碰过的新奇玩意儿，谁也不愿意冒这个险。虽然玉米、高粱、大豆卖不了多少钱，但是好歹种了许多年，咋也能有收成。这些药材种子也不知道是不是金贵物儿，撒下去，就得照看，灌水、施肥、喷药，不只是要搭人工，还得垫本钱，谁手里也不富裕，种还是不种，大家个个观望，犹豫不决。

不知道人群中是谁率先说了一句：“种庄稼也不值钱，种药材没准儿还能多卖点儿钱呢。”趁热打铁，村里赶紧表示会大力支持。

种药材也好，种庄稼也好，土地的现状都不容乐观。这是一片山地，水土容易流失，一到旱天，地里的庄稼歉收至少一半，难道种药材就没有这样的问题？既然是问题，那就解决。

恰好赶上了好时机。

这时，县里开展的引水项目惠及了三道河村，这是一个大工程，共有142个贫困村受益。于是村里开挖修建了两个蓄水池，水路管道架到了山上。沿着管道，我一路向上走，来到了一片长势旺盛的药材田旁。

正在除草的汤玉来直起腰，放下锄头走过来。我们蹲在地头儿，闲聊起来，他先是嘿嘿地笑了，摸着手边的小苗儿，说：“一开始，这山地灌水费劲，架不住这党的政策好，把水渠修过来了，这种啥不成呀？”眉开眼笑的他，让我看到了这些贫困户脱贫的希望。帮与扶，让这些人有了指望，有了干劲儿。他走到水阀边拧开，清亮的水唰地一下喷出来，他用手捧着，探头喝了一口，“甜着呢！”

同样是贫困，李春林家里的情况又有些不同，看到这样的家庭，我常常会下意识地想想，为什么“屋漏偏逢连夜雨”呢？李春林身体不算强壮，他的老伴金桂淑还患有长期慢性病——高血压和糖尿病，劳动能力不强，只能眼睁睁看着日子过得一天不如一天。怪不得人家说，男人有三怕，屋漏锅破病老婆。儿媳更是早在孙女才十几岁的时候就过世了。虽然儿子到处务工，赚的钱却不足以支撑支出。2019年，孙女李蕊考到了青龙县职教中心幼教专业，家里的负担又重了一些。

夏天，雨水季，老两口又遇到一件繁难事儿，住了几十年的砖房屋顶漏雨了。我和村书记金学到家来看看，房顶上的裂缝已经很严重，泥土圮下了一大块儿，李春林愁眉不展。他说：“书记呀，我就怕这雨大喽，房顶塌下来。”恰好之前帮助他们申请了危房改造补助，在原址修建了新房。房子修好了，再也不用担心夏天漏雨、冬天进风，一家人得以在新房子里继续奔新生活。

转眼就是秋天，被李春林精心伺候的板栗开始挂果了。收获的时候，他找来了一台磅秤，一边拨动秤砣，一边说：“今年板栗收获可不少，还是新品种好哇，产量高，口感好！今年收购价是7元，我这能卖不少钱呢。”他是真的尝到了新品种和科学技术指导下好收成带来的甜头儿。这些贫困户的日子有了奔头儿，让我倍觉欣喜。之前所有的付出与辛苦，都得到了最好的回报。想起当初请河北省科技师范学院的专家张京政教授来指导的时候，我们上山下田，一棵棵果树看过来，从发芽到坐果细致观察。张教授更是一点细节也不放过，对果树的栽培与种植耐心指导，还提醒如何防治病虫害，简直像呵护自己的娃娃。这些果树果然不负众望，都捧出了累累硕果向我们致敬。

李春林说：“有了政府帮扶，自己再勤快点儿，日子就不难过了呀！”听他这么一说，我用力点了点头。是呀，人勤地不懒，更何况，还有好政策为他们保驾护航！农业收入大有奔头啊！

我看到三道河村的村民都各自发展起了不同的种植模式，而且个个干劲十足。大家都说，比起以前种大庄稼那会儿，还是现在收益高。金学说：“村民们脑筋换了，他们用自己的双手改变了贫困的面貌。”

如今两年过去了，药材虽然不种了，但土地有了更好的发展，占地款早就发放到了村民手中。日子好过了，大家出来进去的，脸上洋溢着的都是喜气。

我闻着空气中沉甸甸的果香，不由地做了一个深呼吸。

扶教育，脱穷根

再穷不能穷教育，这不只是一句口号，只有教育到位，让我们从思想到意识上认识到脱贫的意义，才能更好地巩固这么多年脱贫攻坚的效果。要立志，才有希望，才能彻底从根子斩断贫困。帮扶，不只是物质帮扶，更需要精神上的鼓励和支持。因为有这样的认知，我和继滨走村入户，为上学有困难的孩子家长讲道理，摆事实，不仅沟通交心，还在财物上给予支持，这样，村里好几个贫困户的孩子，得到了深造的机会。2019年，我们三个协助村内4名中职、高职类学生申请了“雨露计划”教育资助，每人每年3000元，共计1.2万元。这几年，陆续有4户贫困户家的孩子上了大学，学习邮轮、铁路、师范等专业。保证这些孩子顺利毕业，是我一直关注的事儿。“教育是百年大计，通过教育才能切断贫困代际传递根源。”这句话，我常常念叨，是说给大家听，更重要的，是说给自己听。

我是第二批来驻村的，之前的任务和一些项目，需要在我手里继续完成。我看到建幼儿园这个项目，是2016年立项、2017年征地并作了规划。蓝图已经绘就，我需要的是拿出行动，在最短的时间内，让这座幼儿园出现在大家眼前。一来可以方便孩子入学，二来也可以减轻家长远距离接送孩子的负担。

说干就干，调换土地，动工。预想中的节奏，被现实的困难阻碍。

建园需要占用一些近邻的土地，我不得不几次三番去协调。建园款有限，我希望能够最大限度地用在园里的基础设施和后续项目上，于是数次解释，一遍遍交谈。希望能够用最合理的钱款，解决这些妨碍建园进度的困难。跟村民打交道，急不得，恼不得，他盯着自己的利益，心情可以理解，我的态度柔和，底线却不容突破。最后的结果，园里和村民各退一步，这样园子就可以继续开工了。

我的“娘家”秦皇岛银行的支持力度大，领导也总是把扶贫这些事放在心上，让我这个在基层的“特派员”心里非常有底气。建幼儿园，连征地款以及后续的操场硬化、绿化和娱乐、取暖配套设施，共计约55万余元，都是行里支持的。看着村里那些可爱的小娃娃，拥有了一所较高配置的幼儿园，我由衷地高兴。

2019年9月，由七道河总校负责管理的三道河村公立幼儿园正式开园，这结束了三道河村没有幼儿园的历史。

幼儿园坐落在村部后面，是一个独立院落。推开铁门，迈进去，你就会看到地面上铺着绿油油的草坪，还有一个颜色亮丽的大型滑梯，和城里的幼儿园一样。八间教室分别可以接纳大班、中班和小班的孩子。

在建成开园的那天，我忍不住红了眼眶，这下，村里的娃有福了，再也不用风里来雨里去往外村送。我不由地记起年轻时，有一次送小儿去幼儿园，路有些远，正赶上冷雨，风一阵一阵吹到身上，冰一般凉。孩子在自行车后座上，紧紧抱着我，那一刻，是真的心疼。推己及人，如果在家近处有一所幼儿园，可以让孩子就近入园，那该多好呀！

现在这个愿望终于实现了。

彭桂红年岁不大，50岁的人，已经是两个娃的奶奶。小孙女可馨正是入园年龄，恰好可以就近送到新建的村公立幼儿园，中午蒸上饭再去接娃，回来正好吃。她说："以前得送到五道河村上幼儿园，早上送过去，感觉还没喘口气，就得去接，骑电动车，在路上也得挺长时间，现在可好了！你们驻村干部是真为我们解决大事儿呀！"

背负使命而来的我，在村里日子久了，感觉到肩上又不只是使命。我也在农村长大，对于乡邻，有一种自然的亲近感，打心眼儿里愿意为他们解决难题。

不只是我，工作成员张继滨也是这样，他走在街上，村里的学生娃，都追着他叫"爷爷"。他喜欢孩子，有了空闲时间，就带着孩子们一起玩儿。孩子们有学习资料需要打印，不论早晚，他二话不说，立刻去做。有一次我们正在吃午饭，一个胖乎乎的小姑娘喊着"爷爷"走进来，一问，果然是学校留了不少作业，需要打印，继滨放下餐盘就去整理打印机了。有时候，天晚了，连外村的孩子也来，说找不到打印的地方，考试又需要资料。继滨从来没有说过一个"不"字。他说，学习是大事儿，孩子是希望，一定要尽力满足。

说起来，这样的小事数不胜数，我们虽然是驻村，却早已经成了三道河村的村民。村里的喜乐悲欢，都牵动着我们的神经。

修路与开拓

产业扶贫。我们总是这样说。

对于乡村扶贫事业来说，细水长流绵绵不断的收益，是更充沛的活力，也是更长远的支持。

招商引资，这一点，我们从来没有放弃。我恨不得能够成为一个眼观六路，耳听八方的人，这样，就可以以最快的速度拿出我们的优势，去为村里争取更大福利。

借由旅发大会的契机，青龙决定打造中国冷口·青龙湾康养旅游度假区，其中包括一园、一带、八镇。这八镇，是指以温泉小镇为核心启动区，携同长城小镇、艺术小镇、核桃小镇、百草小镇、运动小镇、北方水镇、甘栗小镇，一起发展。其中的核桃小镇，就确定在三道河村。

再好的项目，要进村，也得先修路。

于是，沙河旅游路提上了日程。这条路，起点为肖营子镇柳树行村，途径二道河村、三道河村，终点为七道河乡四道河村，与马西线衔接，全长6.54千米。这段路，涉及三道河村3千米。

这样利国利民的好事，我们怎么能不积极参与呢？修路需要征地，偏偏赶上村里两委班子换届选举，新旧交替，很多事情需要时间交接。可是修路的时间不等人，我和工作组的张继滨、杨亮亮二话不说，抬腿就向需要占地的村民家里走去。有些人白天要出去打工，我们就起早贪黑去商谈。

都知道修路是好事，涉及个人利益，难免就各自打起了“小九九”。征地不那么容易，我对继滨和亮亮说，涉及原则问题，寸步不让，如果不是这样，就看看能不能迂回解决。方法总比困难多。但是咱们不能急，耐心是解决问题的另一把钥匙。

功夫不负有心人，在我们一次次的拜访下，许多实际问题得到了解决。料石运来了，翻斗车开过来了，压路机轰轰响着跑起来了。我们三个，又出现在修路工地上。监管也好，服务也好，我们一定要确保这条路保质保量完成。

路修好了。怎么才能把它打扮得更美观呢？我们从网上选购了紫薇花种、波斯菊花种，还有二月兰花种，把它们种在路边。一到开花的时候，路边繁花似锦，在风中摇荡，像是在向每个出村入村的人问好。

村里本来有种核桃的传统，现在既然要打造成特色旅游小镇，那么，村容村貌更要注意。整洁、干净，才能让走进村子的人，感受到心旷神怡的敞亮。原来房前屋后的柴垛堆得乱七八糟，碎石头扔得随处可见，还有被雨水冲毁的残墙，堆在墙基两边。金学书记和我说，光收拾可不行，用不了几天又得恢复原样。咱们得想个办法。

什么办法好呢？后来，我们找工匠把坍圮的石头墙重新垒好，又买来矮护栏，装在需要隔开的路基旁。这是个小心思，却很见效果。有了这护栏，家家户户都不由自主地维护起来，还有不少户，在护栏里种上了各种各样的草花，一到春夏季节，花开绚烂，像是给这小小的村子穿上了花褂子。

经过反复考察调研，核桃小镇项目最终确定签约，在三道河村旅游开发征地195亩，约1200万元。一方面发展核桃栽植嫁接，同时还将产业链延伸，发展特色民宿、观光旅游等产业。多年“不生金”的土地一下子变成了看得见摸得着的“活资产”。我们秦皇岛银行发挥优势，为村民获得征地款实现高回报理财增收，已累计实现收益约80万元。更重要的是，核桃小镇建成后将吸纳农户参与务工，很多村民都期待着家门口打工的好日子。这也正是我心心念念期待着能够实现的美好愿景。

我有晨跑的习惯，每天沿着环村旅游公路跑步时，我都会注意看看河上的几只白鹭。刚驻村时还没有，这两年水草丰美，于是看到了白鹭的身影，还有各种野鸟在这里停留。去年秋天，白鹭家庭有了新成员，两只白鹭宝宝降生了。前些日子，我发现小白鹭已经会自己啄食了。

我们在村南头的老树底下，种植了一片喜阴的二月兰，赶上花季，村里的老人、妇女带着孩子，来这里赏花、玩耍。欢声笑语敲打我的耳鼓，让我也忍不住笑了。大家都说，这几年村里环境好多了，还能在家门口打工赚钱。这样的好日子，还得感谢党和政府。

一转眼，两年过去了，三道河村已形成养殖、光伏、资产收益等多项特色扶贫产业，既有分红收益型，又有就业支持型，贫困户们的生活发生了根本性的变化。

有人说，由国家级贫困村到世外桃源，三道河村的华丽嬗变，离不开我们这些驻村干部的辛苦付出。我却在想，我肩负使命走进村子，就是村里的大家长。我必当尽我绵薄之力，造福一方。有一首歌唱：世间自有公道，付出总有回报。说到不如做到，要做就做最好。但愿在我们驻村工作组的帮扶之下，三道河村民的好日子，也能如这首歌的名字那样——步步高。

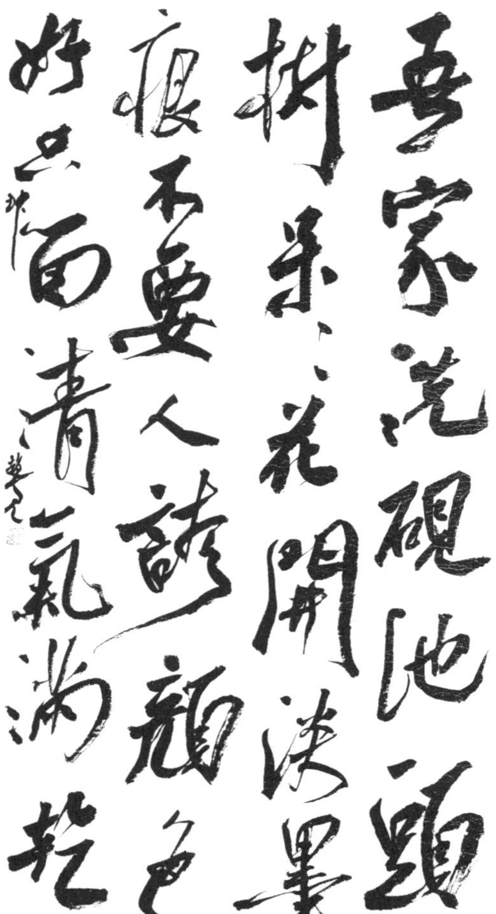

16

木兰花开

第一书记扶贫手记

康树佳，男，现任秦皇岛市人民政府国有资产监督管理委员会办公室主任。2018年5月至今在青龙满族自治县土门子镇东蒿村任第一书记。

东蒿村的日与夜

◎ 康树佳

在东蒿村的日日夜夜，终将汇入生命的河流。这些日日夜夜与其他日日夜夜相比，那么相似，又那么不同。

前后任书记无缝衔接

冯秀芳书记有心，还留着2018年5月我刚入驻东蒿村迎接国家脱贫退出专项评估检查期间加班加点工作时，嘴上起大泡的照片。事隔两年多，再次看到那张照片，回想起那时的情形，百感交集。对扶贫工作从无从下手到轻车熟路，与村两委的关系从生疏磨合到相辅相成，对帮扶对象从素昧平生到了如指掌，期间的百般滋味，只有经历过的人才能体会得到。可以说这段扶贫工作经历，也让我的人生收获了一笔财富。

坐落于燕山脚下青龙河畔的青龙满族自治县土门子镇东蒿村，三面环山，东临青龙河，681县道穿村而过。这个依山傍水的村落，并没有受到上天的垂青而享有得天独厚的优势，反倒恰恰是“八山一水一分田”的典型，因为人多地少，产业稀缺，收入来源单一，成为国家级“十三五”贫困村，缺资金、缺劳力，或者因病、因学、因残是贫困户的几类主要致贫原因。在青龙县，东蒿村是没有争议、当之无愧的大行政村，有15个村民小组，分为东蒿村、侯家沟、小南山、腰庄、西地5个自然村，具有辖村广、村民多的特点。这样的广而多，意味着贫困人口数量也多，更意味着脱贫攻坚的工作量大、难度大。面对“402户1198人”这样庞大的贫困数字，我的前任——市国资委驻东蒿村扶贫工作组第一任书记冯秀芳大姐没退缩，紧要关头接过接力棒的我更不能也不会退缩。

由于东蒿村贫困人口多，迎接国家脱贫退出专项评估检查需要做大量的准备工作。此时，恰逢我与冯书记工作交接。为了确保这项工作顺利进行，以及今后的扶贫工作有序开展，我和冯书记利用各自工作优势商讨出一套顺利过渡的方案，那就是“她主外我主内”。在我们工作交接期间，她主要负责外部事务的沟通处理，我主要负责建立一户一档等案头工作。建立一户一档的过程中，也熟悉了各个贫困户的具体情况，为今后开展工作奠定了坚实基础。

五月，春花烂漫，山野里绿意渐浓。纵然从租住的平房小院里，翘首就可以看到对面的山峦，看到一峰又一峰由青灰转淡绿，而我却无暇欣赏春色。被责任和琐细的工作驱使着，每天一早就进入紧张的工作状态，直到夜色深浓接近午夜时分，才伸展一下疲惫的腰身去休息。最紧张的时候，甚至通宵工作。饿了随便吃一口，渴了弄口水就喝，累了坐在椅子上眯一会儿，稍事休整继续工作。整理贫困户的原始资料、补充完善相关信息、纠正因历史原因造成的错误信息，编制致贫原因、扶贫过程、脱贫依据等表格，条分缕析，然后按要求编成目录，再将各种资料整合在一起归入档案。每一个贫困户的详细情况都在手里过一遍，也从心里走一遍，这个过程，心灵似经历了一次洗礼。我仿佛看到贫困户面对困苦一筹莫展的愁容，又仿佛看到他们因得到国家扶贫政策扶持生活有所改善而展颜，还仿佛看到他们脱掉贫困的帽子，日子过得越来越红火时的欣悦。

面对数不清的资料，成堆的复印件，情况复杂的贫困户，大量的整理工作，我也曾生出畏难情绪，可内心的责任感和不轻言退缩的劲头再次击退了消极心态。沉下心做事，耐下性子一户一户走访、整理、复核、归结入档。思想上一次次不断调整、修正的过程，也是身体和内心逐渐接纳、熟悉新工作的过程，这个过程在极其短暂和高压状态下完成并顺利实现了由从前的办公室主任到现在驻村工作组书记的角色转换。冯秀芳书记对我认真工作的态度和高度负责的精神赞不绝口，她能够踏实地交出接力棒了。工作上得到前任书记的认可，更增加了我的信心。实际上我在扶贫工作中所努力做到的，也是每个共产党员都具备的起码素养和修为。

经过六十多天紧张忙碌地工作，东蒿村于2018年7月9日顺利通过国家脱贫退出第三方评估机构实地评估检查，受到评估检查组（由四川农业大学师生组成）的高度好评。这样的结果，意味着第二任入驻东蒿村的扶贫工作组打响了接手新工作以来的第一枪，也意味着冯秀芳书记与我的工作实现了平稳过渡与无缝衔接。看着组员们脸上洋溢着兴奋自豪的神情，我的心里也充满了踏实与欣慰。这六十多天，克服了太多困难，经历了太多波折，不论工作，还是生活，都是新的历练。在付出与坚守的背后，是咬紧牙关的坚持。

紧张忙碌之后，才想起年逾八旬患有糖尿病、高血压、冠心病、轻度脑梗等多种老年疾病的母亲。离家前一天去陪伴她，她眼里的不舍与久久不愿松开的手深深印在我心里。我安慰她，每周都能回来陪她的。可第一次离开便已食言。忙起来几天也不给她打电话，甚至没空接她的电话。愧疚之情盘旋在心头，难以释怀。对妻子和女儿更是无暇顾及，妻子的母亲也七十多岁了，患有食管癌，我不在她身边，照顾两位老人的重担不折不扣地落在她身上。每次妻子和女儿打来电话，都是匆匆说几句便结束。她们也理解支持我的工作，没有怨言。

忙碌告一段落之际，工作生活步入日常正轨。夜色来临，却久久不能入眠。工作组租用的平房紧临681县道，不论白昼还是夜晚，重型运输车都在路上川行不息。夜阑人静之时，每过一辆车，隆隆的车声都有一种直接开进院子里的震撼。生活上，更是需要克服各种困难。在工作组入驻之初，一直处于白热化的工作状态，加之冯秀芳书记当时还未撤出，每天基本上都是她在操持一日三餐。第一任工作组撤出之后，第二任工作组中三个大男人，怎么吃饭成了需要解决的首要问题。起初我们想雇一个人来专门做饭，之后我测算了一下雇人做饭的工资，再加上三个人的伙食标准一年所需要的费用，其花销接近我们全年工作经费的一半儿，觉得太过浪费。与组员商量之后，决定自己做饭，把省下来的钱用在扶贫上。这个决定，得到工作组同志的一致支持。在大方向上达成共识，充分说明工作组同志在观念上高度统一，这样的团队更有利于扶贫工作的开展与推进。

生活上的困难还容易克服，毕竟我从小在农村长大。克服工作上的困难，对我来讲更是磨砺，也是收获。扶贫工作对我而言，是一项全新的工作。我们工作组的成员又来自三个不同单位，我来自市国资委，另外两个分别来自不同的市国资委直属企业，从前没有在一起工作共事的经历，真正干起工作来，还有一个磨合过程。之后，有一个组员处于不固定状态，从2018年5月到现在，换了三任。尽管每个组员在工作中都尽心竭力，但向单位主管领导汇报、写各种宣传及汇报材料、主要的外部沟通、联系帮扶事项等工作都需要由我亲自完成。即便周末回家，也不是纯粹的休息。各种事情累积在一起时，有时感觉压力很大，也会有深重的孤独感。可每每想起未完成的工作，想到贫困户向往美好生活的殷切眼神，便又生出了工作的动力。有时甚至感谢偶尔袭来的孤独，它让我思考，如切如锯的磨炼过程，也让我成长。

日子并不都是平顺的，一个周末和组员董波一起开车回市里，在承青高速转入京哈高速的匝道上，车子突然熄火。纵任我们使尽浑身解数，车子还是静静地停在路中央，怎么也打不着火，后来才知道是发电机的皮带断了。心里暗暗庆幸，车子是坏在车流较少的匝道，而不是坏在车流量大的高速公路上，否则后果不堪设想。之后每每想起这次故障，心里仍觉后怕。

说不清用了多长时间来适应这种工作生活，随着工作的深入与时间的推移，我已经完全融入扶贫工作，融入东蒿村。在与人交谈的时候，常常说“我们村儿”，自然而然成了东蒿村的一员。

每天埋首于紧张忙碌的工作，也抬起头看晨间旭日东升的光芒，体会日落远山如黛的宁静。只要内心笃定，再繁杂的工作也不乏诗意。

以同理心对待贫困户

“太好了，太好了，谢谢康书记，谢谢……没有你们，我们的事儿永远办不成。”李胜林紧握我的手，语无伦次地反复说着“太好了”。他的双眼因潮湿而微微泛红，看着他沧桑的脸，听着淳朴的话语，我的心里说不清什么感觉。几经努力终于解决了一件长久以来困扰大家的难题，内心如释重负的喜悦倏忽而至，缓释了一段时间紧张忙碌的情绪，这轻松与喜悦便显得更加珍贵。

2018年5月驻村以来，王恩祥的爱人李玉侠和张书琴的儿子李胜林就曾三番五次地找过我，想解决王恩祥和张书琴评残的问题。王恩祥今年65岁，患脑梗死和多组织神经坏死，患病已是第四个年头。从前他还能坐轮椅，之后病情愈加严重，直到卧床不起。连自理能力都没有的王恩祥，根本不可能到县残联评残。因为之前有过评残未果的经历，就在我们紧锣密鼓地联系县残联现场评残的时候，他的爱人李玉侠有些灰心，甚至对我说，不抱什么希望了，这件事太难办，估计人也活不了多久，没准儿证还没下来人就没了。她满布愁容的脸和令人心酸的话，充满了无奈与无助，更加坚定了我促成现场评残的决心。

84岁的张书琴情况更特殊，患精神疾病，整天乱跑，翻垃圾桶捡拾垃圾摆放到炕上，还多次跑丢。这样一个村人皆知的精神病患者，因为只要乘车，就会发病，而一直没机会到医院检查诊断，更没能住院治疗，所以也没有诊断证明和住院病历，不具备评残条件，这成了张书琴一家的心病。张书琴和儿子李胜林共同生活，都是建档立卡的贫困户。李胜林为其母亲评残的事多次寻找都没有得到确定的答复，几近失去信心。

同时，因病致残的王桂兰、黄国宝，因意外致残的张立山和侯志武，都因为行动不便难以到县残联参加专家评残。这些实际困难，困扰着这几户村民，也是工作组非常惦记的事。我看得到他们生活上的困难，体会得到他们内心的焦灼。迫切地想解决问题，却又久而不得解的无奈，时时摆在他们面前。

我设身处地为他们着想，多次到县残联反映情况，与工作人员不断沟通，并亲自找到县残联理事长周宗生请求支持，希望能协调组织各方面专家，到东蒿村现场评残。县残联了解实际情况后，积极配合，联系各方面专家调整时间与方案，最终促成此事。

历时近一年，终于，在2019年10月28日实现了那些贫困户多年的夙愿。参评六户全部被现场评定为二级残，其中张书琴为精神二级残，其他五户为肢体二级残。解决了他们多年的心病，并为下一步享受残疾人补贴和申请落实单人低保创造了先决条件。

在残联现场评残这件事上，侯志武的事得以落实，令我长吁一口气。2019年3月25日，对侯志武来讲是个刻骨铭心的日子。他驾驶着重型半挂牵引车行经辽宁省凌源市境域时，发生单方交通事故，致使他腰部受到重创。虽经多方治疗和康复训练，无奈受伤严重，腰部以下仍无知觉，造成下肢瘫痪，不仅生活无法自理且基本丧失劳动能力。家里的顶梁柱轰然坍塌！

侯志武住院治疗期间自己负担医药费近30万元，后续还需要进行康复治疗，周期长，费用高，更关键的是侯志武是家里劳动主力和经济支柱。他受伤后，妻子因照顾他而不能外出打工，儿子在外地读大二，女儿读九年级，面临中考，然后上九年义务教育之外的高中。一笔又一笔开销摆在面前，而收入渠道断了，这个家庭陷入困境。为防止侯志武家滑到贫困线以下，形成新的贫困人口。我带领工作组和两村委走访慰问，并帮助他们进行保险理赔，申请落实民政临时救济，并将侯志武作为村里重点对象，启动精准防贫机制。首先为侯志武申请落实全家低保，2020年4月再次协调提高其低保金标准至最高限额每人每月400元；其次将他们全家作为村里唯一的边缘户，上报列入监测对象并予以重点帮扶；再者又组织爱心企业为其进行捐款帮扶。这次的现场评残，又是一次防贫助力，从此侯志武能够享受肢体二级残的护理和生活补贴，为他今后的生活又提供一重保障。

一环又一环的防贫工作，为侯志武全家打开了一扇窗。使得侯志武身在井隅，也能够心向璀璨。

东蒿村辖村广，村民多，民情复杂，贫困有着历史与现实的双重原因。不论什么样的原因，贫困都以一种朴素而客观的方式存在着。1998年诺贝尔经济学奖获得者阿玛蒂亚·森认为：贫困的真正含义是贫困人口创造收入能力和机会的贫困。贫困不是单纯由于低收入造成的，很大程度上是因为基本能力缺失造成的。这样的论断同样适用于东蒿村。2018年5月，我接手扶贫工作时，贫困户196户，584人，其中缺资金的88户，缺劳力的68户，这些都属于基本能力缺失，他们没有创造收入的能力和机会。

在东蒿村，贫困是个复杂的问题。谁都不愿意生而贫困，谁也不愿意一直戴着“贫困”的帽子。要摆脱贫困，却是艰难漫长的过程。仅靠单方面意愿，很难实现。面对人多地少，公共设施和产业基础薄弱，贫困人口增收渠道匮乏的困境，在市国资委的鼎力支持下，我带着扶贫工作组积极想办法，多方找途径，充分发挥村党支部和村两委班子的引领带动和主体作用，积极指导协助配合他们的工作。两年多，将近八百个日日夜夜，我与东蒿村日夜厮守，形影不离，通过多方实地考察，也一而再地走访贫困户和其他村民，详细了解情况，努力寻找既符合村情实际又行之有效的脱贫之道。经济上的帮扶仅能解决一时之需，若想彻底脱贫，必须有可行的项目支撑，让贫困人口具备创造收入的能力和机会。只有开启点对点“滴灌式”帮扶，才能实现真正意义上的脱贫。

“康书记，康书记！不行，这60户帮扶对象，我们村两委实在选不出来。这钱咱不要了，行不行？”

“是啊，真是很难选，我们捋来捋去，都不好分配。”

“选了这个，没选那个，都说不过去啊。到时候，没选的都来找，我们怎么办？”

村部小会议室烟雾缭绕，这几天一直在商讨2017年在小南山建设的村级光伏扶贫电站项目收益分配的事。由于村里复杂的民情和历史遗留问题，加之救助金数额较大，村两委一时难以平衡，迟迟无法从196户贫困户中确认出60户困中之困。村两委班子成员你一言我一语的嘈杂，商量不出一个稳妥的解决方案。面对这种状况，他们想打退堂鼓。20万元的收益呢，除2万元作为村集体收益外，剩余的18万元，平均到60个贫困户，每户就是3000元，怎么能轻言放弃？

作为驻村第一书记，不仅要让扶贫项目收益实现最大化，也要考虑扶贫项目收益的持续性。一次放弃，意味着将来收益续接困难。我竭力主张认真筛选，重新摸排确定。一次又一次做村两委的工作，极力说服协调其中微妙的关系，终于在多次摸排与商榷后选出了60户名单，经村民代表会议审议后上报县里。这件事的落实，赢得了村两委班子的信任与尊重。

之后随着政策不断变化，东蒿村制订的收益分配方案也越来越科学合理。在坚持定点定向扶持的基础上，惠及更多村民。我和村两委班子重新研究确定11户没有劳动能力和有特殊困难的贫困户作为直接救助对象，剩余资金用于公益岗及发展小型事业，不仅规避攀比等矛盾，更使得扶贫资金切实发挥了作用，而且为项目后期管理运营奠定了坚实基础，同时又得到村民的赞许，更重要的是为脱贫之道注入了持续活力。

农民对于田地，有割不断舍不掉的情感。不论什么境况，他们对土地那种天生地长的朴素热爱与眷恋一直都在。帮贫困户选好产业扶贫项目，经营好土地，是实现持续脱贫的关键。2017年第一任驻东蒿村扶贫书记冯秀芳和村两委选定了日光温室葡萄大棚项目，2018年完工后，在实际运营过程中，遇到许多困难。没有强有力的技术后盾和丰富的管理经验，制约了日光温室葡萄大棚的良性发展。面对建在地里的大棚和长相羸弱的葡萄秧，我心急如焚。

那个夏季显得炎热漫长，将暮未暮的黄昏，站在工作组驻地院子里，看向对面的田地，薄雾升腾，氤氲出一幅醉人的田园景象。然而，我的内心并没有田园的闲适。如果再找不到合适的技术支持，就会眼看着日光温室葡萄大棚项目走向低谷。实在理不出头绪，拿出手机翻看通讯录，当目光捕捉到“中阿化肥”几个字时，周遭突然宁寂了。我一动不动盯着那四个字，抑制不住内心的狂喜，终于，一拍大腿，笑出了声。此时，仿佛有一道光从眼前闪过，醍醐灌顶的醒悟，令混沌了几天的头脑顿觉神清气爽。“向中阿化肥求助”，把这几个字在心里默念一遍之后，也没管对方是否已经下班，就毫不犹豫地拨通了电话。从前，我曾参与协调中阿化肥一、二期资产整合工作，和他们相对熟悉，但很久没联系了，也不知人家会是什么反应。顾不了那么多，电话已被接通。

这一番求助电话没白打，几天后中阿化肥决定给日光温室大棚项目捐助一吨高品质专用复合肥，解了燃眉之急。之后，我又联系葡萄种植大县——昌黎县果研所专家给予技术指导，帮助村两委联系对外承包经营，有效降低项目风险。经过这一系列动作，使得日光温室葡萄大棚的运营步入正轨，看着一个项目顺利铺展开来，我心里像被春风吹拂过一样，贴服舒坦。

今年，日光温室大棚的错季葡萄第一次大批量采摘。然而，那时恰逢疫情防控的紧张时期，为最大限度降低损失，解决葡萄销售难题，我和前任冯秀芳书记多方联系，寻找销售渠道，帮助承包人售卖葡萄近6000斤，为承包人渡过瓶颈期和积蓄发展后劲创造条件，从根本上保障了扶贫资金的安全和贫困户长久受益，并示范带动周边产业发展。值得欣慰的是，前期中阿化肥不仅捐赠了复合肥，在葡萄成熟之后，还订购了一百箱，以实际行动支持扶贫工作。

走在新修的村道，踏上地里的田间作业路，经营的项目不断有新起色，看着村子一点一滴的变化汇集成的新气象，心里总会滋生出莫名的喜悦。欣欣向荣的样子，不断生长，不断延展到岁月深处，“我们村儿”有远方。

用爱作圆心持护教育

听着院门响了一下，半天没看到人进来。我转身看向窗外，一个小小的身影站在院门口无所适从，手里拿着几张纸，不用问，一看就知道是来复印学习资料的。我推开门，向那个孩子招招手，“是要复印学习资料吗？快进来，在这屋。”我边说，边指了一下左边的屋子。那孩子有点儿迟疑，怯生生地看着我说：“我是邻村的，听说这儿给免费印学习资料，能给我印一下吗？”

仔细看了一下那小孩儿，果真是张生面孔。本村的学龄儿童，我基本都认识。驻村工作以来，不仅到贫困户家走访，其他村民有需要帮忙的事，也常到驻地来找，自然而然地孩子们也成了常客。尤其是2020年年初新冠肺炎疫情防控期间，孩子们春季整整一个学期几乎没到学校上课，都在家里上网课，老师留的作业或考试卷子都需要通过手机微信下载打印，绝大多数孩子家里不具备条件，得到远一些的地方花钱打印。先是几个贫困户家庭的孩子来工作组驻地求助，接着他们的小同学也一起过来了，再后来，不断有邻村的孩子出现。因为我们配备了一台专业复印机，除了打印，我们的免费业务范围也慢慢地拓展到复印学习资料了。

“能啊，快来吧。”我又向他招招手，他才退掉迟疑，快步向屋里走来。快速给他复印好资料，孩子忙不迭地说着“谢谢”欢快地跑了。近半年，工作组小院里不停地有孩子光顾，青涩又阳光的少年们总能勾出潜藏起来的记忆。

我从小在农村长大，小学、初中、高中直至大学的求学经历清晰如昨，至今难忘。经过刻苦学习，我成为我们村新中国成立以来的第一位大学生，知识改变命运对于我来讲不是说教，而是刻骨铭心的体会。若想将贫困斩草除根，教育是不容忽视的重要一环。教育不仅能使贫困人口摆脱贫困，还能彻底斩断代际贫困链，从根本上改变学生乃至家庭的命运，变输血为造血。教育扶贫可以打破因贫辍学，以及因辍学导致受教育程度低而引发贫困的恶性循环。自从与东蒿村结成对口帮扶对象以来，市国资委党委充分认识发展教育事业对脱贫攻坚的重大意义，始终坚持把教育扶贫摆在脱贫攻坚的首要位置。到东蒿村以后，我延续并更加关注村里孩子的受教育状况，对他们的学习生活有过深入调研。在深入研究、统筹谋划、扎实推进驻村帮扶工作中，坚持优先研究、优先谋划、优先实施教育帮扶项目的原则，多方协调筹集资金，最大限度向教育帮扶项目倾斜、集聚。几年来，积极协助配合有关方面严格落实各项教育扶贫政策，把学前教育资助、两免一补、三免一助、雨露计划、助学贷款、福彩助学、泛海助学等助学措施到户到人、应补尽补、应助尽助。

“康书记，学校铺了人造草坪好啊，我家孩子更愿意来上学了。有时候，放了学要在院子里跑几圈才回家。”办事路过村小学，被前来接孩子放学的热情家长拉住说话。她口中流露出的感激，在我心头演变成欣慰。之前小学操场还未硬化，孩子们下课在外面跑一圈，就变得灰头土脸，遇到雨天更是满地泥泞，再带到教室里，哪儿哪儿都是泥水。继前任冯秀芳书记调集资源把操场做了硬化之后，今年7月我又协调市国有资产经营控股有限公司和市润安建筑安全技术服务有限公司捐资3万元，为东蒿村小学操场铺设人造草坪。铺完人造草坪的校园，绿意盈盈，处处散发着新意。相信疫情之后重返校园的孩子，看到焕然一新的操场，一定会雀跃欢呼。

还记得2019年“六一国际儿童节”前夕为小学打井的情形。从前小学的压水井只有几米深，均为地表水，水质较差，达不到饮用水标准，而且每次压水，都需要用引水，使用起来极其不便。每到冬天，怕冻坏管道，只能断水。学校被用水饮水问题困扰多年，终未解决。在调研过程中，我了解到这个情况，向市国资委作了专题汇报后，又协调市国有资产经营控股有限公司为东蒿村小学进行捐资助学活动，不仅为孩子们购置跳绳、呼啦圈和球类等活动器材，更重要的是为小学打了眼一百米的深井，并配建了压力罐和地下输水管道。从此，小学一年四季都有水可用，而且水质优良，符合饮用水标准，彻底解决学校用水饮水难问题。净澈的水汩汩流淌，也流淌着持护教育的爱与关怀。也还记得2019年学雷锋日，中信集团出资7万元，给土门子镇中学和东蒿村小学每位困难家庭的学生购买了保温杯和护眼台灯，为学校捐赠了冰箱和电脑。对东蒿村小学一系列的帮扶改造，使其跃升为青龙县一流教学点。家长们流露出的赞许与自豪，是对我最大的鼓舞与奖赏。

随着对教育扶贫的不断强化与深入，全方位助学计划纷纷启动。夯实基础教育，在为孩子们创造良好学习环境与条件的前提下，专注托举提升高层次教育。为了给更多孩子创造更充足的求学深造条件，我竭尽全力联系爱心企业，不错过每个助学渠道，中国耀华玻璃集团公司等爱心企业和有关市政协委员的强力加盟，为东蒿村贫困家庭的学子们带来一束耀目的光芒，扫去他们心头的阴霾，使再无后顾之忧的学子们，能够全身心投入学习中。即使经历了今年的疫情，不得不选择网课学习，东蒿村仍旧有7名学子步入高等学府，其中不乏被中国石油大学、武汉理工大学等重点院校录取的学生。这7个孩子分别拿到中国耀华玻璃集团公司捐赠的3000元助学金，成为市国资委自2016年以来开展的“点亮未来，圆梦中国”为主题的资助大学生活动的受益者。至此，“点亮未来，圆梦中国”活动已惠及33名大学生，资助金额达9.9万元。

看着一批又一批怀揣梦想的孩子走出东蒿村，看着他们青春的脸庞洋溢着的蓬勃朝气，我也被深深感染着。骐骥千里志，鸿鹄展翅飞。我愿尽微薄之力，为他们渐次丰满的翅膀增添一根彩羽。

我用爱心持护教育，懂得感恩的孩子们也用实际行动回报爱心。受益于“点亮未来，圆梦中国”助学帮扶的已经步入大学校园的东蒿村学子，利用暑假休息时间开展“爱在远洋”志愿服务公益活动，免费为东蒿村小学的孩子们开办辅导班和兴趣班。以侯晓琪为代表的张海宝、王佳美、侯晓宝几位大学生，奉献出宝贵的假期，让东蒿村的夏日清晨在一个个稚嫩的童声中复苏。他们的活动点亮了孩童的双眸，也开启了东蒿村儿童好学、乐学、知恩感恩的新篇章，种下宝贵的种子，结出广阔的未来。更难能可贵的是侯晓琪还带动了家在沧州市的同学常东芳参加公益活动，一个简单的参与，对于东蒿村来讲意义非凡，生动地说明了爱心的传播与续接似不断扩大的涟漪，惠己及人，绵绵不绝。

东蒿村的造血机制在年复一年的扶贫攻坚中逐渐建立并日渐强大。2018年东蒿村整村脱贫出列，2019年提前实现减贫清零，2020年顺利通过国家普查验收，相信新一代东蒿村人会以意气风发之姿带领东蒿村从这一站胜利走向下一站辉煌。

愿新老东蒿村人的遥遥相望都有回响，愿所有东蒿村人的默默奋斗都能盛放。我相信，东蒿村有诗，也有远方。

终有一天，会结束在东蒿村的扶贫工作。然而，在东蒿村的日日夜夜将以结绳记事的方式植入我的生命历程。这些日日夜夜携风带月，与众不同，哪怕只有微末的欢喜，也会滋养我，成为一种标志，一个里程碑，高蹈超拔于每次回眸。

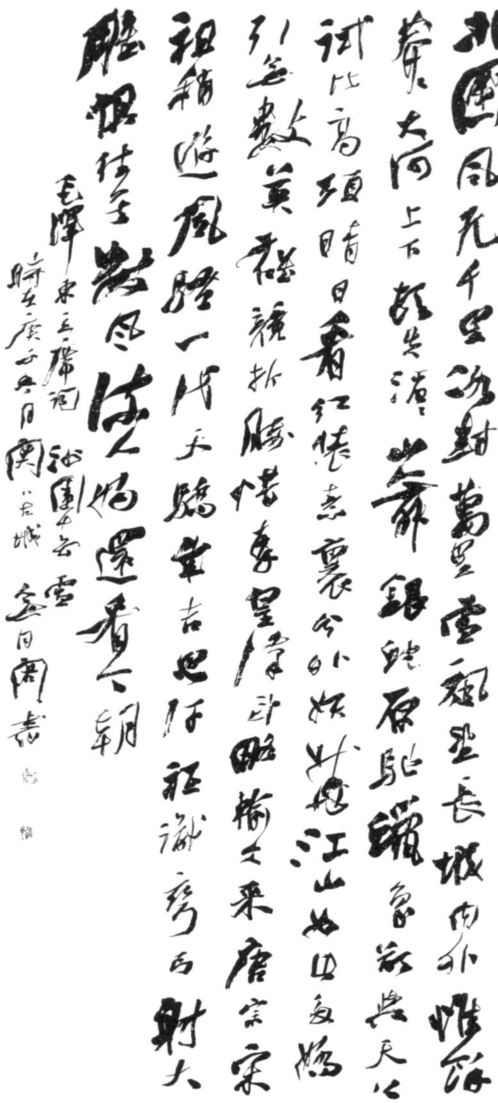

17

木兰花开

第一书记扶贫手记

马丽蕊，女，现任秦皇岛市广播电视台督察室主任。2018年5月至今在青龙满族自治县马圈子镇椁椤滩村任第一书记。

椁椤滩村叙事

◎ 马丽蕊

光阴里，椁椤滩村以一种素朴的姿态存在着，我来与不来，它都在那里。一如村口那块刻有“椁椤滩村”的巨石，那条细水潺流的小溪，那一座座连绵的山峦。我在椁椤滩村的日子，仪式般存在于记忆中，以紧贴生活的叙事方式，在岁月之河中不断延续温暖。

突如其来的电话

2018年五一国际劳动节之前的一个晚上，一阵急促的电话铃唤回蜷在沙发里、随着电视剧情节神游的我，领导的电话号码出现在手机屏幕上，随着电话的接听，一向说话干脆利落的台领导显得有些踌躇。几分钟后，我弄明白了事情的来龙去脉，台里需要人去对口扶贫的青龙满族自治县马圈子镇椁椤滩村主持扶贫工作，我是驻村第一书记的最佳人选。

这件事对我来讲实在突然，只给了一个晚上考虑的时间。大家都知道我这个大龄未育女性的近期目标是孕育下一代，领导突然让我去做驻村扶贫第一书记，很显然一是事出紧急，二仍是事出紧急。而且，值此一去，便是三年。虽说椁椤滩村行政区划属于秦皇岛市青龙满族自治县，但开车单程也需要两个多小时。简单地看两个小时，感觉很容易。如果这么跑三年，也是很考验人的。况且，扶贫工作要求实实在在驻村。

接完电话的我，坐在沙发上发呆，脑际不断闪现各种情形，去或不去，都有充足的理由。去的话，怎么和爱人说；不去的话，怎么向领导回复。同时，我又听到心底发出的声音：我要去。

精准扶贫，是一项史无前例的伟大工程，彰显中国特色社会主义制度的优越性。能够成为百万扶贫大军中的一员，亲历并参与这一伟大的历史征程，不仅是一种责任，更是一份光荣。可一旦踏上扶贫之路，就将日夜兼程，马不停蹄。我们刚刚制订的“生娃计划”很显然只能搁浅。家里老人顾虑最多的还是我的年龄，随着年龄增长，三年之后，在孕育下一代的问题上，或许真的就成为地地道道的“老大难”了。然而，脱贫攻坚这一艰巨又倾注亿万人心血的工作，在奔腾不息的历史长河中，将注定成为永恒。既然这个千载难逢的机会摆在面前，我怎么肯轻易放弃。

内心在激烈斗争之后，倒是愈加平静了。可看到正在伏案研学的爱人，忐忑之情又不由滋生。怎么向这个事事包容我的人启齿？怎么和他说出我的决定？他似乎感觉到了我的犹豫与忐忑，转身对呆呆望着他背影的我说：“丽蕊，决定去了，是吧？”听到这句话的一刹那，只觉如释重负。知我者，莫若我的爱人。

其实我知道，他并不愿意让我去驻村。在他伏案研学的时候，他的内心不会比我平静，而他更了解骨子里倔强的我。于是，他隐忍着，放手让我去。接下来，他说的话更坚定了我驻村的决心。他说：“工作要做，生活也要兼顾，你回不来，我就去找你。你放心去吧！”

爱人的一句“放心”，是我踏上驻村扶贫之路的定盘星，更是轻装上阵的依凭。快速回复了台里领导，电话那边听到我的决定，之前凝重的语气明显轻松了。做了20多年的记者，曾经见证和记录了城市发展和贫困地区脱贫的进程，但我始终是旁观者，而今能够成为参与者，去亲历脱贫攻坚这一伟大工程并为之贡献自己的一份力量，是我的骄傲。可这个决定对我而言，又将要面临新的挑战。放弃从前轻车熟路的工作，没有农村生活经验，没有与农民打交道的经历，而扶贫工作又是全新的工作领域，都需要付出更多的心力和精力。开弓没有回箭，我能做的只是躬身前行。

怀着习总书记提出的脱贫攻坚“功成不必在我，功成一定有我”的初心，我踏上了青龙满族自治县马圈子镇梓椤滩村的土地。

梓椤滩村印象

青龙满族自治县马圈子镇梓椤滩村位于青龙满族自治县西北部，距离县城30千米，紧挨承德市宽城满族自治县，是秦皇岛的“大西北”。据清《迁安县志》记载，康熙九年（公元1670年），郑、王、许三姓同时由永平府抚宁县郑王庄迁居至此，开荒定居，因村周围生长着茂密的梓椤树，梓椤树林附近有两个荒滩，在东者为东梓椤滩，在西者为西梓椤滩，全称梓椤滩村。

这个位于河北省第三高峰都山林场脚下的村落，最高海拔520米，有9个村民小组，全村380户，将近1400人，其中建档立卡贫困户192户，605人。传统的产业结构、固化的思维模式、交通信息的闭塞严重影响了梓椤滩村生产和生活的发展。

梓椤滩村被群山环抱，却没有丝毫世外桃源的诗意。一个“穷”字，成了村里祖祖辈辈摘不掉的帽子。路穷，山穷，人也穷。进村的路共15千米，第一次踏上这条路，给我的感觉除了“崎岖坎坷”，就是“坎坷崎岖”。用袁枚的诗“十里崎岖半里平，一峰才送一峰迎。青山似茧将人裹，不信前头有路行”来形容，一点儿不为过，反倒是形象的描绘。我数过，这条路整整42道弯，在弯弯转转的路上颠簸，也打翻了心里的五味瓶。这条驻村帮扶的路，走得好难。

村庄虽然在都山林场脚下，却没有什么资源优势，村民靠祖辈留下的栗子树、苹果树和有限的山坡田地种玉米、谷子为生，生活水平仅限于填饱肚子。梓椤滩村的人但凡有点头脑、有点劳动力的，都外出务工了，村里剩下的除了老人、妇女、儿童，就是等着政府补贴过日子的人。蹲墙根、唠家常、晒太阳是每日必修课。“等、靠、要”是村民的基本思想意识。

穷，是有原因的。

我在2018年5月初驻村，作为驻村第一书记，入村后第一件事就是入户走访。一入村，就被复杂的地形难住了。村庄因地势而建，建好的房屋没有章法，胡同纵横。我是完全没有方向感的人，要记住每一户的位置，哪家挨着哪家，对我而言是个大难题。思来想去，我用最原始的办法来手绘全村村民分布图，标五星的是五保户、标三角的是低保户。一天走访五六户，三个月差不多可以走完一遍，一年至少能走四遍。

走一遍下来，三个多月过去了，村民早都认识了我，小狗见到我也不再狂吠，摇着小尾巴跟在身后。可我对村民只是有了一个大概的了解，要准确地去找到哪家哪户，还需要依赖手绘地图。不过没关系，这难不住我，一回生，二回熟，我对自己的记忆力和人际交往能力还是有信心的。最难的是解决村两委班子的问题。

火车跑得快，全靠车头带。作为一名老党员，我深深懂得一个村的两委班子，对村子的发展所起到的重要作用。梓椤滩村两委班子长期受历史、环境及优秀人才不足的影响，导致组织战斗力相对较弱，这也成为制约梓椤滩村发展的软肋。我首先明确了“抓党建带脱贫”的工作思路，采取“望、闻、问、切”的方式，多方探查“病”因，对症下药。广泛调研，寻找阻碍村经济发展、支部建设的问题和瓶颈；开展谈心活动，与村两委班子成员、老村干部、部分党员、村民代表谈心，找到支部存在问题的症结和加强支部建设的良药。

我知道，要想建设一个强有力的村两委班子，并且使之具备持久战斗力，人是关键因素。我虽然要在梓椤滩村驻村工作三年，三年对一个从城市到农村从事完全陌生的工作的人来讲，是漫长的，但对一个村庄的发展历史来讲，是短暂的，但我不仅仅是要完成三年的工作，更要为它今后十年、二十年、三十年，乃至更久远的发展着想。经过一年多的努力，从农村能人、退伍复员军人等人群中不断储备优秀人才，发展党员两名，培养入党积极分子两名。之后，又与市里五家先进单位开展城乡支部结对共建活动，通过党员“一对一”结对，帮助解决基层建设、村集体经济发展等各项资金20多万元，每年还组织两次以上联合党支部活动。这样的活动，拓宽了村两委干部及村里党员的眼界，在思想意识方面有很大提升，他们的站位高了，自然能从更高的立足点引领整个村的发展。

我深知只有配强班子，带好队伍，驻村第一书记才能团结村两委班子，带领桲椤滩村真正打好脱贫攻坚战。为了更大限度调动党员干部的积极性，定期组织“两学一做”学习教育、党员创先争优活动。制定党员管理办法，规范开好“三会一课”，监督村班子议事、决策程序、村务公开等制度的执行情况。同时又筹集资金十万余元打造“一院一室一屋”，让党建铸魂、思想聚力，让组织活动有了更实实在在的落脚点。

通过一系列活动和整顿，村党支部的核心作用增强了，支部的号召力、凝聚力、战斗力也有很大提升，桲椤滩村两委班子呈现出多年来未曾有过的活力和凝聚力。

打水漂的25万元

驻村后，挨家挨户走完第一遍，发现村里有很多留守妇女，平时也没什么事儿做，除了走东家串西家，聊天做饭外，有大把大把的业余时间可用。于是，我想在村里建个扶贫车间，让大家在家门口实现就业，既能照顾家和田地，又能创收。

想到就行动。一个穷村子，一个老记者，想做服装厂。谁听起来也不太靠谱，刚开始张罗，就遇到难题——没人投资。那阵子我心急火燎地东奔西跑，怎么也找不到投资合作伙伴，急得像热锅上的蚂蚁。爱人看我焦急的样子，心疼了，决定从公司拿出25万元给我们把服装厂建起来。经历了颇多不易，好不容易把人的问题解决了，又去找师傅，来手把手教村民服装制作技术。我则和爱人自费跑到浙江省绍兴市，一边学习服装车间管理，一边采购原材料。

几经努力，一个爱心企业给我们下了订单，为扶持贫困村发展经济，给出了最优惠的政策：不规定具体交货时间，只要做出合格品交付就可以，交付一次，结算一次。万事俱备，可以大干一场了。我仿佛看到一批又一批合格品交付出去，人均收入有所提高，村民的生活得到改善，看到她们脸上露出久违的笑意，看到扶贫车间的工人不断增加，订单不断增加，椁椤滩村的日子越过越红火。

但是，事实证明，这只是我一厢情愿做的梦。

车间如期开工了，没顺利运行几天，就因为招不到更多工人，限制产能，无法按要求交付合格品而停产。我一而再地苦思冥想，也没能想出解决这个根本问题的好办法。我的热情和耐心也被消磨殆尽了。

再僵持下去，只会落得劳民伤财的结果，这个结果的承受者，是我。于是，在扶贫车间开工3个月的时候，我决定停产。爱人投入的25万元打了水漂，还积压了15万元的原材料。

后悔、愤怒、怨恨……各种情绪一股脑地充斥在心中，那段时间我都不想进村子，更不想看到那些人。明摆着的道理，有订单，有原材料，做完一件就挣一件的钱，可就是不能按计划进行。更让我窝火的是，爱人投资的25万元打了水漂，却连个涟漪都没激起。村民不管那个，人家没有投入。干，就能挣钱；不干，大不了回到从前，反正老日子已经过了那么久。

爱人劝我别上火，就当交学费了。村民没有任何创业经验，只觉得拿到手里的就是钱。而我也没有经验，在实施扶贫车间之前，没有和农民打交道的经验，也没有提前和他们讲具体操作细节，更没有约法三章，思想上缺乏统一认识。要想做好农村扶贫工作，还是要讲究策略的。

想清楚这些之后，我也轻松了，毕竟工作还要继续，扔掉包袱，轻装前行吧。吃一堑，长一智。从那之后，在选择扶贫项目时，我更加注重项目的可行性，也更加注重与村两委班子及村民的沟通，在思想上达成共识，一切都好进行。

“酵素书记”的由来

提起“酵素书记”这个绰号，我颇有成就感呢。

关闭扶贫车间之后，我又陷入新的思考。什么样的项目更适合梣椤滩村？选择怎样的项目，才能一以贯之地持续下去，带领村民走上致富路？如何将梣椤滩村现有的生态资源充分开发利用，将劣势变为优势？无数问号在脑际浮现，无数答案浮现之后又被一一否定。

在苦思冥想之后，我决定先“走出去”学习。就在开始要组织“走出去”的时候，遇到了难题。这是梣椤滩村有史以来第一次组织村民外出学习。第一批准备带50位村民代表到辽宁学习苹果种植技术。对于这次“走出去”学习，镇里有所顾虑，毕竟老百姓半辈子没出过门，有的岁数还大，担心路上出问题。我买了保险，签了责任书，活动得以顺利进行。村民都很兴奋，更有意思的是，出发当天清点人数的时候，多了一个人。原来是一个女村民听说这件事，想搭车出去开开眼，逛一逛。这简直让我哭笑不得。座位是有数的，人员是固定的，而且我不能开这个口子。以后还要带大家出去学习呢，这种情况出了第一次，就会有第二次，我把那位大姐请下了车。她觉得很没面子，发了一条目不忍睹的短信泄愤，我又不可能和她对骂，只好置之不理，相信以后她会理解我的良苦用心。

之后，我又多次组织村民“走出去”，到辽宁、承德等地参观学习。随后，再进行“请进来”的活动，让技术专家到田间地头手把手教村民新技术，然后“沉下来”干。经过半年多入户调研、外出学习考察、邀请专家进村论证，我和驻村工作队其他队员，以及村两委班子研究确定了发展“生态农业”的思路，探索建立了“公司+合作社+农户”机制，组织农户参与“入社、流转、务工”产业带动发展模式，全村百分之七十的农户加入合作社。确定发展生态循环农业的规划，打造酵素农耕示范村。我们在秦皇岛市第一个引进酵素农耕技术，酵素菌秸秆堆肥还田、微生物菌替代农药化肥等，发展绿色有机农业。

有了第一次创业失败的经历，这次无论如何也要慎之又慎了。有机农业能不能成功？酵素发酵能不能替代农药化肥？能不能真正实现将村民手中的“山里货”变成“金疙瘩”的梦想？扶贫车间已经失败了，再失败了该怎么办？不敢再失败了，也没时间再失败了。那半年，每次去理发，理发师都会惊讶于我白头发的生长速度，它们以眼力能见的速度“呼呼”变白，一下子都出来了，我都不忍心照镜子。爱人看到我的样子，也心疼，总劝我别急，总会有办法的。我能不急吗？刚到椁椤滩村做驻村第一书记的时候，村民都不看好我，觉得我这个女第一书记干不成啥，就是走走过场罢了。我答应台领导的时候，就已经下定决心要干出点成绩，让大家看看我这个女书记到底能不能带着大家脱贫致富奔小康。可现在，半年过去了，刚刚确定好方向，还没有任何可持续发展的实质性行动。必须要抓紧了，我在心里暗暗对自己说。

说干就干，一定要带领椁椤滩村村民搞“酵素农耕示范区”。我带着100多个村民到辽宁省绥中县酵素苹果基地参观学习，当时大家看得热血沸腾，可回来后要尝试干的只有30多人，更多的人在怀疑、观望。这似乎和建立扶贫车间之初的遭遇相同，我有充分的心理准备。扶贫车间的失败，使我深深懂得了“扶贫先扶志”的重要性，这是打赢脱贫攻坚战的重中之重。我要彻底打消椁椤滩村村民“等、靠、要”的思想。哪怕只有一个人跟着我干，这个事我也要做下去。抱着这样的信念，我带领30多个村民开始了艰难的创业之路。

我自费买来30多个用于生产酵素的大桶，找来专家现场指导，把各种材料按比例配好并搅拌均匀，放到桶里，说明注意事项，3个月一个发酵周期。自从大桶发到村民手里，三伏天，我每天骑着电动车一家一家转、一桶一桶看、一户一户指导，督促他们别忘记搅拌，户户不落。即使这样，也有半途打退堂鼓的，任我好说歹说，怎么也不坚持了。3个月过后，当坚持下来的村民家一桶桶散发着发酵香气的酵素成功出炉时，我的心才彻底放下，回到驻地整整睡了一大天。这些事现在说起来轻松，当时的煎熬和压力只有自己知道。

酵素到底有多好？光说好是没用的，得有实实在在的收益，村民才能信服。致富带头人唐中艳算了一笔账，她家500多棵苹果树都用了酵素施肥。从前一年要施7次肥，费用需要几千元。现在用酵素肥料打了6次，每次成本不到100元。节省费用不说，苹果的味道、口感也有很大提升。有人专门从别的村翻山越岭开车来收她的苹果，销路也打开了。从前一斤最好的苹果能卖2元，现在每斤能卖5元。使用酵素施肥的小米，从原来每斤5元，也飙升至每斤15元。看得见的收益，极大地鼓舞了村民的热情。那些酵素示范户都亲切地称呼我“酵素书记”。

中途放弃的、压根不看好没参加的村民，看到别人家挣钱了，眼红得不行。有人从村部到驻地，追着我骂街，我走哪儿，他骂哪儿。工作组的同志和一些村民听着生气，劝我别往心里去。其实，我一点儿都不生气，心里倒是偷着高兴呢。他骂街，说明他后悔了，也说明他一直在关注我们有机农业的进展，这是好事儿啊。第一年，只有33户酵素示范户。第二年，都没用我动员，273户村民自愿生产酵素，加入了种植合作社。51岁的贫困户张春是村里的“五保户”，更是二话不说就报名参加。他们自动自发地从“要我干”转变为“我要干”。

椁椤滩村开发了以酵素苹果、酵素小米为主的“六园一基地”项目，与河北农业大学、河北科技师范学院的多位教师团队成立了农业科技项目技术转换平台，不仅有强有力的技术后盾，也彻底改变了村里的种植结构和产业结构。实现了从传统作物到经济型作物再到市场型作物的转型，也实现了科技兴农。

为了解决椁椤滩村农产品销售不靠面子靠品牌的问题，也为了让农民切切实实挑上“金扁担”，我多次往返各个部门，申请注册了“椁椤滩”商标、请农业局检测站对农产品进行技术检测、为农产品申请绿色食品和有机食品认证、与河北农业大学生命科学学院朱宝成教授团队成立科技创新驿站、联合投资公司打造农产品销售和监管数据平台，建立农产品电（店）商营销体系等，这一系列工作都促使椁椤滩村“一村一品”特色产业朝着区域格局化、生产专业化、经营集约化、发展规模化方向发展。每户年均增收1万余元，村集体增收3万余元，真正将“绿水青山”变成了“金山银山”。

我还充分发挥自身专业优势，为家乡农产品代言，录制两期“家有好货”视频，均被学习强国平台播发，使梓椤滩村的特色农产品销往河北、天津、山西、新疆、福建等21个省（市、自治区），日销售额达26000元。

看着村民脸上绽放的笑颜，感知他们对我由抵触到接纳再到由衷的欢迎，我的脚步是轻盈的，心头是暖的。经过一年多的钻研和历练，我由一名资深记者成功转型为一名农民致富带头人，也无愧于“驻村第一书记”的称号了。

小佳欣笑了

第一次入村走访的时候，有个小女孩引起了我的注意。她叫郑佳欣，今年9岁，因患小儿麻痹症导致下肢残疾，无法走路。她的爸妈都在外地务工，她和年迈的爷爷奶奶一起生活，从未上过学。第一次见到她，黑黑的头发，黑黑的皮肤和黑黑的眸子深深留在我的记忆中。她的眼神卑微漠然，略显空洞。她怯怯地看我一眼，又快速低下头，默默无言中又似有万语千言。一朵还未绽放的花儿，因为疾病，含着的花苞迟迟不能开放。看着她，我的心隐隐作痛。

因为小佳欣的特殊，所以总会多些关注。前几次到她家，她都不太爱说话。总是用特有的眼神看看我，然后低下头兀自鼓弄手里的东西，或者干脆抠着手指，不知所措。她那因疾病变形萎缩的腿和双脚，在她瘦小的身体上显得那么突兀，像是强行附加于她的负累，无法摆脱，也摆脱不得，那毕竟是她全而不健的身体的一部分。后来，再去的时候，我就带几本书给她。遇到家里没有别人，就和她多说一会儿话。慢慢地，她和我熟络起来了。从她和我时有时无、断断续续的对话中，我知道她很想上学，但因为学校不具备接收像她这样身体有缺陷的孩子的条件，再加上爷爷奶奶年纪大，也不方便接送她，父母又在外地务工，对她根本无暇顾及。她很懂事，把求学的欲望深深地压在幼小的心里，从来不和家人提起。

那一天，我深切地记着。

我去其他村民家走访，路过小佳欣家，看她一个人在院子里坐着。阳光明媚，微风轻拂。如若不是她残疾的腿脚，那将是一幅和谐美好的画面。她静静地坐在那里，眼睛定定地看着院子里种的蔬菜。一切显得那么欣欣向荣，她却有格格不入的孤单。我挪不动脚步了，站在门口看了她几秒，即刻迈步进去。

她手里拿着我前些日子带给她的书，看我进来，羞涩地叫了一声“马阿姨”。爷爷奶奶下地干活了，留她一个人在家。我和她闲聊了一会儿，起身要走的时候，她的小手拉住了我，黑黑的眸子突然含满了眼泪，她仰着头，声音微小而略带颤抖：“马阿姨，我想上学。”

瞬间，我仿佛被定在了那里。我猛然意识到她内心是多么渴望，对我又是多么信任，才能鼓起勇气说出这句话。我俯下身，抱了抱她，抹去她掉落在脸庞上的珠泪。“你放心，阿姨想办法。”

说出这句话的时候，我心里也没底。学校能不能接收，家里人愿不愿意送，都是问题。

那几天，小佳欣黑亮的眼睛和溢出眼眶的泪水在我脑际不断浮现，她说的那句话，声音那么轻，分量却那么重。

我着了魔似的一次又一次找总校校长，一次又一次强调孩子除了行动不方便之外，智力没问题，写字没问题，语言能力没问题，就是想上学。而且她上学所需要的一切用品，如轮椅、与轮椅配套的课桌，甚至尿不湿，还有其他所需的费用，我来解决，一定不给学校添麻烦。在我的一再恳求下，校长同意了。我又回她家找爷爷奶奶商量，刚开始，两位老人固执得说什么也不同意送孩子上学。他们的固执我能理解，可什么样的理由也不应该剥夺小佳欣受教育的权利。我从各个角度掰开讲，揉碎说，一而再地承诺关于上学的后续问题我都解决。又苦口婆心地讲小佳欣的出路，她不可能靠两位老人一辈子，学了知识，学会技能，就有了照顾自己的本领。将来即使老人离开了，她自己也能生存。现在家人辛苦一些，也是为了给孩子一个好一些的未来。不知跑了多少路，不知说了多少话，小佳欣的爷爷奶奶终于同意了。

给孩子送去轮椅和书包的日子，阳光那么灿烂。小佳欣坐在新轮椅上，抱着满怀书籍，黑色的眼眸闪着晶莹的光，眼睛笑得弯成了月牙。我从未见她那样快乐过。我也快乐。快乐着她的快乐。

扶贫先扶志，扶志先扶智。教育扶贫在扶贫攻坚战中具有战略性的重要地位。提升贫困地区的教育水平，变输血为造血，斩断代际贫困链，可以从根本上改变一个家庭的命运。教育扶贫亦可以打破因贫辍学，以及因辍学导致受教育程度低而引发贫困的恶性循环。对于教育，我始终坚持在任何时候都放在首位的原则。

到梓椤滩村之后，发现这儿的幼儿园年久失修，各种配套设施落后，甚至幼儿园的围墙都岌岌可危。老师们不敢让孩子们在幼儿园院子里畅快地玩耍，大多时候，只能让他们待在教室。玩儿是孩子们的天性呀，这样的环境，限制了他们的快乐成长。我看在眼里，急在心上。利用多年做公益的经验和资源，发动全市爱心人士开展募捐活动，在极短的时间内，快速筹集资金14万余元，对幼儿园进行了翻建，购置安装了娱乐设施，孩子们可以在院子里欢快地玩耍了。每每听到幼儿园传来快乐的笑声，我的心也是欢快的。

梓椤滩村藏于深山，地势偏远，道路难行。自然资源及人文资源长期匮乏，这些客观原因造成梓椤滩村的孩子们几乎没有接触各种知识的渠道，严重影响他们的成长发育。我深知教育从娃娃抓起的道理，努力协调各方面资源，为村幼儿园成功引进国学课堂。孩子们是梓椤滩村的明天，他们肩上承载着梓椤滩村的希望，让中华民族的传统美德在他们幼小的心灵生根发芽，让他们从小懂得自强自立，懂得爱家爱国。具备足够能力的他们，长大之后，才能引领梓椤滩村走向新的辉煌。

为了给孩子们创造更好的学习条件，我又通过中国儿童少年基金会成功申请“HALLO小孩”公益项目，为马圈子镇所有小学1700多名学生每人赠送了价值300元的爱心包裹，总价值达50万元。

我愿意，以一己之力，为孩子们撑起一片天。

编外队员

受得了累，吃得了亏，扛得住压，挨得住骂，耐得下心，顶得下雷。这是扶贫干部的真实写照。田间地头有我们的身影，街头巷陌有我们的足迹，迎着日出，也迎着水月星辰，在明亮或黑暗的时候，我们都在。而在我们每个人身后，都有默默支持的人。他们是单位的领导和同事，他们是或远或近的朋友，他们是家里的父母、爱人和子女，他们是……就是因为身后这些默默支持的人，我们扶贫干部才得以踏实地施展身手，才能够没有后顾之忧地全力以赴。

知道的人都说我们梣椤滩村驻村工作队有个“编外队员”，那就是我的爱人。村里发展“扶贫车间”需要投资，我四处寻找投资合作人，在遍寻无果的情况下，是他主动投入25万元作为启动资金。最后，这25万元打了水漂，我满怀歉疚，他没有任何嗔怪，却反过来安慰我。村里发展特色农业，开展乡村体验旅游，又是我的爱人带着团队成为村里的第一批客人。手把手教村民技术的是他，出去推销扶贫车间产品的是他，打造酵素农耕示范村联系专家，给乡亲们吃下定心丸的也是他。今年年初，新冠肺炎疫情防护最紧张的时候，各种防护物资紧缺，爱人多方联系购买了一批物资，却因下大雪无法运到村里。一边防疫吃紧，一边大雪封山，我心急如焚。爱人对我说：“我来。”他既当装卸工，又当司机，冒着大雪，在山路上开了四个多小时的车，把防疫物资运到山里。

2018年年底，我做了腰椎间盘手术，术后恢复期间，村里正在修路，扩建路基。不放心施工质量，我急着要回村。爱人说什么都不同意，不许我拿健康开玩笑。他一再坚持，却也经不起我软磨硬泡，不得已把我送回村。有一天，我带着交通局的技术员到现场查看施工情况，要想看到扩建路基的具体情况，就需要下到排水沟里。查看完毕，准备上到路面的时候，因腰部手术未完全恢复，需要借助别人的帮助我才能上到路面。就在对方伸手拉我一把的时候，后腰处撕裂的疼痛随之而来，紧接着涌出一股热流。我心想，坏了，伤口破了。果然，回到路面上时，鲜血已经从后腰流了出来。赶紧给爱人打电话，让他接我回市里。他快速赶到之后，既心疼又无奈。从他的眼神里，我读出了深爱和因爱而生的宽容。

回市里处理完伤口，我执意要回村。他拗不过我，只好把我再送回去。因为伤口需要换药，爱人有工作脱不开身，我把年迈的妈妈一同带到了村里，让她照顾我的生活起居并担负起伤口换药的任务。现在回想起来他当时的眼神，充满爱意与责备，即使责备，也是温暖柔软的。这个编外队员，会在我需要的任何时候出现。可在他需要我的时候，我却总是缺席。

迎年检的时候，我将近一个月没回家。每次给他打电话，他总说家里一切都好，安心工作吧。有一天，我突然从朋友的微信中看到一张照片，是他手指骨折住院的照片。我当时就愣在那里，说什么都不相信。给他打电话确认，他还不告诉我呢。我急忙开车回家，他当时已经住院半个多月了，不让任何人告诉我。80多岁的婆婆忙里忙外地照顾他。看到我，他居然说："现在村里正年检，不告诉你，就是怕你分心，赶紧回去，我没事。"一向坚强的我，瞬时泪流满面。爱人不仅在精神上支持我，也以他的实际行动成全我"脱贫有我"的初心。

我要感谢自己的坚守，更要感谢爱人的支持。我们每一个驻村第一书记或驻村干部身后，都有全力支持我们的他们。他们一个人看病，他们一个人守家，他们一个人学习，我们除了说声"谢谢"和"对不起"之外，那些只能用眼泪表达的亏欠，恐怕永远无法还清。但，我们心中无悔。

经年之后，梓椤滩村仍旧会以它应有的姿态，于峰群环抱中朗朗而立，它与岁月相守，与山水相依，是世间朴素的存在。在我心里，它是一块璞玉，是一枚珍珠。我已将它用力摁入怀中，难舍难分。

静揽潮青
庚子之秋
刘建和书

18

木兰花开

第一书记扶贫手记

王胤元，男，现任秦皇岛市外事和商务局外资和外经科科长，2018年4月至2020年9月在青龙满族自治县双山子镇小巫岚村任第一书记。

乡情

◎　王胤元

有些人总爱抱怨太平盛世是一个平庸的大众时代，注定会在碌碌无为中终老一生；有些人总爱憧憬惊天动地的历史时刻，在恢宏中创造出大英雄的显赫事迹；有些人总爱指责世风日下，人心不古，在道德和利益的冲突中迷失方向。其实，无论在哪个时代都有一种精神永远不会失落，那就是求真务实；有一种人永远不会被人遗忘，那就是真诚无私心怀大爱的人。

家啊，家

这些年我因工作需要离开家里很多次，但这次不一样，不是一周，也不是两个月，而是两三年。毕竟岁月不饶人，我已年过半百，体力精力大不如前。我心里很清楚，家里确实有不少困难：耄耋之年的祖父母需要人照顾；妻子身体状况也不太好。可是作为一名党员，组织上的安排我义无反顾，必须服从。

《论语·里仁》里讲：父母在，不远游，游必有方。那天，我跟妻子下班一起去祖父母家，我像往常一样给老人做了可口饭菜，吃完饭我陪着老人谈天说地，大大超出了以往聊天的时间。妻子站起身说："咱走吧，让爷爷奶奶早点休息。"

我拉着妻子手示意坐下，然后说：“我今天有个事跟你们说一下”。

他们似乎都预感到有些什么要发生，面面相觑看着我。

“爷爷、奶奶，组织上安排我到青龙县双山子镇小巫岚村扶贫去。”

“那地方虽没去过，能分析出来，既然贫穷一定艰苦。”祖父说。

“去多长时间？”祖母关切地问。

“两三年吧。”

“这么长时间，你身体不太好，最怕冻着，农村很冷你犯腰痛病怎么办？”妻子心疼地说。

“我自己多注意保暖，应该可以应付。”

“胤元，你也一把年纪了，要是年轻十岁，我毫不犹豫支持。”祖父说。

“能不能跟组织说说换个年富力强的人去。”祖母的目光中充满留恋。

“几个组长的年纪都不小，我想组织看上的就是我们的工作经验。”

看着我长大的祖母最了解我的性格，她没再说什么，而是握住了我的手。

“奶奶，这几年我不能在二老跟前尽孝了。”

“出门在外，你自己照顾好自己吧，我们能照顾好自己。”

我扭过头冲着妻子说：“辛苦你了，没事来看看爷爷奶奶。”

“你放心吧，我会好好替你尽孝的。”她依依不舍地说。

四月的农村是美丽的，站在村里的小山坡上，静静地看着笼罩在夕阳下的小山村，听着远处的声声犬吠，美好乡村气息无以言表。2018年，带着组织的嘱托，带着对驻村工作的新奇与热情，我来到了双山子镇小巫岚村担任驻村第一书记。

进入小巫岚村我的调查研究也开始了。当天，我风尘仆仆地在村委会与村主任交换了工作意见，第二天一大早我冒着凛冽的风在干裂土地上进行走访。历时半个月，白天走访，夜晚登记，几百份调查跃然纸上——小巫岚村在贫困人口精准识别和扶贫对象动态调整过程中，由于村民对政策理解不透彻，对村干部、驻村工作队产生误解，上访、告状和集体事件时有发生，使村情变得复杂，从而影响了全村正常的生产、生活。

我在交流中看出这里的村民民风淳朴，但思想保守，有些村民苦于有致富的愿望，无措施办法；有些村民种植蔬菜大棚、果树、杂粮等生产由于缺少经济带动，没能形成集约发展的优势资源；还有些村民得过且过，大白天的就知道喝酒、打牌，要想帮助村民脱贫首要的就是转变他们的思想观念。我觉得干工作总要找个支撑点、突破口，于是就从恢复党组织功能入手，我马上联系各个党员，用模范典型带动周围村民。

在我耐心引导下，我到小巫岚村后工作组召开的第一次党支部会议开得非常顺利，党员们结合亲身感受，畅所欲言。

“咱们村比较大，建议不要每次党小组会议都到村会议室开，可以就近在谁家里开，这样节省时间，大家也容易凑在一起。”

“目前咱们村每个村小组发展党员不均衡，少的不够一个党小组，建议这样的党员直接划分给附近的村党小组。”

“可不可以确立党小组长兼村小组长，这样方便工作。”

“能不能把外出党员均匀编入党小组，可以通过电话联系征求意见，让他们感到有组织的关怀。”

面对党员们的诚恳意见和建议，我表示，驻村工作组和村委会尽快将大家的想法进行梳理，并分近期、中期、远期三个阶段予以解决。我说，作为党员咱们一定要有责任感，要起到模范带头作用。党小组会非常重要，我们可以通过党小组会议掌握村民所需所求，当然也包括他们之间因为这样那样的事情产生的矛盾，可以把大部分矛盾化解在萌芽状态，保持村民思想稳定、步调一致去脱贫去致富。自那以后，党小组工作会便有声有色地开展起来了，许多在平时摆不上台面的家长里短，甚至陈芝麻烂谷子的事，都会被党员们翻出来说个明白，讲个究竟。党小组工作会更像一个诉求和民意公布大会，来参加会议的党员们不分高低，针对当前村里热点、难点问题敞开话匣子，直抒己见。党员的想法和意见来自群众，群众想说什么，党员就收集起来，统一汇报。党小组工作会就像一座桥，一头连着干部，一头连着老百姓。

暖了人心

有一次，我去香菇种植户家走访，一进门看到袁德江愁眉不展的样子，闲聊几句获悉今年受市场影响江浙一带的香菇收购商迟迟没来，眼见香菇滞销甚至坏掉心急如焚。看着大棚里的香菇我心里想这是袁德江家一年收入的重要来源，种植户没有销售就意味着没有经济收入，往后的日子怎么过？我想了想，微笑地拍拍袁德江肩头说："这样吧，你告诉我销售的价格，我跟市里各大超市推介一下你种植的香菇，能卖出去多少算多少。"袁德江眼睛一亮说："谢谢王书记。"我又说："前些天家里有个亲戚托我买香菇做酱，我先买一些吧。"接下来，我通过以往工作熟络的一些关系跟市里家惠、广缘、利联等超市取得联系，袁德江压在心头的一块大石头终于落了地。

开学前夕，我一连几天在想怎么落实贫困生教育救助计划。我联系秦皇岛宏瑞科技公司，为村小学捐款成立奖励基金，用于奖励学习优秀的学生；通过福彩助学、泛海行动补助资金为多名贫困大学生解决了学费；为10余名职业教育学生申请雨露计划四批次。这些助学奖励基金送到孩子们的手上时，几个孩子感动得一个劲说"谢谢"，有的激动得说不出话眼里含着泪花。

2018年年底，工作队与新组建的村两委班子结合村情谋划了2019—2020年产业扶贫项目库，均是与百姓生产、生活相关的基础设施项目及产业增收项目，包括村主干道翻新、田间作业路、护庄护田坝、户户通、水利灌溉设施维修及资产分红等10余个。面对这些谋划的项目心里又激动又有些担忧，这些项目能顺利完成，村容村貌及相关基础配套设施将有一个翻天覆地的变化，如果项目实施过程中出现问题，我们将面临严重的后果，因为之前的教训依然历历在目。

为使项目能够顺利实施，我们第一步做的是广泛了解民意，做通老百姓工作。通过拉家常、唠闲嗑的方式我们征求老百姓的意见，其中詹立华、王进瑞等10余户反映小井沟在雨季时道路泥泞无法进山干活，希望工作队帮忙修路。根据掌握的这一情况，我即刻与村两委班子协商，并组织了20余户进行了现场实地考察。小井沟路长1200余米，路基工程涉及农户50余户，需要征用部分农户的土地和果树。由于田间作业路项目规定对占地不予补偿，有些被占地户对修建该路表示反对。为了大多数农户的利益，我与村干部一道挨家挨户做思想工作，对个别“钉子户”，为避免激化他们与村干部的矛盾，我们就委托村里年长威望高的村民代表去做工作。有些村干部感慨地说：“以前都是老百姓求我们，现在可好，帮他们修路还得低三下四地求他们。”我笑着安抚说：“你们只有多给老百姓办点好事、实事，才能转变他们对你们的看法啊。”

过程是艰辛的，收获是喜悦的。2019年初秋，正是果树、庄稼收获的时节。小井沟、三庙沟田间作业路、村主干道翻新工程相继竣工。村民詹国柱激动地说：“王书记，太谢谢你们了，我刚从外地回来准备打栗子，发现小井沟修了田间作业路，以后我再也不用淌着泥水上山了，这真是太方便了。”怀着喜悦的心情走在刚修好的柏油马路上，看着孩子们坐在玩具车里尽情地玩要，路边时时传来村民的赞许声：“王书记真行啊，刚来村不久就办了这么多好事。”我赶忙上前打招呼解释：“大家要谢的话就谢咱村干部吧，他们付出的辛苦比我多多啦。”那以后，村干部在村民中树立了威信，开展各项工作也顺畅起来。农村环境治理、厕所改造、洁净煤推广等工作均得以顺利开展，今年谋划的护庄护田坝项目、田间作业路项目也已顺利实施。

美好的希望点

春天空气格外清新，太阳已经升起老高，村里大多数人去了地里田间，我走访回来见到睡眼惺忪的王天珍。老人70岁左右，身体硬朗，气色不错，他一边悠闲地抽着烟，一边东望望西望望，冲着不知谁家的土狗大喝一声，引起一阵狂吠。我走上前好心对老人说：“二哥，您别给狗惹急了，惹急了咬人。”老人说：“这畜生敢咬我最好，正愁没人管我饭！”我纳闷问：“您没有耕地吗？”老人横了我一眼说：“有地咋的，能挣几个钱，还不如吃贫困补助呢。”当时我想，带动村民脱贫致富，必须改变他们“等、靠、要”的思想，引领村民自主脱贫的积极性。于是，我对他说：“据我所知咱们村有不少养牛、养羊和养猪专业户，都挺富裕的。”老人愤愤地说：“那得需要本钱。”见他这么说，我打算说服他申请小额贷款搞养殖，试探着问：“要是能给您弄来本钱，您有什么想法？”“哪有天上掉馅饼这种好事。”我把想法告诉他。王天珍的头立马摇成了拨浪鼓：“万一还不上钱怎么办？我可不干！”见老人顾虑重重，我立马拉着他考察了村里几个养牛大户，并旁听了养殖培训班。

“每头牛生下小牛，一头能赚万余元钱……”王天珍掰扯着手指头悄悄算了一笔账后，明摆着的收益勾得他心痒痒，当即决定贷款五万元，牵回了一大一小两头牛。一年后，母牛产下牛仔，让王天珍乐不可支。眼瞅着还清贷款的王天珍找到我，一个劲表示感谢，他说：“养殖好的话，过两年就能翻盖一下房子喽。”

有了活生生的例子，村里其他村民也开始对小额贷款谋发展有了新认识，我趁热打铁主动找到那些有扩大养殖规模想法，又苦于没有资金来源的村民做思想工作。我前前后后差不多去了四五趟养羊村民王天双和养猪村民王树信的家，经过多番沟通，彻底打消了他俩的顾虑，他俩点了头，同意贷款。如今，再到小巫岚村，当你看见一大群羊在林间觅草嬉戏时，王天双可能正在一旁开心地赶着羊。在我的努力下，小巫岚村村民这两年多共申请到贷款50余笔，金额达到230余万元，其中49笔是建档立卡贫困户，多用于产业发展。

乡间好人

为了迎接季度交叉检查，我们驻村工作队对计划脱贫的贫困户进行入户检查。走进一位孤寡老人家时，正赶上村民曹丽娜夫妇给他熬药喂药。我们知道护理病人也是一门学问，只得站在一旁，无从插手。

曹丽娜和丈夫分工，由丈夫撬开老人的牙齿，然后她来喂药。由于老人意识不清楚，好不容易喂下去的药物又呛了出来，他俩只得重新再来，直到老人喝下去。我悄声问：“每次喂药都这么困难？”她说：“现在好多了，刚开始喂时都把我俩弄得筋疲力尽。现在已经不错了，在不断喂食的刺激下开始有了条件反射，每当有东西放在嘴唇上他就会微张开嘴。”

曹丽娜这个人我见面不多，但非常熟悉，她是远近闻名的孝顺儿媳妇，用实际行动践行孝道，诠释了一个农村媳妇的博爱、仁慈和善良的美丽形象。

曹丽娜转身出门的刹那，从后面望过去，她的背有些微驼，或许生活的艰辛对她而言过于沉重，但她的脚步非常坚实。

40多岁不算年轻了，这位已经侍奉孤寡老人近20个年头的人，还会坚持多久呢？

她跟村民们说过：“虽然年龄会一天比一天大，体力也会一天不如一天，但是我觉得身上的担子和责任丝毫不能减，不管今后有多大困难，一定要坚持做下去。”

我也曾问过她：“如果让你重新作一次选择，你还会这样选择吗？”

“当然。”她斩钉截铁地说。

“为什么？”

她说：“人一定要有善心。”

是啊，一句看似简单的话足以把人们的心胀得满满的，洒向人间都是爱该是件多么美好的事情；能够点一盏心灯照亮别人也照亮自己，多么让人崇敬和仰慕！

更让我感动的是，曹丽娜夫妇不仅长期照顾着几个老人，而且对于村中的其他需要帮助的老人，也会二话不说地主动给予关心照顾。比如帮助腿脚不方便的老人领取政府发给的补助金，比如有人生病，曹丽娜每每熬好药送到他们家里。

夜里，我睡在村部的单人床上辗转难眠，想起曹丽娜夫妇的一点一滴，心里油然而生一份崇敬。照顾一位生活不能自理的老人有多难？照顾几个同时生病的老人有多累？这些常人难以想象的艰辛都加在了普通农妇曹丽娜身上。她与他们无血缘关系，却从来无悔地付出。

那一刻，我忽然觉得扶贫不只是致富，还需要给每一位村民根植一颗善良的心。工作队觉得曹丽娜是最适合的好榜样，她以诚待人，不拘小节，很有亲和力，将来可能会带动影响全村。不久，由她牵头成立了小巫岚村志愿者服务队，组织村里妇女，献身村里公益事业。2019年，曹丽娜被青龙县评为“脱贫先锋五星户”，村里已经形成了一股孝老、敬老、养老的良好社会风气。

难舍难分

王书记，您好，您就这样悄悄地被调换走了，我们很惋惜，小巫岚村的人们很想您，还盼着您帮助我们再发展呢。您这两年多来，在我们村兢兢业业工作，为我们无私奉献，处处为我们着想，和我们结下了深厚友谊，我们舍不得您走，您永远是我们的朋友。

尊敬的王书记您好：今天当我再次接到电话回小巫岚村开会的时候才知道您已经离开了这里，甚为想念。难忘您的认真仔细，喜欢您的直爽干脆，更忘不了您无私奉献的精神，我会记住您这位农村很难见到的好书记并努力学习您身上我能学到的品格。小巫岚村两年多艰辛的工作，也见到了底层干部群众形形色色的面孔、能力和习惯……我真没想到今后无缘与好书记共同为扶贫攻坚努力工作，愿王书记工作愉快、身体健康、家庭幸福！

我用真心与实干赢得了村民的信任和尊重。两年多来，我利用清晨村民下地务农的时机到田间地头深入了解村民生产、生活情况，使我和村民拉近了距离。我带领工作队采取发放政策宣传单、明白纸及入户讲解等形式大力宣讲国家、省、市精准扶贫政策，调动了村民参与奔小康的主动性。我和工作队累计发放宣传单和政策明白纸1000余份，制作政策宣传板三块，播放政策宣传语录音300余小时，彻底打消了邢友勤、邢福贵、王进桂、邢有军、王天贵、曾令佐等60余户在低保申报、贫困对象动态调整、危房改造等方面的政策疑虑，缓和了矛盾，稳定了民心，使以前的“敌人”变成了朋友。现在小巫岚村悄然间发生了变化，村民王天贵说：“工作组给我们村做了不少实事，特别是爱心助学一下子解除了好多人的后顾之忧。”在外面打工多年的王天龙春节回家团圆，看到故乡村子的变化感慨地说：“我是前些年外出打工的，没想到这次回来变化这么大，我们村一定能建设成美丽乡村。”

经过我们耐心细致的工作，驻村工作队逐渐得到了百姓的认可，也使我们的扶贫工作有了更足的信心。在脱贫攻坚大普查中，百姓满意度100%，各项普查均以最高标准通过。

如今，夕阳下的小山村一片祥和，看着自己一步步走过的田间地头、乡村小路，我知道，不管哪天我的人会离开这个小山村，可是我的心依然留在了这个小山村！

19

木兰花开
第一书记扶贫手记

姚英才，男，现任秦皇岛市发展和改革委员会综合科科长，2018年5月至今在青龙满族自治县八道河镇崔杖子村任第一书记。

随我陌上行

◎ 姚英才

一

刚过检票口，电话响起来，霸道又执着，我不得不一边往站台上走，一边腾出手，摸出手机来接。

“英才，委里定你去青龙驻村，你什么想法？”

这么突然？之前怎么没听到一点儿消息呢？我心里嘀咕，于是回道：“我在石家庄高铁站呢，回去再定行吗？”

主管人事的副主任王秀荣在那头说：“事情紧急，尽快决定吧。”

我果断答道：“行，给我十分钟。”

我猜领导肯定等我回话呢。我深吸口气，拿定主意，去！但我想跟家里说一声，有家里的支持，工作才没有后顾之忧。广播里正在告知要坐的那趟车马上进站，此刻想避开人群去别处打电话是不可能的。我望向长长的站台，挤在等车的人群里，拨通了妻子的电话。当我告诉她要下乡驻村时，妻子却十分平静，好像她事先就知道似的。我有些惊讶，她说：“我有心理准备，你又不是没下过乡。去吧，家里有我呢。”她的话让我十分感动，那是一种什么样的感觉呢？就像你要上前线去打仗了，你最亲的人告诉你，勇敢地去吧，一切有我！那一瞬间，温暖涌上心头，让我的脚步更加坚定。

十分钟未到，我的决定和决心一同落地，生根。

临行前，父亲把我叫去，语重心长地叮嘱道："安心地去，踏实地干，农村工作最锻炼人，也最考验人，你做得怎么样，老百姓可都看着呢。"

父亲的嘱咐，给我的决心又加上一道保险。

就这样，2018年5月1日，我和郭畅、孙良伟组成的工作组，赶往崔杖子村。这时距离接到通知只有几天，这么短的时间，我只能通过查阅资料和与老工作组电话联系，了解到一些有限的、泛泛的、表面性的情况。对要去的崔杖子村的印象只有干巴巴的数字介绍：崔杖子村，位于青龙满族自治县西部，距离县城约35千米。全村有9个村民小组，288户930余人，村两委班子成员5人，党员15人，村民代表18人。全村面积7390亩，其中耕地426亩，山场6500亩，人均耕地面积0.4亩，全村现有建档立卡贫困户50户154人……就是这些。即使我也研究了一些相关的政策和理论，可对自己将要做的工作和即将面临的问题仍然没有明确的思路，感觉前面充满无数个未知。

当车子行驶在承秦高速上时，我的心情是复杂的。有对未来工作的憧憬，有对未知情况的茫然，有对父母的牵挂，有对妻子和孩子的惦念，但更多的，是说不上来的激动和兴奋。那天天气特别好，透亮亮的大晴天，云彩就在头顶上，而人像要飞起来。这时，郭畅在旁边指点一朵云彩叫我看："姚书记，那团云彩像不像一匹马？"我忽然一愣，并没注意云彩像什么，而是他的称呼，他的那声"姚书记"，让我一惊！真的是哦，此前还是农经科科长的我，今后就成了驻村第一书记、工作组组长了，瞬间就有了一种使命感，一种从未有过的神圣感。仿佛这一声"姚书记"带着某种魔力，莫名地就让人生出力量和责任。如今，我也成了脱贫攻坚大军中的一分子，角色已经转变，面临的局面将会不同，我的心态也要尽快调整，一切都要到位了。

下高速一路向西。路越走越窄，车速越来越慢，让人想起那首《山路十八弯》来，"这里的山路十八弯，这里的水路九连环……"山路崎岖、狭窄。崔杖子已是青龙最西的小山沟了，整个村子都在山坡上。

过一座破旧的小桥，一路踩油门儿爬坡，走进租住的门房时，我们看到的是这样一种景象：炕上、地上和桌子上，密匝匝摆满了资料，一排排一行行，小学生开会似的。

“这么多资料？”

“都是什么？”

我和我的队员异口同声地问。

这是驻村第一天，我们看到的实际扶贫工作的一部分，跟想象的不一样，我们对此一无所知。不知档案怎么填，何为人口识别，民情包如何做，项目怎么争取……晚上躺在土炕上，睡不着。星星很低，仿佛就在头顶上，亮得像一只只眼睛，与我隔窗对望。很久没看到这么亮的星星了，也从没像现在这样，觉得天空离我这么近！我干脆坐起来，望着星空下朦胧的山脉，连绵起伏的山峦尽在眼前，我想起鲁迅《故乡》里那个比喻：像铁的瘦脊似的。真形象，不仅形似，更写出了大山的神态。这些近在咫尺的山峦，有种倔强的坚韧，这大概就是山的性格吧。天天生活在海边的我，如今领略到与海不一样的山的特性，我突然对生活在山里的人有了深深的探求的渴望。地上堆得满满的资料与档案，铺展在朦胧的光里，似真似幻，若有若无，我忽然惊觉：“纸上得来终觉浅，绝知此事要躬行。”

当我在熠熠星光下深入思考，认真地审视眼前的情况时，心中有了较明晰的方向。是明亮的星星给了我启发，让我知道什么才是最近最好的扶贫方式和方法：系统地、有计划地调查，入户，走访，走近他们，了解他们，听听他们的心声，做他们最想做的事！

二

9月份，正是栗子成熟季，也是崔杖子村民最忙碌的时候。顺着羊肠小道走上山捡栗子，捡个十几斤，装进口袋里，再背下山。这样走两趟，就累得不想再上去。但那东沟的人家，情况就不一样了。东沟的田间作业路已硬化完成（那时我还是农经科科长，从省里争取来60万元的资金，拨付下来修的这条路）。水泥铺成的路面，平整地铺展在田间，捡栗子的人开着三轮车，把捡完的栗子装进车里，一次就拉回一二百斤。这可把旁人羡慕坏了，那些栗子树在西沟、北沟、水泉沟、韩家沟的人家，眼馋得直跺脚。

我通过入户走访，实地查看，已了解到村里绝大部分都是山坡地，产不了多少粮食，村民的收入就靠着漫山遍野的栗子树。而我在调查后梳理的反馈信息中，发现村民反映最多的，就是通往山上的田间路问题。

就在我准备争取资金来修路时，出事了。

我们租住的农户家，出了大门就是个桥。天儿热这俩月，每天晚上桥头都聚集些人唠嗑，有很多情况我们也都是在闲聊中了解到的，后来，有些村民给这个桥起了个名字，叫“了事桥”。他们说，自从姚书记来，我们有什么困难跟他一说，他就给了了。他们管“解决”叫“了了”。的确是，有好多事儿都是在这桥头说的。

这天，突然有人喊：“不好啦不好啦，出事啦！”

桥头迅速聚拢很多人，我们也跑出去。看见我，几个人立刻围过来，七嘴八舌说道：“哎呀，姚书记，今天崔成骑摩托上山捡栗子，下山时摔跟头了。”

我赶紧询问：“人怎么样？”

“连人带车掉沟里，腿摔坏了！”

我还没接话呢，又有人说：“姚书记，我这一天累得三孙子似的，才扛下来一百多斤，人家东沟那些人，一趟就二百来斤，还不累。”

“是啊，走着上去太累人，骑摩托又太危险。”

“姚书记，给我们这条沟也修上吧。”

……

我也着急了，跟他们保证，一定修！

到这时，我们已经在与老工作组并行，共同迎“国检” 的两个月中，学会了很多具体工作。比如怎样识别人口，民情包怎么做，档案怎么整理，项目如何申报，等等。于是，我们连夜召开村民代表大会，讨论村里修田间作业路的诸多事项。因为每一条沟都是窄窄的小道，要修路，就得拓宽，那就得占到许多人家的田头地边，还有些果树也碍事，这些问题怎么解决？如果按照正常占地赔偿的话，资金问题解决不了。我们征求村民意愿，如果家家户户都同意，即使占点地也没事的话，那就能快速推进。

第二天，村民代表分头走进各家各户征求大伙意见。晚上，再次聚到我们租住的门房来。炕沿上、屋地上坐满了人，汇报调查来的情况。南沟、北沟、韩家沟和水泉沟的村民代表都很高兴，因为他们组意见统一，都要求快点修路，占地也行，挖树也行，只要能修上水泥路，怎么都行，反正就那么宽的田间路，就算都占去，能占多少呢？

刚入冬，正是申报扶贫项目的时候。我们把硬化田间作业路的项目报到镇里，盯着镇里报到县里，又得知列入项目库了，才放心地回去等。不敢再大意了，最初申报项目的时候，就因为不清楚这个流程，以为上报完就行了，结果没列入项目库，导致当年的扶贫项目与我们擦肩而过，后悔得几天没吃好饭。

春节一过，我又跑县里，打听项目的事儿。紧盯紧跑，功夫不负有心人！项目终于通过了，等着扶贫资金一到位，就可以动工了。

来年4月份，村里组织人修好了路基。5月份资金一到位，几条沟的硬化工程就轰轰烈烈地开始了。到栗子花开遍山坡，浓郁的香气扑鼻而来时，硬化完成。

至此，整个崔杖子村就剩下西沟（也是最长的）那条山道没有硬化了。

西沟的路若是想修，被占地的人家太多，其中有几户很不好说话，心里打着自己的算盘，算着小九九，总想着要点赔偿款。其他沟都修好了，收庄稼，运栗子，开上三轮车，突突几趟就回来了，西沟的怨声就多起来，那些大度的人开始埋怨那些计较的人，见面互相掐，大有窝里斗的架势。我和村委会主任一起，去那些“钉子户”走访，晓之以理，动之以情，我甚至还把我如何像个乞丐一样给村里要点修路钱的事讲给他们听。

他们总算同意了。但已入冬，天冷了，山风刺骨，河水结了冰，土地也冻得硬邦邦的，修路是不可能了。我就先上报项目，这跟我的单位都有联系，操作起来方便一些。年底我又去县里，确认项目已列入项目库才放心。年初又去县里，盯着这个事儿，生怕报不上，或者资金不到位。

5月份，郑主任组织村民打地基。地基打好时，资金还没下来，我时刻担心雨季到来前如果不能硬化路面的话，打好的路基就会被冲垮，那么，这个好不容易做通工作才得以启动的西沟田间作业路，就要付之东流了。怎么也不能让这样的事情发生。

好在，资金终于下来了。但不够！还差两千米的路修不上！

怎么办？去哪里化缘呢？剩下那两千米如果不及时硬化，雨季一到就会把路基冲垮，那不是白修了吗？

正在愁眉不展时，人大常委会副主任李忠田来村里调研，我像祥林嫂似的，跟李主任说起西沟田间路的情况。李主任一听也很着急，当即就给联系，到处“化缘”，最后，秦皇岛盛景集团捐了款，西沟的路总算修完了。

整个崔杖子村东西南北所有的田间路全部硬化完成。崔杖子村人上山捡栗子、扒苞米、收豆子……再也不用脚量，肩扛。“三轮车一突突，栗子进了院里头。”这个顺口溜在村里流传开了，买三轮车的人家多起来。就有人开玩笑说：“姚书记，叫我说那卖三轮的也应该感谢你！”

我说：“那就让他送你们两台三轮。”

大家就笑。

崔孟利说：“姚书记，真得感谢你们，光给我们干实事儿，解决了上山的大问题。”

“我们来，就是给你们办实事儿，让你们脱贫致富，过上好日子的！”这么说着，心里真挺自豪的。忽然想起父亲的叮嘱，终于明白他老人家话里的意思，体会到被群众认可，让村民满意后，心里的那份沉甸甸的满足感，就像得到大人夸奖的孩子。

三

“不怕风不怕晴，就怕大雨下不停。”

崔杖子流传的这句谚语，让我在2018年的雨季就领教了其中的厉害。

整个崔杖子村在斜坡上，又是山谷，雨季一到，山上的水蜂拥而下，全涌进村里来。哗哗的山洪水顺势而下，流过整个村子的每一条巷道，每家门口，像每年都来串门的“客人”，到村里各处瞧瞧，也不多停留，粗声大嗓、野蛮暴躁地一路走过，把硬化过的水泥路洗得干干净净，把各家各户大门口的土路弄得泥泞不堪。

这就应了那句谚语了。各家各户的大门口成了各户人家的心病。想出来的，望泥兴叹，就站在各自院子里，扯开嗓子喊话。有急事要出来的，只能一脚泥一脚水地踩出来，脏了鞋，湿了脚，便怨声载道，骂骂咧咧。

这时，我们和村两委班子都在街上巡查，做抗洪工作。虽然投资20多万元，修了防洪护坝，可我们仍然不放心，惦记着村里人和财物的安全。穿着雨靴，那哗哗而下的山水灌进靴子里，鞋已经湿透了。水流太急，我们只能慢慢走，小心查看。哪儿的路基坏了，我们就搬来防护沙袋垒上去。住在山根儿下的人家是否安全，房子是否结实，我们都要去查看一遍，不然心里放不下。

踩着各家大门口的泥泞，我就想，要是能把各家门口这段路也能修好，那就好了。一张罗这事儿，我才知道，青龙很多村子在几年前就修了“户户通”，崔杖子太偏僻了，什么事都比较落后。我协调来沙子和水泥，那些当院还没硬化的人家，跑来跟我要沙子，也都给了他们。

这样一来，整个崔杖子村从田间作业路到“户户通”，都是水泥路面，再也不怕雨了。就有人把那句谚语改了：“不怕风不怕晴，不怕大雨下不停，河上有小桥，地里有硬路，你要来串门儿，光脚也干净。”

再说说桥的事儿吧。

村北主干道原来没有桥。雨季一到，从东沟下来的水在主干道上肆意横流，阻断出村的路，人和车被急流困住的情况时有发生。我们就被困过一次。

那天，镇里打电话叫我们去开会。刚下过雨，山洪顺着沟渠奔涌而下，像积攒了许久终于得以宣泄一般地，无遮无拦。水聚集在水洼处，看不出深浅，我们以为这么快速流动的水不会聚集太深，便小心地驶进水里，妄想着能过去。走到一半，车不动了，怎么踩油门也无济于事，不但不前进，好像还在往下陷。我握着方向盘的手出汗了，心里直打鼓，但我强装镇定，因为我看见副驾驶坐着的郭畅，脸色煞白。

郭畅问："姚书记，我们会不会被冲到坎子下面去呀？"

"不会。给村里打电话，叫郑主任来救我们。"

郭畅打电话时手有点哆嗦。这个小伙子还年轻，才26岁，把1岁多的孩子扔家里跑到农村来，也真的不容易。他此刻肯定在想他的儿子。我们驻村两个月，一次家都没回，他的儿子都认不出他了。我呢，错过了孩子紧张的中考时刻，孩子虽然没说什么，但明显有点小情绪，我总想找时间跟他谈谈，可实在顾不上，也就只能委屈他了。为了扶贫工作，我们都舍弃了小家，但谁也没有怨言，这是真的！不是说大话。在遇到生命危险的瞬间，也不是怕死，只是和正常人一样，想到了我们最愧对的亲人！

郑主任带来了铲土车，一番抢险救急，在水中煎熬着等待两个多小时，我们终于被救出来。

这里必须修一座桥！

要建桥，设计之类的都好说，最难的还是资金问题。正是报项目时间，我就赶紧上报，争取扶贫资金。项目上报后，也不是准能批，我担心批不下来，建桥的事儿就得打水漂了。心里着急，在村里也待不住，就往县里跑。一趟趟地出村，进县城，无心赏景，无心做别的事情，一心只想着资金，资金！厚着脸皮，到交通局跑了几趟，还真把钱要来了。其实，事情说起来简单，但那过程很麻烦，也很折磨人，不管怎么说，总算解决了资金问题。接下来就找设计，找施工队伍，顺利的话，也就一个来月，桥就能建好。

没想到，我觉得简单的环节，竟然出了问题！

就在万事俱备，准备开工时，崔迎来了。他往前边一站，摆明了不让干活。他这操作，我没看明白，在场的人都不知道怎么回事。崔迎倒也不等别人问，先说道："姚书记，这桥不能建。"我说："建桥是好事，你也受益呀。"崔迎说："农村都有讲究，桥洞子对着家门口，不死人就跑口。我刚问了，这桥洞子就对着我家门口。"听他这么说，干活的就训他，说他穷讲究，有人给建桥还没事找事儿。崔迎不爱听了，就跟那人吵吵起来。我赶紧走过去，劝住他们。虽然知道崔迎这是迷信思想，可这段时间的驻村与调查走访，我已十分了解，山里人对这些东西特别在乎，许是住在山里的缘故，他们对自然对虚无缥缈的神灵似乎有种与生俱来的敬畏，这种固有的观念非常深刻固执，想让他们改变很难。我权衡了一下，还是尊重崔迎的想法，别把好事变成坏事。我只好跟工程队商量，延期开工，他们挺不乐意，白耽误工夫。不过也没办法，只能先回去了。

我们商量半天，只能重新设计！其实这挺麻烦的，还增加了开支。再跟设计单位联系，他们重新勘察，建议只把桥洞位置微调，崔迎还是不干。又调，直到崔迎满意为止，最后把桥洞设计成斜的了。这事儿耽误了十天，工程总算进行下去。

一个多月后，主干道的桥涵建成。这样，雨季东沟山水下来就能直接进入河道，村民出行再也不会被困了，雨天也不会再有危险。

村北与主干道连接的地方，原是一条水沟，而此处恰恰是出村的必经之路。有人往水沟里扔几块平整的大石头，然后，大家就跟着第一个过河的人，踩着石头过河，这一踩就是几十年。不能蹦不能跳的老人过不去，想出趟村，就得绕道走。好在这里修了桥，村民出行方便了，但工程款还欠着。村里有些人也参与了桥的建设，问我那工钱什么时候给，还给不给，我说："肯定给，干活挣钱，天经地义嘛。"这里边有两家贫困户，得赶紧想办法弄钱去。以前我的工作就是各处跑，省里、市里一些企业单位都跑过，协调农经方面的资金，在这方面，我算是经验比较丰富的。可现在的情况不一样了，用钱地方多，不能事事都朝上边要，得自己多想办法，勤找路子。我决定到中铁六局去碰碰运气，以前我和他们有过来往，企业大，也经常做公益，我想，给穷山沟修路建桥这样的事他们应该不会拒绝。果然，我只跑了两趟，中铁六局就答应了。用化缘来的十几万元，把工程款结清，大家都很高兴，那两家贫困户最是感激，握着我的手一个劲儿摇晃，谢谢谢谢地说个不停。

四

顺着西沟的田间路走到山顶，放眼望去，整个崔杖子尽收眼底。一条条白亮亮的水泥硬化路，掩映在漫山遍野的绿色之中，曲曲弯弯，逶迤盘旋，朝着东西南北四散开来，像群山之间舞动的带子，既交相呼应，又各自展开。像一幅美丽的风光画，如一幅美好的风景图。图画中，不时穿梭着劳作的农民，还有我们。

我们穿梭其中，忙忙碌碌。

春节，我们给村里每户人家送去米、面和油，让他们高高兴兴过大年；农耕时节，给各家各户送去化肥，让他们轻轻松松去种地；农闲时间，请来市第一医院的医生和护士给村民做体检，让他们不跑不愁把病看。

我们给村里的12个残疾人联系创业基金，每人500元，给他们增加一些收入，提高他们的生活质量。跟县残联协调一些残疾用具，像助听器、轮椅、拐杖、坐便椅等分发给他们，减轻他们的负担。

有时也给村民联系点儿小鸡苗，分给他们饲养。

疫情防控期间，我们从市里协调一些防疫物资，电子体温计、口罩、酒精和消毒液，从市里冒雪赶到村里。因为担心村里防疫物资缺乏，走得太急，再加上下着雪，路滑，到村口时，忽然从岔路上蹿出只小狗，咚一声，撞到车上，我的心咯噔一下，赶紧踩刹车，车子滑了段停下了。那是一只黑色的小狗，躺在车下奄奄一息，旁边渗出一摊血迹……我倒抽口凉气，心里挺难受的。毕竟是条生命！

小狗的主人来时，我才回过神儿。赶紧跟人家道歉，赔了200元钱，那人抱走了狗的尸体，我才重新上路。

这条路还真是什么险事儿都让我遇上了！我想起了那句话：常在河边走哪有不湿鞋的。经常奔走在这一百多千米，哪有没危险的呢？前段时间，我们回村里时，车子行至青龙东路段，正在开车的我忽然感觉方向盘抖动一下，车子忽然偏了方向，车上的人惊呼道："怎么啦？"我心下一凛，暗叫一声不好！以我多年的驾驶经验，预感到轮胎可能出了问题。幸好承秦高速上车不多，我赶紧减速，慢慢往应急车道上靠。下车查看时，发现车胎已经裂开了，"真险啊！"跟死神擦肩而过，惊险无比！我跟郭畅边换轮胎边感叹："捡条命啊！"

惊险的事哪止这两次啊！

2019年11月，村里正修桥时，我们只能绕道村东北的大岭才能进村。那个岭村里人叫东岭，是远近闻名的陡岭。岭上是盘山道，胳膊肘一样的弯，蛇似的盘旋，数不清有多少道弯儿。弯儿多不说，还特别窄，窄得只容得下一辆车。走一趟真发怵！可不走不行，要经常往市里、县里跑，跑项目，跑资金，这样那样的事很多，几乎天天跑。心里打怵，也得走！没有选择。记得有一次下雪，岭上路滑，平时走20来分钟的路，我足足开了近50分钟，开一趟下来，身上冒汗，心都提到嗓子眼儿，一个不小心，就翻到岭下去，那后果……想想就后怕。

到村里分发完防疫物资，我们立即投入"战斗"。在村头卡点儿驻守，跟村委一起做防控工作，宣讲疫情防控知识。

……

当然，扶贫不是简单的送钱送物，授之以鱼不如授之以渔。针对村里有养殖户的情况，我从市里请来农技专家，给他们讲饲养知识。崔力良是村里的养殖户，每年都养几十头猪，十几头牛，由于不懂科学，小猪成活率特别低，一不小心就赔钱。农技专家给他讲怎样科学喂养，如何预防疾病与瘟疫，等等，后来，他养得比以前精细了，小猪成活率也高了许多。我们又协助村里成立崔家山种植合作社和申春旺达养殖合作社，来增加村民收入。

2018年，崔杖子村建设村级300兆瓦光伏扶贫电站试点项目，已入网发电。给村里50户贫困户带来稳定收入3000元，也给村集体年增收5万元。

2019年开始，我们协助村里组织贫困户与中红三融农牧有限公司、百峰贸易有限公司签订了资产收益扶贫项目协议书，给贫困户增加了收入。

我们还改造提升了村民中心，包括综合文化服务中心和卫生室取暖，教学点公厕和安全饮水……

五

白天，我喜欢到处走；晚上，喜欢蹲桥头。村里人似乎都习惯了，见到我打个招呼，有事没事唠几句。我利用这个机会，给他们讲些政策方面的知识，比如医保报销政策、大病救助政策等。很多人因为不懂政策，导致耽误许多事。

那天，我刚到桥头，崔树清就说："姚书记，多亏了你给我们讲那些报销的事儿，以前我还不知道能报这么多。我媳妇治病花了十一万二，报了十万三呢。"他的情况我在走访时就有了解，他媳妇得了尿毒症，花费高，但他们是低保户、贫困户，报销比例高，自己花不了多少钱。

安完路灯的第二天，王大爷老远就喊我："小姚，小姚，这下好了，村里晚上也亮亮堂堂，跟城里一样啦！"旁边的人也附和道："是啊，这回咱再出来，多晚都不怕了！"看着他们高兴，我也高兴。购置路灯的费用，又是我从中铁六局化缘来的，六局的人跟我开玩笑说："你是可着一只羊薅毛啊！"我想想也是，薅人家两次了，真有点儿不好意思，但更多的是感激，这些热心公益、回报社会的企业，都有浓浓的家国情怀、拳拳的报国之心，才能这样慷慨地支持我们。路灯安装时，为了给村里建档立卡户增加一个挣钱的机会，我还跟厂家费了半天口舌呢。本来，厂家给配了安装工人，可是我发现那路灯安装起来十分简单，一看就明白。我就跟厂家谈判，退了那安装的工人，把安装费给我们，我们自己安。开始厂家不同意，说已经跟师傅定好了，中途反悔不行。我跟他哭穷，推心置腹说半天，厂家负责人总算同意了。一个路灯安装费

50元，不多，但却给建档立卡户一个机会，同时也是给他们一份生活的希望。

从东沟的田间路走过来，又去西沟的田间路上站一会儿。看着这个坐落在山谷里的小山村，想着还能做些什么。

还能做些什么呢？

带着这个问题，从春到夏，从秋到冬。

春天，山里风大，干旱，好多人家的栗子树旱得发不了芽。村里人天天念叨着，快下雨吧，快下雨吧。可雨水真是少啊！村里人说，年年如此，年年春天都旱啊。栗子树又都在山上，想去浇水是不可能的。夏天呢，雨季一到，洪水泛滥，那奔涌而下的山洪，匆匆地流淌而过，洗过街道，刷过田间路，溜过大门口，走了，一点也不剩。雨季一过，连洪水来过的痕迹都难寻了。

今年夏天，当我站在水里，水漫过雨靴，浸湿脚背时，心里忽然一动，冒出个想法：要是能留住它们，在干旱的春季再派上用场，该多好啊！这样一来，栗子就能增产，村民就能增加收入了。我为这个想法激动了好几天，跟郭畅他们说起来，大家竟然都很赞同。

问题是，怎么留住这些过客一样的水呢？

我们绞尽脑汁，挖空心思地琢磨、讨论，最后得出结论，太难啦！是啊，太难。虽然看得到，摸得着，可毕竟是流动的，除非有个蓄水池。我们终于想到了蓄水池，在山上或者村子某处建个蓄水池，这应该能实现。

那么，怎么把水引到山上去，干旱的春季浇灌栗子树呢？

人工是不可能的。只能考虑水泵抽水，往山上驾管子。虽然觉得很难，可实施的可能性不大。但我们还是想试试。我联系市里设计院来实地勘察，然后写出《可行性研究报告》往上报。设计院的人说，青龙属于缺水地区，不能贸然安这种设备。如果仅仅是积蓄的雨水，倒也行，可到时候就怕连地下水也抽上来了，所以，需要先做抽水试验。

设计院的人走后，我又联系人做预算。如果试验成功的话，需要知道投入多少，才能继续往下进行。预算结果出来时，我们都吃了一惊。整个工程下来，需要投入一千万，这可不是小数目，这样一大笔钱，不是我能化缘或者申报来的，需要从长计议。但我想，如果真的可行，如果村民的收益比投入更多，那也值得做，所以我不会轻易放弃。

今年7月底，迎接国家脱贫攻坚普查时，我的心情较来时轻松许多。村民对我们工作组的工作十分肯定，对村里的变化竖起了大拇指。

崔孟利骑着三轮车，要去半山腰的栗园干活，碰见普查组的人，崔孟利来了精神，拦着他们说："工作组这几个后生朴实，从城市到咱们山沟里，两三年了，没叫过苦累，一心给咱们村干实事儿。"他又指着从山脚下向上蜿蜒的水泥路说："以前这都是土路，甚至都不能叫路，叫什么，羊肠小道。我们上下山干活可费劲儿了。现在好了！工作组把所有上山的路全部硬化了！"他手舞足蹈的样子，把大家逗笑了。

如今，我已习惯对着头顶的星星思考问题，已习惯躺在炕上看连绵的山峦，已习惯与老乡蹲桥头唠家常，更习惯于走在四通八达的小路上……走着走着就觉得自己也是这里的一棵栗子树，或者也成了一条路，成了村里的一草一木，能为村里做点事情，为他们带来阳光与温暖，富裕与幸福，我的内心也变得充实而饱满，富足而幸福。

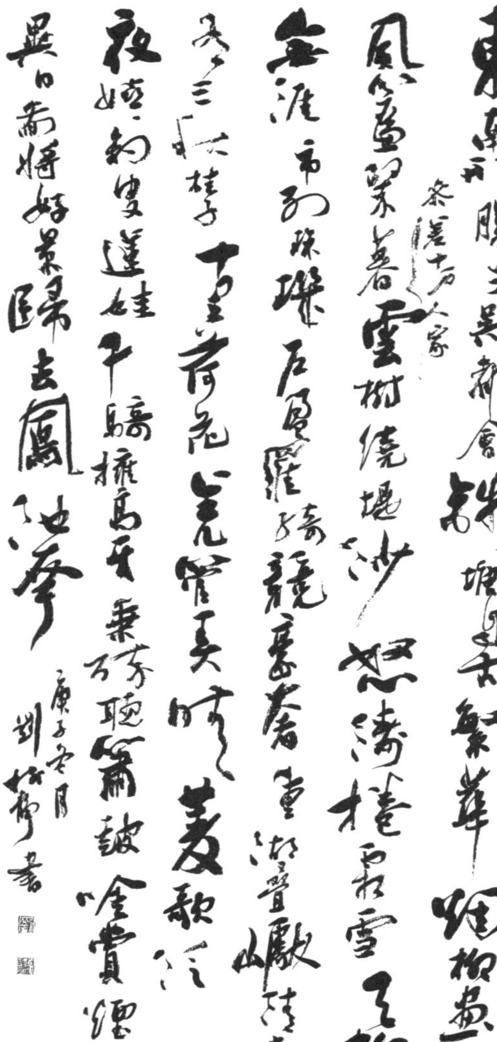

20

木兰花开

第一书记扶贫手记

郭彦宝，男，现任秦皇岛市政府办公室督察专员。2016年2月至今在青龙满族自治县官场乡鲇鱼洞沟村任第一书记。

血浓于水的扶贫情结

◎ 郭彦宝

“山高路远坑深，务工大军外奔，留下贫地一片，累坏老弱病人。”这是我初到青龙满族自治县官场乡鲇鱼洞沟村的第一印象。当时正值冬天即将谢幕，春天即将来临，展现在我眼前的是一片萧索破败的景象，亦如常年一成不变的贫穷，让人感受不到一丝有关春天的律动。然而，随着时间的不断推移，我与这片土地渐渐结下血浓于水的深情，有一天我惊喜地发现，鲇鱼洞沟村虽耕地贫瘠，但山场开阔，且有山泉水常年清泓汩汩，完全可以为植物提供必需的水源涵养，如果以大力发展林果产业为龙头，辅以绿色农产品开发、太阳能光伏发电等其他农副产业和新能源产业为支撑，打出一套“特色强村”的组合拳，就一定能带领村民开拓出一条脱贫致富奔小康的幸福之路。那一天，站在村里两棵虽历经五百多年的风雨，但依旧苍翠伟岸的“情侣松”下，眺望鲇鱼洞沟村光明美好的明天，我在心里对自己说，不久之后，这里一定会春光烂漫，鸟语花香，民生幸福，风景如画！

而今迈步从头越

2016年2月26日，于常人来说可能是极其普通的一天，太阳照常从东方升起，又在西方落下，可于我来说那一天却终生难忘，因为我即将暂时放下在市政府办公室的工作，作为一名扶贫工作队队员，去尝试另一种不可预知的扶贫工作经历。

多年来，熟悉了市政府大院里每天按部就班的机关生活，闻惯了自小土生土长、港城市区里街巷繁华的烟火味，突然就这么离开，心中说不出是怎么样一种复杂的滋味，有不舍，也有好奇，虽然当时组织上只安排我去扶贫点工作一年（实际上一直工作到现在），但我能否坚持下来，心中瞬间掠过一个大大的问号。那时，毕竟我已过不惑之年，想当年二十出头风华正茂，走出大学校园的那一刻，也曾有过到广阔天地去闯荡一番的梦想，但因对港城浓浓的眷恋，最终还是选择留在了家乡，迈进了公务员队伍的行列。二十几年白驹过隙，从原市建设局到调往市政府办公室，事业上虽谈不上有多大建树，但却始终能做到把责任扛在肩上、抓在手上、放在心上，时时刻刻叮嘱自己：牢记初心使命，不负青春韶华。

而今走出市政府大院，走向农村广阔的天地，在轰轰烈烈的扶贫工作中，我的心中仿佛再次燃起了一束实现崭新梦想的火花，那火花很快就像一道冲天的烈焰，在我思想的夜空里炙热地燃烧，明亮地绽放。

当我迎着料峭的春寒，踏上即将工作的这片土地，可以说，我被眼前的景象惊呆了。我所说的“惊呆”，不是眼前的这片土地有多么荒凉破败，而是想到自己这么多年，工作和生活在繁华的港城市区，曾经对每天两点一线的生活也有过略感乏味，殊不知自己其实每天都生活在蜜罐之中，只不过没有比较就没有震撼心灵的感受罢了。起码，与这些长年累月被贫穷压迫，不知小康生活为何物的乡亲们相比，我真的是幸福而又幸运的。鲇鱼洞沟村的贫穷，是我未去之前即使挖空心思也想象不到的。

既来之，则安之。这些年，在不同的工作岗位上经过多种角色的历练，急难险重的任务大大小小我也承担和顺利完成了不少，在我人生的词典里，从未收录过“退缩”这个词，而“勇挑重担”和“敢于担当”等这些熟稔于心的词汇，恰恰磨炼了我青春的本色。我是一名共产党员，是一块组织上放在哪里就要在哪里发光的金子，共产党员的宗旨，是全心全意为人民服务，而自己的使命，就是要认真尽责、精准履职，在打赢脱贫攻坚战的工作中，让自己的青春闪闪发光。

第一次睡在农村的土炕上，望着窗外满天闪烁的星辰，我失眠了……

蓝图绘就幸福路

鲇鱼洞沟村共有8个村民小组，6个自然村。全村348户891人，其中常住人口169户428人。行政区域面积13500亩，耕地面积1786亩。村两委班子4人，党员34人。

2013年年底该村被识别为贫困村，2017年年底退出，2018年顺利通过国家验收，2019年全部贫困人口实现脱贫。现有建档立卡贫困户73户185人。此外，全村低保户45户55人，特困供养户1户1人，残疾人38人，其中一、二级残疾人13人。

鲇鱼洞沟村民风淳朴，改革开放四十多年来，村民们每天虽日出而作，日落而息，但因恶劣的自然环境、交通不畅等条件限制，富裕的春风总是被贫穷的大山遮挡着吹不进来。

我是学建筑专业出身，毕业后又进了建设局工作，因此做任何事都善于先谋划布局、绘制蓝图，然后再精准实施。有人把打赢脱贫攻坚战比作是一场没有硝烟的战役，这种比喻我不否认，因为刚上战场我就已经感受到了战斗的艰难。但我更愿意把打赢脱贫攻坚战比作是盖房子，从选址、地勘、规划论证、设计图纸、施工建设到竣工验收，哪一个环节都不能出错，出了错，这场扶贫攻坚战就成了豆腐渣工程。所以我总是告诉自己，一定要以精益求精的精神来对待扶贫工作中的每一个细节。

在广泛深入调研走访之后，我们经过与村“两委”班子谋划，再经村民代表审议，正式确立了“四村并进、三线强村、五业富民、四轮驱动”的总体战略，为村里绘就了一幅脱贫致富的锦绣蓝图。“四村并进”，即生态立村、产业强村、旅游兴村、文化塑村；“三线强村”，即基础设施战线、特色产业战线、集体经济战线；“五业富民”，即林果业、种植业、养殖业、劳务输出业、绿色食药品加工业；“四轮驱动”，即内力+外力、集体+个人、企业家+科学家、自然资源+市场资源。

有了战略规划，就要付诸实施。经过前期的选址与土壤勘察，我们决定在山地栽种果树，树间再辅以种植莲子草，立体化同时发展林果和中草药产业，以最大限度地开发和利用山地资源，更好地增产增收。方案一出，有村民提出这样的疑虑：如何确保种得好、产得优还能卖得出？为此，我们专门与省农科院昌黎果研所和县龙头企业满都本草药业公司达成合作协议：村里统一采购树苗药籽，专家亲临地头培训指导，果研所和药业公司派专人上门收购产品。

没有了后顾之忧，村民们也就放开了手脚。很快，村里就建成了一块拥有376亩的果药间作示范区。效果究竟怎么样呢？就拿村民温民为例，从2016年起，家中的3亩多地，一起种上了莲子草和果树，40斤草药籽，成本也就几百元，可收入竟达到了6500元。另外，村里还有0.99万棵苹果树，1.65万棵板栗树，3000棵山楂树。看着自家地里长势喜人的果树，温民自信满满地说：“结了果就都是钱哪，只要用心经营，不愁不富。”第二年，他家就摘掉了贫困户的帽子。

通过立体化同时发展林果和中草药产业，极大地激发了贫困户想要尽快脱贫摘帽的热情。尤其是我们种植的376亩果树有327亩验收合格，合格率在全县名列前茅，获得了25万余元造林补助资金。时常，我听到村民们有人这样说：“以前种玉米，一亩地收益只有一二百元，现在可好，平均每户每年增收近1000元，看来不是土地贫瘠，而是我们的思想贫瘠啊。”这种从“要我脱贫”到“我要脱贫”思想上的巨大转变，无疑给我们的扶贫工作增加了巨大的信心。

虽然说，万里长征这只是迈出了第一步，更大的重任还在路上，但良好的开端毕竟是成功的一半，头开得好，我们就能一鼓作气，乘胜前进。

增收敲开致富门

立足现有环境条件，想方设法挖潜增收，帮助村民脱贫摘帽，精准敲开致富之门，这就是我们扶贫干部的任务。通过实地考察，我们发现当地豆腐生产有着悠久的传统，只是单兵作战形不成合力，没有经过市场化运作，也就无法产生品牌效应和可观收益。

为此，我们采取贫困户联营的模式，果断实施了豆制品加工厂项目，占地面积500多平方米，于2016年9月正式投产，主要生产水豆腐、干豆腐、冻豆腐、豆浆等产品，吸纳了10余名贫困村民就业，月工资1500～1800元，既增加了贫困户收入，也解决了部分剩余劳动力的就业难题。2017年，我们又新增了豆皮、豆腐干生产设备，进一步丰富了产品种类。另外，我们还专门争取资金40余万元，配建了污水处理设施，开展绿色无公害化生产，将豆腐渣等废料用于开展畜禽养殖。豆制品加工厂生意好时，产品销往20余家大型食堂、超市和饭店，日销量达到了500～700斤，市电视台、日报、晚报均进行过专题报道。

另外，站在长远发展的高度，我们针对总体战略中“四轮驱动”的一个环节“自然资源+市场资源”，开始着手开发农产品品牌化营销项目。通过设立“鲇鱼洞”绿色农产品品牌，我们将林果、豆制品、小米等绿色无公害农产品进行了深加工和精细化包装，进一步提高了农产品的附加值。为给村民建立长期稳定的增收渠道，我们按照“牵头人+村委会+贫困户+大超市”四位一体模式，与若干大型营销商建立合作关系，积极推广“鲇鱼洞”绿色农产品品牌，同时积极对接中铁山桥、天秦装备、山船重工等重点企业加大营销力度，销售村民积压的水果。自建档立卡以来，累计销售各类农产品近43万斤，收入200多万元，贫困户户均增收4000元以上，村集体创收20多万元。

说起村集体账目，我们去的时候村集体没有一分钱的结余资金。常言说“大河有水小河满，小河无水大河干”，大河里没有一滴水，小河里又怎能四季清水长流呢？现在，我们来了，不管是大河还是小河，我们都要让它们有水可流，且一年四季都能水流不止。

于是，针对村里劳动力过剩现象，我们扶贫干部积极联系市区的就业市场，鼓励一部分青壮年劳力“走出去务工”，另一部分年老体弱的村民“留下来就业”。一方面，推介贫困户村民到中秦兴龙工业集团、傲森尔装具服装股份公司、利联超市等大型工业、商贸企业务工；另一方面，在扶贫工作组争取到位或组织实施的村基础设施工程建设中，根据贫困户村民的身体条件适当安排相应工作岗位，等于给每个贫困户在增收方面上了双保险。据不完全统计，2016年以来，仅在村内工程施工中就业的贫困村民就有300余人次，其中聘用9名贫困户村民为生态护林员，每人每年增收约3200元；协调秦皇岛森海园林绿化工程有限公司，聘用10名贫困户村民为储备林护林员，每人每年增收3500元；推荐6名贫困户村民从事村公益岗位，每人每年增收3600元。

现在，新能源开发尤其是光伏发电项目已经在国内乃至全世界呈现出良好的发展势头，且国家在这方面还有相应的政策补助，考虑到鲇鱼洞沟村地势较高，一年四季光照也比较充足，我们又果断实施了光伏发电项目，主要包括400千瓦村级光伏电站和133千瓦分布式屋顶光伏发电两个项目，其中，分布式屋顶光伏发电项目已经建成并网发电。我们算过一笔账，每度电产生的市场收益是0.52元，加上国家和省里各补贴0.2元，每度电的实际收益是0.92元。虽然暂时不能带来太高的经济效益，但这个项目的收益比较稳定，取得了村集体和贫困户“双增收”效果，使村里这条大河和村民家一条条小河的经济账上，一年四季都能细水长流。

说起引进光伏发电项目，当时也经历了一些波折，主要是村民们对新能源技术不了解，有人主张养猪，有人主张养驴，也有人主张养羊。不管养什么，当时我们工作组的考虑是，“家有千万，长毛的不算”，一旦这些家畜发生传染性疾病，或是遇到市场行情低迷，家家都会血本无归，这对家庭经济本就入不敷出的贫困户来说，无异于雪上加霜。经过我们一番番苦口婆心地劝说，最终与村民们达成了共识，而达成共识的基础，还是村民们对我们的信任，用他们的话说：“工作组是来帮我们脱贫的，想方设法让我们过上好日子，所以，无论引进什么样的项目，我们都坚决支持。”群众的信任，无疑是我们工作最大的动力。

为民务实显初心

《党章》第一章第二条规定：中国共产党党员永远是劳动人民的普通一员。这句话我一直牢记心中，所以，作为一名共产党员，驻村以后，我就自觉把自己当成村民中的一员，与群众同吃同住同劳动，一心一意为他们排忧解难，群众利益无小事，为群众谋福利就是我的初心和使命。

在围绕保障和改善民生方面，我们提出了“建好一个中心、实现六个全覆盖、办好六件实事”的工作方略。“一个中心”，就是村民中心，我们在老村部120平方米原址基础上，积极争取项目资金，投入80多万元，建成了集文化活动中心、标准化卫生室、扶贫工作室、党员活动室、文体广场、办公培训等多项功能于一体的2层楼房、总面积300多平方米的新村民中心，并向市政府办公室争取了3套办公桌椅、3台电脑、2台打印机、1台速印机和1台电视机，实现了有线覆盖、网络畅通，极大改善了村里的办公环境，提升了办公效率。“六个全覆盖”，主要是针对村基础设施，一是村组道路建设改造全覆盖。投资370万元，新建3.5米宽、18厘米厚水泥路面7.6千米，桥梁5座。二是道路亮化全覆盖。投资23万元，新增路灯175盏，全村所有道路实现亮化。三是生产生活用电增容全覆盖。投资20万元，更换4个共250千瓦变压器，改造低压线路600米。四是田间作业路修建全覆盖。投资10万元，集中修建了23千米长的田间作业路，并投资52.6万元硬化3.85千米。五是安全饮水全覆盖。投资20万元，彻底解决了最偏远的两个村民小组饮水难问题，投资25万元，实施了饮水巩固提升工程。六是环境整治提升全覆盖。投资5.5万元，完成情侣松、不老泉修建美化，显著提升了景观及周边环境，每年吸引游客500人次。此外，我们还投资95万元，完成了对地质灾害隐患地带整治工程，修建护庄护田坝600米、截潜坝46道；完成了河道生态防洪整治工程，新建拦水坝3道，铅丝笼护坦3道，清理、护砌河道800米。“六件实事”，一是协调果树树苗3.2万株、有机肥30吨等农资；二是争取到位价值10万元的“母亲邮包”公益项目；三是组建了20人的村级森林扑火队，按专业标准配备了设施设备；四是筹资8万元，建设山村气象灾害预警信息发布终端系统；五是协调解决8名无户籍村民的户口办理问题，彻底解决了他们在就学、就医、就业等方面的后顾之忧；六是筹资14万元，在全市首创并设立了鲇鱼洞沟村“关爱基金”，对非贫困户困难群体进行救助，防止他们因子女上学或家庭成员罹患重大疾病而再度返贫。2018年、2019年，平均每年发放助学、助老、助困基金7.5万元，受益近500人次。此外，我们还协调争取了雨露计划、福彩助学金等形式资金3万元；联系市第一医院、军工医院、中医院、视光眼科医院、骨科医院等10余家市内医院，定期到村开展义诊活动，免费为300余名村民送医送药，实地解决看病难问题；协调步长药业捐赠价值3万元的老年病用药；对所有具备维修条件的贫困户进行危房改造，维修加固危房110户，拆除重建安全房3户，确保危房清零；投资改造厕所71户，在每厕1000元国家补助基础上，筹集工作队驻村经费2.8万元，确保卫生厕所遍布全村。

在村里工作的时间越长，我们就越来越发现，不是村民们不想富，而是找不到致富的出路，也就是说，他们对党和国家关于“三农”的政策并不了解。为此，我们在扶贫的同时，一手抓村企合作，一手抓基层党建，两手一起抓，两手都要硬。我们以鲇鱼洞沟村股份经济合作联合社的名义与河北玄朴农业科技有限公司签署合作协议，依托玄朴古粮等知名商标，带动“鲇鱼洞”品牌深入市场，坚持规模化生产与零散收购相结合，目前收购村民留存农产品共计1500元。通过建立黑菰米种植试验田、村企合作体验室，以及邀请科协、农学专家现场考察指导，不断探索优质谷种种植方法和培育技术，持续改善全村种植结构，提升农产品质量，增强市场竞争力，确保农产品品牌及消费群体逐步迈向高端。同时加大农产品线上销售力度，运营惠农帮、旅投平台等国家电网扶贫电商平台，上线农产品10款，4个月累计销售额达8万余元。在组织全体党员认真抓好“两学一做”常态化学习教育和“不忘初心、牢记使命”主题教育的同时，结合村情，采取“走出去”学习取经、开阔眼界、启发思路，“坐下来”宣讲政策、解疑释惑、教育警示，“带起来”培养小康户、明星户、示范户的办法，组织全体党员开展了“做六人、树标杆、强堡垒”活动，教育引导党员当好党在基层的代言人、上级决策的执行人、产业发展的引路人、矛盾纠纷的调解人、不贪不占的清白人、全体村民的贴心人。党的十九大召开以来，按照上级要求并结合村里实际，我们以“三个一”为抓手，一是印制一本《十九大精神宣传册》，重点宣讲关于“三农”的五个重点；二是上好一堂专题党课，每一名工作组成员和村支委围绕学习党的十九大精神交流心得体会；三是开展一次入户宣讲，组织市政府办公室所有帮扶责任人定期走访结对帮扶贫困户，帮助他们及时了解党和国家有关“三农”方面的最新方针政策，均收到了良好效果。

“穿布鞋爬山路，与咱百姓同吃住。走田间坐地头，一心扶贫细筹谋……”温秀国老师编的顺口溜，道出了村民对我们工作的认可，让我们从心里非常感动，也让我们由衷地感受到：只要是全心全意为人民服务，每一滴心血和汗水都不会白流！

鞠躬尽瘁写春秋

其实，早在2016年8月10日，我的父亲就查出罹患了晚期膀胱癌，那时我驻村还不到半年。原本我打算一年的扶贫工作结束以后，能陪父亲走完他生命中最后的时光，可谁知，还没有接到重返市政府办公室工作的通知，父亲就撒手人寰，离我而去。忍着悲痛，我决定留下来，我知道对父亲最好的怀念，就是做好我尚未完成的扶贫工作。

从2018年起我开始担任村里的扶贫工作组组长、村第一书记，只感觉肩上的担子更重了。担子重一些没关系，工作越忙，我就可以暂时忘却心中对父亲的那份愧疚，还有对妻儿的愧疚。父亲去世以后，家中的大小事情包括赡养我的母亲都是由妻子一人操持。2018年儿子参加高考，恰逢国家验收的关键时期，我没能陪在他身边，这些，我都艰难地挺过来了，因为在我身边，还有工作组其他的同志，他们有的人，对亲人的愧疚甚至更深。

往事历历在目。记得当初刚一驻村，我们住在室温只有零下2摄氏度的村民废弃平房里，冻得手脚发麻，眼泪直往肚子里流。两次液化气泄漏，两次差点被夺去生命，我们也有过难以言说的苦。但我们都挺过来了，就像这些被贫穷压迫了几十年的村民们，当脱贫后迎来了富裕的新生活，他们竟然一时激动得，不知是该笑还是该哭。其实，我们扶贫干部的心里最清楚，他们的笑是幸福的笑，哭也是幸福的哭。

现在，眼看着扶贫工作即将进入尾声，我的心里突然有一些牵挂和不舍，牵挂这片我挥洒过热血和汗水的土地，不舍这村里可亲可敬可爱的父老乡亲们，在我最宝贵的年华里，他们给了我最大的信任和支持，他们，才是这轰轰烈烈的脱贫攻坚战场上，决定战争胜局的主力军，如果没有他们的“主动脱贫”，也就不会有我今天这点小小的成就，我将永远铭记和想念他们，也衷心祝愿他们的日子越过越红火，越过越幸福！

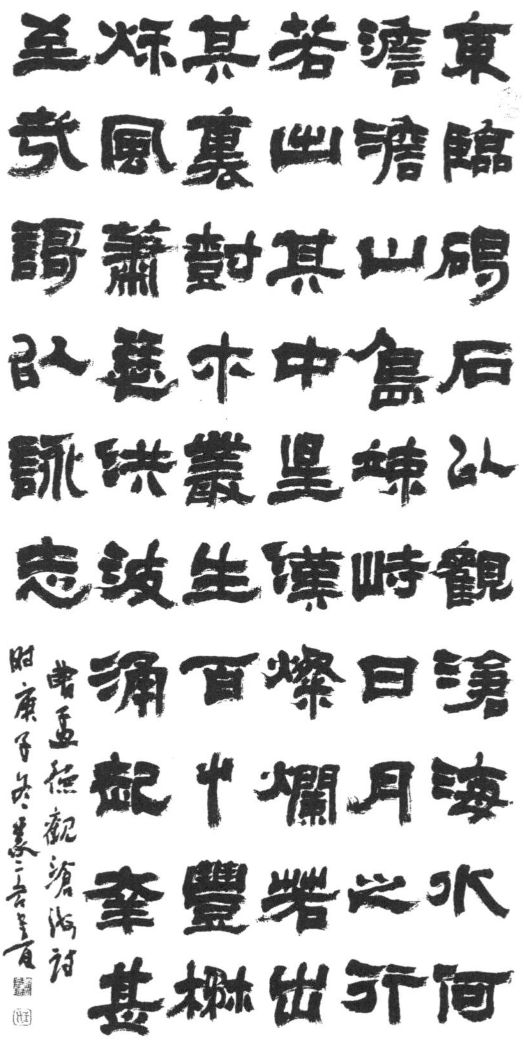
東臨碣石以觀滄海水何
澹澹山島竦峙日月之行
若出其中星漢燦爛若出
其裏樹木叢生百草豐楙
秋風蕭瑟洪波涌起幸甚
至哉歌以詠志
書孟德觀滄海詩

21

木兰花开

第一书记扶贫手记

杨志刚，男，现任秦皇岛市直机关工委组织科科长。2018年4月至今在青龙满族自治县官场乡夹脚石村任第一书记。

让富裕的春风吹开幸福之门

◎ 杨志刚

坐落于青龙县官场乡北部的夹脚石村，是“十二”五贫困村，全村共4个自然村，8个村民组，419户，1102人。该村素有“九山半水半分田”之称，按理说，这种独特的自然地貌，理应造就出人间的桃源胜境：山清水秀，鸟语花香，民生幸福，其乐融融。然而，山高路险坡陡，加上缺少良好的自然资源禀赋，导致当地村民的生活曾一度处于贫困之中。虽然该村已于2016年整村脱贫，但我去的时候在108户301人的建档立卡贫困户中，仍有5户12人尚未脱贫。我的工作就是继续完善前一批工作组的扶贫项目与设施，为山坡上那些尚未产生经济效益的改良后的农林作物打通市场销售渠道，彻底撕掉村里最后几枚剩余的“贫困标签”，让富裕的春风吹开每一户的幸福之门。我想，到那时，夹脚石村的村民们，不仅可以集体自豪地唱响开启小康生活的雄浑凯歌，也会真正成为让外界羡慕的桃花源人。

雄心踏上扶贫路

2018年4月28日，我从市直机关工委出发，前往青龙县官场乡夹脚石村担任驻村工作组组长兼村第一书记。

其实未正式任职之前，作为该村3户建档立卡贫困户的帮扶责任人，我就已经了解到了当地人居条件的简陋。但作为一名扶贫干部，我没有畏惧在未来的日子里，离开市区宽敞明亮的楼房，蜗居在这山村低矮狭小的农舍，生活上会有多大的不适应；也没有畏惧在今后的扶贫路上，会遇到多少山一般重重的困难，经历多少不可预知的风雨。毕竟，我也是个从农村走出的苦孩子，对过往岁月里那段贫穷的生活，至今都有着刻骨铭心的记忆，这里的村民们所受的苦，就是我曾经所吃过的苦，我能从心里感同身受，也能体会他们的艰辛，以及他们年年岁岁望穿秋水，对渴望大步迈上小康之路、过上幸福生活的美好憧憬。

察民情、知民意、解民忧、暖民心，这是扶贫干部的职责与使命。通过入户走访，走遍全村，我了解到当时村里的实际情况是：随着近年来外出务工人员增多，该村虽已于2016年整村脱贫，但外出务工毕竟不是长久的谋生办法，有些人年龄大了或是生病了就得回来，甚至还有可能再度返贫。而2017年由我单位协调资金购置并分发给各户的43650株板栗树目前还没有见到效益，建档立卡贫困户的生活依然不能得到安全稳定的保障，因此村民们尤其是建档立卡贫困户普遍都希望我们能再帮助村里引进一些致富项目，增加经济收入。

夜幕下的夹脚石村，除了偶尔传来几声虫鸣和犬吠，整个村庄都静悄悄的。听说在村里没有安装路灯之前，有的村民为了节省电费，加上一整天在田间劳作身心俱疲，甚至在晚上都不开灯，吃过晚饭就早早地休息了。如果遇到天上没有星月，村里就到处都黑漆漆的。以前我没有失眠的习惯，驻村以后几乎夜夜失眠，因为比起以前在机关的工作，现在的压力明显增大了。压力一大，睡意也就没了，脑子里，就全都跳跃着如何能最终打赢这场脱贫攻坚战的各种想法。

我上大学时学的是地质专业，20世纪90年代中期，曾有过到四川峨眉山区实习的经历。那时当地的旅游业还没有现在发达，但农民们早早地就过上了富裕的生活。原因是有一部分从农村走出去的人，会经常给村里传递外界的信息，比如现在种什么水果市场销路好啊，当地盛产的竹制手工艺品很受城市人喜爱啊，土鸡蛋在大超市里的价格高得吓人啊，等等，外界传回什么信息，农民们就主动去迎合市场，所以，他们的生活不富那才叫怪呢。

想到大学实习时的所见所闻，加上我自小生长在农村，且在参加工作以后，2012年还曾在石门寨镇有过一年挂职副镇长的经历，可以说，对农村的生活和工作我都非常熟悉，似乎就在一瞬之间，最终打赢夹脚石村这场脱贫攻坚战的灵感之门就打开了。

履职尽责不放松

通过向亲朋好友咨询，以及自己亲自上网查找，我基本锁定了几个可供贫困户致富的项目，并亲自去考察市场、与项目实施单位接洽。

第一个项目是养羊，但很快就被工作组集体否定了，原因是风险大弊端也多，限于村里养殖能手匮乏，做不好传帮带，就很难确保养殖效果。第二个项目是与昌黎的一家企业开展家庭手工业合作，一个家庭妇女只要有一台缝纫锁边机，足不出户就能为家中创造经济效益。然而，这个项目我最终又不得不忍痛放弃了，原因是对方有严格的交货时间，如果遇到机器出现故障维修不及时，或是雨雪天气道路出行受阻而不能按期交货，就得赔付高额的违约金，以贫困户现有的家庭经济条件，只能是挣得起赔不起啊，毕竟一村一户抵御市场风险的能力实在是太弱了。正在我一筹莫展之际，县里组织贫困户集中入股龙头企业，年底收益分红，一下解决了我们的大难题。2018年，我组织协助5个贫困户入股中红三融肉鸡加工项目，已连续两年收益分红，人均144元。在此基础上，2019年又组织104个建档立卡贫困户入股峰港创业孵化基地有限公司资产收益扶贫项目，年收益36000元，人均113.58元，群众得到了稳定的收入来源。

2018年冬季，为选准扶贫项目，我与村两委班子利用冬闲时间，分片分组召开村民会议，征求群众意见。在此基础上，我与村两委班子通过实地踏勘，确定了田间作业路、护庄护田坝等9个项目，上报全县脱贫攻坚项目库。

2019年6月，夹脚石村田间作业路项目获批后，针对部分群众对拓宽路基而占用自家地、树不同意、要补偿等情况，工作组与村两委班子反复到家中做思想工作，白天家里没人，晚上接着去，最终争得了他们的理解和支持。在村里没有修建路基资金的情况下，我又争取工委领导的大力支持，以及爱心单位解囊相助，使得700米的上山路终于顺利完工。蜿蜒曲折的小路一下子变成宽敞平坦的水泥路，村民将自家的三轮车直接开进了田间地头，脸上露出了幸福的笑容……

那段时间，我一边走村入户，了解贫困户的想法，一边到市区和其他县区调研，广泛寻找合作项目，还要到县里争取脱贫攻坚项目，想方设法进一步改善村里的基础设施，可以说是风里来、雨里去，好在终于见到了一丝成功的阳光，激励我不忘初心使命，继续砥砺前行。

扶贫路上，虽然存在着诸多艰难，譬如一开始苦于不知道该发展什么样的致富项目而劳心伤神，之后好容易有了好的项目又苦于风险太大不得不忍痛割爱，期间在与贫困户共商村是时，也会遭遇一些村民的不理解……然而尽管如此，我坚信办法总比困难多，如果没有困难，还要我这位扶贫干部做什么？因此，每当遇到困难时，我总是这样激励自己：一名扶贫干部，就是一粒小康路上的铺路石；一群扶贫干部，就是一块小康大厦的奠基石，只要我们扶贫干部同心同德、众志成城，精准履职、不辱使命，这场脱贫攻坚战就一定能打赢。

印象很深的一件事：有一次我外出跑项目，回村时天空突然飘起了小雪，路面结了一层薄薄的冰，由于山路陡峭，车轮打滑车开不上去，我就只好步行回村。回到村里，夜色已经覆盖了整座村子，虽然我已经累得气喘吁吁，但我发现，许多人家的灯都在温暖地亮着，仿佛是专门在为我照亮回村的路。那一刻，我的眼角禁不住湿润了，作为一个从农村走出的苦孩子，曾经是那么醉心于城市里耀眼的霓虹灯，可就在那天晚上我却由衷地感受到，夹脚石村的灯火，是这世上最美的灯火！

精准扶贫写初心

习近平总书记2018年2月12日在打好精准脱贫攻坚战座谈会上曾说：脱贫攻坚，精准是要义。必须坚持精准扶贫、精准脱贫，坚持扶持对象精准、项目安排精准、资金使用精准、措施到户精准、因村派人（第一书记）精准、脱贫成效精准等“六个精准”，解决好扶持谁、谁来扶、怎么扶、如何退问题，不搞大水漫灌，不搞“手榴弹炸跳蚤”，因村因户因人施策，对症下药、精准滴灌、靶向治疗，扶贫扶到点上扶到根上。

为此，我对建档立卡贫困户重新进行了认定，确保做到“坚持扶贫对象精准”。在“项目安排精准”上，优先扶持贫困户，如利用集中光伏电站收益，设置村公益岗30个，先后聘用贫困人口12人为村护林员、保洁员，为受疫情影响贫困户设置公益岗3人。在“资金使用精准”上，如疫情期间协助49名外出务工群众申报交通补贴，并及时发放到位。在“措施到户精准”上，严格履行农村最低生活保障申报的相关规定，实现应保尽保，如为全村24名二级以上残疾人全部办理了低保（其中1人纳入五保），另外还有16人享受生活补贴，13人享受护理补贴。在“因村派人（第一书记）精准”上，我不忘初心、牢记使命，认真尽责、精准履职，不辜负组织上对我的期望。在“脱贫成效精准”上，进一步完善防返贫机制建设，确保困难群众实现“两不愁三保障”要求，达到稳定脱贫。

说到“两不愁三保障”，伴岭村是夹脚石村的一个自然村，居住着40户村民，因整体地势较高，大旱时期取水困难，存在着饮水安全风险。2018年6月，通过我与村两委班子向县乡政府积极争取，由县财政出资为伴岭村打了120米深水井一眼。2020年夏季，出现了多年未见的旱情，我从工作经费中拿出1000余元购置了容量2吨的储水桶，安装了引水管道、阀门等设施，保障群众随时可以取到安全卫生的饮用水。

“厕所革命”是习近平总书记亲自倡导推进的一项民生实事。为解决影响群众生活品质的这一短板，县里制定了卫生厕所政策，每户改造补助1000

元。但夹脚石村由于地势特殊，全村的房子基本是建造在山腰上，下面全是坚硬的山石，无疑给施工带来了很大的困难，改造成本也因此加大。经过仔细测算，如果全部旱厕都改造完毕，每厕将增加300元的成本。怎么办？一方面是工作必须要完成，村民的利益要保障；另一方面是资金出现了很大的缺口，工作上遇到了很大的阻力。在向工委领导汇报之后，得到领导的大力支持，通过爱心单位资助，卫生厕所改造工作最终得以完成。

逢年过节，工作组都要从有限的工作经费中挤出资金，为贫困户中的老人、残疾人、孤儿、单亲家庭子女、老党员送去慰问品或慰问金，让他们感受到党和政府的关爱。虽然这样一来我们的工作经费就更加拮据了，但我把省出的每一分钱都花在了该花的地方。我在工作上苦一些没关系，因为我的心里是甜的。时常，因为工作组买菜不方便，一大早，就有人用篮子装着一些蔬菜，挂在了我居住的院子大门上，热心的村民们怕我吃不好，怕我瘦了、病了，就从自己种的蔬菜节省出来送给了工作组。而更多的时候，我都不知道那些蔬菜是谁送的，有几次我早早地蹲在大门里，等听到动静走出门外，却发现送蔬菜的人已经走远了，留给我的，只是一个被泪水模糊的背影。

我是群众贴心人

只有做到与群众贴心，群众才肯与扶贫干部交心，才会表达出他们内心的真实想法。也就是说，只有先做到“察民情、知民意”，扶贫工作才能精准施策，去“解民忧、暖民心”。

2019年夏天，我和队员们在走访贫困户时了解到，建档立卡贫困学生贾欣怡，准备放弃在承德某中等职业学校学习的机会而去外出打工。贾欣怡这个家庭的情况比较特殊，母亲早年就离家出走，父亲于2016年在工地突然去世，虽然经驻村工作组出面与施工方多次协调，为他们家争取到了抚恤金，但失去唯一的经济支柱对这个家庭的沉重打击是旁人无法体会到的。当时她只有13岁，家中还有一个6岁的弟弟和一级残疾的叔叔，而年迈的爷爷奶奶又体弱多病，基本丧失了劳动能力。几年来，按照政策，我帮助她的叔叔办理了五保和残疾人全护理补贴，贾欣怡姐弟俩和其爷爷奶奶享受低保待遇，为贾欣怡争取到初中阶段“两免一补”教育扶贫政策，即免除学杂费、教科书费，补助生活费每年1250元，还为其叔叔争取到了轮椅、坐便器等残疾人无障碍设施。同时，我协调原单位积极筹措资金，买来了水泵和水管，为她家解决了因地势高而吃水困难的问题。2018年秋，我又协助为她上小学的弟弟办理“两免一补”相关手续，免除学杂费、教科书费，小学阶段享受每年1000元的生活补贴。我还广泛联系社会爱心企业和人士，为这个特殊家庭带来特别的关爱。虽然家庭生活得到了极大改善，但她不想再继续读书给家里增加负担……

我及时发现这个情况后，耐心地给贾兴怡做思想工作，鼓励她要继续读书，毕竟她年龄还太小，加之只有初中文化水平，很难找到有发展的工作，只能是去卖苦力，我不忍心看着一朵蓓蕾初绽的小花，因为贫穷她的人生就这么早早地枯萎了。起初她不同意，坚持要去打工，主要是想改善一下拮据的家庭条件。都说穷人的孩子早当家，她认为父亲已经不在了，作为家中的长女理应承担起照顾爷爷、奶奶、叔叔、弟弟的重任。我告诉她，家中的困难只是暂时的，只要她去读书，提升自己的文化水平，毕业之后找一份收入不菲的工作，她个人和整个家庭的命运就会彻底改变了。听到我苦口婆心的劝说，贾兴怡终于把沉重的思想包袱放下了。

思想问题解决以后，面对上学所需的高额费用，贾欣怡一家又犯了难。承德这所学校是一所民办学校，建档立卡贫困学生不能享受相应的教育帮扶政策。我们将此问题及时向工委领导作了汇报，工委副书记张守会同志亲自联系了市区的一所中专学校，为她办理了免试入学手续，还为她争取到了“三免一助”政策，即免除学杂费、教科书费、住宿费，享受每年不低于2000元的国家助学金，实际享受金额是每年2500元。学校考虑到她家庭情况的特殊性，又在食堂为她安排了勤工俭学岗位，免费提供三餐，这样一来，她读中专期间就基本不用再花钱了。除此之外，她还可以享受“雨露计划”资助政策，每年享受3000元的中等职业教育补贴。

再次见到贾兴怡，已经是她入学有一段时间了。我惊喜地发现，她的性格比以前开朗了，脸上像乌云般的愁容也全都散开了，俨然是这个年龄段的孩子该有的一种青春活泼的生活状态。当我问及她有什么梦想时，她说：“我看到不少同学都在学习开车，等毕业后挣了钱我也要学习开车，将来再买上一台车，带着家人走出大山到城里逛逛。”

有梦想就有希望，在我和组员的努力下，一个孩子的命运从此被改写了。而贾兴怡的事例也让我们欣喜地看到，这些贫困户正在从“要我脱贫”向“我要脱贫”发生巨大的思想转变，从被动脱贫的大后方走向主动脱贫的前沿阵地，成为一支声势浩大、无坚不摧的打赢脱贫攻坚战的主力军，这无疑是这场脱贫攻坚战的绚丽之花结出的丰硕之果。

和贾兴怡家情况有些相似的，还有张彪家，虽然父亲患中风和股骨头坏死疾病，但他却没有被生活的困难压倒，而是主动去读技校，立志靠知识改变命运。我为他的父亲及时送去了坐便器，还为他家争取到每年1500元的集中式光伏分红，在他爷爷去世后，送去了500元的慰问金。点点滴滴，我能做的，旨在希望他能安心在校学习，早日学有所成让自己和家人过上更好的生活。

2019年9月的一天，村民贾金付在打栗子时不慎被栗子壳扎伤了眼睛，因为家里没有交通工具，且村里距离医院较远，家属向我求助，我在第一时间驱车把受伤的贾金付及时送到了医院。

2020年年初，新冠肺炎疫情突发。在防疫物质极为紧张的情况下，我为村里协调医用口罩200只、红外线测温仪1部、95%酒精20斤、84消毒液18斤，有效地增强了防疫人员自身防护，解决了检查站值班人员的后顾之忧。同时，为村检查站协调帐篷1顶，并提供1000斤洁净煤，解决了值班人员的取暖问题。受疫情影响，有几户村民燃煤用尽但无法购买，取暖成了大问题。大人还好说，可是孩子受不了冻。我了解到情况后，先后为6户群众提供了洁净煤，解决了他们的燃眉之急。

一个个鲜活的事例，一段段难忘的记忆，贫困户家庭在思想上渴望尽快脱贫摘帽的强烈愿望，以及对我的支持和信任，这些，都是激励我不容懈怠、勇敢担当、默默奉献、继续前行的工作动力。

好山好水好风景

驻村期间，每当身体疲倦或是工作打不开思路，我都会到山地去看看，看着那茁壮成长的板栗树，把整个夹脚石村装扮成了一座绿色的海洋；看着村民们在地里辛勤地剪枝、浇树，虽然汗流浃背，可脸上却洋溢着比阳光还要灿烂的笑容。每每那种时候，我的心中都说不出有多高兴，身体就突然焕发出了力量，工作的灵感也如潺潺的山泉水奔涌而出。

同样是发展农林产业，以前村民们却走了不少弯路。2017年之前，山地上种植的多数都是安梨树，因为与市场严重脱节，造成产品连年滞销，市场行情最低迷的时候，一毛钱一斤安梨都卖不出去。看着忙活了一年的收成都烂在了地里，村民们心疼啊，也从心里在盼望，这地里啥时候才能长出摇钱树。现在好了，即将收获上市的板栗不仅价格高，而且未来的市场行情也会持续看好，等到这些丰硕的果实全都转化成经济效益，村里仅剩的几枚“贫困标签”就会全部被撕掉，夹脚石村贫困生活的时代也将彻底划上终结的句号。

记得刚驻村入户走访时，由于常年承受贫穷的重负，许多村民都不善言辞、不苟言笑。现在，村民们不仅都挺直了腰板，正微笑着迎接新生活的到来，就连见到工作组也会主动地打招呼，并且打开话匣子，说一说家里这些年的变化，譬如全家人吃穿不用愁了，孩子上学不花钱了，老人看病有保障了，家中的危房改造后住得既安全又舒适了，等等，说明“两不愁、三保障”工作在改善民生方面是真正见到实实在在的成效了。为此有村民形容我们工作组成员就像是几位数学老师，一直在教村民们做加减法，“加”就是想方设法为村民们增加收入，“减”就是不遗余力减少村里的贫困人口。

以前一到晚上，村民们几乎都足不出户。自从村里安装了路灯，村里道路两侧有4千米种植了2000株柳树和100株复叶槭，村里的亮化和绿化可以说实现了质的转变。现在每到夜幕降临，村民们就不约而同到公路上散步，远远望去，耀眼的霓虹灯下人流如织，路上洒满了孩子们童真的欢笑，与繁华的城市简直没什么区别。散步归来，有的村民还不愿回家，恋着这山村华丽蝶变后崭新的夜生活，索性就聚集到新建的1000平方米村文化广场，或聊一聊家长里短，或谈一谈今年家里的收入，当朗朗的笑声穿越浩渺的夜空，天上的星星仿佛都羡慕地想到夹脚石村安家落户。而新建的120平方米百姓舞台上，有人响亮地唱着这样的歌谣：如今的夹脚石村，与往年不一般，再不是旧模样，是北方的好江南……

是啊，北方的好江南，如今的夹脚石村，不仅脱贫攻坚战取得了决定性的胜利，生态环境也获得了空前的改善，可以说取得了一个战场、两场战役的“双胜利”。而夹脚石村“九山半水半分田”的独特自然地貌，也不再是阻碍村民们走向幸福生活的绊脚石，已然成了让越来越多的城市人羡慕和向往的人间桃源：山清水秀，鸟语花香，民生幸福，其乐融融！

突然，一阵凉爽的风从山顶吹来，风中夹杂着草木和野花的清香，吸进肺腑，宛若一团甜丝丝的蜜。风从山顶一路冲向山下的夹脚石村，恍惚中，我看到每一户幸福的大门，正在被富裕的春风渐次打开！

白石清泉聞笑語
南樓北樹摘星辰
庚子冬日

22

木兰花开

第一书记扶贫手记

杨波，男，现任秦皇岛市第一医院门诊部副主任，2018年4月至今在青龙满族自治县草碾乡新立村任第一书记。

所有开过的花，都能结成硕果

◎ 杨波

一

山区的10月，隐隐有了冬天的寒意，晚风萧索地卷起落叶，追着人纠缠不休。

乡间的小路上，我渐渐放慢了脚步，冲出门那一刻，孤独、寂寞和莫名的委屈一股脑席卷而来，与寒冷的夜色撞个满怀，望着天空高远处清冷闪烁的星光，我的心开始一点点平静下来。

刚刚那一幕来得太突然，完全出乎了我的意料，突如其来的围堵，你一言我一语的吵嚷，夹杂着手机的拍照和录像，无一不挑战我的理智，心里有个小声音反复提醒我，要冷静，要保持冷静，但是在向村民们讲清楚事情原委后，我还是冲出了大门。

2018年4月，正是莺飞草长、杏花春雨时节，这个叫作新立村的村子，打开了我生命中另一片全新的天地。

新立村在青龙县西南，距县城大约40千米，是草碾乡政府所在地，全村239户，困难群众占160户，年轻人大都出去打工，1100亩山坡上主要种植玉米、谷子、板栗等，没有集体经济项目，是典型的纯农业村。

我是第二批来到这里开展对口帮扶工作的驻村书记，此前经过两年多的帮扶，村民收入已经有了很大的提高，村内的基础设施建设也得到了一定程度的改善。

一切都得从2018年12月9日开始，那一天市委孟书记主持召开了第一书记汇报会，我正在汇报前两年为贫困户发放的6000只小鸡，孟书记突然问道：“鸡呢？现在怎么样了？”

我懵了一下，下意识地两个字脱口而出：“吃了。”

实际上那些用来扶贫的小鸡，因为当地没有旅游资源，所产的蛋无法卖出，加之鸡的生长年限有限，也只能自家吃掉。

一阵笑声过后，紧张的气氛被打破，孟书记借此将扶贫的产业与养鸡的关系引申开去，要求大家将扶贫的思路再打开一些。

我开始意识到，扶贫远不是想象中的那样简单。

“授人以鱼，不如授人以渔。”

会后，我所在医院的尹福在院长拉着我畅谈。

“咱们考虑发展一个村集体产业吧，这样才能使扶贫不流于表面，让老百姓真正从中受益，彻底摆脱贫困，医院会全力支持的。”

确定了方向，我开始四处寻找合适的项目，在排除了建厂等不适合的项目后，把目光锁定在种植大棚错季樱桃上，这是一个区别于传统种植的现代化的农业产业，但是这样一个项目有史以来不仅青龙县从未有过，而且技术含量高、要承担的风险大，每一个环节都不容许出错。

“虽然对于我们单位来说，搞现代化农业完全是个门外汉，但迎难而上不正是我们扶贫的宗旨吗？”

院党委书记魏鹍同志在党委会上力排众议，给我和这个项目以大力支持。

秋天的午后，电话铃声跳动起来。

“杨书记，经过为期半年的调研，大棚樱桃的可行性报告出来了，属于高投入、高产出的现代果树种植项目，可以在青龙当地进行发展。”

河北科技师范学院边教授的声音轻快地传过来。

“错季樱桃质优价高，深受春季市场尤其是春节期间一、二线城市消费者的青睐。”

我心里有了底。

秋收一过，就开始在田间地头上进行考察，青龙这里平地少，八山一水一分田，走遍了沟沟坎坎，经过反复地查看地情地势，请专家进行评估，最终将村北边一块靠山向阳的平地确定为大棚樱桃的种植基地。

确定了选址，接下来的征地工作却遇到了难题，张家的媳妇儿舍不得自己的苞米地，李家的老汉说他家的产量高、位置好……挨家挨户的工作做过去，大家逐步认识到发展村集体经济的重要性，我又按照政策规定承诺了最高的土地流转金，最终11户村民与村委会签订了为期10年的土地流转合同，共征地6.8亩。

2019年秋，新中国成立70周年阅兵典礼的盛况还在人们心里回旋激荡，新立村建筑大棚的工地热火了起来，为了增加村民的务工收入，我没有找专业的施工队，而是将工程承包给了本村的劳动力，但是大家相关的建筑经验较少，而施工要求较高，近三层楼高的棚顶，要一根梁一根梁地对接起来，由于资金有限，几乎没有安全措施，村民们又缺少安全意识，因此，一有空我就要到工地上看看，反复和大家强调安全生产的重要性，并要求施工队严格安全纪律。即使这样，工程到了钢结构施工和高空作业阶段，每一天，我的心都悬在高空上，不敢有一刻放松。11月5日，最后一个高空作业施工环节顺利完工，我心里的一块石头才终于落了地。

迎着晚霞走出工地那一刻，我的脚步格外轻快。施工队长的声音从后面追过来。

“杨书记，今天高兴，咱们全体施工队员庆祝一下，你一定要来啊。”

“是啊，这些天你比我们更辛苦，操心操力的，必须和大伙喝一杯。”

我转过身，队员们的热情无法拒绝。

“去可以，但是前提是必须由我来买单，这几个月，大家和我一起风里雨里的，辛苦了，我请大家喝酒庆祝。”

然而，完全让人没想到的是，走出饭店大门那一刻，我却莫名其妙地被村民们给围住了。大家七嘴八舌地吵嚷着。

“杨书记，这大棚搭好了，我家种不成玉米了怎么办？”

“是啊，是啊，村里用我们的土地去赚钱，对我们不公平。这地，我们不租了，把租金还给我们吧。”

“要继续种樱桃，还得再给我们补偿，不然的话，我们就把今天你用公款请客的事发到网上。”

说着，有人举起了正在录像的手机。

“我们都录下来了。”

这突如其来的围攻，影响了我的情绪。我一时没忍住，冲着村民们喊了起来：

“大家怎能不讲信用呢？这个项目是咱们村集体的，是为全体村民谋福利的事，做好了，全村都会受益，希望多多配合，大棚用地的流转金已经是同类土地中最高的，不可能再增加了，另外这顿饭是我请施工队吃的，没动用公家一分钱，你们怎能不了解情况就冤枉人呢？”

说完这几句话，一股莫名的委屈涌上心头，我冲出了人群。

风又大了些，紧了紧身上的外套，我慢慢冷静下来。

作为第一书记，我得对医院负责、对我的任期负责，更要对老百姓负责。村民们看到大棚建起来后，就觉得当初可能吃亏了，想反悔，多为自己争取点儿利益，这是他们的固有思维，按理说也无可厚非。但是不管什么情况都要有契约精神，留一个底线。流转这些土地是事先签订了合同的，法律不会因为大家是需要帮扶的农民，签好的合同说改就改，说废就废，不是吗？

可是转念一想，我们来扶贫，不仅仅要在物质上让百姓脱贫，还要从提高村民法律意识等整体素质入手，这样才能从根本上彻底摆脱贫困思维，从而真正地摆脱贫困。这也是我的职责啊。

村民们很现实，也很朴实，只要他们感觉到你真心帮他，之后的很多工作应该就好开展了。每一个百姓心中都有杆秤，而驻村干部就要做好那颗定盘的“星”。

想至此，我彻底抛开了刚刚的不快和坏情绪，扶贫的工作思路再一次拓展开，脚步变得轻快起来。

二

夜幕再次降临的时候，一盏一盏的路灯次第亮了起来，原本沉寂的村子逐渐热闹起来，劳累了一天的村民们陆续走出家门，村委会前面的广场上人影绰绰，灯光明亮，映照出大家眼角眉梢的笑意。

一曲《好日子》的旋律悠扬响起，领头的几个村民带领大家跳起了广场舞。

我站在人群外，渐暖的春风拂过衣襟鬓角，口中不知什么时候也跟着旋律哼唱了起来。

“有了这路灯，晚上咱们也能像城里人一样地生活了。”

“是啊，是啊，遛遛弯，唠唠嗑，跳跳舞，这日子越过越红火。”

“可不是嘛，每天都有了新盼头了。”

听着村民们的议论，我心里也如沐春风。

“这路灯不亮，一到晚上大家出门都得摸黑走，非常不方便。”

不久前，在入户走访的时候，我听到部分村民的议论，便将此事记在了心里。这应该是眼下老百姓心心念念的大事了，必须想办法为大家解决好。

经过初步了解，新立村原有路灯一百多盏，大部分路灯因线路老化及灯罩破损等原因无法再点亮，加上村集体缺少稳定收入来源，电费长期余额不足，剩余路灯也无法保证正常的工作状态，村民们夜间活动及出行非常不方便。

第二天召集的村委会上，大家一致通过了我提出的对村内路灯进行更换改造的提议。

说干就干，我带领工作组往返市区和县城，对多家有施工经验的亮化公司进行实地了解，与村内情况进行对接。

“杨书记，你们村的情况施工难度比较大，后期保修费用高，我们公司暂时干不了。”

到村里进行了实地勘察后，一家公司直接婉拒了。实际上，之前已经有多家公司以相似的理由拒绝了这个工程。

然而知难而退不是我做事的风格，既然来到这村里，不仅要让贫困户脱贫，还得让村民有更多获得感、幸福感和安全感。这是我给自己定下的小目标。

这路灯，一定要让它们再次亮起来。

我开始重新寻找合适的施工公司，多方努力后，最终确定了两家公司参与到此次路灯的改造工程。

考虑到整体更换所有路灯会造成资源浪费，我又了解到与普通路灯相比，每盏太阳能路灯都集成了独立的发光、吸能、储能单元，没有在外裸露的电线，后期维护保养简单，并且具有多种点亮模式，而且使用遥控器一键即可完成设置，非常方便。经过研究论证后，最终决定将原有路灯改造为太阳能路灯。

施工时，本着保护好原有路灯基础、尽可能节约资金和成本的原则，对村内路灯进行了查漏补缺，对原有安装位置不合理，比如相邻距离过远，照明效果差的路灯进行了统一调整，对缺失、损坏的路灯及时进行了补充和更换。另外，在走访勘察时发现草碾乡中学路灯覆盖率低，师生出行存在一定的安全隐患，在保证不影响村内路灯改造工作的前提下，又为学校增加了4盏太阳能路灯。

灯光把人们的影子拉长又缩短，又一曲歌声响起，更多的影子随韵律舞动起来，我微笑着转身，带走一片欢声笑语。

三

2018年的国庆节，几个老同学小聚，我带去了一小袋新立村的板栗。大家尝了都说好吃，三两下就抢没了。

“老杨，这栗子可不错啊，也不说多带点，怎么也得一人一袋呀。”一个老同学说。

“你说着轻巧，这栗子是不错，个大皮薄，色泽鲜艳，口感好，还有营养，可是你知道这栗子是咋吃到你嘴里的吗？说不定你现在吃的就是树顶上最高的那颗栗子呢。”

“老杨你这话里有话呀，咋的，这栗子里头还有啥文章吗？”

让他这么一问，别的同学也来了兴趣，七嘴八舌地说起来，有人说：“老杨这半年不见都有白头发了，看来驻村也不省心，故事不少吧，跟大伙说说。”

说说就说说，我捏起盒子里最后一颗栗子，在灯光下，板栗油光发亮，我眼前又闪现出秋天的那一幕。

9月，新立村的板栗熟了，高高的栗子树上，沉甸甸的果实挂满了枝头。2号那天是个大晴天，村民薛秀利爬上了自家的大树。其实，栗子已经打得差不多了，但他还是舍不得树顶上那些没打到的，在他看来，每一个栗子都是对自己辛辛苦苦一年来的奖赏。他站在高高的树干上，满心喜悦地去收获他的栗子，却不知道，一场不幸的意外即将降临。

下午4点，薛秀利不慎从栗子树上跌落，送至青龙县医院，诊断为：腰椎爆裂性骨折。

山区的天气说变就变，刚刚还是晴空万里，一下子布满了乌云。

9月3日清晨6点，村扶贫工作队的大门“嘭”的一下被撞开了，一个白发苍苍的老人紧走几步“扑通”一声，跪在了办公桌前。

我一下子懵住了，赶紧跑过去扶起，还没来得及开口，老人已经哭了起来：“ 杨书记，救人呀，他要是站不起来，我们一家人就没啥指望了，最可怜的是他的小闺女，天都塌下来了。”

我心里“咯噔”了一下。

这位老人是薛秀利的老母亲，她因为情绪激动，说话没有头绪，但我还是断断续续地听明白了。

身为扶贫驻村第一书记，我太了解这个刚刚脱贫的家庭了，两个老人年迈，老父亲又长期卧病在床，妻子智力残疾，女儿尚小，全家就只有他一个人能劳动。身为一名医务工作者，我也太知道爆裂性骨折如果得不到及时救治，对这个家庭来说，将意味着什么，他可是一家人的腰杆子啊！

窗外的云层更低了，压得人透不过气，我也顾不上跟老人说安慰的话，心里只有一个念头就是——先救人。

上午7点，我向秦皇岛市第一医院党委办公室李清主任汇报了情况，同时通知了薛秀丽一家的帮扶人刘灵同志，请他配合协调相关事宜。

上午8点，赶在正式上班前，医院骨科专家刘飞主任从我这里了解了情况，以最快速度与青龙县医院取得了联系，专家与县医院的医生异地连线会诊，研究了周密的治疗方案。

次日早上8点，薛秀利被推进了手术室。而此时我悬着的心并没有放下来，这才只是第一步，眼前还有一系列的问题等着解决呢。

虽然贫困户在县域内享受免除医疗费用垫付，且报销比例为90%，但是按照医保规定，意外致伤却不在90%的报销比例范围内，也就是说当他出院时需要缴纳此次全部住院费用中的大部分，而手术住院至少需要3万元的费用，这笔钱对于薛秀利家来说，无疑是一笔不小的数目。

耳边又响起薛秀利老母亲的哭诉，如果这件事情处理不好，那个刚刚脱离贫困的家庭，就要再次陷入贫困当中。

恰在此时，去薛秀利家了解情况的同事打来电话，他的老父亲因为情绪激动，旧病复发。手术室外，薛秀利的女儿低着头默默擦着眼泪，这个懂事的小姑娘才9岁，和我女儿一样的年纪，此刻正抬起头用她清澈的眼睛看向我。

记得上次我回家，女儿心疼地问我："爸爸，你怎么都有白头发了呀？"我逗她说："爸爸老了呗。"她说："不行，你不许老，我不许你老。"想起女儿当时的样子，看着面前的小女孩，同样清澈的目光，却让我有些不敢直视，我转过头去，坚定了心中的念头，避免因病致贫，避免因病返贫，是扶贫工作的重点，眼前这不就是个典型得例子吗，不管多难，我也要把这个家庭从悬崖上拉回来。

上午11点，手术室的门开了，手术进行得很顺利，我暗暗松了口气，但是薛秀利的家人还是愁眉不展，我知道，他们在为医疗费用发愁。

为了解决住院费的问题，我帮薛秀利发起了“水滴筹”，9月6日开始上线向社会募捐，为了更稳妥些，我还“厚着脸皮”发动自己的亲戚朋友们捐款，短短几天时间就筹集社会善款1.8万元，亲人朋友以及社会上的支持，让我更加笃定了。

经过10天的住院治疗，薛秀利的伤情一天天好转，医生说出院后回家再好好养一阵子，就能够正常劳动了。

此次的医疗费用是2.5万元，由社会筹集的善款支付了大部分，剩余部分新农合给报销了，没有给薛秀利的家庭带来经济压力。

回到村已是深秋了，薛秀利远远地就看到那棵栗子树，他心里感慨万千。一场人生劫难总算平安度过了，一家人团聚在一起，相拥而泣。

扶贫工作队里，薛秀利紧紧拉着我的手，哽咽着半天只说出来三个字：杨书记……

男儿有泪不轻弹，我拍了拍薛秀利的肩膀。

“行了，啥也别说了，人没事，比啥都强。”

俗话说一场秋雨一场寒，十场秋雨要穿棉，山区凉得更早，送他走出工作队，我说：

“回去吧，风凉。”

“不凉啊，我咋觉着跟过春天似的。”

目送薛秀利走远，看着他的背影，我心里倍感欣慰。回到屋里，才发现桌子上放了一袋精挑细选过的栗子。

故事讲完了，我把那颗栗子放到嘴里细细品着，老同学们也默默回味着栗子的味道，良久，大家一起举起杯：

“老杨，敬你一个，这事办得好，积德！”

“互敬吧，别说扶贫是咱分内的事，就是没有扶贫这事，碰上了能帮也得帮一把，再说了，你们不都捐钱了吗。”

一杯酒干了，嗓子眼辣，心里热乎。

四

一大早，南北三村的村民们就三三两两地汇聚到乡卫生院，早春的阳光瑗暖地洒在大家的眼角眉梢，微风里杏花淡淡的香似有还无地环绕着小院，村民们三个一群两个一伙聊得正欢。

“昨天村干部通知我，市里大医院的专家要来复诊，我激动得一宿都没睡好。上次给的药效果忒好，咳嗽的老毛病一冬天都没犯了。”

一进门，65岁的王秀香就开始和身边的老姐妹们念叨起来。

“今天让专家再给我好好看看。”

“是啊，我家老头子哮喘病也有十多年了，一犯起来，就咳得上不来气，还喘得厉害，憋得慌，晚上根本没法好好睡觉，自从上次城里的大夫给看过后，咳嗽减轻了不少，晚上也能睡个好觉了。”邻村的一个大婶快人快语。

“我们年纪大了，出趟门不容易，再说咱这儿又这么偏，还真是怕得病，出去看个病太折腾了。多亏杨书记请来了医疗队，好大夫直接来给咱们看病，就好像市里的大医院搬到咱村啦！”村民张景芝笑着冲站在大门口的我摆了摆手。

我正和大家话着家常，一眼瞥见我们医院义诊的车队从村头那边拐过来，忙快步迎了过去。

去年，我在带领驻村工作组开展入户走访时发现，村里大部分村民还在烧木材、秸秆做饭，冬季取暖还靠烧煤，产生的室内烟霾加上山区寒冷的天气，造成许多村民，尤其是老年人患上了哮喘、慢阻肺等呼吸系统疾病。

由于村子地处偏僻交通不便，加上家庭贫困等因素，许多村民即使感到身体不舒服，也嫌麻烦不肯去医院检查，大都想着“多大点儿事，挺挺就过去了”。

这触动了我作为医务工作者的那根敏感神经，小病不在意，一旦病情严重，又贻误了最佳治疗时机，患者恐怕就要遭受更大的罪、付出更大的代价了。

如何能让大家及时就医，做到早检查、早治疗、早康复呢？这个问题一直在我脑中盘桓着。

防止因病返贫是扶贫工作的难点之一，看病难更是困扰着每一个村民的难题。想至此，我脑中灵光一闪，能不能利用我们工作组的现有优势，组织一场专项义诊，让村民们尽早发现病情并加以治疗，从而一定程度上控制因病返贫情况的发生呢？这既是响应了国家扶贫政策，也是践行“精准扶贫健康速递，大爱无疆医患共行”的宗旨啊。

走访回来后，我即刻驱车赶回市里，第二天一早就向院领导作了汇报，并提出了自己想要组织义诊的想法，得到了院领导的大力支持。

很快，由第一医院呼吸一科主任徐淑凤、危重症医学二科主任刘丰遂等15名专家组成的义诊团队便集结完毕。

冬日的山村，寒冷的空气如任性的孩子般撒着欢，原本躲在屋里烤火的村民们却纷纷走出了家门，城里的专家上门来给大家看病，这在新立村是有史以来的第一回，大家既兴奋且期待。

义诊队天还没亮就带着医用器械和药品出发，两个多小时的奔波，赶在太阳升起时到达了村子。

大家来不及休息，即刻开展了义诊。

有条不紊地为村民们查体听诊、抽血化验，专家们不但现场为群众进行检查，还贴心地准备了卫生常识宣传单，边检查边提醒大家在日常生活中注意防病保健。

从早晨一直持续到中午，百余名村民经过多项检查和病情评估，最终有50余人被确诊患有哮喘和慢阻肺。义诊团队不仅为他们量身制订了治疗方案，还给大家免费发放了药品，一一指导每一位患者用药。

时间从冬天走到了春天，春暖了花开了，义诊队再次走进草碾乡，为上次筛查出的慢阻肺和哮喘患者进行复诊。

乡卫生院的小院里笑语盈盈，春意渐浓。

五

起风了，天空中积聚了许久的那朵云里，隐隐酝酿着一场秋雨，静寂的山村以一种等待的姿势敞开着，与山村一起等待的，还有小学校门口列队整齐的孩子们，他们站在深秋的风里，蜿蜒的山路上，有一列长长的车队，正缓缓向他们行驶而来。

孩子们期盼的目光中，先是一辆，接着第二辆、第三辆，二十几辆车排着队开进他们的校园，随着一个个叔叔阿姨走下来，一箱箱学习用品和棉衣抬下车，校园欢腾了。

孩子们纯真的笑脸如一道道阳光，冲开了那朵积雨的云，天空放晴了。

一周前，女儿在电话里例行向我汇报完功课后，话题一转："爸爸，家里这边天气变冷了，你那里更冷了吧？要记得加件衣服啊。"

女儿的话及时提醒了我，天气渐冷，眨眼就要入冬了，学校里的孩子们大多都衣衫单薄，要想办法让他们暖暖和和地过冬。

这些年，平时喜欢自驾的我，结识了许多相同爱好的爱心车友们，前不久，爱自驾旅游网的一位朋友还来电话询问有没有需要帮助的。一念至此，我拨通了朋友的电话。

一场由京津冀旅行爱好者共同参与的"爱自驾"年度公益爱心捐赠活动就此拉开了序幕。

听说是帮助山区的孩子们，一些企业和个人也纷纷慷慨解囊，大家很快筹集好善款，又联系好服装厂家，为全校的老师和孩子们专门定制了170套做工精良、防寒保暖、款式新颖的冬季棉服和配套的手套、帽子。与这些衣物同时送到的，还有教学用电脑、1000余册图书，以及自行车、篮球、乒乓球等文体用品。

那一刻，孩子们高兴得像过年一样，一个个跑过去，给叔叔阿姨们戴上红领巾，并献上他们最崇高的少先队礼。

红红的防寒服，一顶顶黄色的小帽子，孩子们天使般站在蓝天下，脸上的笑容开成一朵一朵的花，我忍不住拿起手中的相机，将这一幕定格。

六

“杨书记，今年我父亲的养老保险我不能给上了，村里得负责。”

一进门，那个四十多岁的村民就硬邦邦甩过来这句话，让我有些错愕。

从办公桌上抬起头，我问他：

“为什么呀？”

“村里能给别人上，为什么不能给我家上？”

我笑着给他解释：“你家是非贫困户，按照规定，贫困户的养老保险由村里负责，但是非贫苦户是要自己上的，村里的资金有限，要先帮助那些真正贫困的村民。据我了解，你们兄弟俩，你身强力壮，而你弟弟在城里有工作，交老父亲的养老保险应该不成问题吧？”

还没等我把话说完，他就生硬地打断了话头。

“我不管，反正今年我不交了，要交就得由村里交。”

他开始耍起了混：“你们不能看着老人不管。”

看着他不讲理的样子，我又气又笑，转身从桌上拿过来纸和笔，递给他。

“这样吧，空口无凭，你写在纸上，就写‘我因为和别人攀比，不能给父亲上养老保险’，然后签字、按上你的手印，今年的费用，我个人掏钱给你父亲交上？你看怎么样？”

看了看我，又看了看纸和笔，他犹豫再三，终是没有接。

“父母把你们拉扯大有多不容易，今天你这样的举动，还知道德字怎么写，孝字怎么写吗？”

我这一番话，说得他无言以对，终是为父亲交上了费用。

这件事虽然很快解决了，但我心中却一直无法释怀，一连几天，就在心里琢磨着如何才能推进乡村文明建设，乡村文明是乡村振兴的灵魂，要让村民们返璞归真，从而在精神层面上也摆脱贫困。

恰逢建党98周年，我决定利用这个契机，组织一次有意义的活动。经过村两委会的协商，最终在6月中旬组织开展了“庆祝建党98周年‘孝老爱亲’模范家庭评选”活动。

只要是对老人好、对孩子好、街访四邻关系和睦，得到群众一致认可的家庭，经四个村民小组推荐，就可以参加评选。

没想到，这个活动方案一公布，村里就沸腾了，广大村民们不仅热烈支持，还积极报名，踊跃参加。有的推荐自己，有的举荐他人。

那段时间，村民们见面的话题都是怎样孝敬老人的，王家的媳妇一直照看生病的公婆，赵家的儿子又为老人买了好吃的，李家上下向来和和睦睦、父慈子孝……村里面一时掀起了孝老爱亲的热潮。

经过几轮的评比，最终薛金伶等10个家庭获得“孝老爱亲，模范家庭”称号。

“以前觉得孝敬老人就是自己家的事，今天村书记号召大家向我们学习，我才明白孝老爱亲是村里的大事。以后我会做得比现在更好。”

指着刚刚挂在自家门上的那块“孝老爱亲”的牌子，薛金伶的笑容里充满自豪。

七

从未有过一个冬天像今年这样期盼着春天的到来，对于村里的大棚项目来说，今年的雪实在是多了些。春天的脚步考验人的耐心一样，迟迟不肯落下，然而疫情却急吼吼地先于春天跑了过来。

这彻底打乱了我驻村工作的节奏，正月初二，我从家中赶到村里。新冠肺炎疫情的突如其来，让所有人措手不及。

在门诊时我经历过非典，深知人传人的防控难度，知道疫情一旦失控的可怕后果。因此，一进村就和村两委投入紧张的疫情防控中。

首先要求村两委成员必须做到不走亲、不访友、不聚集、拒食野味，然后即刻对湖北尤其是武汉返村人员进行摸排，在确认了村里无此类人员之后，对7户从其他地区返村的人员，一一上门做通工作，进行了居家隔离。

正月初五，踏着皑皑白雪，我带回了50升消毒液、200只棉布口罩和2把测温枪，还有几件备用的防护服。这是疫情暴发后，全村第一批也是当时仅有的防疫物资。

此前，全国性的防疫物资匮乏让大家都不知所措，我们医院也只能勉强保障一线临床使用，村子这里，我知道不能再给医院添麻烦了，多方询问查找后，我通过战友关系，联系到一家海军医院，从那里匀来这些用品后，我心里有了些底气，马上马不停蹄地指导村民对村内环境进行正确消毒，并发动各个村民小组长，严防死守，举全村之力共同抗疫。

抗疫之余，最让我牵挂的还是大棚樱桃。庆幸的是，由于前期的准备工作细致，所需的各种肥料及物资在疫情前已采购运输到位，加上大棚为封闭式管理，运营几乎没有受到影响。尽管如此，每天总要到棚子里走上一两趟，我才会心安。

二月二，第一朵花悄然绽放。

一扫疫情以来的阴霾，这朵樱花，照亮了我的整个春天。

几个月的风里来雨里去，在这一刻全部化作由衷的微笑，我无法掩饰。

俗话说，樱桃好吃树难栽。

大樱桃的主产区在大连和山东，确定好大棚樱桃的项目后，我带领团队分别对这两个产地进行了认真考察，经过与多位本地种植户沟通和多方面比对，最终将采购果树的地点锁定在大连。

为了购齐所需，确保果树成活率和结果率，我又先后多次带领种植专家赶赴大连，一棵树一棵树地挑选，最终在大连的四个种植户、六个不同片区中精挑细选了83棵樱桃树。

种植项目存在着相当大的风险，作为这个扶贫产业项目第一责任人的我深感压力巨大。这83棵树，就如同83个宝贝，任何一个环节都不能出问题，为了将它们安然无恙地请回新家，我多次往返秦皇岛，挑选了15名经验丰富的技术工人，亲自带他们到大连，一棵一棵完整地挖出、仔细打包好根系后，再雇车拉回，栽种在大棚里。

上小学的女儿也关心着这些樱桃树，每次给我打电话，都要问一问树又长高了没有，什么时候能开花，什么时候能看到红红的大樱桃。每一次，我都如数家珍般地给女儿讲哪一棵树又长新芽了，哪一棵要长花骨朵了，最粗最壮的那一棵在哪里，什么时候该打什么药，该怎样施肥浇水。女儿听得津津有味，说爸爸关心这些树比关心她还多，我说怎么可能呢，女儿笑着揭了底，我竟然在聊天时说错了女儿所在的年级。

而此前不久，我作出了人生中最艰难的一个决定，当妻子告诉我怀孕的消息的时候，大棚樱桃项目正到了最紧要的关头，那一天，我和妻子默默相对，她知道喜欢孩子的我有多渴望这个孩子，我也知道，她一直想再要一个孩子给女儿做伴儿，但是我的驻村工作正忙，无暇照顾家庭，双方父母年岁已高，不能让他们再受累了，上小学的女儿又全靠她一个人接送和辅导作业，孩子如果不是在这个时候到来，一定会成为全家人最期盼的宝贝，然而……

我未曾谋面的孩子，你知不知道呢？我此生最大的遗憾，就是你啊。

大棚种植业尤其怕雨雪天气，轻则冻死冻伤花蕾，造成减产，重则压垮大棚，导致项目失败。自2019年冬果树入棚以来，青龙下了8场雪，还有强弱不等的数次寒流，每一次，我的心都提到了嗓子眼。

那一天，已经早过了立春了，冷空气又恶作剧般地回转而来，寒风凛冽大雪纷飞，天气出奇的冷。

我躺在床上一宿辗转反侧，怎么也无法入睡。生怕这股寒潮冻着了刚刚冒头的花蕾。

凌晨2点，村里停电了，我又开始担心起看棚的工人老李，他在大棚里，只能用电取暖，万一着凉了怎么办。迷迷糊糊地挨到天亮，终于来电了，我胡乱起床穿好衣服，来不及洗脸匆匆赶到了大棚，看到花蕾无恙，老李精神矍铄，悬着的心才稍稍放下。

然而，天公偏偏不作美，下午的时候，又开始下雪了，正在担心着想去看看时，老李的电话打了过来，大棚的三相电中缺了一相，电机停转了，棉被无法落下。

由于是电控大棚，无法手动，而花蕾最怕低温，寒夜临近一旦失温，两年来的努力将化为泡影。

我披了件外套匆匆走出办公室，第一个反应就是去加油站加油，启动发电机。这类情况之前有过预案，当时出于安全考虑，加之村旁不远就有加油站，因此没有准备备用汽油，然而此时发电机中的剩余油量又不足以支撑电机落下棉被。

匆匆赶到加油站才得知那里的油泵跟樱桃大棚的电机用的是同一条电线，无法加油。

此时天色渐暗，北风卷着雪花铺天盖地而来，时间不等人，温度不等人，而最近的加油站在四十里外的刘家营，我想也没想，匆忙发动汽车去买油。

前路已经完全看不清楚，我只能在雨刷器摇摆的间歇快速分辨出路况，凭着自己驾驶技术和熟悉的地形，一路摸索着开到加油站。

一个小时后，带着汽油安全返回的我，发现自己竟然出了一身汗，被风一吹，不禁打了个寒战。

但是看着棉被落了地，我的心也终于落了地。

回到驻地，惊悉疫情已致1716名医务人员感染，更为心痛还有6名勇士牺牲。我在自己的日志本上写下一句话：

希望有这样一天，我逆行归来的同事们能吃上我种出来的樱桃。

愿一切安好，山河岁月无恙。愿雨顺风调，所有开过的花，都能结成丰硕的果。

23

木兰花开

第一书记扶贫手记

杨永记，男，现任秦皇岛市公安局团委书记、四级高级警长。2016年2月至今在青龙满族自治县三拨子乡韩杖子村任第一书记。

我的“世外桃源”

◎　杨永记

立秋过后，大山掩映下的韩杖子自带“村光无限”滤镜——9.3千米水泥路以大动脉般的奔涌之势贯穿全村，9000平方米入户路带着年轻的血氧，激发着每一寸土地。一片厂房，一排村民中心，撑起了强大心脏，替代了荒芜土壤，复苏了穷竭生命。

四年前，通往山外的村路，满是泥泞，扎在深山里的村庄，破败不堪。“青龙小西藏”，并不是让人艳羡的称呼；“九山无水一分田”，也不是耸人听闻的传言；四年前，村子的自然资源和村民的钱袋子没什么关系。被山坡地包裹的乡村，无法实现机械化，贫瘠的黄土全靠果树填补。每当村庄隐约能听见水流声的时候，那是因为“汛期到了”，而不是“为有源头活水来”。

韩杖子干瘪如贫瘠瘦弱的母亲，穷尽所有的气力，始终无法振臂让她的子女翱翔。曲曲折折的进村路，就同那里人们压弯的脊梁一样，想要挺直腰杆，难如登天。

改变，从2016年的那个春天开始。

“外地媳妇”和“产业达人”

“杨书记，你看我这针线活，不生古吧！”看我进屋，贫困户施国旗边拿着正在加工的手套，边迎上来。这天，正是服饰公司发工资的日子，她已经是第四次领工资了。

现如今，作为熟练的手套加工工人，施国旗的月工资已经突破2000元，而且还在增加。谁又能想到，她可是当时厂子里最不手巧的家庭妇女呢！

15年前，施国旗从“塞外”内蒙古兴安盟远嫁到韩杖子，与村民陈金明结为连理，成了“外地媳妇”。陈家条件差，公婆体弱多病，家庭收入勉强应付老人的医药费。随后一双儿女又相继降生，紧巴的日子更是雪上加霜。

生性要强的施国旗犯起了难，“不甘心，怎么办？”后来经人介绍，听说养虹鳟鱼周期短、见效快，于是找朋友合伙建了鱼塘，还买了鱼苗。刚要准备“大干一场”，鱼苗就纷纷“翻了白”，没剩下几条——因为缺乏技术，加上当年市场又不景气，不仅投进去的钱赔个精光，还负债累累……

正在施国旗一筹莫展时，工作组召开了“韩杖子服饰有限公司”成立动员大会。当场承诺购进缝纫设备，聘请专业技术人员对参加手工加工的村民进行培训指导。号召之下，全村60多名留守妇女都报了名，施国旗也在其中。只不过，手套加工技术难度大、周期长，部分意志薄弱、年龄偏大的妇女最先败下阵来。施国旗虽说年轻，但看似简单的电动缝纫机也好像故意和她作对，就是不听使唤。

这下她急了，毕竟第一批就业岗位只有20个名额。

带着不服输的个性，施国旗开始较起了真，“早来晚走”成了家常便饭。经不住学生的“软磨硬泡”，培训老师也开始手把手地教,专门为她开小灶。一个月下来，施国旗对缝纫机的操控已经游刃有余，“刹不住车、跑偏、不会拐弯”都成了过去时，拙手变巧手，原料变成品，施国旗终于“出师”了。从普通棉手套，到PU手套、不倒绒手套，各种款式不在话下，工资也水涨船高。关键是家门口就业，啥也没耽误。就这样，留守妇女摇身变为“产业达人”，这个外地媳妇原先想都不敢想的“挣工资”变成了现实。

2016年，施国旗一家迎来了“丰收年”，加工手套之余，种植的地瓜也有了好收成，工作组倡导分户散养的柴鸡也下蛋了，而且依托定向销售，还卖出了好价钱…… 丈夫陈金明也在唐山一家煤矿找到了稳定工作。欠债清了，日子好了，家人乐了，施国旗的心也“踏实多了”。

2017年，施国旗家成功脱贫出列。

从“北漂”到“牛倌”

“快去看看你家牛咋啦，不是好叫啊！” 邻居一通急促的电话，让刚刚下地回来的村民孟淑菊，顾不上别的就匆忙跑了出去。

紧随其后的就是他的爱人韩兰。赶到牛棚之后，韩兰劈头就被媳妇一通数落：“忒气了，不让挡你非挡，我料都喂完了，你看那个小推车的把手……”

原来，小牛犊子不服管，韩兰怕牛跑了，就用小推车挡住了门口。结果推车把手不偏不倚地戳在了牛眼皮子上，刺得牛眼睛出了血。他也一脸无奈——本来是好心，咋还做不对了？我还委屈呢！

毕竟这些牛是命根子。

万幸，这小推车的杀伤力不大，牛儿还能哞哞叫。孟淑菊发发脾气，事儿就翻了篇，韩兰估计也不再敢“好心办坏事儿”了。而他们这些拌嘴的日常，也再平常不过。谁叫好日子刚刚过上没多久呢！

韩兰和孟淑菊育有一儿一女，村里刚评定贫困村那年，女儿远嫁异乡，夫妻二人就带着儿子在北京做起了“北漂”。 孟淑菊在饭店打杂，韩兰跑小区当保安，两个人收入加一块儿不过两三千块钱，租住地下室一个月就得花去六百。即使这样，也熬了挺久。

说“熬”不为过。地下室阴暗潮湿，密不透风，再加上保安的工作日夜颠倒，费时耗力，让韩兰原本瘦削的身子骨更吃不消。首都高不可攀的消费，对村里人来说，也无疑是难以承受之重。而这往往比身体上的痛更让人丧失信心。

最后，二人决定回家，儿子表示，想留在北京继续闯荡，哪怕闯不出名堂，也不后悔了。

告别“北漂生活”，他们回到了这间80年代盖的老旧砖房。屋子里粗壮的房梁横亘正中，斑驳的墙皮写满了尘封的记忆。当年，两人靠在周遭打打零工过活，到了2018年，地里的红薯也长起来了，后来还向工作组找来的技术员学习了红薯育秧技术，甚至开始在自家院子里养起牛来。眼看着日子一天天变好，韩兰却突发心梗。

“天塌下来一样。”回忆丈夫生病之初，孟淑菊满脸痛苦。

“可也得活，不是吗？”乐观的劲头儿很快让她话锋一转，仿佛一切都没有发生过。

2020年年初，在工作组的鼓励和女婿的资助下，韩家开始计划建牛场养牛。这事儿工作组酝酿已久，一是因为牛价相对稳定，风险小；另外就是，只要盖好了牛场，后续就是精心伺候牛犊子了。这个对于韩兰一家来说，是再好不过的办法。

于是，韩家的牛场就风风火火盖起来了，上万元的投入，深水井、食槽、药品、风扇、三轮车等，一个都不能少。为了这些牛，夫妻俩投入了全部心力，每天的工作就是喂牛、攉草料，一套活计下来，满脑门子汗。尤其是小牛犊，更像是小孩子一样，得精心伺候。“一个人忙活不开啊，这多少张嘴呢！牛吃的料得买，他负责采购，买点花生渣、棒子面，再用三轮车拉回来。唉，之前还勒死一头呢，心疼啊！它们就是‘宝儿’！”孟淑菊说。

今年，牛棚又迎来了新成员。两头大牛已经下小牛，成员新增至11位。“卖牛的话，1万多块钱。光伏发电给点儿，服饰公司、入股分红再给点儿，（钱）不少了。”对于生活，他们已经很知足了。

下一步，他们就想好好养牛，别的啥也不弄，用孟淑菊的话说“养活啥悟啥呗”！

临走的时候，韩兰有点儿不好意思地问我：“杨书记，我还想问一下，当时说的那个钱，有信儿吗？”

我没反应过来：“啥钱啊叔？”

“没啥，就是一个贫困户给放五万块钱的贴息贷款，俺俩想再买两头牛。”孟淑菊笑得有些害羞，“牛价钱好。”

“哦对，知道那个钱，信用社只要调查之后符合条件了，就差不多了！”

“好好！”

牛棚期待添丁，“牛倌”的日子，相信也会越来越“牛”的！

村里的“穷亲戚”

驻村之初，我的首要任务就是去“攀亲戚”。

因为从小长在农村，对最真实的农村生态我并不陌生。村里大都是留守老人和孩子，当你亲切地称呼“老叔、老婶、大侄子、小外甥”的时候，朴素的乡亲们就会回馈以最真实的情感。时间长了，大家也就明白了——这个“第一书记”不是外人。

当然，亲戚不能白“攀”。亲人有难，我就要负责排忧解难。

这天，老书记陈凤友一大早就来敲门，说有一个好消息和一个坏消息，好消息是韩淑侠家儿子考上大学了！还是重点大学。我顾不上开心，劈头就问：“坏消息呢？”

“这孩子不想念了！”

原因可想而知。

韩淑侠家是典型的建档立卡贫困户，爱人康金2015年因为在工地干活摔伤，因伤致残。当时，吃了不懂法、不维权的亏，接受了包工头赔付的12万治病钱，事儿就草草了了，直到康金久病不愈、身体残疾，对方也没再露面……这样的重大疾病，如果没有医保，仅医药费就足够压垮一家人，更不用说全家的生活开销了。康家的日子，一夜之间变成一摊死水。想到这些，韩淑侠泪奔：“那会儿快撑不住了。”

入不敷出，让这个原本就贫寒的家，愈发地风雨飘摇。万般无奈之下，身无分文的夫妻俩只得返回老家，儿子康金有说：“妈，我不上高中了，我出去打工，你好在家照看爸！”早已嫁人的大姐坚决反对，表示再难也要供弟弟上学。勉强支撑到2016年，康金有真的考上大学了。面对红灿灿的录取通知书，康家再次陷入两难的旋涡。

于是，就有了开头的那一幕。韩淑侠说：“当时儿子俺俩人抱着头哭。但我不能自私不是？”

天下父母谁不希望儿女有出息？韩淑侠哪里舍得让优秀的儿子有学而不能上？助学贷款得申请，除此之外，还会有更好的办法吗？

乡亲落难，工作组立即着手想办法，找出路。就在大家一筹莫展的时候，从朋友圈里得知全市“福彩助学”的好消息，巧的是，这一政策正是针对贫困家庭大学生的！但当看到“报名截止日期”的时候，大伙儿心里都“咯噔”一下。

过期了！

老话讲，“天无绝人之路”。也正是这件事儿，让我对这句话有了刻骨铭心的体会。

事不宜迟，再难也要争取！现在想想，人有的时候真的需要一股子不服输的劲儿啊，因为说不定就能扭转乾坤呢！第二天一大早，工作组就联系到了市民政局、福彩中心领导，向他们详细介绍了村里几个考上大学的孩子的情况，领导最终同意专门安排周末双休日的时间，加班加点也得给孩子们补上报名！

后来，带着驻村推荐信和有关手续，工作组马不停蹄赶到福彩中心，分两次为孩子们办理了报名手续。记得那天是2016年8月18日上午，孩子们拿到了沉甸甸的助学金，多的有12000元，少的也有9000元，这些钱对于农村贫困家庭的孩子们来说，简直就是救命的甘霖！虽然那一天下着瓢泼大雨，但我觉得这真是一场喜雨呀！

有了福彩助学金，再加上国家“三免一助”政策的惠及，孩子们上学的后顾之忧终于解决了！

直到现在，市公安局办公室墙面上还挂着写有“精准帮扶下真功，倾心尽力解民忧”的锦旗，这是陈英达、康志伟、赵项楠、康金有四位大学生的心声，也是他们梦的启航。

提到福彩助学的经历，韩淑侠眼泪又开始止不住流。“儿子赶上了好时候！扶贫太借劲！还要感谢结对帮扶的领导，每一次都拿钱看望。俺们一家人没啥好报答的，只能靠好好生活，孩子努力学习来回馈国家。”

他们也确实做到了。对于服装公司的活儿，韩淑侠非常上心，工厂最忙碌的那会儿，天天早来晚走，翻身、扎线……能多干就能多赚。她说：“谁不来我也得来啊，多挣一毛是一毛，老板对我好，村子里对我好，国家对我也好。我就有希望不是？干活干得也有动力。”除了各种分红钱，韩淑侠还主动报名村保洁员的工作，包片儿清理村内垃圾。再后来，栗子树、苹果树也都栽上了。韩淑侠说，2016年借的4300块钱助学贷款本来今年8月份截止，但是她7月份就提前还上了。“早还完，心里舒坦。”

对于未来的生活，韩淑侠说：“不愿意想那么多，如果钱够了就再养一头牛，将来下个小牛犊；儿子大学毕业说上了媳妇，如果自己还有力气，就给买新房；买不上，拖两年再买，也来得及。”

康金有也更出息了。大学二年级开始，靠打工挣的钱不仅够自己生活支出，还能寄给家里一部分。因为成绩好，连年考试都是前三名，优异的成绩使得他顺利获得保送资格，成为山东大学机器制造专业的研究生。疫情缓和之后，他主动联系导师，提前参加实习，顺便为新学期做打算。

和母亲聊天的时候，康金有经常说：“我都能挣钱了，上学能不借贷款咱就不借。不想难为和麻烦领导，更不能为难国家。更何况，咱们已经脱贫了呢？”

是啊，他们不仅生活脱了贫，思想上也脱了贫。

有这样上进的“好亲戚”，我们的工作能不好做吗？

俺家母鸡“失踪”了

一只母鸡突然离奇失踪，一个月后又突然出现，这只母鸡到底遭遇了什么？在它身上又发生了怎样的故事……

现年68岁的陈凤余是韩杖子村一位普通的农民，患有视力二级残疾，老伴体弱多病，多年来一直靠经营两亩多山坡地和少量核桃树维持生活。

随着年龄的增长，老两口越来越干不动了，2015年年底被识别为建档立卡贫困户。2016年春天，他们积极参加村里的土鸡养殖项目，在院外空地散养了30来只柴鸡。

“养殖柴鸡有补助，下了蛋还有工作组给帮着卖，这可是好事儿！”老两口逢人便讲，更把这些柴鸡当宝贝，每天精心照料，生怕有了闪失。

这些小家伙也似乎听懂了主人的心思，乖乖吃虫，长得很壮实，到了冬天已经“初具规模”。于是，陈凤余家的鸡在全村率先开始产蛋了。工作组按照先前的约定为他们联系了买家，鸡蛋全部定向定价销售。到了第二年春天，每星期卖鸡蛋的收入就达到100多元。

见到每周都有进账，老两口高兴坏了，掐指一算，这一年就能挣5000多块呢！于是更拿这些母鸡当宝贝一样稀罕。每天定时喂料，每只鸡都要从头到脚，从左到右反复打量好几遍。可以说，闭上眼睛，老两口都能知道这些“宝贝鸡”的样子。

“老头子，不好了，快来看看，小花不见了！”一天傍晚，陈凤余妻子大喊。“小花”可是老两口宝贝疙瘩，听话还不挑食，最重要的是，产量高。

“我上午喂的时候还见了呢，这是咋回事？”“兴许就在附近，没准儿一会儿就回来了，我瞅瞅去。”看到老伴很着急，陈凤余连忙安慰，其实自己心里也没数。

过了好一会儿，不见小花回来，陈凤余也坐不住了。他喊上几个邻居，到周边几百米范围内的柴草垛、闲置房仔细找，都不见小花的踪影。

“黑天半夜的还没回来，肯定是遇啥情况了。”“怕是被抓走了？”“不会被黄狼子吃了吧！” 村民们你一言我一语的，老两口心脏病都快犯了。

第二天，小花依旧没有回来。随后的日子，老两口逢人便问：“见俺们家小花了吗？”就这样一天、两天、三天……慢慢地，老两口不再问了，他们似乎接受了小花不见了的现实。

日子又恢复了往日的平静，老两口依旧每天忙着地里的活儿，最要紧的还是要看好家里其他的“宝贝疙瘩”。

这一天，陈凤余在门口坐着，看着鸡群在干枯的河道里扒拉着地面找吃的。

不远处突然传来“咯咯咯”的声音，寻声望去，动静是从前面草丛里发出来的。老两口走近一看，原来是一只老母鸡领着六只小鸡也在找吃的。

“这是谁家的？不对呀，这鸡怎么这么眼熟呢？”陈凤余妻子有点纳闷儿。

“老头子，这是小花，是小花回来了！还带了小鸡崽子！”妻子又突然大喊，不过这次是“惊慌”变“惊喜”，真是乐得合不拢嘴！

的确，小花回来了。距离上次的“失踪”已经过去了整整一个月的时间。

“这是到底干吗去了？”“是离家出走，还是被人逮了？”“鸡崽子的爹是谁？它咋找回来的？”村民们又开始议论。

甭管怎样，小花回来了，好日子也终究会回来的。

“向幸福出发”

刚进王田家，离老远我就看到了他腿上一个挺显眼的疤，看着应该是新伤，创面不小。问原因才知道，是昨天去邻村收废品的时候被狗咬了。

“可得注意啊，赶紧打疫苗去！别心疼钱。”

王田连声答应，明显知道我为什么这样反复地叮嘱。

一个大男人，当爹又当妈，如果他趴下了，孩子咋办呢？

说话间，王田的儿子王金生拎着两瓶刚买的矿泉水就跑进了院子，风风火火，带着少年那股子血气方刚的劲儿。他把矿泉水撂到我手上，飞快地从我眼前闪过，边跑边冲父亲说：“我去玩儿去了！”恍惚间，我也没听清他到底是去谁家，但是却看见了他满脑袋扎眼的发色。

“他自己染的？”

“管不了，瞎折腾！”王田望着儿子跑远的方向。

“他妈妈最近打电话了吗？”

“也打，据说韩国那边疫情挺严重，反正说不上两句，这小子就给挂了。”

说到疫情，想起来疫情最严重那会儿，王田家守在整个韩杖子村的出入口，他就自然变成了全村的“安全防线”，挑起了“三拨子乡疫情防控检查站‘特派员’”的重任。但凡外来车辆一律 “禁止入内”，任你说啥都不好使，规规矩矩，认认真真。

这样一个老实巴交又肯付辛苦的汉子，咋就留不住人心呢？

可能只是因为一个字——穷。

王家一共兄弟四个，他是长兄，剩下的三个弟弟一个身体残疾，其余两个都在外面打工。除了他，在家的都是老弱妇孺。这样的一大家子人挤在父亲留下的老房子里，勉强度日。长兄如父，年近六旬的王田凡事都得挑大梁。于是，他白天就蹬着三轮去各处收废品，院子里摆满了七七八八的酒瓶子，纸壳子……几分钱到一毛钱，哪个挣钱收哪个。日复一日，跋山涉水，披星戴月。

工作组进村之后，王田学了剪果树的技术，还参加了电焊培训，玉米和红薯地也一片都没荒。他常说，那会儿家里穷，连个上学的笔记本都买不起。父亲扛过枪打过仗，就是走得早，兄弟几个没爹有能耐，没有为国家作贡献。

“为国家作贡献”是王田经常挂在嘴边的话。

现在，这句话就成了他教育儿子的座右铭。对于儿子王金生，王田既愧疚又担忧："这孩子如果有好家庭，不是嘎咕孩子。"生完孩子没几年，母亲就走了。起初妈妈打电话来，小金生还会争着抢着听，随着一天天长大成人，王金生慢慢知道了，自己和爸爸是被抛下的，现在连妈妈电话也不接了。我问王田："你还想替孩子找回母爱吗？"他说："隐隐还会有盼望，有念头。"家庭过日子，没有信心也不行。"找不回来，不勉强。"

人的悲欢离合，谁能说得好呢？

不过，现在王田家的柜子面、桌子边，依然保留着一家三口的照片。实际上，这些只代表过去，对于王田，他已经看开了。"现在水有了，太阳能也有了，条件这好了，咋地都能给孩子养大成人啊！"现在的王田，只希望儿子有出息，读高中、念大学，将来如果能当兵，就以爷爷为榜样，就能为国家作贡献，报答帮助过他们的人。

铁汉也柔情。再次登门，王田给我看他写的"日记"，三言两语，但字字诚恳。说起来，初中毕业的他，在村里已经算是"文化人"了，字虽说不上漂亮，但很工整。他说，日记里的这些话是要激励儿子的，希望他长大之后就能明白当父亲的良苦用心。其中有一句王田还给裱了起来——"向幸福出发"，他说，这句话他觉得特别好。

出门的时候，我一抬头看到了门口房梁上写着"幸福院"三个字的牌匾，好奇地问他："这个啥时候挂上的？"王田又露出了他朴实的笑容："杨书记，这是从外面捡来的，看着喜欢，就挂上了。"

是啊，向幸福出发的人，怎么会不幸福呢？

"317，咱要起！"

2016年的早春，我以青龙满族自治县三拨子乡韩杖子村第一书记的身份，带领着工作组的"二邵"——邵军和邵静怡，开启了驻村之路，摇身一变，成了村里的"第317户"。

"317？咱要起，这个数字好！工作组来了，咱韩杖子一定能奋起！"

老书记陈凤友还特意给我们颁发了一个“荣誉村民证”，让我们留作纪念。而这样的一份荣誉，也是属于所有为韩杖子村的脱贫出谋划策、竭尽帮扶之能的人们的。

接过证书的一瞬间，我们就真的变成“自家人”了。顿时，我觉得身上的担子更重，使命也更大了。

扶贫工作前无古人。村民们一开始都“丈二的和尚”——这工作组能干啥呢？有一次入户走访，一位老婶带着疑惑的眼光打量我们仨：“工作组咋这年轻呀？”随后又大吐苦水，“我们穷啊！什么收入都没有，你们可得给我们发钱呀……”

有事儿就找“杨二邵”，这个好名字不能白叫。带着乡亲们的疑虑和雷厉风行的公安干警的作风，我们开始了“一身土，两脚泥”的驻村生活。

几年的时间，“杨二邵”成了最稳固的“铁三角”。作为人民的警察，我们带着“守护”的天然属性，守护责任，守护信念，而且还要一守到底。究竟什么是“干群同心力扛鼎，策马横刀斩穷根；田间地头问良策，院中灯下数真经”呢？我们的答案就是“什么时候脱贫，什么时候收兵”。

于是，韩杖子第317户彻底变成了“钉子户”。从2016年到2020年，驻村近5年，坚持经常性的入户走访一百余次 ，“杨二邵”们练就了“冬不怕三九，夏不怕三伏”的功夫，哪怕是每天最清闲的傍晚时分，也要去村里“溜达一圈”——听听扎堆的老百姓在聊什么天，看看孩子们有没有好好完成功课。大到求职就业、寻医问药，小到家长里短、鸡毛蒜皮，全要入心入脑。

吴连方妻子张秋英长期患有肾病，需要服用高昂的非医保报销用药，我们辗转联系到了进价药的购买渠道，解决了全家最大的经济支出；韩革的儿子韩立双想去市里打工，我们就对接相关用人单位，让年轻人大胆出去闯；村小学的老师们发现孩子们艺术修养跟不上，我们就去请市里的优秀教师，带着艺术的“种子”滋润这些有望茁壮成长的“小树苗”；甚至，发现村民安全意识淡薄，我们就亲自上阵，说安全，讲礼仪，苦口婆心，不厌其烦。

记得一次刚从外地考察项目返回村里，马上要到家门口了，远远看到一个小男孩，笔直地站在路边向我们敬队礼，当时一车人还很纳闷儿。后来才知道，这是村小学的学生，之前安全和礼仪课上曾经教过他们，遇到长辈或者是尊敬的人，要敬礼。“好孩子，学以致用了。”扶智，确实要从娃娃抓起啊！

健康扶贫，浇水浇到根。好家风、好村风、好民风，真的一个也不能少。记得电影《第一书记》中有一个片段，村民吴奶奶拦住了正打算回家过年的、时任安徽省凤阳县小岗村村党委第一书记沈浩的小轿车，为的就是要请他吃顿团圆饭。盛情难却的沈书记只能搀扶着颤巍巍的老人进屋，想着简单吃上几口。没一会儿， 村妇女主任就带着两盘子菜登门，沈书记问她：“你怎么知道我在这儿呢？”妇女主任说：“您车停在大街上不就是广告啊！您等着吧，他们一会儿都过来！”一个“他们”，就引来了大半个村的村民。实际上，小岗村一条条的村路，那辆车子和人一样熟；而晨雾中沈书记停在路边的这辆斑驳的座驾，大家摸着黑，恐怕也都能认出来。

群众富不富，关键在支部；支部强不强，要看领头羊。“我家的农产品，工作队都帮我卖了”，“我家想养羊，工作队帮忙解决了部分资金”，“我想外出打工，工作队帮我找到了工作”，“我家孩子考上了大学，工作队帮助我办理了福彩助学”…… 脚下沾有多少泥土，就能沉淀多少真情。我们做的所有，大家都如数家珍。

一天早上，我照常在村子转悠，无意间听到村民聊天。“哟，你们这巷道打得好啊！”“我们力度大！”村民的话惹得来串门的亲戚满眼羡慕。确实，很多外出打工的年轻人，回到村子都有些“不敢认”，老人们纷纷劝说：“回来吧，咱家变样了！”

从办公室到田间地头，由文案日常到家长里短，作为公安干警，扶贫路上，口水说干了，脚跑大了，但是，竹杖芒鞋轻胜马，谁怕？相反，每个周末从市里回到我们的“317”，三个人都会慨叹半天：“睡家里的床反而不如村里的大硬炕舒服啊！”

时间真是神奇，回想2016年年初到村子的料峭春寒，一切如在昨日。而现在，我们最熟悉的路就是往返城市与乡村的这150多千米。

村子里有一处我最喜欢的所在，叫作“片石沟”，和它的名字一样，片石沟是由一页页的天然石片积累冲刷形成的，堆砌在一起，就像一本有分量的书。每一次站在片石沟的最高处，我都觉得，自己是在用双脚阅读这片土地和土地上的人们，然后胸襟变得异常开阔，思想飞得越发高远。

以前，这里是囊空如洗的“穷山恶水”；

现在，这里是繁花似锦的“世外桃源”。

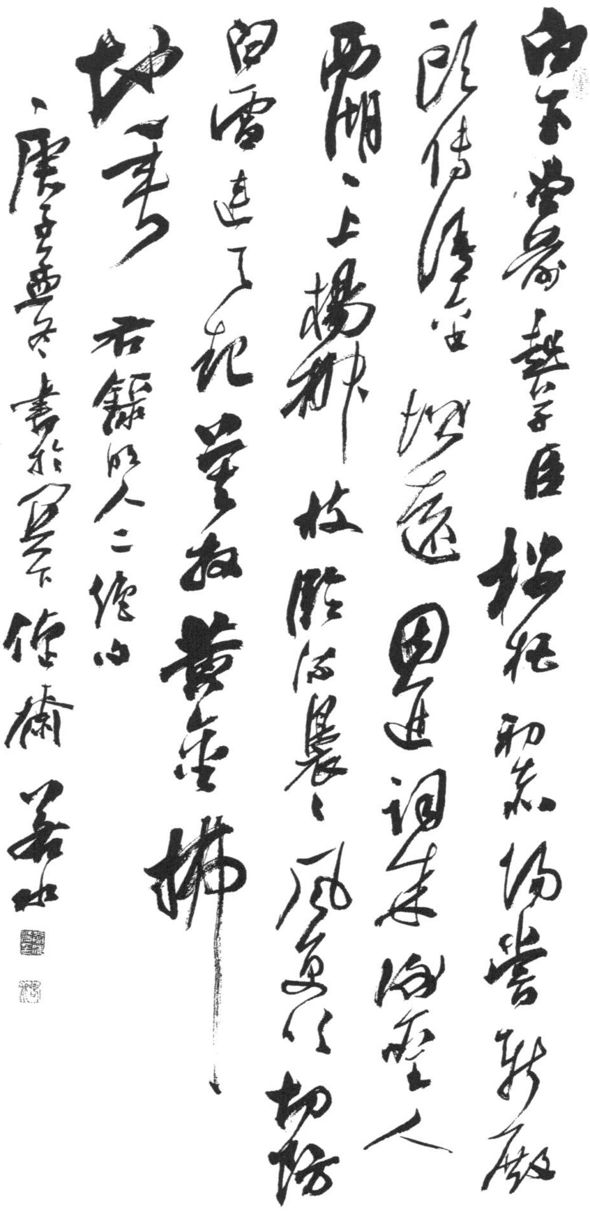

24

木兰花开

第一书记扶贫手记

赵川，女，现任秦皇岛市文联文学创作院书记。2018年7月至今在青龙满族自治县八道河镇天桥沟村任第一书记。

我的世界，“村”暖花开

◎ 赵川

2018年7月，在所有人难以置信的目光中，我第一次踏上了位于青龙满族自治县八道河镇西南的“十二五贫困村”——天桥沟村的贫瘠土地。这个藏在大山深处占地不足5平方千米，其中山场就占4.5平方千米的小山村，耕地只有430亩。299户人家，其中145户444人是建档立卡的贫困户。每户平均只有一亩多耕地，根本连不成片，东一块，西一块，分散在山沟里和山坡上，为一家人的生计，提供着星星点点的希望。这星星点点的希望，自然不足以抵抗狂风暴雨、飞雪坚冰，年轻人陆续逃离村子，将这块土地留给风烛残年的老人、卧床不起的病人和尚未入学的孩童。一并留下来的，还有空气中凝滞的一声叹息，沉重而压抑，刻进每个人额头的褶皱里。

这是我踏入这个小山村的第一印象，那种沉重和压抑，让我恍惚觉得就连每次呼吸都要鼓起愚公移山的勇气。

秦皇岛市文联是一支为全市文艺工作者服务的队伍，我们熟悉的是文学与艺术，我对贫困和乡村的认识一直停留在文学作品中，直到这次领导安排我来天桥沟村任扶贫第一书记。说没有压力是假的，面对自己完全陌生的领域，完全陌生的人群，完全陌生的工作性质，怎么可能没有压力呢？但我天生就有股不叫苦、不服输的劲头，我觉得只要加倍努力，就没有完不成的任务。

可是我没想到之前给自己构筑的心理防线，在入村第一夜就被砸个稀碎。

第一夜，我躺在陌生的炕上，辗转难眠。一会儿有千头万绪的工作不知如何开始，一会儿又有愁肠百转的思念不知如何按捺。山村的夜，安静得仿佛全世界只有一个自己，特别无助。突然，一声惊雷，暴雨如注，瞬间风声雨声大作，周围似乎涌动着千军万马的力量，我一个人躲在被里努力控制住发抖的身体。

“咣当”“咣当”连续两声刺耳的破碎声，将我的神经绷紧到极限。借着闪电的亮光，我看到一个足球大的石块落在屋里，窗户被砸开一个硕大的洞。这一夜自然不敢再睡，我弓起腿，裹着被缩在炕头，眼泪在我眼里打转……这大概就是传说中的“下马威”，我暗暗咬紧牙关，凡不能使我退缩的，必使我更加坚强。但在以后的夜晚里我从此就落下了“失眠”的毛病。

二

清晨的暴雨刚停，泥泞的院子里就涌进来好几十号村民，还有行动不便的老人被家人扛进来直接放在工作组办公的那间屋里大炕上，并说：“不走了，工作组吃啥你吃啥!”每个人都卖力地吵嚷，拼了一股不达目的誓不罢休的劲头。

我从小在城市里长大，平生第一次到农村来工作，哪见过这种阵势，瞬间就觉得头皮发麻，夜间被飞石砸醒的惊恐又卷土重来，搞得腿肚子微微打战。

工作组的另外两名男同志安福和付强，一看情况不对，立刻站到我身边，好歹算是有了屏障。

“共产党是不是为老百姓做主的？你是不是能给我们解决问题？”

“咱们都是老弱病残动不了的，今天不给解决，谁也不走。”

有带头起哄的，就有骂骂咧咧、问候祖宗八代的。我瞬间气闷，感到说不出的委屈。我是来帮助村民的，凭什么住在担惊受怕的地方，醒来就劈头盖脸地挨骂呢？但我现在不是一个普通百姓，代表党代表政府，所以只能生生忍下来。

场面一度失控，村民们越说越激动，聚集的人也越来越多。这个时候不能乱，自己不能乱，村民也不能乱。我强迫自己镇定下来，也不知道哪儿来的勇气，用比村民们更高的嗓门大声喝止："是不是来解决问题的？一个一个说，说清楚。"

原来，村民们吵吵嚷嚷的，都是村委会遗留的没解决的问题。按说，不归工作组管，工作组是来帮扶脱贫的，不是解决村内矛盾的。可是看着满院子的村民热切的眼神，我还是决定站出来。"我听明白了，大家反映的都是多年没能解决的问题，你们着急，我也着急，我也希望能合理解决。"村民们停止吵嚷，继续听。"你们先回去，我不能光听一面之词，大家反映的情况我都记录了，我会一项一项去落实，请大家给我时间。"

"这话我们听得多了，没个准信，就是拖时间。"

"就是，就是，今天不是有领导要来吗？你解决不了，让领导解决。"

把问题转交给领导，从来就不是我的逻辑。我看着昨天还在门口寒暄的村民，今天竟堵在院子里撒泼，内心不由得一阵恍惚。这些就是我要帮扶脱贫的村民，他们贫穷、伤病，却也固执、生疏。他们积累了太多问题，这些问题摧毁了他们对未来的信心，因而，当我们工作组代表党和国家来帮助他们脱贫时，他们竟全然不肯信任。他们像胡闹一样逼着工作组马上解决各种历史遗留问题，似乎只有这样才能让他们重新燃起对未来的希望。

这工夫市文联来村里帮扶慰问的面包车已经开到了村口，我一方面安抚着激动的村民，一方面让安福偷偷出去送个信，暂时把车停在了村外。村民的问题只能在村里解决，向上转移绝不是解决问题的办法。

我注意到离自己最近的周胜，这个小儿麻痹的男人自从拽着自己的痴呆媳妇进来，就一拐一瘸地挪到炕边坐着，不吭声。我问他："周胜你说说，你是怎么回事？"

“我，”周胜叹了口气，说，“我太苦了，我要入低保。”

低保是有政策的，每人每月可以领到低保补助。谁都想入，关键看够不够条件。

周胜和他媳妇的样子，显然不具备劳动能力，按说也符合条件。我一时不明白这里面存在什么问题，就不好马上回复。

果然有村民按捺不住，马上就说：“对，我们要入低保。”

“好，这个事我一定给大家一个说法，如果你们符合条件，我一定努力帮你们办到。”我知道不能再拖下去，必须先安抚住村民的情绪。

“你说话算数不？”有人站在后面起哄。

“你们既然找到我，就说明你们相信我，要不来这里耽误工夫干啥？”

人群中有人动摇了：“走吧，回家等消息去，反正工作组也跑不了。”

陆续有人回家了，也有人不放心，还拽着我絮絮叨叨。

送走最后一位村民，长出一口气。工作组的安福问我：“你看见了吗？刚才那人带着剪刀来的。”

怎么能没看见呢？那个妇女躲在人群中，一只手一直背在身后，那手中始终紧紧抓着一把剪刀。当时我一发现她，就绷紧了神经，也顾不得紧张，就想着怎么能安抚住村民的情绪，怎么能把村民劝回家，千万别出事。直到村民都离开了，我才觉得身上像散架了一样，后怕不已。都说“愿望很丰满，现实很骨感”，没想到上任伊始，这“骨感”的现实就给我们工作组上了一课。

我的字典里没有“退缩”这个词。我相信无论什么问题，都有解决的办法，就看有没有真的努力去寻找。带着这样的信念，我和安福、付强开始攻克入村以后面对的第一个难题——如何帮助残障人士解决生活困难。

天桥沟村的残障人士近40余人，一部分完全失去了劳动能力。他们外出不方便，有的人没有办理残疾证；由于认知误区，有人办理的残疾证级别不够，因而不符合纳入低保要求。像周胜两口子，就因为当年以为残疾级别数字越高越严重，在周胜的一再坚持下，他俩分别领到了三级和四级的残疾证。我们咨询了县残联，按照周胜两口子的实际情况，他们应该符合二级残疾程度标准。

经过多方努力和协调，考虑到很多历史原因和当年的知识普及力度，残联同意给村里的残障人士重新评残。得到这个消息，工作组和村委会的同志都很兴奋。可是后续问题接踵而来，如何将这么多残障人士安全地带出，有序进行评残工作成为工作难点。

群众工作就得耐心细致，特别是面前这支残疾队伍，有行动不便的，有智力问题的，有精神问题的，根本无法做到统一行动听指挥。把这二十多人带出去，至少需要两倍以上的人员跟随服务，才能圆满完成任务。否则，不但评残工作没做好，还有可能造成新问题、新矛盾。可是工作组只有三名同志，加上村干部也不过十人，而且这么大规模地出行，车辆、陪护都需要配套。问题一个接一个，层出不穷。

怎么办？我们一次次设计方案，又一次次自我否决。最万无一失的方案，就是邀请残联同志带着有关仪器设施来村里上门评残。村干部听了直摇头："不可能吧，这可没听说过。"

但是我相信精诚所至，金石为开。我们深入每个残障人士家庭，查找诊断证明，做记录，拍照片。然后带着完备的资料风风火火跑到县残联，请求上门评残。在这里，我深切感受到了习近平总书记说的"扶贫工作是全党全社会的共同责任"这句话的伟大作用，我不是一个人在战斗，残联的领导和同志们和我一样，把帮助贫困地区的残疾人扶贫工作当作自己义不容辞的责任。我准备的一肚子理由，基本上没来得及说，残联领导只是看到我们呈报上来的证明资料和照片，就同意了我们的请求。

上门评残，无论对天桥沟村，还是对县残联来说，都是开天辟地头一遭。这头一遭活动所起到的作用却是意义深远。残疾人往往承受着比常人更多的痛苦，更容易缺乏脱贫信心，因此也更需要全社会的关爱。

县残联和县医院的专家们不但走家串户，为村民们义务诊断评残，并且耐心细致地回答了村民关于健康、护理、评残等方面的各种问题，并捐助残疾辅助用具26件套。在这次评残活动中，包括周胜夫妻在内的7户12位残疾村民被评为二级、一级残疾。我们又积极协调民政部门，将他们纳入最低生活保障范围，从根本上解决他们的生活困难问题。

足不出户，躺在炕上就能办理残疾证、享受最低生活保障，这是村民们想都不敢想的好事，每个人的脸上都露出由衷的笑意。“咔嚓”，一张张笑脸被我们邀请来为村民拍照的摄影师定格成永恒的纪念。提醒他们，在这样一个时刻，他们深深地相信着习近平总书记的话——脱贫攻坚的道路上，一个都不能少。

二

刘安在《淮南子》中书，“欲致鱼者先通水，欲致鸟者先树木”，山村虽然不以捕鱼为业，但水在哪里都是不可或缺的。

度过了最开始生疏隔膜的时光，我们很快赢得了村民的信任。如今走入各村各户，迎接我们的都是笑脸和嘘寒问暖。有时我甚至会忘记自己出身城市，回到村里像回家一样。他们愿意拽着我的手跟我唠半天心里话，愿意强塞给我新出锅的豆包或者地瓜。东西不值钱，但我知道他们把我当亲人了，觉得我真是为他们好，愿意给他们办事。

在入户走访中，四组村民多次反映村里的水质问题。饮水安全，在城市中也是近些年才越来越引起重视，没想到，在这个贫穷的小山村，村民们对水质的要求毫不含糊。由此我深切地体会到，习近平总书记在十九大报告中强调的，中国特色社会主义进入新时代，我国社会主要矛盾已经转化为人民日益增长的美好生活需要和不平衡不充分的发展之间的矛盾。

村里的饮用水问题由来已久，正在使用的那口饮水井和村部便民旱厕的距离不足十米远。村民的担心并非空穴来风，饮用水来自地下，不远处的便池也会渗透到地下，会不会污染水源？会不会影响健康甚至生命安全？

这个问题村民说了不算，村干部说了不算，工作组说了也不算。最有信服力的办法，是取水样到专业机构检验。

拿回检验结果，按说就算对村民的询问有所交代了，但我们并没有停下解决问题的脚步。我开始在村里沟沟坎坎徘徊，一遍遍用双脚丈量天桥沟村的土地。“赵书记，找啥呢？”我笑而不答。

其实，饮用水质量与扶贫工作没有直接关系，但我们深知，人民对美好生活的向往就是我们努力的目标。扶贫工作的最高标准就是让村民过上他们向往的生活。

这些村民就是我们的亲人，我们要改变他们多年来靠水窖吃水的历史，为他们打一口可以放心饮用的水井。

自从入驻天桥沟村，我的生命就仿佛多出一个维度。在我与文字书画打交道的几十年人生中，凭空生出来许许多多的第一次。打井，当然也是第一次。

万事开头难，难在没有钱。我开始学会低头化缘。在山地打一口井，是一个很难确切的预算，因为打下去纵然再深，若不出水，就得继续砸钱。我们找了很多人咨询，有人说十万，有人说五万，也有说顺利的话三万差不多。

我从来都觉得老天爷不会为难为百姓做事的人。所以我就按最低的预算两万去化缘。但是仍然遇到了不少困难。首先安排有扶贫资金的单位并不多，另外时间已经接近年底，很多单位的款项已经都安排到位，没有余额了。一路化缘到县税务局，在局领导的支持与周转下，才终于获得了宝贵的一万块钱。

手里有了打底的一万元，我们马上开始张罗着筹备工作。前期报价高的施工队统统排除在外，我们绕开层层利益关系的束缚，通过不断地打听和对比，才非常慎重地确定一家看起来最为靠谱的打井队。

我们工作组都是城里人，没这方面关系，全是靠当地人推荐。可人都有“无利不起早”的思想，每个人都有自己的小心思，每句话里都有自己的小九九。不懂我们就多问多打听，听得多了心里就有数了。我这个第一书记的钱袋子捂得可比自己的钱包紧多了，我们要保证每分钱都得用到刀刃上，都得解决老百姓的实际问题。

虽然钱款才只有预算的一半，但我们几个还是决定挑战一次。

安福说，那时候感觉每一个决策都像是赌博，没有任何可以参考的经验，谁也不知道下一步是深渊还是甘泉。

村里人说，讲究人家打井，是要请风水先生来看的，他们都有阴阳眼，能看到地下暗流的水线。

但我们的钱袋子浅，没有请风水先生的费用。村民们撇撇嘴，两手揣在袖子里，远远地观望着。

我也是胆大，就在原来一组那口老井附近，划定打井位置。这地方地势高，村民们上山浇地方便。我寻思老井以前能出水，八成就在水线上，现在虽然枯了，但可能是地下水位下降的原因，在旁边打深点儿应该能成。

话虽然这么说，但只要没出水，谁心里都没底。

钻机的轰鸣打破了天桥沟村往日的沉闷，施工队开始热热闹闹地干起来。钻头每向下深入一米，工人就顺下去一个一米长的管子，看着旁边堆起来小山一样的管子一层层地减少，我的心跳一点点加快，默默数着放下去的管子，祈祷着赶紧出水。

村里好久没有这么大动静，村民们早早就出来看热闹。原来那口老井也就二十多米深，这口井打到五十多米还没出水，村民们就有点按捺不住了。

“赵书记，能成不？”

其实我心里也没底，偷偷把工头儿叫过来探探口风。工头儿可不管成不成，不预测也不保证，只管往下放管子。一根管子一百块钱，我们看着可比花自己家银子紧张多了。

我们不错眼珠地盯着那个黑黢黢的井口。贾家嫂子在旁边嘀咕：“我看够呛了，我家里那口井60米就出水了，这都70米了还没动静呢。”

老贾家前年在自己家院子里打了一眼井，也算有点经验。我往老贾家方向看了看，衡量一下脚下的地势，心里突然就有数了。

“打吧，马上就水了。”

巧了，像是就在等我这一声口令，话音刚落，那边泥汤子就流出来了。

安福和付强也松了一口气，悄悄冲我竖起大拇指。

抽出来的水渐渐褪去泥沙的颜色，变得澄澈而清凉，一点点凝聚成一股喷薄而出的力量。终于在打了108米后，我们喊停了。空气里弥漫着井水浸透泥土的气息，混合着人们的笑声，随风钻入身体，甜丝丝的。其实那天是个晴天，但我印象中总好像沐浴了甘霖。

后来我们又协调爱心企业出资并积极争取扶贫项目为村里又打了2眼深水井，彻底改变了天桥沟村饮水难的问题，百姓自发为我们送来感谢的锦旗。

多办一件事，老百姓就多认识我们一分；多成一件事，老百姓就多信任我们一分。农民工作就是在为老百姓解决一个又一个细小而具体的问题后，才逐渐形成了合力，得以顺利开展后面更多的工作。

三

“要想富，先修路。”修路是每个扶贫工作组的必答题，我却没想到，我们还抽到了附加题。

天桥沟村的路也确实不能不修了，早年村里曾经有个矿山，开矿的大车早就把村路压得破碎不堪。翘起或者塌陷的路面，都是小轿车司机的梦魇，赶上雨雪天气，更是狼狈不堪。村民们对此早就怨声载道，苦不堪言。

入村之前，领导就说修建村公路项目已批，但是因为种种原因一直未实施。驻村之后，我积极联系有关部门反复协调磋商，历经半年，终于开工修建。

但是让我没想到的是，这里的施工队与城市不同，修路并不把原有的旧路刨掉重修，而是把原路压碎后，直接在上面铺一层新路。这下，路面增高了18厘米。

我们每天观察着施工进度，3.35千米的长度，一个月就竣工了。可是这平坦蜿蜒的路面，并没有让我们兴奋起来，毕竟有18厘米的落差，难道新修的路就这样突兀地高耸着吗？3米多宽的路根本不足以错车，遇到对头车，车轱辘肯定要掉到路基下面去，这不更增加了出行风险吗？

我们的疑问很快就被自己验证了。赶去县里开会时，我为了躲避迎面而来的三轮车向左打方向，结果左前轮就掉到路基下面，动弹不得。付强找了好几块大石头，垫在下面，才把车发动起来。

肯定不能允许施工队就此完工，我们与施工队不停交涉，终于明白了路基和路肩的关系。施工队完工的路面是路基，路基两旁还应该有路肩，垫高路肩与路基持平，这样相当于增宽路面，就可以完美解决错车的问题了。但是，施工队说，他们拿到的项目只有路基修建，不包括路肩。如果要修建路肩，需要另行安排资金，重新招标施工。

“不行，你这是半缠子工程，得把路肩修好才算完工。”我瞬间拉下脸，也不管有理没理，先声夺人。“这是为村民出行方便修的路，可是现在出行不但没方便，还增添了危险，这绝不能算完。”

“真不行啊，赵书记。”施工队长也是一筹莫展，“要是一般的路，我们给你找点矿渣，搭点人工，垫上也就垫上了。但你看你们村这个地势，这条路是沿着河沟修建的，靠山的那边垫上矿渣就行，可是靠河的这边光垫矿渣肯定不行啊，必须要用水泥固定上。”队长欲言又止，我明白，还是钱的问题。

钱是扶贫工作组绕不开的课题。基础建设需要钱，改善民生需要钱，慰问帮扶需要钱，但我们身后并没有一个可以随时取用的提款机，我这辈子为钱发愁都是为了天桥沟。

从不向上转移问题的我一反常态，在全县扶贫工协调会上抛出这个问题。“既然路肩是路基不可分割的一部分，为什么在做项目方案的时候不做在一起？为什么不一起安排资金，一起招标？”事实上，就像那个施工队长说的，青龙不缺矿，当然矿渣也丰富，其他村的路肩，紧一紧施工队，拉来矿渣，搭点人工，垫一垫也就修上了。可是偏巧天桥沟的村路修在河沟旁，这一侧的路肩没有钢筋水泥加固是待不住的，因此就不是紧一紧施工队搭点人工的事了。

我一路向上反映着，从交通局到财政局，从镇里到县里，利用所有的机会和人脉寻求突破口。其实，这不是转移问题，而是因为发现做事的流程有漏洞。之所以不断反映，一方面是希望尽快解决问题，另一方面是希望堵住这样的流程漏洞，提高今后类似工作的效率。功夫不负有心人，终于县领导在听取了我的汇报后，考虑到天桥沟村的实际情况，给我们解决了资金问题。从此天桥沟的村民出入也更安全了，同时也去除了我的一块儿“心病”。

其实，修通公路并不是我们的终极目标。我还记得村民的口粮营生都在山上，修通村路只是第一步。关于修路，一直以来我还藏着一个更大的“野心”。

天桥沟村是一座依山傍河的狭长山村，俗话说靠山吃山，靠着大山贫瘠的土地，天桥沟的村民在几百年中默默生养。村民对大山的感情，一如池鱼之于湖海、飞鸟之于山林，在这里坟地和耕地和谐共处，农神和鬼神同被祭祀。山高路远，在人类对自然的改造中，仅凭一双脚、一副肩膀的纯人工劳动，获取口粮的效率自然是极其低下的。遥遥无期面朝黄土背朝天的日子，遥遥无期的独自抗争，凋零了村民脸上的笑容，也禁锢了他们对未来的想象。我像原住民一样对大山报以热忱的敬意，爬遍山里的坡坡梁梁、沟沟坎坎，熟悉作物和果树，熟悉农民日常劳作的困境与难点。站在山上，左右看看，我突然想到为什么不能像引水上山一样，引路上山呢？这样就方便农民机械化作业和运输了，一定会极大地提高耕作效率。那天的春风和喜鹊都可以作证，我一下子被自己这个大胆的想法点燃了，兴奋地跑下山梁，找来工作组同志和村干部商量这个想法的可行性。

想法果然是可行的，村干部也知道要方便村民上山浇水、施肥、剪枝、采摘等田间作业，必须要修通上山的路，这样才能通过拖拉机搭载机械作业，提高农业耕种效率。可是钱从哪来呢？村干部眼巴巴地看着我。

我也没有钱，但是我有韧性，不达目的誓不罢休。我把我们的设计方案形成文字，抓住时机向扶贫项目库中申报了这个项目。通过多方努力，我们争取到这个项目，在天桥沟村修建了累计3.5千米长的山间作业路。别小瞧这几条仅有拖拉机宽度的山路，可是大大节省了农民的体力，提高了农业作业效率。

顺着新修的田间作业路往上走，我常常感觉这是一条通往希望和收获的路，无论今后要面对什么困难，我都会带领村民像今天一样，踏踏实实铺路，认认真真前行。

四

习近平总书记说：“贫困群众既是脱贫攻坚的对象，更是脱贫致富的主体。要加强扶贫同扶志、扶智相结合，激发贫困群众的积极性和主动性，激励和引导他们靠自己的努力改变命运。”对此，我有深切体会。

还记得初入天桥沟村，有时会有一种不那么真切的感觉，就像是一只掉进狼群的羊，四周都是盯着我腰包的眼睛，随时准备把我们调集来的扶贫物资一抢而光。那时我们初来乍到，椅子还没捂热就被村民马连田堵在工作组，要求工作组为家里瘫痪的母亲买轮椅。“家里都什么人呢？”我耐心地询问。经过了解，原来马家老母亲瘫痪在床，家里三个儿子都外出打工，有一定的收入能力。这不合常理，赡养父母是子女应尽的义务，为什么会找到工作组呢？原来在工作组入村之前曾经有爱心单位为残障人士送了2 个轮椅，自然僧多粥少，有分到的有没分到的。没分到心有不甘，这才堵到工作组门口。“我能买得起也不买，就等着工作组买，你们工作组不就是来扶贫的吗？”这样的反问让我们感觉肩上的担子分外沉重，如何才能改变贫困村民“等、靠、要”的想法，成为我们工作的重中之重。

一个人放弃对未来的希望和努力，不外乎是因为惯于惰性或者能力缺失。我们打定主意，要从这两方面下手。首先要切断村民们等着上级发救济的老路，一改之前以发放生活物资为主要扶贫救济品的办法，扶贫先扶志，我们将重点转向引导村民自立自强。因残致贫的人员中，一个叫周军的人引起了我们的关注。周军早年因为干农活切断了手臂，虽然是个残疾人，但他并没有怨天尤人等靠救济，而是不断寻求改善自己经济条件的办法。我们听说他一直打算耕种中草药，对这方面技能已经有所掌握，只是苦于没有启动资金，向银行申请贷款也因为条件所限没被批准，所以一直没能实施。了解了周军的情况，我们主动联系县残联，为他争取到2000块钱的创业资金，扶持他搞起了中草药种植。不出所料，这样的示范效应立即引发了村民的效仿，大家开始意识到“只有勤奋和努力才能得到工作组的扶持”。

看到村民风气的转变，我们觉得是时候增加对生产资料的扶持了。土地和作物是农民最重要的生产资料，我们先从这里增加投入。工作组购买优质板栗苗分发到各家各户，又联系了撒可富·中阿化肥有限公司，到天桥沟村来考察土壤环境，并且选取了几个地段收集土样，经过专业实验室测量土壤成分，确定土壤肥力。然后根据各种农作物对氮、磷、钾肥不同比例的需求，为每家有针对性地提供配比肥。一开始这种看似复杂的做法不能得到村民的理解，都认为我这个城里姑娘在小题大做，纸上谈兵。直到秋收的喜悦笼罩了整个天桥沟村上空，村民们才不得不对我们这些城里人刮目相看。“打小老辈就说‘水大肥勤，不用问人’，没想到通过‘测土配方’才知道要精准施肥，缺啥补啥才有效果。以前肥钱没少花，没效果还起了副作用。”栗农大户贾宝利看着比往年增产30%的这片栗林，由衷地说，“赵书记，这回服了，这测土施肥真管用，还是得有文化啊。”

村民们交口称赞，又开启了我们另一个思路，补齐能力缺失的短板正是天桥沟村的另一个着力点。扶贫与扶智不能分家，我们请来专业画匠为村里绘制了260平方米的文化墙被村民称为“十里画廊”，传播文化的同时也美化了村居环境。为阻断代际贫根，工作组主动为家庭困难上学的孩子拉赞助，用教育点亮贫困孩子的人生，让他们也可以追逐自己的梦想，共同实现中国梦。接着又在全村开展了各类技术技能培训，多次开展了农业配肥技术、果木嫁接与修剪和家政保洁培训。调研走访中，我发现进城务工的人员普遍缺乏专业技术能力，工资偏低。于是联系了市人社局，为村民进行电气焊技术培训。在我们的宣传和引导下，村民们都能够认识到自身存在的问题，非常踊跃地参加技术培训，并且有15人通过培训获得了电焊技工证书。“赵书记，谢谢你啊，你让我的脑袋开窍了。”我看着村民把巴掌大的证书拿在手里颠来倒去地端详，感到由衷地开心。这场景让我突然想到了自己的母亲，小时候每次考试取得一点成绩，母亲嘴角含笑的样子，大概也是一样的心情。

想到母亲，不觉多了一分愧疚。母亲因为劳累导致腰伤撕裂，已经卧床不起有些时日了，知道我身上的担子重，怕我分心，父亲甚至都没告诉我。那时候家里其实是乱套的，但却都出奇的一致对我保持缄默。爱人更是大包大揽，把照顾双方老人的责任一肩挑起来。一边是母亲卧床不起，一边是婆婆因为糖尿病后遗症腿脚不便，爱人在劳累奔波中又不慎骨折。“真是福不双至、祸不单行的感觉。”为人女不能床前尽孝，为人妻不能互相照料，我感到前所未有的失败。可即使是这样，我也没有请一天假耽误扶贫工作。在那个时期，我深切体会到了模范党员干部们“舍小家为大家”的风骨。其实只要当你心里装着集体，装着责任，你会自然而然觉得自己家事再大都是小事，小家与大家之间根本没有可比性，因而也无须选择。

就这样，每次离开家我都怀着满心愧疚，车行至一半，我的思绪就会渐渐被扶贫工作所取代，等到了村里，见到那些大爷婶子的笑脸，就好像以另一个身份回到另一个家，把自家的事统统忘到脑后，转眼就成为天桥沟村的一员。

截至2019年10月，天桥沟村的贫困户已全部脱贫，但我深深地知道，扶贫工作并没有结束，需要做的事情仍然千头万绪。工作组根据全县扶贫政策，用扶贫资金为建档立卡贫困户入股龙头企业，每年获得分红收入。为了真正打通脱贫致富堵点，我甚至丢掉了文人儒雅腼腆的样子，在“学习强国”上主动担当农产品代言人，让山里“特产土货”搭上电商快车走出深山，实现身价倍增，当年就帮助村里销售农副产品1万余斤。习近平总书记指出：“脱贫摘帽不是终点，而是新生活、新奋斗的起点。”对症帮扶让我们实现了高质量脱贫，下一步我们的工作重心是在扶上马的基础上，根据实际做好送一程的工作，全力按下乡村振兴快捷键！

时光走到庚子年，突然暴发的新冠肺炎疫情给全国人民出了一道艰难考题。不同于“足不出户就算助力抗疫”的普通民众，我们工作组几个人在疫情暴发伊始就敏锐地意识到肩上的责任。是的，我们就是全村800多村民的守护人。没有半分犹豫，在疫情最危险、最紧急、最扑朔迷离的时刻，我们选择勇敢逆行，迅速到村安排布置抗疫工作，紧急联系并采购抗疫物资。跟时间赛跑，跟疫情赛跑，两天时间我跑遍市区各大医院和药店，可惜采购到的防疫物资只是杯水车薪。那两天我的嘴角都急出了水泡，我一方面发动家人和朋友四处搜集物资，一方面想尽一切办法通过各种关系联系企事业单位募捐。

每个驻村干部背后都有一个强有力的支持单位，我们从来不是孤立无援的，市文联和省联社秦皇岛审计中心作为驻村工作组的娘家，早早就准备好驻村防疫站值班人员的保暖物资和医用口罩。这算是解决了天桥沟村的燃眉之急，但还远远不够，特别是没有红外测温仪，无法第一时间识别带病人群。我的电话那几天一直处于充电状态，分分钟都有被打断电的危险。陆陆续续，在我们的积极联系下，有爱心单位开始支持援助天桥沟村抗疫工作。我一笔笔仔细记录着这份困难时期守望相助的爱心账单，并在旁边认真写下一行小字："关键时刻，社会主义大家庭的力量总是无穷大又无尽温暖，这力量和温暖助我前行，也给我智慧。"果然，社会主义大家庭的智慧让我想到了在北京供职的舅舅，舅舅的单位叫应急部，顾名思义，那里应该会有应急物资。电话打过去，还真被我猜中了，应急部下属单位北戴河应急部疗养院医务室有两台红外线测温仪，可以提供给我们，支援天桥沟村的防疫检测，一并增援的还有50个医用口罩和数瓶消毒液。"我马上过去取。"当时真恨不得立刻飞奔过去，好像在跟无形的病毒赛跑。

那天，秦皇岛下了一场这个冬天最为慷慨的大雪，用以衬托这次疫情中爱心单位雪中送炭的厚谊。而我们这些奋斗在抗疫工作中的人就成了这个静默的银装素裹世界里最为湍急的人流。两天时间里，我顶风冒雪驱车500多里地行进在坚冰打滑的路面上，几次往返北戴河、市区和村庄，一遍遍地承接和运送物资，做好后勤保障；一遍遍地谆谆叮嘱值班人员严防死守，确保全村筑牢抗疫防线。

今年7月21日，天桥沟村顺利通过了国家脱贫攻坚普查，村民满意度100%。2020年是脱贫攻坚收官之年，虽然需要面对新冠病毒留给全国扶贫干部的这道加赛题，但我们在解决了最初的物资紧缺问题后，已淡定从容了许多，又开始有条不紊地开展扶贫工作，确保抗疫扶贫两手抓，两不误。

如今的天桥沟村已经和我们初来时大不一样。村里的基础设施得到了极大的改善，整个村子的面貌焕发着生机和活力。贯通3.35千米的村公路被村民戏称为“溜光大道”，3.5千米的田间作业路蜿蜒而上，3眼深水井彻底结束了村民40多年来靠水窖吃水的历史，260平方米的文化墙增添了艺术气息……但是我们仍不满足。由于村里旧有路灯基本毁损殆尽，每到夜幕降临，黑暗就开始慢慢吞噬白天的生机和活力。每一处灯光透不过来的地方，就是我们努力的方向。很快，106盏太阳能路灯就在村民中心文化广场和主干道矗立起来。于是，天桥沟村的夜晚开始伴着音乐舞蹈和孩子们的欢笑，摇曳起来，一同摇曳的还有被我们的热情和细心点燃的生机与活力。这光芒必将照进未来的幸福生活，照亮天桥沟村每一个人的心。

“待到春暖花开时，我们共享繁花。”这是我早期发在朋友圈里的一句话。前几日，一位好朋友跟我说：“你的世界，‘村’暖花开了！”我俩相视一笑。驻村工作的日日夜夜，我们扶贫干部用热情一天天焐热了这片土地上的民心，催生了脱贫攻坚的铁树开花，胜利的果实挂在“决胜全面小康、决战脱贫攻坚”的枝头，阵阵飘香。

春风还会继续，春华定获秋实。

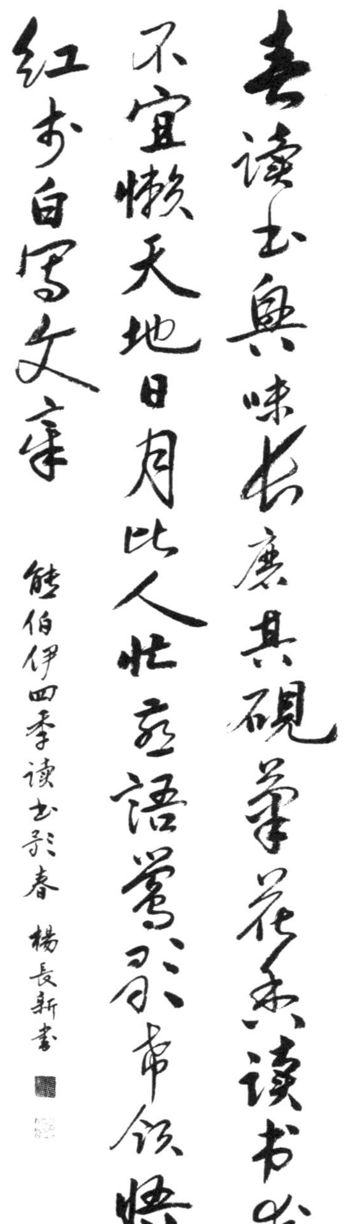
春读书兴味长磨墨砚笔花香读书求学
不宜懒天地日月比人忙燕语莺歌希领悟桃
红李白写文章
熊伯伊四季读书歌春 杨长新书